MARGUERITE DEVANT LES POURCEAUX

Claude Duneton, né comme beaucoup de gens à l'époque de la Belle Lurette, est un écrivain « à double voie ». Homme de plume avant tout – romancier, essayiste, également auteur d'émissions radiophoniques (à France Culture) et de télévision – il exerce aussi le métier d'acteur : il a collaboré à plus de vingt films.
Claude Duneton a publié de nombreux livres dont la plupart sont en circulation constante depuis leur parution. En 1976, une réflexion sur l'Ecole, Je suis comme une truie qui doute, *marqua son renoncement à toute fonction d'enseignement en même temps qu'elle sonnait le glas de quelques vocations perdues... Viennent ensuite plusieurs ouvrages sur la langue française :* Parler croquant, *puis* A hurler le soir au fond des collèges *(en collaboration avec F. Pagès) éclairent les qualités particulières de notre idiome. Par ailleurs,* La Puce à l'oreille, *désormais classique, offre une ouverture amusante à l'épineux problème des locutions populaires; dans ce même registre,* Le Bouquet des expressions imagées *(en collaboration avec S. Claval) constitue un ouvrage d'usage et de référence : l'aboutissement de douze années de recherche dans le luxuriant domaine de la phraséologie à travers les siècles, c'est-à-dire dans l'imaginaire des Français.*
Pourtant, la production romanesque demeure de loin la fonction favorite de cet écrivain tout en exubérance langagière. Que ce soit sous les couleurs de l'Histoire avec Petit Louis dit XIV, *ou de la poésie fantastique* (L'Ouilla), *Claude Duneton reste scrupuleusement attaché aux choses ordinaires de la vie... Son roman,* Rires d'homme entre deux pluies, *a obtenu le Prix des Libraires 1990.*

Marguerite aurait très bien pu rester, toute son existence, une petite délinquante, née du mauvais côté de la vie... Mais un jour, elle a su saisir une de ces perches que le destin tend parfois. Evadée de sa propre vie, Marguerite forcera la tendresse complice de Clive, un jeune homme bien sous tous rapports et amoureux de théâtre. Ainsi, la jeune fille, du haut de ses dix-huit ans, vivra-t-elle, tout un été, les joies d'un festival à San Gimignano, en Toscane. Une véritable renaissance. Qui aurait imaginé qu'elle possédait ce sens du dessin, de la couleur, et que le succès l'enverrait jusqu'en Amérique?
« Ne jetez pas vos perles devant les pourceaux de peur qu'ils les piétinent et se retournent pour vous déchirer. »

Matthieu, VII-6.

Dans Le Livre de Poche

LA PUCE À L'OREILLE.
RIRES D'HOMME ENTRE DEUX PLUIES.

CLAUDE DUNETON

Marguerite devant les pourceaux

GRASSET

Clive restait là, bien tranquille dans le café vide, à cette heure princière où les travailleurs manuels étaient tous aux manettes, car il avait une baraka d'enfer, personnellement. Il montait les tableaux du flipper comme un ange, et les grosses bêtes de la forêt en grognaient de plaisir sur le cadran vert des hologrammes. La bille d'acier semblait ne jamais vouloir le quitter, tellement il la baladait à l'aise sur les pistes, autour des plots à ressort. Même la loterie n'arrêtait pas de lui faire des cadeaux – au point que les tortues casquées s'agitaient en cadence, dans une danse de doryphores que l'on secoue au fond d'une boîte à sardines.

Il faut dire que le billard électrique du Café de la Poste était une machine vraiment honnête, un bijou quasiment neuf, avec des cibles bien dociles, des bonus de Crésus, des flips nerveux et précis comme des rampes de lancement de la fusée Ariane... Une bécane comme on n'en rencontre pas souvent dans une existence, et jamais dans une bourgade à faible population, en grande partie rurale.

Clive se frotta les doigts sur son jean, s'épongeant les paumes entre le troisième et le quatrième tableau ; il jeta un coup d'œil à sa bière en or qui luisait sur la table à côté, tiédie par un rayon de soleil... Il ne vit pas entrer la fille. Elle était là tout à coup, près de son coude, entre le flip et la vitrine du café. Elle le regardait jouer, sans un sourire ni un bonjour de rien. Ce pouvait être la fille du patron, ou bien une écolière en chômage technique pour l'après-midi – parce qu'il y a des profs qui vous font une varicelle sans prévenir, ou une grossesse éclair, ça arrive. La demoiselle avait une petite gueule assez triste dans l'ensemble, plutôt le genre à se faire virer des cours pour incompétence. Et une robe très moche sur le dos, claire, froissée, trop courte un peu, à fleurs ridicules.

Elle ne quittait pas la boule du regard ; un comportement très normal, vu que le jeune homme était en train de faire assez fort dans cet instant même. Le bonus montait en flèche, les lumières clignotaient : on entendait des halètements de diplodocus qui a trouvé un lézard.

Le tableau claqua une fois... Deux fois !

Ces bruits secs comme des coups de revolver étaient une musique à ses oreilles. Un jour de grâce, se dit Clive, je devrais me méfier !... Il se carrait sur ses baskets, la cuisse en alerte contre la caisse, en douceur, avec l'excitation planante des choses qui nous échappent, et la terreur de l'inconnu au fond des veines. C'était une habitude, chez lui, d'opposer des réserves mentales aux envolées de la chance, à cause de sa grand-mère de Rouen, dont le père avait été meunier, et qui l'avait instruit du proverbe sur le pain blanc le premier... Il craignait les suites du petit bonheur, sans y croire tout à fait, par égard pour le souvenir de sa mémé...

Et puis il se sentit agacé : la fille se tenait trop près maintenant, elle le déconcentrait avec son admiration passive. Il devenait un brin fébrile, ce qui est un tort. La boule finit par gicler sur une fourchette agressive, mal contrôlée – la meute des dinosaures vert-de-gris barrit sous la lune, les grands singes épouvantés poussèrent des clameurs aiguës...

GAME !

La loterie claqua derechef, un coup bref sur le second tableau.

– Il est vraiment génial, ce flip ! dit Clive à voix haute.

Au fond, il n'était pas mécontent d'avoir un témoin. Des mouches voletaient dans le soleil de cette chaude journée de printemps, se cognaient de plein fouet dans la glace sans voilure au bord de la rue. Le Languedoc prenait son temps précoce vers l'été... En regardant mieux, la robe de la fille ressemblait à une sorte de tablier qui tombait droit, mollement, sans beaucoup de fesse. Il devinait de méchants petits seins sous les fleurs.

La fille ne disait toujours rien, planquée entre le flipper et la vitre, côté mouches. Elle se tenait raide, sans un geste, les mains pendantes – elle ne portait ni sac ni rien, de lycéenne ou autrement. Les mains vides, et même un peu crades, il semblait bien : une ligne de crasse courbe faisait la liaison entre le pouce et l'index !

Tout de même, elle dégageait une présence bizarre cette gamine, pas franchement désagréable non plus... Simplement elle rayonnait d'ondes vivaces, ainsi immobile. Clive se demanda si elle n'avait pas sniffé quelque chose ? Cela aurait pu expliquer son côté ne-participe-pas-à-la-classe, et cette profonde tristesse qui se peignait sur toute sa jeune personne – comme aurait dit Balzac.

Il alluma les quatre tableaux, et dit sans hausser la voix :

– Tu veux une partie ?

La nénette ne répondit rien, mais elle s'installa devant le flip tandis qu'il s'écartait, lui laissant l'honneur. Elle se débrouillait pas mal du tout – un peu timide sur la poussette, sans doute, mais très vive sur les flips. Elle possédait une passe croisée qui en disait long sur ses loisirs de collégienne. – Ça casse la main d'alterner, quoi qu'en dise le *more fun to compete* inscrit en lettres d'or au fronton du bastringue. Quand il revint aux commandes, les coudes aux hanches, le doigt léger, la boule descendit toute roide entre les bâtons, sans parade possible, dès la quatrième passe...

Ce fut alors qu'il finissait le tableau suivant, vite, car

la grâce s'était envolée, qu'il entendit la fille qui parlait dans son dos :

– Si je te fais des choses, tu me donneras de l'argent ?

Il se retourna – elle avait parlé très bas, à lui seul ! Il n'était pas certain d'avoir saisi les mots, en plus ; elle avait une voix rauque et cassée qui faisait bruit de chiotte et cauchemar… Il a fait :

– Tu me parles ? Excuse-moi, j'ai pas entendu.

Il bloqua la balle pour mieux viser l'un des jokers escamotables ; elle racla une seconde phrase plus fort, avec l'agacement d'avoir à répéter pour les sourds :

– Si je fais un câlin à ta queue, tu me donneras cinquante francs ?…

Elle ajouta, comme qui oublie une formule obligatoire :

– S'il te plaît !…

Il entra du dehors, venant du mail, une forte odeur de tilleul qui flottait sur la brise tiède. Clive repensa à cette histoire que lui lisait sa grand-mère lorsqu'il était enfant, où un petit môme demandait à un aviateur tombé du ciel en plein désert : « Dessine-moi un mouton. » Il réfléchit un instant à la situation de ce pilote échoué sur le sable des dunes, qui l'avait toujours fasciné, en somme…

En même temps il coulait un œil vers la salle déserte pour voir si, tout de même, quelqu'un avait pu entendre ?…

L'avocat général, par exemple ! Les témoins à la barre et tout ça… Non, le patron continuait à tripoter des bouteilles, tout seul derrière son bar, loin…

Il s'entendit répondre :

– On peut voir ça.

Ça lui paraissait pas cher, en plus, cinquante balles. Ça semblait ridiculement bon marché pour une pipe, même en province, où ils augmentent salement le prix des services pendant la saison… Son doigt glissa sur le bouton, la boule s'éjecta – il eut la sensation douloureuse qu'elle lui entrait dans le ventre. Une junkie, hein ? La chose paraissait étonnante dans ce bourg de campagne, au cœur des vignes. Pas du tout le style de la dope – à part le jus de sarment ! Mais alors quoi ?...

Il avala une gorgée de sa bière, et tout de suite il se sentit dégueulasse de se rafraîchir alors que la fille avait peut-être la gorge pantelante.

– Tu veux pas boire un coup ? demanda-t-il.

Il faillit ajouter « d'abord »... Il s'assit à la table – y avait pas le feu, après tout. Il voulait se donner du temps pour approfondir la question, « d'abord » ! Avait-il affaire à une détraquée ? Une malade bien connue dans le village, qui proposait la botte à tout homme venant ? Qui pensait, comme beaucoup de naïfs, que cinquante francs représentait une somme rondelette ?... Clive reporta le regard vers le patron – est-ce qu'il ne les reluquait pas en douce, à la manière des gens avertis qui s'attendent à quelque chose ? – L'homme, au fond du bistrot, baignait dans son indifférence coutumière.

La jeune personne était venue s'asseoir en face de lui, docile et sans façons. Son visage, mangé de cheveux, était mince et pâle, avec des rougeurs malsaines au-dessus des sourcils. La tignasse frisée, compacte et graisseuse, s'étalait sur ses épaules étroites. Les yeux gris luisaient au milieu des boucles, et Clive pensa à « des gouttes de rosée dans une épaisse verdure », comme disait Balzac dans le bouquin sur les Chouans qu'il venait de finir, qui racontait l'histoire de cette fille appelée Marie, qui mourait par amour dans un bain de sang – tagadam !...

Clive éprouva la gêne sur sa peau que provoque une intention trop dite – avec la sensation fort nette qu'il était en train de commettre la connerie de sa vie, ce qui demande réflexion, toujours. S'agissait-il d'une sorte d'arnaque ? Une tradition locale d'amusement pour la jeunesse ?... La fille servait-elle de chèvre à une bande de copains – une supposition, qu'ils attendaient en un lieu discret les clients lubriques pour leur casser les dents ? Les dévaliser ensuite, en collégiens espiègles ?

Le billard éructait des aboiements de jungle, ainsi abandonné à mi-course, et Clive demanda ce qu'elle désirait boire, à propos ?... La fille l'a regardé dans les yeux pour la première fois ; il partit un éclair de sous sa paupière, comme qui lance un couteau. Elle prononça d'une voix qu'elle essayait de rendre plate et banale mais qui grinçait de lassitude :

– Je peux avoir un sandwiche ?

Dans la tête de Clive se produisit le déclic d'une roue dentée qui lâche d'un cran : il remarqua les cernes bleuis sous les yeux qui faisaient ressortir la pâleur, avec le dérangement d'une fatigue extrême sur sa peau tirée. Elle avait comme des gnons jaunis, et des traînées de crasse dans le cou. L'une de ses mains paraissait griffée sur le côté, des éraflures datant de plusieurs jours qui se prolongeaient sur le poignet, pleines de croûtes noires...

La drogue alors, décidément ? Il pensa à Deb ; aux yeux bruns pâlis de Deb...

Un grand camion bâché passa dans la lumière, assombrissant la salle d'une ombre qui glissait. Clive pensa fort à Debborah, et que la saison n'était pas encore avancée, là-haut, dans le nord. Il faisait froid sans doute, dans le petit cimetière. Peut-être qu'il pleuvait...

Des mots se sont échangés, des remuements de crâne – « À quoi tu le veux, ton sandwiche ? » Les noms des denrées laissaient la fille de marbre, assommée. Il commanda un jambon-beurre, par élimination de pâté-saucisson... Un seul, oui. Avec un grand Vittel-cassis.

– Et une autre bière, s'il vous plaît !

Le patron traînait ses savates. Un curieux homme au nez carré, et une manière à lui de devenir chauve par l'arrière du crâne lorsqu'il se retournait. Un type qui plaisantait avec des gars en combinaisons bleues et moustaches ; il se montrait gai avec des petits marrants qui roulaient le torse en entrant, façon western, mais le reste du temps, muet comme une carpe. Avec Clive il ne desserrait jamais les dents – il ne répondait même pas à son salut lorsqu'il entrait... Sans son flipper miraculeux – dû à son fils qui traficotait dans le petit commerce et le placement des jeux – jamais il n'aurait refoutu les pieds dans ce cabaret !

À la lumière d'une investigation prudente, menée à mots décousus, il apparut assez vite que la jeune meuf n'était pas du village – ni même de cette contrée. Elle voyageait, confia-t-elle, en compagnie d'une copine qu'elle semblait avoir perdue en route... À vrai dire c'était assez mélangé comme récit, et tiré fil à fil sur le mode monosyllabique. Clive devait recoller mentalement les bribes de circonstances évasives : il était clair que la fille ne tenait pas à raconter sa vie.

Il crut tout de même comprendre que l'autre nana ne s'était pas présentée à certain rendez-vous, convenu ensemble, où il fut question d'un autobus. Le résultat est qu'elle se retrouvait, elle, dans une mélasse atroce, sans une thune, parce que c'était la copine qui possédait toutes leurs ressources, jusqu'à leur petit bagage, les fringues et tout... Elle ne disait pas « copine », mais « mon amie », sur un ton de convenance un peu scolaire qui cherchait à passer pour ultra poli.

Le troquet est venu apporter un sandwiche épais comme un tronc d'arbre, accompagné d'un verre d'eau rougie. Il a posé ça sur la table, avec la bière, en regardant dehors vers la rue, avec l'indifférence du type qui donne à manger à ses lapins. Il est reparti en traînant la patte, s'essuyant les mains sur son tablier.

La fille a mordu d'un coup dans le quatre-heures, comme une chienne, au hasard du pain. Elle déchirait la croûte dans un mouvement de torsion des deux mains, et manqua d'étouffer dès la troisième bouchée – ses yeux se sont emplis de larmes.

– Faut mâcher ! a fait Clive qui n'en revenait pas d'une pareille fringale.

Le jambon débordait généreusement de la miche colossale, des bouts de cornichons dépassaient le long de la fente – c'était émouvant. En regardant ses lèvres bouger, qui étaient devenues luisantes de beurre, il pensait aux appétits misérables de David Copperfield, de ces gens d'autrefois dont on apitoie les enfants à la télé.

– Tu peux passer la nuit chez moi, si ça t'arrange, proposa Clive sans penser du tout à ce qu'il disait.

Dans la continuité de la conversation suspendue, les confidences de la débine, il n'avait pas pris le temps de réfléchir. En fin de compte, c'était juste un élan humanitaire d'hospitalité ordinaire devant la petite mine qu'elle avait.

La fille ne réagit pas. Elle continua à se débattre avec le casse-dalle, le front soucieux. Son cou rosissait sous l'effort pendant qu'elle mâchait ; ça faisait ressortir davantage les taches de saleté.

Elle a mordu dans la mie, puis elle a articulé, la bouche pleine :

– Y a qui chez toi ?

– Comment, y a qui ?

– Y a des gens ?

Elle vrillait son regard, qui était un peu fiévreux sans doute.

– Non, y a personne. Je suis tout seul là haut. C'est une grande maison au milieu des vignes. Très sympa... Si t'as envie de te reposer, c'est comme tu veux.

Il est entré du monde. Deux types ont franchi la porte vitrée, l'air réjoui. Ils se sont avancés à pas lourds dans la salle, en balançant les bras. Le plus grand, en costume blanc de plâtrier, a crié vers le comptoir :

– Ça boume, vieux crocodile ?

Clive, déjà, regrettait sa proposition amicale. La fille

n'avait pas dit non – elle n'était même pas belle. Il se traita d'abruti : avec la bourre où il se trouvait, le chantier pas du tout terminé ! Il restait trois pièces à équiper, plus la remise…

Il avait promis à Greg de refaire l'installation électrique tout entière avant d'aller le rejoindre. Nickel !… « Right on the spot, Greg ! » Comme qui dirait « aux petits oignons ». Mais le temps avait fui… Il se l'était coulée douce, aussi : il avait bouquiné. À part *Les Chouans*, il s'était fait une cure avec les livres qui traînaient dans la chambre de Nathalie – Balzac et Doris Lessing…

Un réveille-matin se mit à sonner quelque part, dans le silence du bistrot à peine rompu par les brefs éclats des gaillards du zinc, à l'autre bout. Il sonnait loin, derrière un mur. Il envoyait son message ardent de soucoupe volante dans une pièce vide, probablement. Ti-ti-ti-ti-ti-ti… Il était juste six heures, le petit zinzin avait révolu son cadran. Lâché le matin, il remettait ça à présent, sans personne pour lui bloquer les ressorts… Ça pouvait venir de la maison d'à côté – il y avait des plages d'arrêt, puis de nouveau l'aubade en différé, précipitée, urgente, presque angoissante. Peut-être que le bonhomme, au lieu d'aller au boulot, était resté mort dans son lit, ce matin ?

La fille n'avait pas l'air d'entendre. Sans doute à cause qu'elle cassait la croûte en remuant les dents. Elle n'avait pas l'air de grand-chose, d'ailleurs, la pauvre nana… Cette robe jaune ! Clive distinguait des taches brunes, comme de la terre collée entre les fleurs. Où est-ce qu'elle avait bien pu traîner ?

Il a pensé que le réveil, qu'il imaginait rouge, lui expédiait un signal, à lui tout seul : « Réveille-toi ! »… En effet, Clive avait encore le temps de se mettre debout – comme s'il n'avait rien vu, ni rien dit. Il pouvait filer vers la porte, après avoir déposé de l'argent sur la table, et dire *Ciao* ! Il sortirait sous le soleil…

Ça l'effleurait. Il se projetait marchant dans la rue vers sa bagnole cabossée – et tandis qu'il fouillait dans sa poche, il a entendu, derrière les murs, que le réveil ne disait plus rien.

Alors un oiseau pépia sur la place, dans les arbres, fort.

Lorsque Clive quitta sa chaise, la fille se leva aussi. Elle n'avait pas soufflé mot, ni murmuré, ni rien haussé dans son regard vide. Elle le suivit, déplaçant doucement sa personne un peu entamée sous les regards indifférents des consommateurs devenus vagues et muets.

Elle sortit derrière lui sur le seuil, comme une chienne égarée qui cherche à faire ami.

I

Nathalie,

il m'en arrive une bien bonne, j'ai mis une fille dans ton lit ! Rigole pas, c'est pas du tout ce que tu crois. Elle est dans ton lit, ça c'est vrai, mais elle ne bouge pas. Ça fait trois jours qu'elle dort ! Sans blague. En plus, je sais pas du tout qui c'est, ni rien, ni comment elle s'appelle – elle roupille et ne me répond pas. Jour et nuit ! J'ai jamais vu ça… J'en suis même inquiet parce qu'elle mange pas, ni autre chose. De temps en temps je vais doucement voir si elle respire. Heureusement, « Ça respire encore », comme dirait Wenzel !… Des fois même elle ronfle. J'ai presque eu envie d'appeler un médecin pour voir si c'est bien catholique, tout ça – un prêtre, tu crois ?… Mais j'ai les jetons. Elle doit être camée, pourtant elle a pas de dope. C'est pas une over, ça je suis sûr. Elle a pas de bagages, pas de poche, que dalle – je suis sûr. Elle a pas de bagages, pas de poche, que dalle – jc vois pas où elle se fournirait, les bras de Morphée c'est pas la manche d'un dealer !…

Je rigole mais j'espère qu'elle est pas malade au point d'être en train de crever sans que je m'en aperçoive. Je touche du bois, j'arrête pas. Figure-toi qu'elle a une jambe toute râpée, je me suis aperçu : une méchante estafilade qui lui a écorché tout un côté. C'est plein de croûtes qui sèchent – un peu sur une main aussi. Je sais pas ce qu'elle a foutu. Elle a pas répondu quand j'ai demandé, mais des fois, est-ce qu'elle n'aurait pas le tétanos ? Ça fait comment le tétanos ?... Le premier soir, elle a mangé un max de pain avec du jambon, puis un quart d'heure après, elle a tout dégueulé dans ma bagnole ! Elle n'a rien bouffé depuis. Avoue que tout ça n'est pas clair. Ou n'avoue rien du tout, parce qu'au fond tu n'es pas coupable. Je suis certain que tu t'en fous, et tu as bien raison !... Sauf, quand même, qu'elle est dans ton lit. S'il doit y avoir un cadavre il sera pas exactement sur mes bras, mais dans ton pieu, ma vieille !... Bref, comme tu vois, elle est bien bonne.

Remarque, autrement, les travaux continuent pendant la ronflette – pendant l'agonie ?... Aïe, je retouche du bois !... Au début j'osais pas trop faire de pétard, maintenant je tape, je perce, je cogne les cloisons, rien ne la dérange. Tu diras à Greg que j'ai trouvé une combine pour placer un projo au-dessus de la liseuse comme il avait dit. L'effet garanti mignon, je te dis pas. Pour le reste ça vient doucement, encore une petite semaine de boulot et il n'y paraîtra plus – ou plutôt l'inverse ! Embrasse Greg, cajole-le. J'espère que ça continue à aller bien pour vous, pas de lézard avec les Italiens ?... J'espère que la petite meuf va se réveiller gentiment, que je puisse la foutre à la porte. Merde ! Ça m'apprendra à avoir bon cœur ! Je lui ai placé une bouteille d'eau à côté d'elle pour en cas qu'elle ait soif... J'ai l'impression de veiller une gréviste de la faim. Si ça continue je vais donner une conférence de presse. (Et puis je vais quand même me renseigner sur les symptômes du tétanos.) Voilà. C'était les dernières nouvelles du Bois Dormant.

Nathalie, je t'aime pas, je déteste penser à toi. T'es super.

Clive.

P. S. Une autre idée qui m'est venue, elle serait pas en cloque ? Il paraît que ça fait comme ça au début... Avec le pot que je me trimballe j'ai peut-être bien recueilli la maman de l'enfant Jésus ! Ciao !...

Depuis la porte entrebâillée, il s'aperçut que la bouteille était vide – et ce fut alors le quatrième matin. La fille avait dû se rendre aux toilettes durant la nuit, parce que la robe imprimée avait changé de place. Elle était passée de la chaise à par-terre, en tas, à côté du lit.

Clive pensa que mieux valait tard que jamais. Il éprouva un vif soulagement à constater ces signes d'existence. Ce fut en effet au cours de cette journée-là que « Mina » se remit sur ses jambes. Lentement d'abord, sans fracas. Elle paraissait affaiblie, il lui apporta du thé et des tartines, qu'elle ingéra sans problème – mais à petite quantité à la fois.

La chambre sentait fort ; il entrouvrit les volets et la fenêtre sur le printemps. La fille cligna des yeux avec cet air renfrogné que provoquent les emmerdeurs. Elle remontait les draps du lit sous son cou ; elle surveillait ses gestes. Il était heureux de découvrir qu'elle n'avait aucune fièvre apparente, et que ses mouvements paraissaient aussi souples et normalement contrôlés qu'il était souhaitable... Sauf lorsqu'il étendit le bras pour lui approcher la tasse – un mug illustré aux armes de la Reine d'Angleterre, souvenir du Jubilé. Elle sursauta, avec un brusque mouvement de recul.

– Je vais pas te la balancer sur la gueule ! dit Clive.

L'après-midi, comme il revenait aux nouvelles, après

la sieste, voir si elle désirait encore une petite tartine ou quoi, elle prononça ses premières paroles :

– T'aurais pas un fute ?

Elle voulait se lever. La petite robe chiffonnée sentait encore le vomi, qui est une odeur tenace. Il comprit à sa voix, et sur le ton de cette seule phrase, qu'ils étaient devenus bons camarades, selon elle. Depuis tout ce temps qu'ils dormaient sous le même toit !... Peu de temps après, elle dit encore qu'elle s'appelait « Mina », sur une question qu'il lui fit. Lui, c'était Clive – il ajouta How do you do ? pour rire, mais elle ne parut pas comprendre « Odioudou » qui sonnait comme un petit nom arabe.

Il lui procura un pantalon à Nathalie, laquelle n'était pas non plus une montagne de chair. C'était même fort seyant. Il ajouta de quoi s'orner les fesses, en dessous, ainsi qu'un pull appartenant à Greg, qui lui tomba aux genoux. Et comme la soirée s'annonçait très belle en ces jours lumineux du mois de mai qui s'étalent, il suggéra :

– Tu peux prendre une douche, ce serait sympa. Y a du shampooing, là, et tout... Tu feras gaffe, l'eau chaude arrive au robinet bleu. Une erreur d'installation qui amuse les propriétaires.

Un peu plus tard encore, il ouvrit sa dernière boîte de cassoulet toulousain, comme on procède à un sacrifice culinaire pour un hôte de marque – mais il demeura ferme sur le principe des restrictions. Mina, même lavée, conservait un air chafouin ; cependant sa peau était devenue claire. La masse de ses cheveux bouclés, ni bruns ni blonds, la rendait un peu mieux regardable. Au reste, elle goûta à son plat seulement du bout des lèvres.

Le lendemain la vie sembla prendre un tour plus ordinaire. Mina se leva tard, mais elle déjeuna d'assez bon appétit, avec de la confiture de coing. Clive, qui travaillait depuis le matin dans la remise, lui proposa de l'emmener faire un tour sur la colline ; elle refusa. Elle ne tenait pas à sortir. Le beau temps, elle avait l'air de s'en moquer comme de la première pluie du monde ; le printemps n'était pas dans l'ordre de ses soucis.

Il lui présenta donc, de la terrasse, l'intérêt du vaste panorama ; on surplombait, de ces hauteurs, le paysage viticole languedocien, ses villages plats aux murs bis, ses bosquets vert sombre. Au loin, on distinguait la mer, un peu – la barre foncée sur l'horizon, au bout du ciel, au sud, se nommait Méditerranée.

– D'un peu plus haut, on la voit bien, fit Clive. Dans la colline, quand le temps est très clair, on aperçoit même les voiliers.

Il disait cela comme si la chose sur terre qui pouvait le mieux réjouir une jeune fille paumée était d'avoir à portée du regard des bateaux de plaisance... Pour les gens sensibles, la grande commodité d'avoir la mer tout près, c'est qu'en cas de fatigue on peut toujours aller s'y noyer.

Mina continua de visionner les escarpements pittoresques, parsemés de toits ocre, cannelés, pendant qu'il reprenait du service sur l'échelle double qui lui servait à visser les culots des douilles au plafond. Au bout d'une heure, elle demanda ce que c'était que toutes ces plantes semblables qu'elle voyait, toutes pareilles ?

– Quelles plantes ?

– Là, partout... Sur les morceaux de bois.

Il ne comprenait pas.

– Tu veux dire les vignes ?

Il lâcha son tournevis pour descendre quelques barreaux de l'échelle, et se pencha, en tordant le cou. Elle fit un geste giratoire :

– Ça, là...

– Ben c'est les vignes !

Ce qu'elle indiquait de la main : les rangées de ceps, à perte de vue. L'idée l'effleura qu'elle était complètement idiote. Perdue de bêtise, voilà sa vraie identité !

– C'est avec ça qu'on fait le vin. Non mais d'où tu sors ? T'as jamais vu de vignes ?...

Elle secoua la tête – il n'y avait pas de quoi en faire un plat, si ?... Elle fit la moue boudeuse devant son ton vexant. Il se prenait pour qui ? – Alors Clive insista, mais plus doux, compréhensif, qu'elle n'avait sûrement pas vu beaucoup de campagne dans sa vie. Il adopta le genre compatissant, car ces toutes nouvelles générations élevées exclusivement sur le béton des grandes villes, comme qui dirait « au-delà des poules », ne savaient guère distinguer une vache normande d'un alligator.

– C'est là-dessus que poussent les raisins. Tu as déjà vu des raisins ?... Voilà ! Après on fait du vin avec. Quand ils sont mûrs.

Il ne s'était jamais senti aussi didactique :

– Après, on boit le vin ! Glou-glou-glou !... C'est bon.

Il lui montrait une bouteille de Saint-Émilion qu'il avait vidée les jours précédents – il faisait le pitre.

L'après-midi s'avança ainsi, dans la tranquillité et la bonne conscience du travail accompli. Il perçait la cloison, ajustait au plâtre frais les commutateurs du va-et-vient. Il expliqua aussi, mine de rien, que tout cela terminé, il partait. Il quittait la maison, et même la France, pour tout dire... Il songeait qu'il valait mieux la préparer à l'avance. À la vitesse où elle semblait saisir, il ne pouvait pas commencer trop tôt !... Sous couvert de bavardage il lui raconta qu'il se rendait en Italie, bosser à un spectacle pour l'été, avec des copains. Les gens, précisément, qui possédaient cette maison. C'était convenu comme ça.

Il avait pris un ton d'évidence, mettant sous les mots que, naturellement, il lui faudrait gicler, elle, à ce moment-là. Il ne pouvait pas la laisser ici, ni lui louer la baraque pour la saison touristique ! Voyage ou pas, merde ou pas, ou poudre, ou enceinte ou non – quand même pas ? – elle devait se faire à l'idée que ces douceurs auraient une fin prochaine. Elle devrait sous peu dégager la piste, hélas !... Mais jusque-là, bon.

Mina prenait ces projets avec une indifférence qui l'inquiéta. Il insista lourdement sur l'Italie, qu'il n'y était jamais allé jusqu'ici, mais que paraît-il c'était très agréable comme climat – surtout le coin où il se rendait, en Toscane. Il ajouta qu'une fiancée à lui était censée le rejoindre là-bas...

Il fut pesant et clair. Elle ne broncha pas.

Elle s'était mise à dessiner sur un coin de la table du salon. Pendant qu'il passait ses fils dans les gaines, le long des plinthes, tout en tenant ses propos futuristes, Mina s'était emparée d'une trousse de crayons de couleur qu'elle avait trouvée dans les affaires de Greg, sur le bureau. Elle s'ingéniait à copier, sur une grande feuille de Canson qui traînait, la couverture d'un vieux numéro de *Elle*. C'était la photo d'un mannequin en fourrure qui datait de l'automne. Elle dessina studieusement, après la nuit tombée, sous la lampe que Clive lui avait apprêtée.

Il n'accorda d'abord aucune attention particulière à cette activité un peu enfantine – tous les mômes aiment à passer le temps à dessiner ; puis, rentrant plus tard dans le salon, il trouva le dessin presque terminé. Il siffla... La reproduction de la couverture de magazine était impressionnante. Jamais il n'aurait supposé que Mina fût capable d'un tel rendu dans les lignes – ou capable de quoi que ce soit !

– Dis donc, toi ! Chapeau !...

La ressemblance des visages même était étonnante, avec une jolie précision dans le trait, la couleur. La dame en vison s'appuyait de l'épaule contre un mur de briques jaunes, ce qui donnait une silhouette torse, bien peu commode à copier, pensa Clive.

– Tu fais les Beaux-Arts ou quoi ?

Elle secoua sa tignasse, mais pour la première fois apparut sur sa figure en lame de faux un air de contentement qui paraissait au bord de se transformer en sourire. Elle étirait sa lèvre inférieure vers son nez, dans une grimace flattée.

– T'as jamais fait de dessin ? insista Clive du ton parfaitement incrédule qu'il fallait pas lui raconter n'importe quoi.

Mina se lança dans une phrase qui échoua :

– Si, un peu, au Centre, j'aimais bien... À l'école, quoi !

Elle rougit violemment. Le rosé lui monta aux oreilles et elle redevint brusquement menaçante. Qu'est-ce qu'il lui posait toutes ces questions ? Est-ce qu'on était dans un salon où l'on cause !... Ses yeux gris lancèrent des éclairs comme les prunelles d'une chatte à qui l'on vient de marcher sur la queue. Il enquêtait là, ou quoi ?...

Clive la regarda, indécis s'il allait lui allonger une baffe – il baissa les bras. Demain il ferait jour... Il se retira dans sa chambre pour y passer la fin d'une si belle nuit.

Le lendemain, lorsqu'il se leva, il trouva le dessin fini, encadré d'un épais trait brun. Mina l'avait déposé en travers sur sa perceuse. Il pensa d'abord, avec un énorme soulagement, qu'elle s'était barrée... C'était là son geste d'adieu. Il en fut touché, presque désappointé. Partie dans la nuit ? Il alla pousser la porte de la chambre de Nathalie – non, Mina dormait dans le lit, un bras nu pendait en dehors du matelas. Il referma la porte sans bruit.

Clive avait conservé la feuille de Canson à la main. Il l'accrocha au mur du salon... C'était réellement une drôle de cliente qu'il avait récoltée là !

Ce fut un quart d'heure plus tard, alors qu'il buvait son thé dans la cuisine, qu'il entendit des coups frappés à l'entrée de la maison. Il écouta mieux – les coups recommencèrent, pas fort, mais nets. Quelqu'un cognait à la porte vitrée au bout du long couloir… Ce pouvait être un voisin – ou le facteur ? Probablement Joc, le vieux bonhomme qui s'occupait du jardin – c'était Greg qui l'appelait Joc, il ne savait pas son nom.

Clive essaya de voir, en approchant son visage de la fenêtre de la cuisine – il aperçut une voiture de la Gendarmerie devant la maison. L'Estafette bleue à gyrophare était garée juste derrière sa 4L à lui.

Les coups résonnèrent plus fort et dru, avec un bruit métallique, comme si une clef heurtait le verre cathédrale de la porte d'entrée. Le tintamarre s'intensifiait dans le couloir dallé, Clive se précipita. C'était bien un képi d'uniforme qui se dessinait, un peu flou derrière le verre épais. Il cria : « Oui, oui ! »… en enfilant son pantalon. Qu'ils n'aillent pas réveiller toute la maisonnée, merde ! Et qu'est-ce qu'ils voulaient avec des manières pareilles ?… Il pensa à un P. V. qu'il avait chopé à Béziers – mais ça pouvait être pour Greg aussi bien. Greg avait souvent avec la police des mailles de parties – et même elles revenaient, des fois, sur sa gueule !…

Sur le perron les deux gendarmes le saluèrent brièvement, à la fois réglementaires et cordiaux – s'excusant de déranger, à cette heure matinale, même s'il était neuf heures et demie passées. Il y avait un homme mûr et grisonnant qui devait être le brigadier, et un jeune, à peu près l'âge de Clive, qui faisait le sérieux tant qu'il pouvait sous sa visière noire. Le chef posa tout de suite les questions d'usage sur l'identité de leur hôte, sa situation, et qu'est-ce qu'il faisait exactement chez Monsieur Gregory Loach, absent ? Que par ailleurs ils connaissaient bien : un Anglais charmant. Le brigadier l'appelait « Monsieur Loche », à la manière des gens du lieu. Clive raconta qu'il était un ami du couple – et d'ailleurs le propre frère de sa compagne, Nathalie Martin. Les gendarmes acquiesçaient, ils connaissaient fort bien Madame Martin aussi, la comédienne… Et lui-même, Clive ? Eh bien il s'apprêtait à aller les rejoindre pour le spectacle que Gregory devait mettre en scène cet été. En attendant, il refaisait l'installation électrique de toute la maison, car elle était ancienne et complètement pourrie, voire dangereuse à la longue – et les gendarmes furent bien d'accord que ces maisons où rien n'a été touché, « à la longue », ça se détériore… Il était donc électricien ? – Non ! Enfin… Un peu, oui, tout de même ! Disons que par profession il était éclairagiste, au théâtre. Régisseur lumière, exactement… Alors c'était tout de même sa partie

Et les deux gendarmes hochaient le tête, qu'un éclairagiste devait savoir poser la lumière.

– Vous êtes seul ? a fait le brigadier.

Clive a ouvert la bouche, puis, en un seul tour de cervelle, il a pris un air étonné de la question. Il a dit : « Oui, tout seul, pourquoi ? »…

Le jeune flic, qui portait une petite moustache de gendre, en barre sombre sous le nez, planta hardiment son regard dans le sien. Le brigadier se gratta le cou… Eh bien, de fait, il posait cette question, parce qu'il y avait cinq jours, lundi dernier, Clive avait été vu au village en compagnie d'une adolescente. Ils avaient même, selon les témoins, joué au billard électrique ensemble. Était-ce exact ?…

– Euh… Oui, c'est vrai.

– Cette jeune fille, savez-vous ce qu'elle est devenue ?

Clive sentait monter l'angoisse. Il faisait semblant de tenter de se souvenir de ce qu'elle avait bien pu devenir, en effet. Puis il a avoué que… Ben… Il n'en savait rien ! Il écarta les bras, d'un air navré.

– Vous ne la connaissiez pas ?

– Ben, non. Elle s'est trouvée là, on a fait une partie.

– Mangé un sandwiche aussi ! ajouta le jeune gendarme en le fixant de ses yeux très bleus.

Jusque-là il s'était tenu silencieux, mais particulièrement attentif à la manière dont Clive, répondant aux questions, passait constamment d'un pied sur l'autre au milieu de ses phrases.

Il était clair que le bistrot était allé au rapport. Dans les détails... Clive confirma pour le sandwiche.

– Et vous ne la connaissiez pas ?

– Non. Elle avait faim, c'est tout.

Saint-Martin, son ange patronyme, n'avait-il pas, jadis, partagé son manteau avec un pauvre qui avait froid ?

– Cependant, intervint le brigadier, toujours selon les témoins, vous seriez partis ensemble en voiture ?

– C'est exact ! fit Clive qui adoptait volontiers les formules un peu administratives, parce qu'elles sonnent plus vrai que les autres aux oreilles des administrateurs.

Il expliqua que la fille faisait du stop – du moins à ce qu'elle lui avait raconté. En conséquence, pour être obligeant, il l'avait déposée au bord de la nationale, dans la vallée, un peu après le patelin qui s'appelait Tarrassac – mais il prononça en entier : « Le village de Tarrassac ». Il avait reculé devant le mot « localité » – il ne fallait pas trop en faire.

– Vous ne l'avez pas revue depuis ?

– Ma foi non !

Il se rendit compte que c'était la première fois de sa vie qu'il disait « ma foi » – comme ça, oralement ! Le mot de sa grand-mère, « Ma foi, oui, ma foi, non », lui était venu d'instinct. Afin d'être mieux sincère... Et il se mit à trembler que Mina n'aille pas se pointer tout à coup dans le couloir, ou tirer la chasse d'eau des chiottes. Non, Seigneur – fit-il mentalement – pas la chasse d'eau maintenant !... Il n'osait plus refermer la porte qu'il avait laissée ouverte, crainte de les rendre soupçonneux pour un homme seul.

Alors le brigadier a sorti une photographie, genre maton collée à une feuille, et demandé en la mettant devant Clive :

– Est-ce que vous reconnaissez la personne ?

Au premier coup d'œil le cliché était exécrable ; mais la fille avait les cheveux frisés dessus, un air égaré, les traits tirés, une drôle de lueur dans l'œil – et bon, c'était Mina. Oui, il la reconnaissait formellement ! Et si dans trente secondes ces deux zigues n'avaient pas quitté le perron, il allait se retrouver en taule pour faux témoignage et les suites... Et il voyait bien que le jeune flic humait sa courte moustache en le regardant être mal à son aise. Et il eut une illumination :

– Vous permettez, j'ai peur que mon chat se sauve !

Il tira la porte assez violemment, et tint un moment la poignée, solidement, comme si c'était plutôt un lion qui menaçait de sortir...

– Autrement, je suis obligé de courir après lui dans les vignes !

Les deux flics ont souri, qu'en effet c'était une bonne précaution. Et comme ça, si l'on entendait un léger bruit, ce serait le chat, n'est-ce pas ?... Sauf la chasse ! – Oh mon Dieu qui êtes bon, pas la chasse !

Le brigadier était redevenu grave :

– Il faut que vous nous suiviez à la gendarmerie, monsieur Martin. Nous avons besoin de taper votre déposition.

Devant la mine éberluée de Clive les deux gendarmes expliquèrent que cette fille était recherchée par la police – et qu'il y avait eu des incidents... Ils avaient repris le visage fermé des fonctionnaires qui n'ont pas à s'étendre d'avantage. Toujours était-il que sa déposition devait être signée par lui, car elle se trouvait de toute première importance.

– Capitale, même, ajouta le jeune homme qui s'exprimait avec l'aisance d'un garçon qui a eu son Bac du premier coup, et qui compte faire son chemin dans la voie qu'il a vraiment choisie. L'importance de votre témoignage s'accroît du fait que vous semblez être le dernier à ce jour à l'avoir vue vivante.

Un frisson parcourut Clive à ce mot de deuil.

– Vivante, bien sûr ! rectifia le brigadier. Disons le dernier à l'avoir vue tout court.

Ils lui conseillèrent de ne pas oublier ses papiers : passeport, carte d'identité – et il n'avait qu'à descendre avec sa voiture, ce serait plus simple. Ils ne le retiendraient pas longtemps.

•

À la gendarmerie Clive déclina minutieusement les bizarreries de son état civil. Né à Nuneaton, en Angleterre. De père anglais, oui, et de mère française. Si, si ! Martin était bien un nom anglais ! Très courant – mais prononcé Mââtine, à peu près... Oui, il possédait la double nationalité. Son père était décédé. Il avait été élevé en France. À Rouen, chez sa grand-mère... Ses études aussi.

Les bâtiments de la brigade étaient flambant neufs, préfabriqués, clairs, fonctionnels, avec des fenêtres à bascule qui font chaud l'été et froid l'hiver. Chez eux, les deux hommes avaient ôté leur képi ; en apprenant que le père de Clive – et, en somme, celui de Madame Martin, la comédienne – avait été dans la Marine, et porté disparu dans l'océan Pacifique lors d'une tempête terrible, ils prirent un ton bonhomme et presque familier. La Marine britannique, tout de même !... Le fils d'un héros ! – Clive ne précisa pas qu'il s'agissait de la marine marchande. Ni que, selon les témoins oculaires, hélas nombreux, son papa avait été atteint par un sérieux coup de pied de barrique, cette nuit-là, juste avant de se trouver tragiquement emporté par la lame qui fit une veuve et deux orphelins.

Il réitéra donc sa déclaration, tandis que l'adjoint tapait le rapport sur le clavier d'une machine. Il utilisait presque tous les doigts, et c'était amusant de le voir voltiger au-dessus des touches... Clive dut fournir une description de la robe que portait Mina – et est-ce qu'elle avait une ceinture ou pas ? Ça les intriguait cette histoire de ceinture. Il déclara sur l'honneur qu'il ne se souvenait malheureusement plus – il l'avait connue si peu de temps !... – Mais enfin, qu'est-ce qu'elle a fait cette fille ? se crut-il autorisé à demander lorsqu'il vit que l'interrogatoire tirait à sa fin. C'est une fugue ? Elle est partie de chez ses parents ?

Le brigadier se gratta le cou, derrière l'oreille, qu'il avait rouge et comme enflée... Mais puisque Clive était le fils d'un militaire tombé pour ainsi dire au champ d'honneur, même si ce terrain-là se trouvait exagérément gorgé d'eau – bon. La gamine, qui s'appelait... Voyons donc – il ouvrit le dossier et chaussa ses lunettes – qui s'appelait Marguerite Agnès Baruch, ou Baruche, était évadée depuis plus de quinze jours d'un Centre de surveillance du Ministère de la Justice dans la région de Mazamet. Un centre de jeunes délinquants, quoi. La brigade n'avait le dossier que depuis deux jours, et c'est en faisant leur enquête que divers témoignages leur avaient appris...

Clive avait ouvert la bouche. Il échappa un « Ah ! » prolongé, repris, refoulé. Un « Ah » pas net... Il avait failli dire : « Ah je comprends ! »

– Ça vous surprend ? demanda le jeune homme assis devant la machine, qui avait laissé ses doigts sur ses cuisses.

– Oh non !

– Pourquoi faites-vous « Ah ! », comme ça ?

– Pour rien. Parce que… Ben, elle m'avait dit qu'elle faisait du stop, c'est tout. Je ne m'attendais pas…

– Alors ça vous surprend ?

– Au fond, oui.

– Et pourquoi ça vous surprend ? dit l'autre.

Le brigadier souriait en coin de voir son jeune collègue et subordonné zélé, pour qui il éprouvait de l'estime, conduire un interrogatoire avec l'air soupçonneux de Maigret, le soir, après les Informations de 20 heures. Clive décida de noyer le poulet :

– Parce qu'elle n'a pas l'air si terrible que ça, vous savez ! Moi je l'ai vue, c'est un chat mouillé, grosse comme mon doigt… Une histoire de drogue, quoi !

– Non.

Le jeune flic s'était levé. Il renifla l'air du bureau, puis opérant une semi-pirouette sur lui-même, il demanda sur le ton d'une politesse extrême :

– Pourquoi supposez-vous que ce puisse être une histoire de drogue, monsieur Martin ?

Il y avait dans sa question toute la défiance que les forces de l'ordre se doivent d'entretenir à l'égard des artistes errants, des gens de trop de talent pour être parfaitement insoupçonnables, et sur lesquels ce n'est que par faveur que la société veut bien, provisoirement, fermer les yeux.

– Je dis ça, parce que je lis les journaux, bafouilla Clive. Comme tout le monde… Maintenant, les jeunes, c'est la drogue, non ? Faut pas chercher plus loin.

Il essayait de se faire raisonnablement vieux, honnête et encroûté.

– Cette fille nous est signalée comme particulièrement dangereuse, rétorqua le policier. C'est pour cela que nous vous demandons une déposition écrite.

– C'est peut-être pas la même alors ? fit Clive, tout à fait sincèrement.

– Vous avez reconnu sa photo.

– Mais elle était naze, la pauvre fille ! Je lui ai payé un casse-croûte, elle a tout vomi dans la caisse… dans ma voiture.

– Elle a rendu dans votre véhicule ? s'enquit le brigadier.

– Oui, j'ai dû nettoyer après… C'est pour ça, franchement, je vois pas où serait le danger !

Il y eut un silence. Une grosse mouche bleue bourdonna dans un coin de la longue vitre, à la fenêtre. Les deux gendarmes se regardaient.

– Ne vous y fiez pas ! dit simplement le brigadier.

Il avait un air triste de celui qui en a vu des vertes et des pas mûres dans cette profession… Le jeune moustachu, qui ne voulait pas se laisser clouer le bec pour si peu, ajouta soudain, l'œil provocant :

– Vous savez qu'elle a tué deux hommes ?

– Euh ?… Ah oui ?…

– Dont le second il y a une dizaine de jours environ. Un chauffeur routier qui été retrouvé éventré dans un petit bois au bord de la route.

Le jeune type avait pris le ton d'un homme aussi habitué à ce spectacle sanguinaire qu'à voir des chiens marcher sans sabots.

– Ça s'est passé à côté de Saint-Pons, pas loin d'ici. Vous ne lisez pas toujours les journaux !

Clive était devenu très pâle… Il commençait à sentir un tiraillement du côté de sa pommette gauche, laquelle avait l'air de vouloir fuir vers la tempe. La chose lui arrivait parfois, sous le coup d'une émotion subite, avec la désagréable impression que son œil voulait se placer juste au-dessus de l'oreille, ce qui était assez monstrueux. Il glissa la main sur sa joue par mesure de contrôle et d'apaisement.

Le jeune flic vrillait méchamment ses yeux bleus :

– Vous avez chaud, monsieur Martin ?

Le brigadier était devenu conscient, lui aussi, de son malaise :

– Ça fait bizarre, hein, quand on y pense ? Rétrospectivement. Notez bien que pour la seconde victime, que décrit mon collègue, il s'agit d'une supposition. On a trouvé le chauffeur mort deux jours après la disparition de la gamine, dans le secteur, ça fait des présomptions… D'ailleurs elles étaient deux à s'être évadées en même temps. Le fait qu'elle ait été aperçue – et même plus qu'aperçue si je comprends bien – appuierait l'hypothèse de l'homicide.

Il feuillette l'ensemble des notes et conclusions provisoires du rapport.

– L'autre meurtre est beaucoup plus ancien, je vois…

Elle avait tué son beau-père, toujours par éventration. Oh, elle peut pas aller bien loin, elle va ressortir un de ces jours ! En attendant…

Le gendarme se tait. Il a refermé son dossier… Il laisse la main posée dessus, pesamment – presque douloureusement. Il est père de famille, bientôt grand-père peut-être… Il fait : « Ah vous savez ! » dans un soupir.

La mouche de la fenêtre fait un tintamarre agaçant. Elle produit un sifflement aigu sur le carreau, comme la chignole d'un dentiste avant les dernières améliorations techniques. Le brigadier s'approche, saisissant son képi sur la table ; il la vise, la touche – elle dégringole à terre en tourbillonnant. Il l'écrase en silence, sur la moquette rase du bureau, du bout de sa chaussure.

– Voilà, monsieur Martin. Si vous n'avez plus rien à ajouter… Ah ! nous allons noter cette histoire de vomissement.

Il dicta : « Le témoin déclare se souvenir »…

Et puis Clive a dit : « Oui, oui, c'est ça… » et il est devenu vert comme un poivron – et puis jaune banane. Il entendit comme dans de la ouate : « Vous ne vous sentez pas bien ? »… Et il vira rouge cerise : « Si, si… » Et tous ces brutaux mélanges de fruits et légumes ne lui faisaient pas du bien à l'estomac. Il était certain de gerber dans la minute présente sur la moquette bleue de mauvaise qualité qui tournait lentement sous ses pieds… Puis il respira très fort, plusieurs fois, comme à la gymnastique. Il osa alors lancer au jeune homme qui l'observait de son regard à la Humphrey Bogart :

– Vous en avez de bonnes, vous ! Je ne supporte pas l'image d'un homme éventré.

Puis il sortit prendre l'air, après avoir signé sa déposition. Il respirait encore violemment sur le parking minuscule en ouvrant la portière de sa bagnole. Le brigadier avait relevé la vitre basculante, et glissé sa tête en dessous :

– C'est à vous le véhicule ?… Il faudra que vous changiez les pneus, à l'arrière.

C'était la sueur qui avait sauvé Clive. Il s'était mis à ruisseler de tous ses pores, au front, aux mains, dans le cou, dans les reins. Il pissait la sueur de la tête aux pieds. Ça l'avait dégagé – il avait réussi à ne pas salir la moquette, ce qui laisse une odeur déplaisante, toujours.

Nathalie,

je suis une ordure. Enfin, si tu préfères je suis un beau dégueulasse. Mais j'ai des circonstances exténuantes. Je suis même fatigué d'avance à te raconter… Figure-toi que mon invitée, tu sais la môme roupillon, eh bien elle s'est réveillée ! Elle était même pas malade. Ni enceinte, ni rien. Ni même droguée. Elle allait très bien. Elle était seulement évadée !… Oui ma vieille poule : du bagne ! Comme je vous le dis !…

Tu veux que je dise ce que c'était cette nana ? Vaut mieux parce que tu pourrais pas deviner… C'était un assassin. Oui madame. Une meurtrière, si t'aimes mieux. – C'est toujours, du reste !… Et peut-être encore plus au moment où je t'écris. Bref elle a buté deux mecs. Je te jure. Le dernier y a pas quinze jours. Éventré, ma vieille biche ! Oui, oui, oui !… Au couteau !… C'est pas mes fantasmes, c'est les gendarmes qui me l'ont dit. En fait, elle est recherchée par toutes les polices de Navarre cette greluche, et surtout celles du Languedoc !

Quand même, on n'aurait pas dit. J'ai frôlé la mort… Do you realize ! Stabbed in the belly !… Je déconne, mais j'en menais pas large pendant quelques heures. Putain la panique ! J'osais pas rentrer au bercail – j'ai failli écrire au « cercueil », tu imagines l'ambiance ! (Quand je pense qu'il y a un patelin du côté d'Alençon qui s'appelle *vraiment* Cercueil. Tu parles si c'est gai ! Je veux dire comme adresse !... Le bonhomme sur la route, il s'est viandé dans sa bagnole, mais il respire encore, du sang couvre les sièges : « Où habitez-vous, mon ami ? – Oh Cercueil ! Cercueil, s'il vous plaît !)

Bon, cessons de rire. Faut que je te raconte ma ruse suprême. Que tu te rendes compte comme je peux être intelligent des fois. Donc, en sortant de chez les flics avec cette information pas banale, je n'ai eu qu'une idée : comment m'en débarrasser ? De la fille, quoi. Elle s'appelait Mina. En réalité c'est Marguerite son vrai nom, selon le dossier... D'abord, j'ai failli tout planter là et qu'elle se démerde – et vous aussi ! Ma peau d'abord – celle de mon bide en premier. Et puis mon caractère héroïque a pris le dessus. Je suis rentré à la maison – elle se doutait de rien, peinarde, au saut du lit. Dans le simple appareil d'une jeune beauté arrachée au sommeil, comme dit Balzac, mais je crois pas que c'est de lui. Sauf qu'elle était assez moche comme beauté. Bref, elle avait enfilé ta vieille robe de chambre, la bleue, tu vois le plan. (Tu sais, les gens qui tuent, rien les gêne : ils t'enfilent une robe, hop là ! Surtout les femmes ! Toutes des... bon !) À propos d'enfiler, j'ai commencé par planquer tous les couteaux de la cuisine. Je les ai portés dans la remise – d'ailleurs ils y sont encore, faut pas que j'oublie d'aller les chercher !

Donc, d'une cabine, j'avais téléphoné à Didi, à Paris, pour qu'il me rappelle dans la demi-heure. Il a rappelé dans l'après-midi – j'ai fait semblant que c'était une urgence, que je devais partir tout de suite pour Paris, que ma sœur avait eu un accident. Heh !... On fait ce qu'on peut ! Par conséquent, départ dare-dare, l'autoroute, hop là ! direction Montpellier... La nénette avec, comme de bien entendu ! J'y aurais dit qu'on allait sur la lune c'était pareil, elle s'en foutait.

Mais j'avais mon plan!... Aaaaaaaahhh!... Je me frottais les mains d'un air machiavélique. À Montpellier, il commençait à faire nuit, j'ai dit: on va sortir et boire un coup en ville. J'ai repéré un troc en face de la gare, un flipper, (c'est là que je l'avais rencontrée, devant le flipper du Café de la Poste qui est si miraculeux, tu sais – elle jouait pas mal mais là n'est pas la question). J'avais toujours mon plan Aaaaahh! J'ai fait semblant d'aller aux chiottes pendant qu'elle montait un tableau, je suis ressorti par-derrière, ni vu ni connu, j'ai pas demandé mon reste ni l'heure qu'il était – bagnole, autoroute taillée à fond la pédale, et me voili, tout neuf, tout vierge, pas sali par des chicanes de complicité de meurtre, parfaitement sain et sauf!

Sauf... Sauf que j'ai fait le coup qu'on fait aux chats. À part qu'on les met pas à jouer au flipper. On les jette, c'est plus honnête... Je me sens assez mal pour tout dire. Nathalie, je suis une belle ordure quand même. Dans la bagnole en revenant je me sentais pas frais à imaginer sa frimousse tordue, sa panique quand elle s'est aperçue que je l'avais jetée dans le bois, avec le loup qui la mangera. Je me suis franchement senti dégueulasse. Sans dec, Nath, j'ai presque failli pleurer sur mon volant tellement le monde est à gerber par moments. Enfin je trouve... Et puis j'ai pas versé de larmes parce que ça fait la vue trouble en conduisant. Surtout la nuit, c'est très dangereux. Ou alors il aurait fallu que je pleure sur une aire de repos, mais bon... Le temps de trouver!

Au fait, toi tu peux pleurer! Pour ton futal et un cardigan que je lui avais prêtés. Tu les reverras jamais! – Du moins je l'espère!... Dis-moi si c'est pas triste de penser à ces fringues à toi, mon petit canard, qui ont encore la forme gracieuse de ton corps, tout ça, et un peu ton odeur je parie, qui vont être le témoin du prochain assassinat! Plein de sang, le falzar – la tripe du monsieur coulant dessus! T'imagines l'odeur alors! Dior de

Dieu !... Tu pourrais même devenir suspecte – ce pantalon, monsieur le gendarme, oui, je le reconnais, c'est celui de ma sœur !...

Allez, fais de beaux rêves ! Demain j'aurai fini les travaux. Je pose mes clous, je me nettoie et j'arrive.

Nathalie, tu es une petite sœur que j'aime.

Clive.

P.S. Hé, qu'est-ce que c'est que cette histoire d'Avignon dont m'a parlé Didi au téléphone ? Tu vas pas te tirer au moment où j'arrive, si ?... Je me méfie. Toi il faut toujours que t'aies un pied en l'air comme disait la mémé.

Re P.S. Au fond j'espère que les flics l'ont chopée, qu'ils lui donnent à manger. Et que Dieu la protège, comme disait... et merde !

« À quel talent nourri de larmes devrons-nous un jour la plus émouvante élégie, la peinture des tourments subis en silence par les âmes dont les racines tendres encore ne rencontrent que de durs cailloux dans le sol domestique, dont les premières frondaisons sont déchirées par des mains haineuses, dont les fleurs sont atteintes par la gelée au moment où elles s'ouvrent ? »... Clive se dit que Balzac devait être au moins jardinier pour écrire des choses pareilles ! Il se demanda si les gens de cette époque-là parlaient réellement comme ça, entre eux ? Ou bien si c'était seulement une déformation, une enflure un peu cancéreuse de l'expression qui provoquait ces envolées imbitables !... On appelait donc « littérature » cette manière de se tenir sur un petit nuage à part ?

« Quel poète nous dira les douleurs de l'enfant dont les lèvres sucent un sein amer, et dont les sourires sont réprimés par le feu dévorant d'un œil sévère ? »... Tout ça pour parler d'un moutard maltraité qui en chie comme un Russe !

Clive laissa tomber le livre – il n'en saurait probablement jamais la fin. Il se versa le fond de la bouteille de Saint-Émilion – La Fleur Cauzin 83. – Il porta le verre devant son œil. Est-ce qu'il est important de connaître la fin des livres ?... Il aspira une goulée qu'il fit claquer sur sa langue. On ne connaît la fin des gens que lorsqu'ils sont morts. « Un livre fini est un livre mort ! »

Un coup de tonnerre ponctua sa sentence : la porte-fenêtre de la terrasse trembla sous la violence de la détonation. Il haussa son verre et articula très fort : « À la santé de nous autres, vagabonds du vague à l'âme aux racines tendres ! »

Il rit. La lumière vacilla... La pluie claquait sur les carreaux tout enflammés d'éclairs... L'orage avait éclaté vers les onze heures du soir, après une journée lourde où Clive avait enfin mis une ampoule finale à ses travaux d'électricité. « Et maintenant, ça va disjoncter, ce sera le couronnement ! »... Il rigola niaisement. L'eau ruisselait sur la terrasse, battait le sol avec un bruit de fouet. Clive pensa au lavage des bagnoles ; l'excitation d'être assis, les vitres bien closes, dans une voiture sous la rampe, avec les brosses géantes et bleues qui viennent vous frôler le bout du nez à vous couper la respiration... Il écouta : ça avait l'air de tourner en grêle – ce qui est la désolation des cultures, la ruine des vignobles en particulier !

Il s'aperçut qu'il tenait toujours la bouteille vide par le goulot. Il la posa à côté du carton entamé qu'il avait rapporté d'une virée dans le Bordelais... Il profita de son mouvement pour s'approcher de la chaîne hi-fi remettre en marche la cassette de Charlie Parker restée dans le lecteur. Le *Bird* avait été toute son enfance, aux fleurs passablement mordues par la gelée... Son père jouait du saxo alto dans sa jeunesse. Charlie Parker fut son idole absolue. On racontait, selon la légende familiale, qu'il avait pris le deuil à sa mort. Clive avait reçu des mains de la grand-mère Martin l'héritage des disques introuvables de 1947 et 48 – une dotation qui n'avait pas été sans problème pour sa mémé de Rouen, plus tard. Elle qui était pieuse, et avait travaillé toute sa vie à la Poste, elle n'aimait pas le jazz. *Bird of Paradise, Out of nowhere, The gipsy* avaient été de beaux sujets de fâcherie.

How deep is the Ocean surtout, à l'époque de sa communion solennelle – un moment béni où l'on ne doit pas faire le zigoto en écoutant de la musique impie du matin au soir !...

Le saxo du *Bird* griffa la nuit. La musique sonnait gaiement sous l'orage. La trompette de Miles Davis bravait les éclairs... Clive s'affala sur le canapé, le pied en transe ; sa main aussi battait du bout des doigts le coussin. Son regard se porta au mur, sur le dessin de Mina qui était resté accroché, bêtement. Il lui sembla que la femme en fourrure le regardait d'un œil mauvais. Ah elle avait un regard haineux cette gonzesse !... Il en était sûr à présent : un regard de vipère.

C'est une découverte ! pensa Clive. Il s'agissait d'une interprétation *méchante* de la photo du mannequin de *Elle*. Il se leva pour vérifier... Il lui fallait retrouver le magazine et comparer. Charlie, sur la cassette, l'encourageait, il faisait : « Cherche-la, oh là ! cherche-là »...

Il fouilla autour de la table, déplaça de vieux journaux. Il ne retrouva pas la couverture en question... Les crayons de Greg étaient demeurés épars –, elle n'avait pas eu le temps de ranger, évidemment. Il les reglissa un à un dans la trousse en tissu. Dans un geste qu'il fit pour dégager le dernier, qui faisait une bosse sous des papiers, il découvrit une feuille sur laquelle Mina avait commencé l'ébauche d'un autre dessin – il en fut tout saisi, elle avait entrepris de dessiner le flipper du Café de la Poste ! Il le reconnut au premier regard : les carapaces des tortues, la tête du gorille, tout cela déjà bien avancé... Mais alors ? De mémoire ?... Bon sang de bonsoir ! Elle n'avait pourtant fait que l'apercevoir le maudit machin – une demi-heure au plus. « Elle me tue, cette gonzesse ! » déclara Clive innocemment... C'était pas une gonzesse, une vraie machine à photocopier. Mina-Maton !... Il fut content de son mot. Il plaça l'ébauche à côté de l'autre, avec une punaise à tête de plastique rouge.

Comme il appuyait de tout son pouce il tonna tellement fort que la lumière partit. Puis revint... Puis s'éteignit encore pendant que les échos roulaient l'éclat du tonnerre dans la vallée des vignes et s'en allaient mourir au loin sur la mer. Le saxo du Bird s'étrangla dans un cri d'oiseau.

– Shit !...

Clive chercha à l'aveuglette une autre bouteille dans le carton. Il tâtonna ensuite pour retrouver le tire-bouchon – mais en vain pour le vin, qui resta bouché. Pendant qu'il entreprenait une recherche systématique sur la table, les mains progressant à plat, côte à côte, une pensée le dérangea. Mais alors, cette Mina devait avoir gravé son visage dans sa mémoire, la petite salope ! Sa tête à lui se trouvait marquée indélébile au fond de son œil gris de chouette malade ! Pas près de s'effacer !... Et dans dix ans, elle le croisait un soir, sur un trottoir sans lune, et pouf ! elle lui faisait la peau !...

Cette image le glaça. Non pas d'une peur immédiate, mais à cause de la tristesse qu'il existât dans le monde un être qui va vous haïr à mort pour la vie. Quelqu'un pour qui vous serez à chaque instant « un beau fumier si je le retrouve ». C'était désolant... Clive était désolé. Il n'aurait jamais cru qu'une telle chose lui arriverait un jour : la haine ! Il aurait mieux fait de l'aider tout à fait – ou bien de la donner aux flics tant qu'à faire ! La crise, au moins, se trouverait justifiée...

La lumière revint. Le saxo redémarra en miaulant, puis reprit une mesure alerte qui remit un peu de joie dans le foyer détruit. Le solo de trompette caracolait, la basse galopait derrière avec le feu au cul. Clive déboucha sa bouteille. Il désirait chasser le blues de cette horreur de vivre, d'être nul... Cette certitude affreuse que le temps viendra où le soleil lui-même enflera – d'ici trois ou quatre milliards de misérables années il absorbera peu à peu toutes ces minuscules planètes de la Création.

Oh l'inutilité de croire aux murs, à la terre passagère. Aux orages !...

Il s'était allongé sur le canapé, son verre posé sur le parquet. À certaines envolées de la musique il voyait le dessin bouger – la fille au manteau. Pas très fort, mais tout de même distinctement, bien dans le rythme... Elle dansait ! Plus la soirée s'avançait, plus elle se foutait ouvertement de sa gueule, avec son sourire qui se faisait, de minute en minute, carrément insolent.

Vers minuit et demi, il devint convaincu que Mina était une sorcière. Elle avait créé ce dessin juste pour le faire chier ! Il n'osait plus tenter un geste pour se débarrasser de ce témoin détestable – même pour le retourner contre le mur.

– Merde, je suis envoûté ! dit Clive, assez haut pour être entendu des ombres du salon.

Il secoua les doigts comme on fait à l'idée d'une grande douleur. Puis il s'interrogea sur la qualité magique des fringues, à notre époque – la sape ! Il considéra le pouvoir exorbitant des tenues de mode, toutes ces vanités de nos sociétés occidentales. Son esprit allant de fil en aiguille, il philosopha sur l'état de cousette... Ces pensées lui créaient peu à peu une sorte de malaise.

Tout à coup il eut un choc : la robe !

– Nom de Dieu, la robe ! articula-t-il.

La robe de Mina ! Où diable ?... Il faillit se paralyser sur les coussins : aïe-aïe-aïe ! S'il y avait une perquisition au domicile !... Les titres des journaux lui sautèrent à la figure :

LA ROBE DE L'ASSASSIN GISAIT SUR LE PLANCHER DE LA CHAMBRE !

Il voulut se lever immédiatement. Il avait la ferme intention de se ruer jusqu'à la chambre de Nathalie !

Clive comprit que son envoûtement consistait

principalement en une diablerie de « La Fleur Cauzin »... Il vacilla vers la porte ouverte, alluma.

Pas de robe en vue.

Il se mit à appeler : « Robe ! Robe ! »... Nul souci d'aucun ridicule ne le tourmentait : « Hé, robe, montre-toi, conasse ! »...

Il fouilla sous les couvertures, s'accroupit, tomba de tout son long sans se faire mal, en profita pour regarder sous le lit... Il finit par y dénicher la vêture que Mina avait dû pousser d'un coup de pied.

Ce chiffon, dans sa main, lui fit horreur ! Des parcelles du sang caillé de l'éventré demeuraient probablement collées au tissu. Il ne se sentit pas le courage de vérifier – il revint au salon, empila des vieux journaux dans la cheminée, jeta la robe dessus, et sur l'air de *A night in Tunisia*, il mit le feu... Voilà, se disait-il, le bûcher qu'il fallait à la sorcière !...

L'émotion de la trouvaille l'avait sensiblement dégrisé. Il supputait fort raisonnablement les effets et les causes, l'étendue des conséquences si la police était venue fouiller ici. Adieu Toscane ! Adieu bonheur !... Faux témoignage, égarement volontaire de la Justice ! Ah ça fait mal ! Il imaginait... Et la merde subséquente pour Greg, Nathalie ? Il refusait d'y penser...

Il s'approcha de la fenêtre, l'orage avait fini par s'éloigner, usé. Il pleuvait maintenant, droit comme un i. Une sacrée rincette, qui allait faire du bien aux raisins, pour sûr !... Oh là là ! Vingt dieux, la belle pluie pour une vigne !

Charlie Parker s'arrêta. La cassette produisit un souffle dans les baffles qui accompagna le clapotis des gouttes sur la terrasse. Et c'était à la fois du silence et la parole de la nuit...

C'est alors qu'on frappa. Il y eut des coups, dehors...

Clive écouta. Puis il se précipita vers la cheminée où

fumait encore un reste noirci de coton imprimé... Il fouilla les cendres en vitesse, enfouit le tout.

Des coups plus forts, sombres et brutaux, résonnèrent sur le verre de la porte d'entrée.

Ça devenait louche, monsieur Loche !... Il dit tout fort, dans l'intention de remettre un peu d'ordre dans tout ça et les battements de son cœur :

– Come on ! Come on, man !...

Il cria, la voix rauque, sèchement :

– Who's there ?

Il cria du plus fort qu'il put, afin d'effrayer le Diable qui n'aime pas trop les Anglais.

Il s'était approché du couloir ; il alluma... Ça fonctionnait impeccablement sa nouvelle installation. Beau travail !

Quelqu'un, dehors, tournait doucement la poignée.

Et puis tout alla très vite. Elle émit un petit gémissement, et quand la porte fut ouverte, elle s'avança sur le seuil, ruisselante de pluie. Dans un premier mouvement Clive crut véritablement qu'elle était morte, et qu'elle venait pour ses funérailles... Il avait brûlé sa robe, alors c'était à elle à présent de se consumer. Dans la confusion de sa tête il eut encore le temps de penser qu'elle n'allait pas prendre feu facilement, mouillée comme elle était là, les cheveux plaqués, avec l'eau qui coulait dans ses yeux.

Puis, heureusement, il fut entièrement dessaoulé sur cette terre qui n'est qu'une vallée de larmes, au fond. Il regarda Mina avec des yeux immenses, la prunelle saisie d'étonnement.

Mina ne disait rien. Elle coulait sur le sol comme un fleuve tranquille. Il se formait une flaque à ses pieds.

Au bout d'un long moment, qui fut comme une heure ou un jour entier de malheur, elle prononça enfin, d'une voix fatiguée, qui ne paraissait même pas fâchée :

– Tu me prends pour le Petit Poucet ?

Et Clive redevint mondain, soudain, animé : qu'elle devait entrer, se sécher !... Se déshabiller un brin – il courut lui-même lui chercher les serviettes-éponges, toutes celles qui se trouvaient dans la salle de bains. Et le peignoir encore, il ajouta – le bleu, très chaud, qui s'harmonisait si bien avec la couleur de ses yeux !

Il s'activait, en proie à une fièvre de galanterie – il faillit demander : Tu as trouvé facilement ?... et pensa simultanément qu'elle avait dû prendre des clichés des routes, à l'aller, des embranchements, des arbres, des maisons, des panneaux indicateurs ! Pardi, un jeu d'enfant !... Ce devait être précieux, en temps de guerre, des gens pareils – dans l'Intelligence Service.

Quand elle fut bouchonnée, il lui prépara un chocolat brûlant. Ces activités de retour à l'écurie, par la familiarité qu'elles supposent, les morceaux de peau aperçus, même dans la pudeur, avaient créé un climat de confiance... Clive lui avait frotté le dos avec courtoisie, dégrafant son soutien–gorge – en tout bien tout honneur – pour le mettre à sécher. Ses yeux avaient découvert de blanches épaules qui n'étaient nullement « rebondies », comme celles du *Lys dans la vallée*, mais osseuses ; la peau, loin d'être « satinée et éclatante à la lumière », se trouvait semée de boutons rouges de mauvaise santé – pourtant ça faisait chaleureux, intime même, comme impression... Couple, un peu. Il lui fit chausser une paire de sabots qui étaient à sa sœur, et qui la grandissaient ; les seules chaussures féminines accessibles de la maison...

Tout cela sentait les bons rapports, la détente. Ils ne parlaient de rien – aucune nouvelle de Montpellier. Ils demeurèrent en silence, et pour Mina c'était son volume sonore le plus ordinaire.

Par la suite Clive proposa une petite collation pour accompagner le chocolat, à cette heure tardive, puisque personne n'avait sommeil... La petite croûte nocturne ! Il restait du fromage, il offrit du vin – parlant de

Saint-Émilion, par là, la région. La petite ville, elle-même, toute en hauteur, était pittoresque. Il parla de Charlie Parker, de ses emmerdes avec l'alcool et la drogue qui avaient abrégé sa vie. Il s'en fut remettre la cassette en route... Et c'était *Bird of Paradise* qui dégoulina précieusement dans le solo de sax – Ti-da-tam, ti-da-tam, tidatam!...

Il mit le son tout bas, et la nuit fit un peu boîte. Un ton très comme il faut régnait dans la pièce...

Mina parut touchée qu'il eût accroché l'ébauche du flipper à côté de l'autre dessin. Clive qui suivait son regard dit d'un ton encourageant, comme on le fait avec une petite fille qui a besoin de retrouver l'espoir:

– Demain, tu pourras le terminer!

Elle se renfrogna d'une grimace... Il regretta d'avoir dit cette chose qui faisait passer un ange mauvais. Comment pouvait-il oublier qu'il y aurait entre eux, maintenant, un autre flipper!

Il se dépêcha de noyer le cheval – il se lança dans des remarques d'atmosphère, sur la nuit qui s'avançait. Avait-elle suffisamment chaud, à cette heure, ou désirait-elle, peut-être, qu'il allumât du feu dans la cheminée? Une bonne flambée de sarments de vigne, hein?... Elle demeura indifférente; rien ne la tentait.

Il se passa deux morceaux sur la cassette; puis elle reposa son bol vide sur le sol du salon, et demanda de sa voix grippée:

– Ils étaient venus pour moi, les gendarmes?

Clive eut un haut-le-corps, qui ressemblait à un bas-le-buste, les bras coupés!... Non, pour le chat! Elle expliqua alors, par demi-phrases, qu'elle avait vu les flics s'en aller, leur camionnette, par la fenêtre. Elle s'était levée pour aller aux vécés, mais au bruit des voix elle s'était tenue coite. En tout cas c'était une chose considérable qu'il avait faite là, Clive: il l'avait couverte – ce qui lui évitait de retourner en prison.

Au fond, elle était revenue pour le remercier.

Clive avait du mal à rassembler ses idées devant l'incongruité du propos – et cette tranquillité apparente avec laquelle elle évoquait l'horreur. Il chercha la faille :

– Dis donc, puisque tu savais… Enfin, puisque tu avais vu les flics, pourquoi tu t'es pas sauvée avant que je revienne ? T'avais pas peur qu'ils se repointent ?

Mina le regardait comme s'il n'avait rien dit. Au bout d'un temps long comme une vie, elle émit d'un ton blasé, ouvrant les mains, la paume vers le plafond :

– Inch Allah !

– Tu parles arabe ?

Elle secoua que non.

– Pourquoi tu dis Inch Allah ?

– C'est ma copine, Aïcha. Elle dit tout le temps ça.

Une idée qu'il n'avait pas envisagée jusqu'ici commençait à effleurer l'esprit de Clive : si cette nénette n'avait pas tué le chauffeur routier ? Après tout, elle ignorait totalement qu'un bonhomme avait été buté. Elle n'avait pas lu la presse : elle ne savait même pas qu'on la recherchait avec autant d'ardeur !… Cela pourrait expliquer, se disait-il, à la fois la nonchalance de son attitude, et qu'elle soit revenue se mettre dans la gueule du loup. Elle ne se sentait pas particulièrement traquée, à présent que son évasion commençait à dater de plus de deux semaines… Elle faisait gaffe, sans doute, mais ce n'était pas la peur bleue. Bizarre… « Est-ce que les gendarmes étaient venus pour moi ? » Une drôle de question à poser pour un ennemi public, qui a encore sur les mains le sang frais d'un innocent transporteur, un peu gras du bide !…

À moins, bien sûr, qu'elle fût totalement à côté de ses pompes. Il songea à ces cas de dédoublement de la personnalité qu'on lit parfois dans les journaux, et dont on ne sait jamais le fin mot, ni le mot de la fin parce que les journalistes laissent toujours tomber ces affaires en cours de route.

Dehors, la pluie avait cessé. Ils sortirent sur la terrasse... La nuit était fraîche et pourtant douce. Les étoiles revenaient au ciel, un petit tour avant le jour. Ils s'appuyèrent ensemble sur la rambarde de fer. Clive se demanda s'il était bien prudent de laisser la maison éclairée derrière eux – placés comme ils étaient devant la porte-fenêtre, n'importe qui pouvait les voir au loin, dans la côte. Il eut le sentiment étrange et presque délicieux d'être mêlé intimement à une histoire nouvelle, un peu incompréhensible, qui l'aspirait... En tous les cas, à partir de maintenant il serait complètement mouillé ! Il en devenait clandestin lui-même, par un phénomène de secrète propagation.

Clive songea à ces histoires de la Résistance qu'on lui racontait à Rouen. Il devenait maquisard, alors, à cette heure ?... Comme il les avait imaginés, ces hommes de l'ombre qui avaient combattu avec des mitraillettes et des chansons ! Il en avait rêvé presque autant que des navires...

Lorsqu'ils rentrèrent les papillons de nuit avaient pris possession des lampes de la pièce. Ils grouillaient dans un bruit de carton froissé sous les deux abat-jour. Il n'était donc pas prudent de laisser la lumière ! Clive referma la porte-fenêtre, puis il batailla un moment avec les plus grosses phalènes, à coups de serviette de bain.

Il demanda :

– Pourquoi tu t'appelles Mina, alors que ton nom c'est Marguerite ?

Elle ne savait pas. On ne l'avait jamais tellement appelée Marguerite... Sauf de temps en temps, à l'école, au début des années, quand elle changeait de classe. Ça faisait rire les autres... Elle dit :

– Ça fait fleur, non ?

– Oui, ça fait un peu pâturage, mais c'est pas mal… Tu sais, à présent il va te falloir un nom de guerre. Un faux nom, quoi… Sauf que là, ce serait un vrai.

Clive était pris d'un immense coup de barre, soudain, avec l'envie de s'étendre et ne plus bouger. Il subissait l'effet conjugué du relâchement de ses nerfs et du début d'une gueule de bois. Puisque le matin venait, il parla de dormir. Mina se dirigea alors vers «sa» chambre, comme si elle n'avait attendu que ce signal pour se retirer. C'était hallucinant les manières insolites de cette fille… Il entendit dans le corridor le bruit de la serrure qu'elle refermait.

Il décida pourtant de rester habillé – et de dormir sur le canapé du salon, car la porte de cette pièce possédait une clef. Avant de s'étendre, il fit une chose brutale, en se traitant de saligaud: il dénuda un fil électrique dont il entortilla une extrémité sur la poignée métallique, à l'intérieur. Il enfonça l'autre bout dans une prise, en phase. Il voulait savoir… Si jamais elle touchait la poignée pendant son sommeil, il en serait averti par le cri qu'elle pousserait! Au pire, elle pouvait rester collée une seconde ou deux – il laissa à portée de sa main une boucle du fil assez longue pour pouvoir débrancher le système à la moindre alerte.

À moins, évidemment, que par un concours de circonstances, il n'y eût une coupure de secteur. Cela se produisait quelquefois, après un orage, au cours de la matinée, pour permettre la remise en état d'une ligne endommagée par la foudre. Dans ce cas il ne saurait rien. Il pensa: «Inch Allah»… La fatigue lui tirait la peau des yeux.

Il songea qu'il dormait sans amour, avec la chaleur de ce matin de juin qui venait. Aux corps qui se côtoient aux endroits doux. Il eut envie de plaisirs purs et simples comme le vin – le désir d'entendre d'autres gens, d'autres lieux bruire contre sa peau, et les filles italiennes aux voix qui devaient chanter comme le ti-da-tam, ti-da-tam du *Bird of Paradise*...

Il tomba de sommeil, sans souci du soleil qui naîtrait sur les vignes vert tendre, et jetterait des éclats sur le mur, comme au bord d'un brasier.

– Allô !... Oui, allô... J'entends rien. C'est toi, Nathalie ? Je t'entends pas, toi tu m'entends ?... Allô ?...

– Clive ! Tu m'entends ?...

– Oui !

– Qu'est-ce que c'est que ce merdier que tu fous là-bas, Clive ?

– Attends, tu parles de quoi, là ?

– La lettre. Tu délires !

– Laquelle ?... Ça évolue vite ici tu sais ! C'est le printemps, les rameaux fleurissent, les oiseaux font leurs nids, d'un jour à l'autre tu reconnais rien.

– Mais *pourquoi* tu as fait ça, Clive ! Inviter une jeune fille chez toi !... C'est même pas chez toi ! What a horrible story ! Greg est furieux, tu sais, parce que tu fais que des conneries partout où on te laisse. Tu vas pas recommencer comme avec Debborah, dis ?

– Laisse Deb... I mean leave her alone !

– You're such a bastard.

– Et c'est pas fini !

– Comment pas fini ? Qu'est-ce que tu veux dire ?... Tu m'as fait très peur, darling. Mais c'est *horrible* ! Cette pauvre fille. Comment peux-tu plaisanter avec ça !

– On a bien rigolé, remarque, mais tout de même !... Oh Clive, I don't know !... Tu es tellement instable, affectivement ! Émotionnellement je veux dire.

– Ça te va bien, toi…

– Tu seras jamais mûr, Clive ! Maintenant c'est fini. C'est trop tard : à vingt-sept ans tu ne mûriras jamais. You'll never be a man !

– Cause-moi italien pour voir, que j'apprenne.

– La preuve, tu joues au flipper à ton âge !

– Y a pas d'âge.

– Pour un ancien champion de billard, c'est nul.

– Tu joues bien au théâtre, toi ! Pour quelqu'un qui était presque médecin, c'est pas très malin.

– Ah tu es con ! Tu es trop con ! Je t'adore !… Je m'affole, tu sais bien. Je m'attends à tout avec toi !… Clive darling – tu m'en veux pas, dis ? Tu m'as tellement fait peur avec tes histoires… Tu es tellement émouvant quand tu parles de mémé. Tu es un amour !… J'adore mon frère !

– Ça tombe bien, j'arrive. Je suis même presque en route, quasiment le pied à l'étrier ! Vous n'avez toujours pas de téléphone ?

– Pas pour l'instant. Mais je vais pas être là, Clive chéri ! C'est pour ça que j'appelle. Je suis obligée de remonter – la fille qui devait faire le rôle a un empêchement, un truc, un film je crois. Alors Wenzel m'a contactée – il veut absolument que ce soit moi qui joue pour Avignon. Ils commencent à répéter lundi. Je prends un avion à Florence. Il te faut deux jours de voyage, toi, au moins, avec ta 4L pourrie. Tu seras pas arrivé dimanche.

– Ben, c'est con.

– Comme tu dis. Clive, tu es inquiet ?

– Inquiet ? Pourquoi ?

– Je te sens inquiet, darling.

– Non, tout baigne, je t'assure.

– Tu as beau rire, ta voix n'est pas comme d'habitude.

– C'est parce que je suis en train de muer : ma fameuse adolescence, tu sais bien.

– Tu m'écriras à Montluçon, dis ?… Qu'est-ce qu'on

s'est marrés, mon salaud ! Greg dit qu'il va monter tes lettres en spectacle de cabaret un de ces jours… C'est vrai cette histoire de Cercueil, ou tu l'inventes ?

– Tu te souviens pas ? C'est à côté du Château d'O.

– Quel château d'eau ?

– Je t'expliquerai.

– Allez, bisous ! Sois prudent sur la route.

– Dis donc ?… Qu'est-ce que vous faites de la voiture d'enfant, dans la remise ?

– Quelle voiture d'enfant ?

– The pram. Je peux l'utiliser ?

– What do you want a *pram* for ?

– Rien, c'est un jeu. Bisous.

Lorsque la voiture atteignit la bretelle de l'autoroute, Clive se mit à rire nerveusement. Il s'engagea sur la double voie lisse et déserte avec la sensation de s'envoler sur des pneus gonflés à bloc, et respira plusieurs fois à fond pour libérer l'oppression de poitrine qui le tenait depuis leur départ, avant la levée du jour. Car il avait suivi, moitié à la carte, moitié au pifomètre routier, un tracé de petites routes baroques dans la montagne, où l'air, trop raréfié par la pétoche, semblait ne pas suffire au jeu des poumons.

– On devrait avoir échappé aux barrages, normalement ! lança-t-il à sa passagère.

Mina était assise à l'arrière, blottie à côté du landau, comme doit le faire une mère inquiète de son jeune enfant en cas de mauvaises rencontres... L'autre partie du landau à l'antique – c'est-à-dire l'armature à ressorts et les grandes roues à rayons – avait été ficelée sur le toit de la bagnole pour servir de sémaphore... Tout au moins de drapeau conjugal à maternité triomphante. La ferraille sifflait à présent, avec la vitesse soudainement acquise sur l'immensité de la piste bétonnée.

Clive fonçait droit vers un horizon rouge, enflammé du soleil qui se levait.

– Hé, Marguerite ! Tu entends ? Je crois qu'on est sortis du guêpier.

Elle grogna, du sommeil plein les bronches. Décidément cette fille était incommunicable !... N'empêche que l'idée de quitter la maison avant les premières lueurs de l'aube avait été payante. Ils n'avaient rencontré rigoureusement pas un chat en traversant des hameaux endormis où luisait de loin en loin une fenêtre plus matinale.

Clive bâilla... Les flics, heureusement, ne tombaient pas des lits.

Car les choses s'étaient brusquement gâtées, la veille. Lorsqu'il était descendu au village, vers la fin de l'après-midi, Clive avait croisé un petit groupe de femmes qui jasaient devant l'épicerie. Elles avaient fait des messes basses en le voyant entrer ; puis, en le voyant ressortir, l'une d'elles, qui était grande et presque vieille, avait pris l'audace de l'interpeller :

– C'est bien vous qui restez chez Monsieur Louche, l'Anglais ?

Elle s'excusait, souriante, de l'entreprendre ainsi tout de go, alors qu'il avait peut-être de l'ouvrage – mais elle connaissait bien Monsieur Louche. Gregory, quoi, et sa dame aussi, Nathalie... Des gens aimables ! Sa belle-sœur se trouvait être leur voisine, là-haut : la maison basse sur la gauche, c'est cela, appartenait à sa belle-sœur !... C'est pourquoi elle se permettait, à cause de cette bonne relation familiale de voisinage, de lui poser une question :

– C'est bien vous qui avez porté cette petite dans votre auto, la semaine dernière – celle que les gendarmes sont après, soi-disant qu'elle aurait tué ?

Il s'agissait d'une simple approche polie : elle connaissait évidemment la réponse, et les circonstances précises.

– Eh bien, figurez-vous qu'elle serait revenue dans le

coin, la malheureuse !... On en parlait, là, justement, entre nous. C'est un bonhomme qui l'aurait vue passer hier au soir pendant l'orage !... C'est ce qui se raconte.

L'homme, un vigneron, s'était abrité sous un hangar ouvert pour guetter les menaces de grêle ; il avait vu passer sur la route, à quelques mètres de lui, une jeune fille bizarre qui marchait sous la pluie battante sans manteau. Elle se dirigeait vers les collines. Le bonhomme n'était pas sûr, naturellement, que ce fût la fille que l'on cherchait – il avait dit seulement que ce n'était pas quelqu'un du pays.

– Il s'est dépêché, pardi, de prévenir les gendarmes. Par précaution, voyez-vous...

La conversation devint générale, les autres femmes s'étant approchées. Clive, qui jusque-là ne s'était pas inquiété de l'opinion publique, se rendit compte que sa partie de billard électrique était dans toutes les mémoires, et carrément célèbre dans le pays !... En tous les cas, la Gendarmerie se trouvait de nouveau sur les dents – ils avaient demandé des renforts. On installait des barrages sur les routes. On parlait même – mais ce n'était peut-être que des on-dit ! – qu'ils allaient organiser une battue, avec le concours des pompiers et des volontaires de la Société de chasse.

Cependant les femmes ne semblaient pas prendre la situation au tragique – elles doutaient fort, entre elles, de toute cette histoire de tuerie. Justement, lui qui l'avait côtoyée comme il les côtoyait à présent, il devait pouvoir se rendre compte ? Est-ce qu'il trouvait ça possible qu'une gamine, comme on disait pas bien costaude, ait pu perpétrer un meurtre aussi incroyable que l'avaient raconté les journaux ?

– Une petite drôlesse comme ça, vous croyez ?...

Elles pensaient que c'était des hommes qui s'étaient fourré ça dans le bourrichon, sans aucune preuve. Ça les faisait rigoler :

– Tout ça c'est des boniments pour amuser le monde ! fit l'une d'elles, écœurée.

En même temps, il perçait dans leurs propos comme une pointe d'excitation à l'idée que ce fût possible : l'exploit du pot de terre contre le pot de fer... Une mère de famille, toute ronde dans son tablier rose, résuma une partie de l'opinion commune :

– Si elle l'a fait, c'est bien que le type lui avait cherché chicane, on n'éventre pas les gens pour des prunes !

Clive était remonté dans la colline sans laisser midi devenir quatorze heures. À la sortie du village il avait croisé l'Estafette bleue qui sillonnait les routes à petite allure. Ce n'était pas le brigadier qui conduisait ; il ne reconnut pas non plus le jeune adjoint : un autre couple de gendarmes...

La vue de la camionnette l'avait presque mis en transe. Battue ou pas, ou partie de golf aquatique, ils allaient revenir bientôt. Ils allaient vouloir visiter les maisons une à une, les cachettes, les granges, les futailles peut-être... La maison de Greg en premier ! Cette affaire prenait des proportions démentes : mais nom de Dieu, pourquoi était-elle revenue ?... On allait les découvrir, les arrêter tous les deux – l'accuser, lui, de complicité prouvée. C'était la prison direct !

L'ASSASSIN SE CACHAIT CHEZ SON AMANT !

À moins... À moins de courir à la gendarmerie, lui aussi. Psšitt ! l'oiseau que vous désirez plumer se cache dans mon nid. Par ici les bonnes menottes !...

Ça, il ne s'en sentait pas le courage non plus.

Clive avait arrêté sa voiture au bord d'une vigne. Au moment où la guigne semblait s'acharner sur lui, il voulait examiner à l'aise, dans le calme, les mesures à prendre. Mais pourquoi diable cette fille était revenue ?... Comme les chats, paraît-il, savent retrouver la maison dont on les a arrachés ! Même à jeun, en toute sobriété, il n'était pas loin de penser qu'il avait affaire à une espèce de sorcière... Pourtant, à la « côtoyer », comme disaient les femmes, il ne se dégageait d'elle aucun *feeling* réellement pathologique – ni ésotérique ! À part son mutisme – il avait connu des tas de filles qui ne disaient jamais un mot, en plusieurs langues ! Et les dessins qu'elle faisait ne paraissaient pas ceux d'une malade mentale caractérisée. Les femmes, en bas, avaient peut-être raison, il s'agissait d'une histoire absurde !

La pluie torrentielle de la nuit avait profondément raviné la terre meuble entre les rangées de la vigne. Des rigoles s'étaient creusées ; par endroits elles dégarnissaient le pied des ceps dont quelques-uns se trouvaient nus jusqu'aux racines. Il allait falloir remonter la terre qui avait coulé, colmater, refaire le sol de la main de l'homme – et quel homme !... C'est insensé ce que les gens peuvent peiner dans les champs, dans les cultures, se disait Clive ! Mais c'est une façon de posséder, d'être réellement chez eux. Ils sont accrochés à la croûte terrestre – par les griffes ! Dans les villes on ne se sent jamais ainsi aussi fortement « chez les autres » – les citadins ne « possèdent » pas, ni les trottoirs ni les murs ni les arbres, ils sont passants. Même les maisons, ils les partagent... À la campagne la population est propriétaire, elle joue le rôle du premier occupant. Le voyageur ne se sent pas véritablement chez soi dans les champs – il a les pieds sur l'instrument de travail de quelqu'un d'autre. Même en forêt, dans les écarts dépeuplés, le monde a l'air d'appartenir à des gens invisibles...

Les vignes, voilà du terrain bien privé ! Comme les jardins : infranchissables ! Du sol qui est soumis, pourtant, aux caprices du ciel... Bah ! la vigne, se disait Clive, était un bras de fer entre l'homme et les dieux !

Il remit son moteur en marche. Il fallait se résoudre à prendre courageusement la clef des champs !

En entrant dans la maison Clive avait déclaré :

– Voilà, Marguerite, il y a eu un crime dans la région, l'autre jour... Les gendarmes fouillent les routes pour retrouver le criminel. Bientôt ils voudront fouiller les maisons. Nous deux là, on est bons... Il faut partir immédiatement.

Elle l'avait regardé d'un air stupide, ni apeuré, ni autrement. Un air qui donnait envie de la battre, pour savoir ce qu'elle avait sous le crâne.

– Écoute, tu es en cavale ou quoi ?... Tu es bien évadée d'un Centre de surveillance, un machin comme ça ?...

Elle fit oui, à peine, d'un mouvement de tête presque indifférent.

– Bon, alors, magne-toi, on file ! Moi, je me barre en Italie, toi tu verras bien.

Elle continuait à regarder Clive sans broncher. Sans ciller, ni sourciller – sans rien bailler. Un regard buté ! pensa-t-il – et en d'autres circonstances le mot l'aurait fait rigoler... Il commençait à s'agiter, à rassembler des objets, un peu nerveux, dans le désordre.

Elle a fait :

– Emmène-moi !

– Où ça ?... En Italie ? T'es pas bien ! Excuse-moi mais je trouve que ça commence à... Non ?

Il produisit le geste de satiété complète, la main balancée au ras des cheveux : jusque-là !

– D'ailleurs t'as des papiers ?... Pour passer les frontières il faut des papiers. Une carte d'identité, un passeport. T'as rien du tout... Tu vois, même si je voulais, ce serait pas possible.

Elle avait répété :

– Emmène-moi.

Et les mots étaient devenus intenses, brûlant de sa

bouche qui rosissait jusqu'aux yeux – il ne savait pas si c'était de fureur, de chagrin ou d'envie... Il avait promis de la conduire jusqu'à Marseille.

– C'est une très grande ville, Marseille. Tu te démerderas facilement.

Vu sa tête, il se demandait comment !... Mais à propos de papiers, l'idée lui était venue de cette ruse d'enfer pour éloigner les entourloupes policières et autres curiosités mal placées : le landau qu'il avait extrait de la remise, parce qu'il le gênait pour passer une gaine.

Clive dut rabattre le pare-soleil devant son visage, et se hausser autant qu'il le pouvait sur le siège de la 4L afin d'éviter les rayons du soleil rasant qui lui venaient en plein dans les yeux. La matinée était belle, façon radieuse. Pour rouler vers l'est, la matinée était aveuglante !... Il éteignit ses phares ; il se détendait.

Il imagina un moment qu'il prenait ses congés – qu'il avait réellement un bébé dans les coussins, à l'arrière, avec une petite épouse tranquille, à la longue chevelure bouclée, qui sommeillait, la pauvrette. Elle allait bientôt donner le sein, le sein doux de la mère ; ils s'arrêteraient comme un petit couple adorable, sur une aire ombragée, pourvue de pissotières, et d'un point d'eau pour changer le petit trésor...

C'était pourtant ainsi que mémé lui avait décrit la vie, lorsqu'il avait dix ans et qu'elle le préparait à son avenir d'homme important ; elle lui mettait souvent devant les yeux les belles carrières que l'on pouvait envisager pour lui à la Poste, plus tard, s'il travaillait bien à l'école – et les congés qu'il prendrait annuellement dans des contrées de beau soleil, bien plus radieuses que la Normandie !

De certains endroits dégagés, on voyait la mer, étalée sur la droite de l'autoroute, molle et vacancière – assez sale, probablement. Un jour peut-être cette mer allait puer ; elle se mettrait à croupir, sa flore cuite dans le bouillon chimique. Elle sentirait le poisson crevé et la sueur – un gigantesque lac putride !... Clive pensa que ce serait la vengeance des galériens morts qui ont ramé sur elle depuis la nuit des temps de nos races civilisées !

Au péage de Montpellier, un seul guichet était au vert. Il approcha dans la piste, derrière une voiture de sport beige. De l'autre côté de la barrière il apercevait deux motards à pied qui flânaient, le regard posé, immobile, sur les passagers des bagnoles... Clive perçut au creux de son estomac le frôlement des papillons palpitant sous la lampe. Il se raccrocha mentalement à l'image des roues brandies sur le toit de la voiture, comme l'emblème de la famille honnête et féconde – il était arrivé, le moment décisif où l'on allait mesurer l'efficacité du dispositif anti-poulailler !

– Réveille-toi, hé, Marguerite, voilà les flics !

Il se retourna à moitié vers elle pendant que la Porsche, devant lui, était en train de passer la monnaie au guichetier.

– Fais semblant de consoler le petit, là, penche-toi sur lui, borde-le... Démerde !

Elle exécuta les ordres avec une exactitude qui le surprit. Elle fourra tout à coup ses mains délicates sous la couverture gonflée de chiffons ; elle se pencha, attentive, emplie de maternelle sollicitude... Pendant que Clive payait à son tour, un œil sur le moral de la troupe en uniforme, elle câlina le petit ange avec un naturel admirable. De plus, cette manière de jouer à la poupée lui permit de tenir son visage constamment détourné des motards pendant la traversée de la zone dangereuse.

Lorsqu'ils eurent pris deux cents mètres, avec une accélération raisonnable de père de famille, Clive déclara, le pied sur le champignon :

– T'as été formidable ! Quand tu auras un môme, tu vas être géniale en petite maman !

Elle esquissa, merveilleusement, l'ombre d'un sourire

qui, pendant deux dixièmes de seconde, la fit rayonner comme une jeune fille espiègle qui vient d'avoir une bonne note alors qu'elle avait tout pompé sur une copine !

Au bout d'un kilomètre, Clive ajouta :

– Tu sais quoi ? À Marseille, tu garderas le landau – ça t'aidera à faire la manche.

Il continuait à la surveiller de l'œil dans le rétroviseur, afin de juger de l'effet que produiraient ses paroles sur une âme candide, peut-être pas vierge, mais bon, peut-être pas si innocente que ça... Et là, elle faisait une tête pareille à une patate cuite dans le bouillon gras.

Alors il pensa à saint Martin, son bon patron, que sa grand-mère lui avait fait jurer de ne jamais oublier tant qu'il vivrait, lorsqu'il était encore en âge de faire des serments pour la vie – au point qu'il ne s'était jamais senti propriétaire, vraiment, que de la moitié de ses fringues. Une chaussette sur deux... Il a ajouté que d'accord, si elle renâclait à faire la manche, il lui filerait un peu de monnaie pour le train. Et soit que Marguerite se méprît sur le sens exact de « monnaie », soit pour toute autre raison, ses yeux ne changèrent pas plus d'expression que si le bouillon s'était brusquement aigri, ou pris dans les glaces – un truc culinaire pas normal.

Il pensa qu'elle n'avait peut-être pas trop envie de rigoler avec ça, dans la nécessité précise où elle se trouvait de se rendre quelque part ! Il ne s'était pas posé la question de la direction qu'elle comptait suivre, si toutefois elle le savait elle-même. D'où venait-elle seulement cette nana, à l'origine ?...

Il lança sur un ton négligent, comme à la fin de vacances réussies :

– Tu rentres sur Paris, là ?...

Il incluait les environs, bien sûr, la banlieue immédiate, ou même plus loin, l'une de ces villes que l'on a construites aux champs pour faire plaisir à Alphonse

Allais qui en avait recommandé le principe. Il imaginait, normalement, l'une de ces cités flamboyantes, quoique plus tout à fait neuves, qui sont, en quelque sorte, la mort des beaux-pères...

Marguerite ne répondit rien. Il ne voulut pas se faire lourd ; la vraie charité se devait de rester discrète...

Dix minutes plus tard un second péage les arrêta – côté « entrée » cette fois. Des flics rôdaient de nouveau autour des trois guichets ouverts ; non pas des motards, mais des gendarmes ordinaires, carrossables, qui se tenaient en deçà du passage. Clive avait à peine tiré la carte du distributeur, la barre de salut se levait devant la 4L comme si les forces de l'univers mécanique lui présentaient les armes, quand un képi inattendu vint se pencher à la portière du passager.

Le gendarme eut un salut de la main, ainsi qu'un coup d'œil circulaire sur le couffin et la bonne maman si tendre. Il dit à Clive :

– Vous avez vu vos pneus, à l'arrière ? Vous allez loin ?

– Jusqu'à Marseille.

– Faites-les changer avant – déjà vous êtes passible d'une contravention... Faites-les changer à la prochaine station-service.

Le flic avait ostensiblement les égards dus aux jeunes mères que l'on évite de faire poireauter sur la route, si on peut l'éviter... Clive promit ferme ; il remercia avec la chaleur d'un bon jeune homme, tout en se disant qu'il ne tiendrait pas parole avant de s'être débarrassé de la mère et de l'enfant invisible qui aurait alerté n'importe quel pompiste convenablement éveillé.

Il était neuf heures passées quand ils plongèrent dans Marseille, comme au cœur du combat. Ils s'enfoncèrent mollement, au pas, dans l'épais bouchon matinal qui tombait droit sur l'avenue Leclerc et la gare Saint-Charles.

En bas, Clive gara la voiture devant un bistrot. Il avait soif d'un thé très fort, faim d'une tranche de pain beurré. Et puis, c'était un terme, n'est-ce pas ? Leurs destins se séparaient ici, au pied de ces escaliers blancs, monumentaux, splendides, qui portent à eux seuls le symbole de l'ascension humaine. Il indiqua là-haut, au bout des marches, la gare, grande et belle entre toutes... Un bel endroit, au fond, pour se quitter.

Sa première surprise fut lorsque Marguerite, qui était demeurée dans un complet silence, ne répondant à aucune de ses questions ou remarques anodines, refusa de descendre pour boire le café de l'amitié.

– Viens ! disait Clive. On va prendre un petit déjeuner.

Elle fit « non » de la tête, et toute la masse de ses cheveux ondula de dénégation obstinée.

– Mais on est arrivés ! Regarde, c'est la gare, là-haut. Au bout des escaliers : la liberté !

Elle ne bougeait pas. Il eut ce désastreux pressentiment que ses affaires étaient en train de continuer à se gâter... Il déjeuna seul, sur un coin du comptoir, en tâchant de faire passer la petite boule qu'il sentait sur son estomac.

Il sortit du bistrot avec une longue tartine beurrée pliée dans un papier d'aluminium, et un thé dans un gobelet en plastique rouge vif. En vue de la voiture il éprouva une émotion subite : la fille s'était envolée ! Les vitres luisaient, vides, à l'avant comme à l'arrière... Clive sentit une petite pointe de dépit involontaire : elle avait préféré le plaquer comme ça, sans un mot d'adieu – bon ! Il jeta le thé dans le caniveau mais conserva la tartine ; la route serait longue...

En ouvrant sa portière il eut un second choc, inverse : Marguerite était simplement allongée à l'arrière. Elle se nichait bas, en utilisant la place laissée par le berceau de toile et le sol entre les banquettes de la 4L, le corps coincé dans l'espace libre, la tête dans ses bras. Elle paraissait dormir.

– Qu'est-ce que tu fous là ? Il faut descendre !...

Elle ne réagissait pas.

– Bon, ça suffit, je veux repartir, moi ! Allez, c'est ridicule...

Il contourna la voiture.

– Viens, je vais te passer un peu de fric. Est-ce que tu préfères que je t'accompagne pour acheter ton billet ?... Tu veux ?...

Il avait ouvert la portière côté trottoir.

– Hé ! Tu m'entends ? Marguerite ! Merde ! Je peux pas passer la matinée à attendre que tu sois décidée. Je suis désolé !

Il tenta de lui soulever l'épaule ; elle se raidit. Il lui empoigna le bras – elle s'agrippa de la main au montant en fer du siège... Alors il gueula :

– J'en ai marre, maintenant, t'entends ! Marre !... Je suis pas allé te chercher moi ! Le voyage est fini, ma vieille ! C'est tout !... Et basta !

Il la secoua. Il essaya de l'extirper, la ceinturant sous les aisselles. Elle s'accrochait, des mains, des coudes, les jambes entortillées aux tiges de la banquette avant... Il tenta de lui remonter la tête, en la lui tordant : elle s'accrocha des dents à la garniture du siège. Il avait beau tirer, donner des secousses de plus en plus brutales qui faisaient sursauter la petite voiture sur ses amortisseurs, elle ne lâchait pas prise. Il jura qu'elle dépassait toutes les bornes permises... Il la traita de conne, d'emmerdeuse, de chieuse. Dans son énervement il l'appela « tordue » ! Et justement, elle l'était, dans la minute présente, tire-bouchonnée sur elle-même à s'en faire des nœuds... Dans un mouvement qu'il fit pour l'obliger à desserrer les dents, sa main glissa sur sa figure – elle était mouillée. Il retira ses doigts humides. Des gens s'étaient arrêtés sur le trottoir ; ils le regardaient maltraiter publiquement sa jeune épouse, avec un écœurement désolé sur tous les visages. Il y eut quelques murmures ; on frisait l'émeute… Une vieille femme se mit à ricaner d'une voix de rassemblement électoral :

– Eh bé, la povre chatte ! Si elle commence comme ça, elle a pas fini d'en voir !… Avé l'enfant, peuchère !…

Et Clive se sentit le plus minable des petits marlous abusifs sous le regard de ces gens chargés de mépris…

Il s'installa au volant.

Il démarra.

Il dit :

– Tu n'as pas gagné ! parce que si tu veux pas sortir de là, c'est moi qui prends le train. Je m'en fous, j'abandonne la bagnole, je ferai une déclaration de vol !

Il avait horreur du ton hargneux, furibard, qu'il avait pris, et qui, maintenant, faisait vraiment scène de ménage !

Il choisit un espace le long d'une allée, prit son sac dans le coffre. Il lança avant de rabattre :

– Ciao !… Porte-toi bien !

C'est comme ça qu'on finit par divorcer, se dit-il. Il s'éloigna, jetant un regard vers l'arrière sans qu'aucune réaction lui vînt de sa passagère prostrée.

Il fit semblant de disparaître dans une cour, mais revint tout de suite sur ses pas, afin de se poster, par un autre chemin, à la terrasse d'un café. Là, masqué par un rideau, il pouvait observer la place… Elle finirait sûrement par caler, se disait Clive. C'est pas possible, il faudra bien qu'à un moment elle sorte ! Il songea qu'elle n'avait d'ailleurs pas quitté l'arrière de la voiture depuis leur départ.

Il attendit une heure. Il était onze heures à présent. Puis il s'écoula encore une demi-heure sans aucun signe de Marguerite qui demeurait invisible. Clive commença à douter de lui – avait-il bien surveillé, constamment ?

Sans la moindre absence?... Il se persuadait qu'il y avait un os, lorsqu'il observa le manège d'un agent de ville qui s'approcha de la voiture, la contourna. Le type se mit à taper sur la vitre arrière... Clive le vit faire des gestes : il parlait avec Marguerite, sans ouvrir la portière. Puis il regarda dans toutes les directions...

Est-ce qu'il allait laisser faire ça ? Permettre que le flic, qui n'avait pas l'air de vouloir décoller, finisse par s'inquiéter au point de demander des papiers – et de trouver suspect, sans doute, ce nourrisson qui ne réclamait jamais !

Il sortit du café, revint vers la voiture, résigné. Il était à vingt mètres lorsque l'agent cria :

– C'est vous, le mari ?... On vous attendait. Vous pouvez pas rester là. Je l'ai dit à votre épouse, c'est interdit de stationner ici, sur toute la longueur de la voie !

Clive remercia, s'excusa. Il fit un sourire à son épouse. Le flic ajouta, bougon, pendant qu'il ouvrait sa portière :

– Il faudra penser à changer vos pneus aussi, à l'arrière, sans tarder !

C'est ainsi qu'ils suivirent la côte, où Marguerite avait fini par admettre qu'elle choisirait une ville pour s'y arrêter. La négociation s'était déroulée selon le jeu des réponses par oui ou par non. Encore ce fut souvent au seul secouement de la tête... Clive lui proposait des villes qui pouvaient se révéler plus agréables que Marseille – dans la mesure où elle ne désirait pas forcément prendre un train. Tout en roulant, il avait essayé d'en apprendre un peu plus sur sa destination éventuelle... À la question de savoir si elle avait réellement un but quelconque – si elle savait, même vaguement, où aller ? – elle n'avait rien secoué du tout.

Alors, Toulon peut-être ?... Ça devait être sympa, Toulon. Il lui récitait le menu par avance, la tentait par des noms enchanteurs, des villes de magazines : Saint-Tropez, hein ? Ou Saint-Raphaël !... Ah ! la classe,

Saint-Raphaël !... Ils effeuillèrent tranquillement la Côte d'Azur – Monaco ?... Mais il devenait clair que Marguerite mentait. Elle les refusait toutes, à mesure qu'ils y parvenaient. Elle s'obstinait, avec un acharnement de pieuvre, à ne pas quitter la 4L, fût-ce un instant. elle refusa, par la même protestation farouche, d'avaler toute nourriture.

Bien avant d'arriver à Cannes, Clive avait commencé à lâcher du lest. Ou bien il abandonnait réellement sa voiture – par exemple dans un parking où il pourrait la récupérer dans deux mois – mais elle lui ferait faute, là-bas, pour le travail... Il aurait envisagé sérieusement cette solution de détresse, seulement Greg l'avait averti qu'il serait essentiel de se servir d'une bagnole ! – Ou bien, autrement, il conduisait sa protégée au commissariat le plus proche de sa lassitude, et livrait le paquet intact – ou bien encore, ce qui revenait presque au même, il se dirigeait droit vers le poste-frontière : arriverait ce qui pourrait à son auto-stoppeuse.

En traversant la ville de Cannes, il avait tenté une ultime grosse intimidation qui était parvenue à ébranler légèrement le mur de son entêtement. Comme il remarqua qu'ils se trouvaient par hasard devant l'Hôtel de Police, Clive s'arrêta soudain pile en face du bâtiment. Il déclara :

– Bon, maintenant si tu ne descends pas tout de suite de cette bagnole, j'entre là, dans la cour, et je te balance.

Marguerite retenait son souffle. Il lui donna jusqu'à dix. Il se mit à compter, vitesse enclenchée, le moteur au régime, le pied sur l'embrayage... À sept, il fit patiner, moteur ronflant, elle remua les lèvres, mais aucun son ne sortit. Après huit, elle réussit à desserrer les dents, pour la première fois depuis le matin. Sa voix était rouillée, tellement coincée qu'elle dut s'y reprendre à deux fois pour articuler une phrase :

– Si tu le fais... je dirai que tu es avec moi.

– Qu'est-ce que tu veux dire, que je suis ton mari ?
– Que j'habite chez toi. Ils te garderont aussi.
– T'es une belle salope !

Elle tordit ses lèvres, comme dans une douleur. Il avait lâché l'accélérateur. Puis le visage de la fille se crispa de nouveau, saisi par une convulsion qui paraissait lui monter de la gorge. Il eut la sensation qu'elle s'empêchait de pleurer de toutes ses forces…

Alors il eut honte. Énormément. Toute sa colère disparut d'un coup – il dit presque à voix haute : « Je suis un porc, moi ! » Il démarra sur les chapeaux de roues, vira vers le front de mer… C'était immonde de jouer avec les nerfs de cette pauvre fille qui risquait la taule à toutes les minutes. « C'est encore plus dégueulasse que de la mener chez les flics ! » Il exerçait sur elle une sorte de torture – il était trois heures passées, il lui vint à l'esprit qu'elle souffrait peut-être d'une monumentale envie de pisser !

Il s'arrêta sur un espace libre, devant la mer, sous les palmiers. Il coupa le contact. Il se retourna sur le siège dans une position incommode, la jambe droite repliée sous lui ; il dit à Marguerite que d'accord, il mettait les pouces – il n'avait pas l'intention de la torturer ainsi. Il s'excusait… Qu'on allait faire la paix tout de suite, et prendre une décision ensemble.

Il dit, voilà :

– On va sortir tous les deux, on va aller aux toilettes, là, dans ce café, on va se manger un brin de mie de pain, et aviser de ce qu'il faut faire. Je sais que tu ne vas pas me croire. Alors tu prends mon passeport, tu le mets dans la poche de ton jean, dans ton soutif si tu crois que c'est mieux. Comme ça je ne peux aller nulle part sans toi !… Ce sera toi la plus forte : même que si tu avais l'idée de filer je serais complètement dans la merde… D'accord ?

Il avait sorti son passeport. Il le lui montra ouvert, sa photo, son nom, tout – il lui fit remarquer la date, au bout de son doigt. Il s'agissait vraiment du bon passeport, le seul... Elle hésita. Il le lui fourra d'autorité dans la poche de son pantalon. Alors, en effet, elle consentit à se laisser glisser de son siège-forteresse.

Il la conduisit à l'intérieur du café – elle était vraiment secouée, il voyait, tremblante de nervosité, d'épuisement, de peur encore... Pendant qu'elle entrait dans les toilettes pour les dames, il lui promit de siffloter tout le temps devant la porte – qu'elle l'entendrait, qu'elle se rassure. Il ne s'en irait pas. Surtout sans passeport !... Il siffla *Bird of Paradise*, à petit bruit, jusqu'à ce qu'elle ressorte.

Clive fut rassuré qu'elle se sente mieux – ça se voyait, elle n'avait plus ces convulsions sur le visage, même si son regard demeurait rapide et inquiet. Il s'aperçut aussi d'une chose bizarre : il n'avait plus peur d'elle du tout. La tension de cette journée, la querelle, les rapprochaient comme au sortir d'un cauchemar. À présent il éprouvait surtout un énorme coup de barre entre les deux yeux – les émotions du jour avaient commencé exceptionnellement tôt...

Ils allèrent s'asseoir sur la plage, et se mirent pieds nus ; il faisait chaud. Clive s'allongea sur le sable ; il posa sa tête sur ses genoux à elle qui restait adossée au mur. Il voulut réfléchir, mais il s'endormit très vite.

La main enfoncée dans la poche qui contenait le passeport, Marguerite relâcha sa surveillance. Elle s'assoupit à son tour.

Ainsi, vers la fin de l'après-midi, le petit équipage atteignit Menton, pour la bonne bouche. Le soleil déclinait derrière le Cap Martin, et Clive pensa qu'un endroit pareil, qui possédait sous l'horizon un cap à son propre nom, ne pouvait que lui porter chance !... Il décida d'aller tout de suite repérer la frontière, dans la ville basse, au-dessus de l'eau. Ils jugeraient ainsi plus sainement des difficultés à venir, et aviseraient par la suite des conditions les meilleures, au cas où ils voudraient tenter un passage clandestin pendant la nuit – à moins que le petit matin ne fût préférable, ou le soir, ou le midi ! Ils tâcheraient de réunir un maximum d'informations et d'acheter des lires.

Clive, en effet, avait baissé les bras ; un nouvel accord s'était établi dans une atmosphère plus détendue, plus confiante, et à l'aide d'un échange de mots, restreint certes, mais raisonnable. Il mettrait donc tout en œuvre, cette fois, pour aider Marguerite à passer en Italie – soit directement à un poste-frontière si le contrôle d'identité se relâchait à certains moments de la journée, comme c'était le cas ordinairement avec d'autres pays de la Communauté, la Belgique, ou l'Allemagne – soit, s'il le fallait, par des sentiers obscurs qui restaient à découvrir... En revanche Marguerite s'engageait à ne pas cafter si elle était prise – elle serait une auto-stoppeuse sans papiers qu'il ne connaissait ni des lèvres ni des dents ! Il avait accepté d'autre part de la conduire jusqu'à Florence, en cas de succès, puisqu'il se dirigeait de ce côté-là – il lui expliqua que Florence était une grande ville populeuse. Après quoi, elle irait où elle voudrait – à Rome ! La formule qu'ils avaient retenue, et que Marguerite avait consenti à prononcer de sa propre bouche, était : elle se « fondrait dans le paysage » !

Ils traversèrent la ville, en serrant vers la mer. Lorsqu'ils parvinrent au bout de l'avenue qui borde la plage dans le prolongement richement résidentiel de Menton, ils s'engagèrent directement sur l'esplanade du poste-frontière. Ils s'apprêtaient à descendre de bagnole, lorsqu'en arrivant à proximité des guérites, ils remarquèrent avec étonnement que la circulation se faisait sans aucun contrôle, ni d'un côté ni de l'autre. Les voitures passaient au ralenti, sans interruption, devant les policiers qui leur faisaient signe d'avancer, sans hâte, d'un geste nonchalant. Au terme de cette journée éprouvante, ils avaient là, sous leurs yeux, le plus simple des risques à prendre !

Clive repensa à l'effet rassurant de la voiture d'enfant sur le toit. Il dit :

– On y va, Marguerite ?...

C'était elle que ça concernait – elle paraissait tendue, dans le rétroviseur. Elle fit oui du menton. Il se plaça docilement dans la file des voitures au pas, derrière une camionnette de style aménagé, bardée de badges. Il ferma presque les yeux pour mieux plonger...

– Accroche-toi aux branches. Et si des fois on se revoit pas, ben... Salut !

Il accéléra, et fut pris d'un tiraillement de sa pommette gauche qui chassait péniblement vers l'oreille... Le terrain jusqu'aux premiers guichets se grignotait à une allure de fourmi – il tremblait que le jeu s'arrête tout à coup, comme un manège qui achève son tour : tout le monde descend !

Clive tenait son passeport à la main, sur le volant, en évidence – mais ni les Français, occupés d'on ne savait quel problème providentiel, et qui discutaient dans leur kiosque, ni les Italiens, plus loin, qui réglaient négligemment la circulation, n'arrêtèrent la voiture. La camionnette, devant eux, prit soudain de la distance – elle accélérait sur une autre esplanade, vierge, un désert immense à franchir sous la falaise au rocher à pic... Ils avaient passé !

Dix secondes plus tard ils s'enfoncèrent sous un tunnel qui leur parut géant, qui déboucha sur un monde léger, très clair aux yeux, un monde de courant d'air !...

– L'Italie ! L'Italie ! cria Clive en apercevant les collines.

Il sauta frénétiquement sur son siège, donnant un libre envol à son humeur héroïque. Il invoqua les dieux, tous ces gens favorables que l'on salue en abordant ce genre de territoire. Il dit mentalement aux seigneurs des beaux jours et des orages : Rendez-nous la route facile, et que vos souffles nous accompagnent !

Par la vitre baissée de sa portière, les brises désirées lui fouettèrent la joue.

Ce furent ensuite d'autres tunnels, et la mer sous les pieds de l'autoroute, au-delà des rambardes métalliques où l'on aurait imaginé des pêcheurs munis d'immenses gaules, des cyclopes rangés le long de ce parapet muni d'un grillage anti-plongeon. Ce furent des collines ridées comme des peaux de pachydermes, surmontées de crinières d'arbres découpées sur le ciel. Puis il y eut les terrasses, serties de serres, qui miroitaient au soleil couchant au-dessus de San Remo – et les cyprès, déjà, fichés comme des chandelles dans la peau de ces montagnes.

Ils se sont arrêtés, le cœur encore palpitant, pour respirer un bon coup, après avoir passé la sortie Genova. Ils eurent le sentiment d'avoir placé un monde épais entre leurs soucis du jour et la fraîcheur de ce soir qui montait de la surface ridée de la mer. Au moins c'est ce que Clive éprouvait ; mais son humeur débordait sur sa passagère qui semblait plus détendue que jamais. Marguerite tournait la tête ici et là ; elle regardait ce paysage où elle devait se fondre, un jour !

Leurs premiers pas sur le sol italien se fit sur une minuscule esplanade de ravitaillement, ménagée en préfabriqué sur un encorbellement de rocher coupé du monde, à l'entrée du millionième tunnel. Là encore, il y avait des flics, debout devant le stand en tôle aux sandwiches et boissons qui doublait les toilettes – mais ils avaient changé de couleur. Ils étaient verts, sanglés de lanières blanches croisées sur la poitrine, comme des images de soldats de plomb... D'ailleurs ils ajustèrent leur calot, montèrent dans leur cabriolet de POLIZIA, et disparurent rapidement sous le tunnel.

Clive songea qu'avec toute cette improvisation il

n'avait changé aucun argent. Les ennuis de ravitaillement allaient commencer. Le rocher était parcouru d'un souffle frais : il avait faim... Marguerite paraissait planante, sans désirs. Il lui dit, sans reproche, en étirant ses bras vers le ciel :

– Alors tu as ce que tu voulais !...

Elle fit un geste du cou, sorte de renversement léger, un truc de chèvre qui valait un sourire.

Il lui posa la main sur l'épaule. Ils avaient fait la guerre ensemble maintenant, combattu depuis plusieurs jours côte à côte – il pouvait se permettre cette familiarité, au sortir des tranchées !...

– Au fond, tu as gagné !

Il pensa à Napoléon, qui ne s'entourait, dit-on, que de soldats chanceux – une manière superstitieuse qu'il avait de partager leur baraka. Elle avait tout de même un pot d'enfer, elle, là, cette Marguerite !

Elle eut un mouvement qui le surprit. Elle pencha la tête pour poser sa joue contre sa main à lui – un bref instant, rapide, assez maladroit... Elle le fit avec tant de hâte qu'il ne sentit que ses cheveux sur son poignet, et à peine la chaleur de sa peau contre ses phalanges, sur le gras du pouce où était tombé par hasard le coin de ses lèvres.

Ils regardèrent la mer longtemps, loin dessous, qui rougeoyait encore du crépuscule, d'où montait le vent.

II

Gregory Loach avait préféré ne pas loger à l'hôtel ; il s'était installé dans un appartement à Certaldo, dès les premiers jours de son arrivée en Toscane, en compagnie de Nathalie. Il voulait se sentir « dans ses meubles », mieux à son aise pour affronter le travail intense qui allait l'occuper pendant plusieurs mois. Certaldo présentait bien des avantages – jolie petite ville, dont la partie ancienne, Certaldo Alto, construite sur une éminence dentelée, est la patrie de Boccace ; elle n'était éloignée que d'une douzaine de kilomètres de San Gimignano, la cité médiévale où s'organisait le Festival d'été.

Le logement choisi par Gregory, au premier étage d'une maison de la Via Roma, dans la ville basse, lui plaisait infiniment. En outre – quelle bénédiction pour fuir les indésirables ! – il se trouvait dépourvu de téléphone… L'habitation comportait une entrée un peu sombre, tout en longueur, deux chambres ombreuses elles aussi, une cuisine agréable qui se prolongeait vers l'arrière par une salle d'eau, et une terrasse exiguë, de plain-pied avec les jardins montants.

Cette terrasse, abritée du soleil jusqu'au soir, formait un coin délicieux où il faisait bon prendre son café le matin, en rêvant à l'avenir de la planète, sous le chant enroué des ménagères qui s'activaient dès l'aube dans les étages au-dessus. Quant aux chambres elles-mêmes, elles étaient vastes, fraîches, hautes de plafond, protégées de la chaleur par des volets intérieurs en bois mince. Celle qui donnait sur la rue, la plus spacieuse, de forme carrée, au sol dallé d'une mosaïque, aurait à elle seule coûté une fortune dans n'importe quelle capitale d'Europe, même à Florence ou à Sienne.

Greg avait conservé pour son usage la chambre de l'arrière, côté terrasse, bien qu'elle fût plus modeste de taille. Elle avait vue sur les jardinets en pente, avec leurs buissons fleuris, leurs carrés de romarin, et leurs cordes à linge où séchaient dès l'aurore les blouses bleues, les pantalons, les chemises d'homme amples et grises qui gouttaient sur les plates-bandes. Elle était aussi la plus calme ; on pouvait y dormir tard dans la matinée, si besoin était, éloigné des bruits de la rue où croisaient des camions bâchés qui traversaient la ville à grand branle-bas. Si les portes se trouvaient convenablement closes, on s'y sentait heureusement coupé des fracas de freins hurlants, des ridelles cahotantes, des pétarades d'échappements au moment des redémarrages au feu rouge : le *semaforo* planté juste après les fenêtres de l'appartement.

Pour le metteur en scène, harcelé pendant la journée par la préparation d'un spectacle lourd, il s'agissait d'une oasis où il aimait jouir d'un repli quotidien, loin des foules cosmopolites qui s'agglutinaient à partir des beaux jours dans la célèbre ville aux douze tours carrées.

Le Festival de San Gimignano constituait en effet, cette année-là, une vaste entreprise, et une nouveauté financée par le Fonds Européen de Soutien aux Réalisations Artistiques : le F.E.S.R.A. La mission essentielle de cet organisme culturel de la Communauté – dont les malins disaient, en France : « Fessera, fessera pas ? » – était de promouvoir dans toute l'Europe des créations d'envergure dans les domaines les plus variés, cinéma, danse, arts plastiques ou musique, et bien entendu le théâtre.

Gregory Loach avait été pressenti, de préférence à d'autres personnalités de la scène, à cause de sa bonne connaissance de la langue italienne, et du français ; d'autres éléments avaient agi en sa faveur : par exemple, la direction du F.E.S.R.A. souhaitait confier à un artiste de culture britannique la mise en scène de *La Duchesse de Malfi*, une pièce élisabéthaine de John Webster, dont l'action se situe en Italie au commencement du seizième siècle.

Ce festival toscan, expérimental dans sa conception, présentait de plus une ampleur inaccoutumée, dans la mesure où la mise en œuvre du spectacle lui-même était liée à la réalisation d'une série de films pour la télévision. Outre un programme de reportages « internes » sur le Festival, un consortium composé de la R. A. I., de la B.B.C., et d'une chaîne allemande, devait fabriquer une série dramatique en quatre épisodes d'une heure chacun. Le scénario s'inspirait, à l'origine, d'un roman de P. D. James, *The skull beneath the skin*, dont l'action tourne précisément autour de *La Duchesse de Malfi* ; ce thriller raconte les malheurs d'une actrice qui joue au théâtre le rôle de la Duchesse, et reçoit de façon répétée de mystérieuses menaces de mort. Elle finit par être assassinée pour de bon – l'idée, très librement adaptée et développée, présentait par conséquent une intéressante mise en abîme de la pièce de Webster, dans laquelle la célèbre comédienne Olympia Calamo interprétait le rôle central, au théâtre comme à l'écran.

Tout cela nécessitait une organisation complexe, parfois délicate, avec la présence d'une seconde équipe lourde, qui devait travailler en relation étroite, tout au moins au début, avec l'équipe théâtrale. Une bonne entente serait souhaitable entre les gens de la scène et ceux de la pellicule – cela d'autant plus que les comédiens principaux se trouvaient impliqués au même moment dans les deux entreprises !... Le travail se poursuivrait donc tout l'été, jusqu'à la fin du mois de juillet pour ce qui concernait le spectacle, débordant sur août, puis jusqu'à la mi-octobre environ pour la série télévisée.

Peu à peu, Gregory mit Clive au courant de ses conceptions, de ses envies – l'orientation qu'il voulait donner à ce spectacle « à vocation internationale ». Ils bavardaient, aux heures creuses, sur la minuscule terrasse de l'appartement de Certaldo, en sirotant du *vino santo* bien frais, acheté au magasin de liqueurs, en face. Ou bien ils allaient déjeuner à la *trattoria*, quelques pas plus haut que leur porte... Greg l'entretenait de la progression du travail, des répétitions qui venaient de commencer – de ses doutes aussi, ses inquiétudes. Il avait fallu prévoir large dans la planification, à cause du film qui boufferait du temps par la suite.

Il lui racontait ses discussions épiques avec Riccardo, le réalisateur de la série télévisée, dont le tournage effectif ne commençait qu'au début juillet mais qui venait dès à présent en repérage. Greg éprouvait quelque peine à lui faire partager ses vues. Un type sympathique du reste, un peu rond, très cordial, mais très « auteur de thrillers », selon lui... Il s'entendait mieux avec le premier assistant, Simone ; un garçon ouvert, d'esprit cultivé, et qui parlait fort bien anglais !

Ainsi Clive se familiarisait doucement avec les arcanes du lieu. Il avait du temps devant lui – pour le moment les éclairages demeuraient de lointains projets. Il suffisait d'y penser, en faisant des plans pour retenir le matériel. De toute façon, le concepteur de la lumière serait Teddy Grafton, un ami de longue date de Gregory. Clive lui servirait d'assistant technique, et assurerait la coordination avec le directeur photo du film – il serait bientôt chargé également de produire un éclairage élémentaire pour les répétitions du soir.

Son premier travail fut de prendre contact avec le texte

de la pièce, qu'il lut en anglais. C'était l'histoire d'une jeune veuve de vingt ans, la fringante et sensuelle Duchesse de Malfi – ou Amalfi selon la géographie italienne. Elle épouse en secret, malgré l'interdiction qui lui a été faite par ses frères, l'Intendant de son domaine, le bel Antonio. Cette mésalliance étant traîtreusement découverte, la vengeance des frères sera terrible ! L'un d'eux est cardinal, l'autre duc de Calabre – de puissants personnages, qui s'assurent les services du mercenaire Bosola, haut en caractère, lequel étrangle par ordre du Duc la jeune femme et ses enfants, dans une scène à la cruauté désolante. Ce forfait entraîne une succession de meurtres en série, jusqu'à ce que tous les personnages de la pièce s'entre-tuent dans un tableau final digne d'un opéra des abattoirs... Le truc le plus *gore* que Clive avait lu depuis longtemps ! Il se disait que les petites boucheries de Balzac faisaient figure de bluettes à côté.

Il se promena pour se distraire, s'organisant des randonnées de quelques heures autour de San Gimignano. Un jour à Poggibonsi, un autre à Castelfiorentino – il admira le panorama à Gambassi. Une fois il poussa jusqu'à Volterra, bien perché aussi, bien emmuré de façades romanes et gothiques, inchangées... Lorsqu'il se lassait de faire le touriste, il retournait à San Gimignano, et se postait à la terrasse d'une pizzeria, sur la place principale, devant la cathédrale – le Duomo – tout en haut de la ville, où serait monté le spectacle.

Car Greg avait opté, parmi plusieurs solutions qui s'offraient, pour un dispositif scénique éclaté autour de cette place du Duomo. La plus grande partie de l'action, notamment les scènes de Cour, chez la Duchesse, serait représentée sur le parvis, en utilisant l'escalier frontal à trois volées de marches, devant lequel on construirait un long praticable de bois. Certains moments plus intimistes, comme les scènes chez le Cardinal, se joueraient sous la grande voûte ouverte à l'autre angle de la place.

Entre ces deux points extrêmes le spectacle utiliserait l'espace entier devant l'hôtel de ville, avec la Torre Grossa en fond, et le perron de l'Arengo qui servit autrefois de tribune aux orateurs lors des cérémonies publiques.

Assis devant un verre de vin blanc, Clive étudiait le comportement des touristes ordinaires qui naviguaient sur la place, plus nombreux à mesure que l'on se rapprochait de midi. Ils débouchaient à flots de la rue San Matteo, à droite, s'épandaient dans l'espace libre devant la Collégiale, montaient et descendaient les marches du parvis dans un mouvement de va-et-vient continu. Il y avait des groupes âgés avec leurs guides, et des adolescents par classes entières, qui déambulaient sagement, avec une docilité empreinte d'un certain fatalisme. Leurs professeurs indiquaient des détails en l'air, le bras tendu... Les gens ressortaient sur la gauche, s'égaillaient en descendant la place de la Cisterna, tandis que d'autres, tout nouveaux, les croisaient, montant de la porte sud, à l'opposé. Quelques-uns s'asseyaient à la terrasse de la pizzeria-bar, pour une halte : c'était l'heure des rafraîchissements et des cartes postales.

En fin d'après-midi, parfois, des éclats de voix insolites faisaient dresser l'oreille à la foule présente : c'était les comédiens qui répétaient dans la cour fermée de l'hôtel de ville, derrière. À ce stade de défrichage des rôles, ceux-ci avaient besoin d'un lieu discret, soustrait aux regards – suffisamment intime pour se livrer aux improvisations, aux mouvements d'humeur, étranges et décousus, que comporte le tâtonnement d'approche des personnages. Aussi la cour intérieure avait-elle été fermée aux visiteurs – elle servait de scène transitoire, avant d'affronter les grands espaces terribles de la place du Duomo.

Clive se sentait heureux d'être là, les jambes allongées, les épaules calées au dossier de la chaise. Il se trouvait à l'aise, content d'être venu, d'avoir des choses à faire, de s'intégrer à ce site magnifique. D'ici à quelques semaines il allait agir sur la surface de ces pierres, personnellement, tirer des câbles dans ces ruelles. Il serait complètement d'ici !

En somme, l'été s'annonçait moins compliqué qu'il n'avait commencé à le craindre. Gregory s'était montré adorable avec lui, vu les circonstances – il avait proposé immédiatement de partager son gîte... Au fond, Marguerite le gênait assez peu. Elle demeurait fermée, fantomatique. Les premiers jours, c'est vrai, elle l'avait suivi comme un petit chien – au point qu'il en devenait ridicule. Cette ombre un peu moche l'agaçait, à force ! Il lui avait demandé de s'intéresser à quelque chose de son côté... Il avait dit pour plaisanter qu'à ce train-là elle allait lui casser toute tentative de drague ! Le Don Juan du mauvais goût !

À présent ça pouvait aller – sûrement, elle devait s'ennuyer ferme, mais bon... En tous les cas elle continuait à refuser de prendre le large. Il avait proposé plusieurs fois de la conduire à Florence, où elle aurait pu tenter sa chance un peu mieux.

Le plus souvent Gregory dirigeait les répétitions en italien ; mais parfois il passait au français, que beaucoup des acteurs présents comprenaient. La distribution du spectacle reflétait elle aussi l'orientation européenne du Festival ; les quatre rôles principaux étaient confiés à des comédiens italiens, très connus des téléspectateurs de la Péninsule, les autres personnages se partageaient entre des Allemands, des Français, des Belges, choisis pour leur connaissance de la langue du pays... Il s'ajoutait, fait très exceptionnel au théâtre, une abondante figuration masculine et féminine – gens de cour, soldats, pèlerins, valets à profusion, tous engagés sur place. Une pareille magnificence avait été rendue possible grâce aux largesses du F.E.S.R.A., lequel désirait donner à cette expérience l'éclat fastueux d'une manifestation de prestige. Il y aurait même des chevaux, et les gens d'armes porteraient réellement des armes !

Quant au fond, le metteur en scène demandait aux comédiens un travail préparatoire sur ce qu'il appelait « l'état de violence ». Pour horrible qu'elle fût, la tragédie de Webster traduisait selon lui le même imaginaire sanguinaire, pour les gens du dix-septième siècle, que les films de violence actuels les plus atroces pour le monde contemporain. *La Duchesse*, avait déclaré Greg à la troupe, représentait *Clockwork orange* en 1615 ! Il s'en dégageait un sens comparable de la précarité de la vie, de la fragilité de nos affections, de nos ambitions, de nos amours... Peut-être contenait-elle la même charge provocatrice.

Gregory Loach avait conseillé aux trois acteurs qui interprétaient les rôles « sanguinaires » – Bosola, le Duc et le Cardinal – de se livrer à un « travail sur la haine », selon ces curieuses formulations qui amusaient Clive ! Lors des séances préparatoires, autour de la table, il avait organisé une projection d'*Orange mécanique*. Le film de Kubrick avait été commenté en relation avec la lecture des scènes épouvantables où Bosola, aidé de ses bourreaux, étrangle la malheureuse Duchesse, sa suivante Cariola, et les petits enfants.

On ne pouvait pas dire, dans ces circonstances, que le Festival se plaçât sous les auspices de l'amour béat ! Aussi on s'aperçut que tout ne baignait pas non plus, parmi les équipes, dans l'huile de tendresse... Une certaine agressivité se manifestait de jour en jour au sein de la troupe. De brusques querelles surgissaient au cours des répétitions, des sautes d'humeur qui semblaient la conséquence inévitable de cet « état de violence » qui avait été instauré... Gregory, à présent, devait calmer le jeu ! Il avait semé le vent de la haine, il craignait par moments d'être dépassé sur son propre terrain.

Il s'en ouvrait à Clive, le soir sur la terrasse :

– Je récolte la tempête ! disait-il en riant des proverbes bibliques.

Cependant, il exprimait son inquiétude que les choses ne vinssent à s'envenimer ; cela d'autant que deux des acteurs, Francesco Castellino et Ugo Privazio, qui jouaient respectivement le mercenaire Bosola, et le Duc Ferdinand de Calabre, avaient décidé de consulter un personnage assez étrange, qu'ils nommaient leur « directeur de mauvaise conscience ».

Ce type – le Docteur Van Drucksem – se présentait au demeurant comme un philosophe, et il habitait sur les hauteurs dominant le Valdelsa. Hollandais d'origine, il avait établi un véritable « cabinet de philosophie », dans sa somptueuse villa située près du village de Lucardo, à un point culminant de la colline, au-dessus de Certaldo. Il y recevait en consultations privées toutes sortes de gens : des femmes d'intérieur et des hommes d'affaires. Depuis peu, il recrutait beaucoup parmi les artistes, acteurs de cinéma, musiciens, vedettes du showbiz italien, tous en quête d'une ligne de conduite. Dans le même ordre d'idée, plusieurs personnalités du monde politique frappaient à sa porte… Les ouailles faisaient le trajet non seulement de Florence et de Rome, mais aussi de Bologne ou de Turin pour avoir le privilège d'entendre sa parole.

La consultation durait environ une heure trente, pour un prix qui variait beaucoup selon les ressources et la notoriété des visiteurs. Les honoraires pouvaient atteindre, murmurait-on, des sommes faramineuses, de l'ordre d'un million de lires par séance pour les personnages les plus huppés ! Du reste, certains de ces auditeurs fortunés, venus de fort loin, atterrissaient à l'aéroport de Florence dans leur avion personnel.

Van Drucksem – les habitués l'appelaient aussi « Diavolo » – professait de curieuses thèses sur « la violence nécessaire ». Il soutenait que la lutte constitue le principe souverain de la marche de l'Univers, comme celui de la cohésion de la matière. L'être humain, sur un autre plan, était mû, dans ses actions majeures comme dans ses pulsions élémentaires, par une férocité originelle : un besoin de tuer, en un mot, auquel il était nécessaire de fournir des compensations substantielles, sous peine d'étiolement de l'individu, ou même de mort…

Le secret de l'art du philosophe consistait à analyser le questionnement de chacun de ses consultants, et de réfléchir avec lui aux moyens concrets de résoudre ses tensions, de dénouer parfois les situations inextricables où il se trouvait emmêlé. Ses principes avaient un succès fou auprès de gens qui cherchaient à en savoir davantage sur le sens de leur vie, ou sur la vie tout court, et qui aimaient qu'on restituât leur personne particulière dans l'ensemble de la condition humaine en général.

En somme, Francesco et Ugo, appliquant les instructions du metteur en scène avec un zèle dont on ne pouvait que les féliciter, étaient revenus très impressionnés de leur première visite au « philosophe de Lucardo ». Ils avaient entrepris Greg sur l'aspect fondamentalement thérapeutique que *La Duchesse de Malfi* pouvait exercer sur eux, sur le déchaînement symbolique de leurs passions. Le monde s'exprimait en eux, en profondeur, dans toute sa plénitude, à travers la persécution et le meurtre !

Francesco Castellino était une sorte de colosse plutôt jovial d'ordinaire ; il donnait, à le voir, l'impression d'une force de la nature. Lorsqu'il entrait en scène, tout pliait sous son charme ou tremblait autour de lui, tant il paraissait saisissant de puissance et de finesse. De fond aimable, par ailleurs, fort courtois dans la vie, il arborait là, tout à coup, pendant les répétitions mais aussi en dehors, une humeur songeuse, une « mélancolie » qui allaient certes comme un gant à son personnage dans la pièce, mais qu'on ne lui avait jamais connues auparavant. Quand à Ugo Privazio, mince, pâle, comme un Don Quichotte rieur et bon vivant, il lui venait à présent des élans de méchanceté qui surprenaient son entourage. Il prenait un ton altier et cassant !

Plus les jours passaient, plus Gregory Loach en arrivait à se repentir d'avoir lancé ses troupes, un peu inconsidérément, dans ce «chemin de la haine»... Il confiait ses états d'âme à Clive, au déjeuner, avant de prendre la route de San Gimignano :

– Ce qui m'embête le plus, disait-il, c'est Lydie et son mari. They're getting mad ! Ils s'en reviennent de là-haut un peu plus cinglés chaque fois. Je t'assure !

Lydie Bacher – qui jouait Julia, la maîtresse du Cardinal – et son mari, Hubert Simplon, étaient les deux acteurs français de l'équipe. Le couple s'avouait fervent adepte du phénoménal philosophe, et adoptait un comportement étrange.

Lydie avait tout juste trente ans ; elle possédait un corps de blonde pulpeuse, fort jolie, avec des cheveux frisés et des yeux immenses. Outre sa parfaite connaissance de l'italien, qu'elle devait à la tranche napolitaine de sa famille, Greg l'avait engagée pour le rôle à cause de la tendresse qu'elle manifestait en toute occasion à l'égard de tout le monde, ses façons souriantes et rigolotes. Son parler franc, souvent coloré, achevait de la rendre sympathique.

– Elle devient féroce ! Je la reconnais plus du tout... Et puis j'ai l'impression qu'elle s'est mise à boire. She gets pissed most of the nights !

Or, malgré son apparente bénignité, Lydie se trouvait en proie à la terreur de tomber malade, de souffrir, de mourir peut-être ; elle s'ingéniait de diverses manières à protéger sa santé. Sa crainte du cancer tournant quelque peu à la phobie, Lydie se faisait palper les seins par une armée de spécialistes, exposait ses intérieurs aux frottis les plus distingués – cela avec une régularité d'horloge. Ces craintes rituelles, qui entraînaient une alimentation choisie à base d'algues marines et de plâtras glaireux destinés à colmater par avance une kyrielle de points ulcéreux, avaient justifié de la part du couple une série de petites «audiences» chez le Maître. Celui-ci les recevait à des prix fort modérés, en rapport avec leurs ressources.

Ce que les deux Français avaient retenu de la « philosophie de Lucardo » – qu'ils tâchaient de faire passer dans leur vie – c'est qu'il fallait penser le monde selon une théorie, au fond assez manichéenne, du Dur et du Mou. Seul le Dur conservait une chance d'existence, le Mou était périssable et condamné... Le couple avait donc résolu de se mettre résolument du côté du Dur, et de chasser, pour ainsi dire, le Mou de leur maison ! Ainsi du traitement de la colère, qui, pour être utile, devait se transformer en rage, puis s'exprimer le plus souvent possible par des voies de fait.

En d'autres termes, ils se tapaient sur la figure aussi vigoureusement qu'ils le pouvaient, à la suite de scènes de ménage qu'ils provoquaient de façon sauvage au milieu de la bonne entente où ils vivaient. Très attachés l'un à l'autre, plutôt enclins à de tendres penchants, ils se voyaient contraints de boire déraisonnablement afin de s'inventer des querelles et vaincre leur répugnance naturelle à se frapper mutuellement.

Toutefois, l'expérience aidant, le souvenir amer des coups donnés et reçus, il leur devint possible de s'échauffer plus vite, et de se frapper avec une sincérité assez spontanée de part et d'autre. Ils se cognaient donc à présent à coups de poings, à coups de pieds, et par tous les moyens que leur dictait la vindicte qui grandissait entre eux. Cela faisait partie de la cure, affirmait Lydie : « ne plus avoir peur de se châtaigner » !

La conséquence directe et immédiate de cette philosophie volontariste fut que l'actrice devenait de moins en moins malléable. Elle prenait des tons revêches avec tout le monde, particulièrement dans le travail ; comme Greg lui en faisait reproche, elle rétorquait :

– C'est mon côté pute qui t'intéresse ; hein Greg ?... Tu n'as que ça en vue : la salope que suppose ma carrosserie !

Il avait beau protester avec accablement, que non, que la question n'était pas là du tout, elle s'entêtait :

– Les putains, tu sais, elles sont pas toujours commodes ! Gregory essaya de lui parler ; la comédienne naguère si conciliante cherchait à présent tous les motifs de provoquer la discorde : elle le prit de haut ! Elle le traita de douillet, d'enfoiré mondain, et bizarrement de « fils de quatre fesses », dans l'intention très claire de l'engager sur la voie du baston.

Il l'avait alors abreuvée d'insultes anglaises, ce qui fortifiait Lydie dans sa « soif de violence ». Certains jours, le metteur en scène, entraîné malgré lui dans ce cercle infernal, ne décolérait plus. Sa hargne se portait naturellement sur le philosophe instigateur de ces troubles du comportement – il n'appelait plus Diavolo que : « That fucking bastard up there ! » Il promettait d'aller lui casser la gueule.

Lydie, alors, ricanait, elle l'encourageait, belle et dramatique :

– C'est bon pour toi, Greg, la haine ! Défoule-toi ! Il y a malheureusement trop d'amour en ce monde !

Ces orgies philosophiques produisaient des résultats moins sensibles chez Hubert Simplon ; mais, comme celui-ci jouait déjà des personnages passablement fêlés (le Docteur bizarre et l'un des fous de l'asile), la différence ne se remarquait pas autant... Greg se résigna à accepter le dévoiement du rôle de Julia – lors des improvisations, il décida de lui donner un fouet. Raffinement qui, après tout, n'aurait peut-être pas déplu à Webster...

Dans l'espace clos de la place, les groupes de corps en mouvement produisaient des remous, des courants, comme de l'eau dans une cuvette... Clive, à la terrasse, se disait qu'il aimait bien voir du monde ainsi – être au milieu de la foule, ou, mieux encore, au bord d'elle, sans vraiment la toucher. C'était rassurant de regarder les gens passer : la planète pour soi tout seul manquerait d'agrément !

Cette idée lui procura une émotion passagère. Il regarda le monde avec une soudaine amitié. Les attroupements lui parurent magnifiques, les engorgements bigarrés sur ce bout de croûte terrestre, en plein soleil. Il y avait quelque chose de touchant dans ces volontés conjuguées ; il imaginait les conversations de chacun, depuis la veille, les préparatifs – l'énervement aussi, les engeulades ! Ils s'étaient tous mis propres ce matin, puis ils avaient quitté leurs maisons pour venir rôder en cet endroit. Tout cet effort de toilette le confondait.

Un homme passa, qui marchait seul. Il s'adressait aux touristes d'un air empressé, leur montrant des objets qu'il tenait, des cartes routières... Il ne vendait rien, il semblait raconter des histoires à lui dans un italien volubile qui le faisait s'esclaffer souvent. Il sillonnait la ville tout le jour, affairé, inlassable, dans un circuit qui le ramenait toujours à la place. Sa mise était soignée, le cheveu lisse, la cravate nouée, très bureaucrate – d'autant qu'il portait de grosses lunettes, d'un brun léger. Ses dents blanches et bombées luisaient dans un sourire presque permanent de ses lèvres épaisses, retroussées.

En passant à la hauteur de la terrasse, il adressa un signe de connivence à deux des constructeurs décorateurs qui buvaient. Ils lui rendirent son salut... Les décos, qui le fréquentaient depuis déjà plusieurs semaines, l'avaient surnommé « Dopo », à cause qu'il répétait tout le temps ce mot, en quittant les gens : « A dopo, a dopo ! » – à plus tard.

Clive commanda des olives au serveur qui s'était aventuré jusqu'à son bord, les bras douloureusement chargés. Il ajouta une petite chose croustillante qu'il désigna du doigt sur une table voisine, qui lui faisait envie... Une longue vague de garçons et de filles prenait d'assaut les marches de la Collégiale – tout un collège, sorti par surprise des rues alentour. C'étaient des tout jeunes, pas encore grandis; ils s'étendaient en traînes lâches dont les franges s'effilochaient loin des profs et venaient reluquer les consommateurs à la terrasse – sans effronterie, gentiment.

Deux des garçons s'intéressaient tout haut à ce que buvait la clientèle; ils nommaient les boissons qu'ils voyaient sur les tables. C'était un jeu: à qui détecterait le plus de cafés, de bières, ou de sirops. Clive pensa au jeu des barbus, que l'on compte par quinze, comme les points au tennis!... Il songea que lui-même, si jeune encore, ne jouait plus à toutes ces futilités, et il le regretta.

Clive désira très fort qu'à un moment donné la terre cessât de produire ainsi de la viande animée. Que ce qui était fût, tout à coup, fixé, figé en l'état. Plus de mort, plus de naissance! Le temps coincé là, au coin d'un jour comme celui-ci, qui était beau. Les gens continueraient de vivre, heureux, malheureux, à la folie, point du tout – mais le manège ne prendrait plus de clients. Il tournerait, tournerait, à vie, avec les mêmes, dessus! Éternellement... Il pensa aussi que le système ne serait pas sympa avec les agonisants, les incurables; tant pis, la joie des condamnés à mort ferait une compensation.

Le glissement perpétuel causé par le grouillement infini des petits frères humains qui après nous vivent, qui grandissent, qui vieillissent, puis sont inexorablement poussés par d'autres, plus jeunes encore, lui créait un malaise dans le dos. De la reproduction de bidoche, voilà ce que nous sommes!...

Il faudrait ressembler aux pierres; elles s'érodent lentement. Celles de ces murs gris ombrés se trouvaient en place depuis sept ou huit cents ans – ces mômes qui comptabilisaient les tasses de *cappuccino* pour tuer le temps étaient beaux, frais de figure; un jour ils seraient tirés, tannés, ridés, vides. Et encore, à condition que tout aille bien pour eux !... Il y aurait alors d'autres enfants à leur place, roses, mignons – des bambins prêts à encaisser à leur tour les balivernes éducantes, comme leurs copains qui écoutaient d'une seule oreille, là-bas, le commentaire habituel sur l'ancienneté des tours carrées de San Gimignano ! Tout ce que disaient les guides, ce que lisaient les profs, serait répété un jour.

Dopo remonta la grand-rue San Matteo ; il fendit les groupes d'écoliers, pressé et gêné dans sa marche. Il ne parlait pas aux enfants. Il se hâtait de quitter cette foule neuve qui l'oppressait.

Clive décida qu'il fallait arrêter de penser. Comme le serveur revenait, déposant agilement une tartelette devant lui, il commanda un autre verre de vin blanc.

– Bien frais, s'il vous plaît... *Fresco, per favore !*

Nathalie,

je t'en supplie, ce n'est pas parce que nous sommes orphelins que tu dois me gonfler la tête !... Ne me parle plus de Debborah, tu me rendras service. Non pas tellement parce que je veux l'oublier, ni elle, ni les douleurs, mais parce que j'aimerais que toi, tu l'oublies !... Si tu veux savoir tout ceci ne se ressemble guère. D'abord cette fille, Marguerite, n'a jamais touché la dope de sa vie. Elle sait même pas ce que c'est, alors arrête ! Arrête de délirer je te dis !... Et puis c'est ma vie, merde ! Bonjour l'angoisse !

Justement Greg nous loge dans son appartement de Certaldo, et ça c'est formidable. He is a great fellow, you know ! Nous parlons anglais ensemble, alors tout reprend des proportions justes et tranquilles. Pour lui surtout : il me raconte ses emmerdes. Il en rit, ça le détend... Et cesse de ricaner que je le prends pour mon papa ! Et puis après ? Qu'est-ce qu'il y aurait de mal ?... Et je pense que ça lui fait plaisir aussi de m'avoir pour parler de toi. Eh oui, il tient à toi ce jeune homme ! Je me demande comment il fait ! Il a bien du mérite. Un jour il sera décoré, c'est sûr !... De la Croix du Mérite.

Enfin je suis content que ça aille bien chez vous. Un personnage à ta mesure ? Eh bé ! Il doit être pas mal effrayant... Je suis certain que, dans ce rôle-là, tes regards, tout en annonçant l'intelligence humaine, causent certainement plus de terreur que de plaisir. (Cherche pas, c'est du Balzac). Traduction : T'es une Bêêêê... te ! – Et embrasse Wenzel de ma part.

À propos d'animaux, ici il y a du monde pas mal secoué aussi. Lydie Bacher, par exemple, s'est mise à suivre des cours de philosophie dans le coin, avec son fiancé. Auprès d'un gourou local. Je te dis pas l'ambiance !

Bref, tu seras toujours la meilleure. Et marche à l'ombre.

Clive.

P. S. Qu'est-ce que c'est que cette histoire de tenir un journal ?... Pour répertorier mes enfoirades ? – Je ne sais pas. Je ne vois pas l'intérêt d'abord. Quand je t'écris des lettres je mets tout ce qui me passe par la tête, au moment où ça vient. Je crois que j'aurais du mal à faire la même chose dans le vide, pour personne. J'ai l'impression que ça me couperait mes effets d'écrire pour personne – je ferais rire qui ? Hein ? Tu peux me dire ? La petite souris dans le placard ?...

Tu auras donc toujours des idées tordues, ô ma frangine ! Surtout me concernant... À propos, je l'ai lu le bouquin de Doris Lessing. C'est vrai que *Jane Sommer's diary* est plutôt génial. Mais bon, justement, c'est un faux journal – on se demande d'ailleurs comment des gens sensés ont pu croire une minute qu'il s'agissait d'un vrai document ! Ah les gens sont tarés ! Ils trimballent des grosses tares sur eux, dans le lard rance de leur enveloppe humaine. Voilà ce qui pèse principalement chez les gens. Il ne reste à côté que la valeur d'un pois chiche d'esprit, même à peine ! Et de finesse un minuscule chouia, qui est un poids limite. C'était notre minute de gravité (elle est bonne celle-là !), le quart d'heure agro-alimentaire : quelle est la densité du pois chiche ?

P. S. bis. Nathalie, j'allais oublier : merci pour les fringues, petite sœur ! C'est très sympa. Je dirai même plus : tu es un amour tout plein d'avoir laissé en rade cette valoche bourrée de sape ! Même si tu l'as pas fait exprès – même si tu le regrettes un peu... Allez, la prochaine fois je promets de trouver une pauvresse qui n'ait pas exactement tes mensurations. Je te jure que c'est une pure coïncidence. (C'est vrai, des pauvresses, y en a des grosses !)... En attendant, tu es notre Emmaüs d'amour... Ciao !

Marguerite se tenait assise au bord du mur, les jambes repliées. Elle aimait à s'installer sur cette partie haute du parapet, à gauche du parvis. Elle demeurait des heures ainsi, immobile, à l'ombre de la grosse tour. Rien ne lui échappait des passants qui pénétraient dans la Collégiale, puis qui ressortaient, un peu plus tard, l'esprit ailleurs...

Elle trouvait étonnante l'audace des gens qui marchaient, l'aisance avec laquelle ils montaient le grand escalier de pierre, levant la jambe et la tête en même temps ! Tout en continuant de parler, sans aucune peur de trébucher, de s'aplatir la gueule sur les marches... Quelquefois ils se montraient des choses aux murs, aux toits. Ils faisaient de grands gestes en hauteur pour indiquer à leur voisin un truc quelque part. Une fois sur le perron, ils tournaient souvent sur eux-mêmes, afin de mieux balayer l'espace. Les gens ne se gênaient pas plus que s'ils se trouvaient dans leur chambre à coucher !

Lorsque des visiteurs s'approchaient de l'entrée du cloître, et qu'ils venaient devant le porche qui donne sur la Piazza Pecori, leurs voix résonnaient sous Marguerite. Elle écoutait le timbre des paroles sans comprendre les mots. L'assurance, le plaisir que l'on sentait chez certaines personnes à parler, parler, expliquer... Les femmes surtout la fascinaient. Elles se conduisaient véritablement comme des propriétaires faisant visiter leur domicile particulier.

Cette impression s'emparait fortement de la jeune fille : elle imaginait des paroles dans sa tête, tandis que les femmes se montraient du bras les tours successives : « Voici mon nouveau frigo, tu vois s'il est beau ! – Ah ! répondait l'autre, on n'a jamais trop de place, va ! » Elles mettaient leurs mains en visière pour se protéger du soleil, et mieux voir ; c'était poilant... À côté, une autre disait, l'air tout fier : « Là, c'est l'armoire que je me suis payée pour ma chambre à coucher, madame Torticoli ! J'ai fait livrer directement des Nouvelles Galeries, oui, oui, oui ! »...

Ce détournement du texte sur les images en mouvement, les doigts tendus, les mines réjouies, amusait infiniment Marguerite. Parfois elle était obligée de se mordre la lèvre pour ne pas rire bêtement, toute seule... Elle passait du temps sur son muret, à inventer de la sorte des dialogues pour marionnettes, à se divertir. Elle se disait que c'était bien commode de vivre dans un endroit où la langue est incompréhensible. On pouvait entendre ce qui faisait plaisir. Exactement comme dans les cités où vivent beaucoup de familles arabes. Tout y paraît chant, musique. La connerie des conversations de la vie devient insoupçonnable...

De temps en temps Marguerite avait une surprise : elle accrochait soudain le sens des mots. La musique s'éclaircissait, et toc ! tout se cristallisait, devenait dessin. Comme sur une vitre gelée, l'hiver. Tout à coup elle discernait le sens, les formes : « Cette tour-là, c'est la plus haute de la ville »... disait une voix. Ou autre chose.

Alors c'était un couple de Français qui flânait, le guide vert à la main... Ces voix-là se faisaient plus basses que les autres, comme si elles avaient des choses à taire.

Elles semblaient aussi moins rapides, et moins franches – mais cela venait peut-être de ce que Marguerite remontait instinctivement ses genoux pour y cacher sa figure. On aurait dit des profs, toujours, ou d'anciens profs pour les très vieux, généralement plus bavards que les autres. Elle l'entendait à la joliesse de leurs voix, à la facilité des phrases qui leur sortaient de la bouche comme de l'eau qui coule, intarissable. Pour rien au monde Marguerite n'aurait voulu s'adresser à ces Français-là. Ou même être soupçonnée de les comprendre – ils lui semblaient terrifiants dans leur savoir, plus étrangers encore que ceux dont elle ne recevait que la musique.

D'ailleurs d'une manière générale, les gens savaient – ceux qu'elle comprenait comme ceux qu'elle ne comprenait pas. Elle se figurait qu'il existait quelque part une sorte de poche, une bulle géante, ou bien un nuage, qui renfermait le savoir du monde. Les gens se branchaient dessus, par un système d'ondes peut-être, auquel ils avaient accès grâce à des mots clefs. Ils s'alimentaient alors, un peu comme on suce le pis d'une chèvre... Marguerite se sentait exclue de ces pratiques réservées aux personnes instruites, car elle ignorait tout des mots qu'il fallait.

Par exemple, il y avait cette église, que les gens visitaient avec tellement d'empressement – un édifice empli de dessins comme jamais ailleurs, les murs farcis de peintures jusqu'au plafond. Eh bien il n'y avait aucun moyen de se faire la moindre idée de ce que tout cela représentait... Elle était allée voir, elle avait beau se pavaner devant les grandes fresques, elle ne trouvait aucun sens convenable à ces personnages curieux, parfois accompagnés d'animaux semblables à des espèces de chevaux. Sur le mur d'entrée se dressait un grand type tout percé de longues aiguilles minces... Pourquoi ? Toute l'église paraissait ainsi, enveloppée de mystères opaques !

Heureusement, elle commençait à interroger Clive. Oh ! doucement, presque à mots couverts. Elle ne voulait pas qu'il découvrît d'un coup l'étendue réelle de son ignorance. Elle lui faisait rarement plus d'une seule question par jour – évitant de le surprendre, de le dégoûter peut-être... Pour l'instant il la regardait avec de grands yeux, mais il ne refusait jamais de répondre.

Celui que Clive aimait bien parmi l'abondante population festivalière, c'était le chef décorateur ; il s'appelait Jean-Paul Morin, et il était originaire de Bretagne. Carré des entournures, bas sur ses jambes, souriant et taciturne, Morin approchait de la cinquantaine, mais ses longs cheveux, tirés des tempes et réunis en une queue énorme derrière le cou, dessinaient sur son front ces lignes qui donnent tant de candeur à une jeune tête. Il avait une façon à lui de se tenir penché sur le côté pour mieux réfléchir et observer les choses lorsqu'il se tenait à l'arrêt ; quand il marchait, il balançait chacune de ses épaules dans le même mouvement qu'il avançait les pieds, à la manière des skieurs de randonnée. Dès le premier jour de leur rencontre, Clive l'appela gaiement « Marche-à-Terre », un surnom qui, de par ses origines en Ille-et-Vilaine et le regard amusé qu'il portait à peu près sur tout, y compris sur lui-même, fit assez plaisir à l'artiste.

Jean-Paul Morin était un décorateur en renom. Il travaillait à peu près exclusivement pour le cinéma, aussi bien dans des films à très gros budgets qui couraient les récompenses internationales et le vedettariat du box-office, que pour des productions modestes, aux vertus d'art et d'essai. Dans ses termes à lui, il aimait à placer ses facultés de renouvellement « au pied des murs »!... Au demeurant, il circulait sur sa personne les bruits les plus flatteurs. On faisait des contes sur son adresse technique, ses étonnantes capacités d'invention, et aussi son immense culture. Des récits se colportaient dans le métier, quelque peu légendaires, d'un tournage à l'autre, concernant ses audaces mémorables, ses extravagances, un énorme toupet qui le faisait redouter des producteurs... Il courait sur sa vie personnelle des rumeurs incontrôlées : selon certains il aurait été séminariste en Bretagne, dans sa jeunesse – on disait même, sans que personne songeât réellement à vérifier l'ouï-dire, qu'il avait exercé la prêtrise, pendant un temps assez bref. Il aurait rompu avec le sacerdoce pour commencer des études d'arts plastiques...

En tout cas Morin avait accepté de participer à ce festival dans la « ville aux belles tours », parce que l'expérience lui faisait envie dans son double aspect, théâtre et cinéma. Car le même concepteur devait superviser l'ensemble de la décoration, de sorte à établir une cohésion entre les décors de la pièce et ceux de la série télévisée. Pour ces derniers, il en confiait la réalisation pratique à l'un de ses principaux collaborateurs – un autre Jean-Paul, que par commodité l'on avait rebaptisé Paul-Jean !

À la vérité, il existait aussi des motifs secondaires, d'ordre privé, dans le choix du décorateur de venir à San Gimignano : son ami, qui travaillait aux costumes, était un jeune Italien au visage romantique dont la famille habitait les environs d'Empoli, à deux pas de Vinci.

Dans les premiers jours qui suivirent son arrivée, Clive rendit souvent visite à l'équipe des décos qui avaient installé leur atelier sous le cloître attenant à la Collégiale. Morin n'était pas bavard, mais il était accueillant – c'était trop drôle d'observer les conciliabules avec son constructeur habituel, Manuel ! Les deux hommes communiquaient essentiellement par signes, afin d'économiser les phrases de la bouche, et de réduire ainsi les risques de « malentendus »... Son assistante, une Allemande aux longs regards suspicieux, vaquait sous la voûte ; elle appartenait au genre longiligne endurci, et portait tout au long des jours une blouse d'un bleu délavé, copieusement maculée de peinture, de vernis, de taches de colle. Elle ne desserrait les dents en aucune langue, à l'exception, parfois, de quelques mots d'anglais prononcés d'une voix sourde, pratiquement inaudibles pour le profane.

Clive ayant posé plusieurs questions à Morin sur ses choix plastiques, lesquelles étaient demeurées à peu près sans réponse, le décorateur se fendit un soir, d'une manière très inattendue, d'un véritable tour d'horizon de ses projets de décoration. Il commenta les croquis, les ébauches qui pendaient, épinglés le long d'une cimaise, sur de longues feuilles flottantes. À cause de la nature du lieu, du sens tragique de la pièce de Webster, Morin avait décidé de s'inspirer directement de la manière de procéder du peintre Ernest Pignon-Ernest lors de ses interventions citadines... Il expliqua à grands traits la technique de cet artiste, dont il admirait beaucoup le travail. Pignon-Ernest animait une ville, ou un quartier, en installant des dessins sur papier à certains endroits stratégiques des façades, ce que ses commentateurs avaient appelé « la peau des murs ». Il avait d'ailleurs organisé plusieurs manifestations en Italie même, où ses interventions sauvages sur les murs de Naples demeuraient célèbres – aussi dans la ville haute de Certaldo, précisément, où, en souvenir de Boccace, il avait orné les murailles de dessins inspirés par le *Decameron*.

– Ce sera comme un clin d'œil ! glissa Clive, pour faire sentir qu'il saisissait l'intention.

– Non, fit le nouveau Marche-à-Terre en le fixant, la tête penchée : c'est une citation.

Dans la conception de Morin, ce jeu de renvois constituait un véritable hommage au peintre sur papier, qu'il avait du reste invité à venir assister à la création de la pièce...

Fouillant dans une pile de bouquins d'art, il extirpa un livre illustré de photographies, où l'on voyait, entre autres images, un amant nu grimpant à une fenêtre du Palazzo Pretorio, à Certaldo Alto, dont la façade était aisément reconnaissable à cause des armes en céramique scellées par les différentes familles de gouverneurs.

Morin s'exprimait avec lenteur, par bribes entrecoupées de regards ailleurs. Il observait des pauses, durant lesquelles il était impossible de savoir s'il avait terminé sa phrase, ou s'il laissait à son auditeur le soin d'en imaginer toutes les suites possibles... Son œil vert luisait étonnamment. Sentant que le jeune éclairagiste l'écoutait avec une attention intriguée, il lui parla de ces mélanges qui devenaient très en faveur dans une certaine peinture contemporaine, et qui procédaient de l'art de la citation avouée. Pignon-Ernest piquait lui-même beaucoup d'éléments au Caravage, pour ses « corps », ou à d'autres peintres classiques ! La démarche qui consistait à réemployer des bribes et des morceaux pris dans une œuvre célèbre, pour les insuffler dans une réalisation contemporaine, intéressait énormément le décorateur. Selon lui chaque époque s'était constamment approprié les richesses des époques passées, souvent en les faisant revivre d'un éclat neuf. La littérature dite « classique » n'avait-elle pas été pendant longtemps une longue paraphrase des écrits anciens ?... Les fables des Grecs, les cultes romains avaient circulé intensément dans les esprits de nos ancêtres immédiats, jusqu'à une époque toute récente.

– Évidemment… Évidemment ! confia Marche-à-Terre au bout d'un silence pendant lequel Clive eut le temps de penser aux classiques qu'il n'avait jamais lus – qui se soucie, de nos jours, de l'œuvre de Virgile ?…

Clive hocha la tête en essayant de prendre un air fautif. Morin lui rappela que deux siècles plus tôt tout homme instruit vous récitait l'*Énéide* de bout en bout !… Soit que les emprunts se fissent dans le sens de l'œuvre ancienne, ou au contraire en rupture complète avec elle (voire par ricanement intérieur), Marche-à-Terre aimait ces jeux croisés de citations clandestines, rampantes, qui ajoutaient du sel et du sens à une composition – il existait là, pour l'amateur, une sorte de profondeur du champ intellectuel et artistique.

L'occasion que lui donnait *La Duchesse de Malfi* lui semblait épatante : il allait puiser à plein crayon dans le potentiel pictural de la Collégiale dont les murs étaient couverts de fresques du Quattrocento !… Il exposa, comme s'il improvisait un discours pour lui-même, le fond de sa pensée, qui était que la cruauté exercée sur les martyrs chrétiens représentés dans l'église allait de compagnie avec les sévices infligés dans la pièce de Webster à la malheureuse Duchesse. Ainsi du *Martyre de saint Sébastien*, la fresque de Benozzo Gozzoli qui ornait la façade intérieure de la nef. Ainsi le sadisme du Duc et du Cardinal réunis à l'égard de leur sœur, leur persécution de sa maternité – avec l'assassinat de ses petits enfants sauvagement étranglés sur scène – lui permettaient-ils de rapporter des citations de la Vierge tenant l'enfant Jésus. De même les représentations de sainte Fina, la glorieuse sainte locale, vénérée dans la petite chapelle au fond de l'église, serviraient son propos : *La Mort annoncée à sainte Fina*, belle fresque de Domenico Ghirlandaio, irait superbement avec l'enfermement de la Duchesse… Ainsi de suite !... La citation, résuma Morin, serait par conséquent à double face : « Ernestine » par l'idée et par la technique employée – sur de grands rectangles de papier – et « Quattrocentine » par le fond. Après tout, la pièce racontait des événements survenus au cours de la première décennie 1500 !

– Nous allons faire passer tout cela dehors ! conclut-il avec son air de faux druide, montrant la cathédrale.

Il avait invité Clive à boire un verre. Ils demeurèrent longtemps en contemplation des murs, devant eux, des escarpements, des tours carrées. Le Duomo deviendrait ainsi comme « la mère des dessins », ajouta Morin. Les feuilles iraient s'envoler sur la place pour se coller aux murs à la façon des papillons. Cependant il songeait surtout à l'image d'une ruche que lui fournissait l'austère façade, avec ses deux porches minuscules surmontés d'absidioles romanes, d'où les dessins paraîtraient jaillir en essaims, comme si le souffle de l'esprit les avait dérangés, et multipliés !...

L'idée était belle ! Le malaisé, suggéra Clive, serait d'accrocher tout ça, non ?

– De l'éclairer aussi ! précisa le décorateur, la tête penchée sur l'épaule, le sourire en coin, comme s'il s'agissait d'une bonne farce qu'il avait inventée là !

En effet, Clive tâcha d'évaluer dans un premier coup d'œil l'importance de l'appareillage électrique qui devrait être mis en chantier – l'un des plus complexes, assurément, auxquels il avait fait face jusqu'ici. Les hautes tours ne seraient sûrement pas les plus commodes à éclairer, ou à équiper. De plus, la place était vaste, un tel espace nécessiterait une sauce assez intense ! – Bah ! on verrait bien. C'était déjà fort excitant comme perspective.

De toute façon, Teddy Grafton, retenu à Londres par un autre festival, n'arriverait sur les lieux que deux ou trois semaines avant la première représentation. En attendant, Clive commençait à préparer le travail par une mise en place provisoire destinée à éclairer le plateau lors des répétitions de nuit. Il étudia le réseau de distribution électrique, les capacités locales, l'emplacement et la puissance des branchements possibles. Cette région du Valdelsa était alimentée, ainsi que la ville de Florence, par une grosse centrale thermique au gaz naturel située à Lardarello, dans les montagnes de Volterra – de ce côté-là, pas de lézard. De plus les installations s'avéraient relativement récentes ; à vue de pays ils n'auraient donc pas besoin, quant à eux, d'utiliser des groupes électrogènes, sauf en secours. Ceux du cinoche se débrouilleraient de leur côté !... Il était déjà allé étudier de près la meurtrière la plus basse de la Torre Grossa, entre le porche et la première fenêtre, afin de voir dans quelle mesure on pourrait fixer là des tubes suffisamment étayés pour soutenir un paquet de gamelles. On pouvait imaginer un pont, hissé entre la grosse tour et l'angle de l'église – peut-être... De toute évidence une tour métallique serait montée dans l'autre l'angle, à l'ouverture de la place du marché, où devrait se loger aussi la régie.

Rien ne pressait ! Ils avaient des semaines devant eux...

Clive attendrait tranquillement son chef régisseur pour prendre toute décision que ce fût. Il comptait seulement bricoler quelques propositions qui permettraient de gagner du temps. Teddy était un copain, ils avaient travaillé ensemble une fois, sur un autre spectacle de Greg – il aimait son humour et sa folie efficace !... En tous les cas, les idées diaboliques de Morin, avec ses bouts de papillons à éclairer dans tous les sens, ne pouvaient que leur compliquer la tâche. Il adorerait ça, Ted, la surprise ! Plus les choses devenaient impossibles à faire, plus il se régalait.

Clive comprit que le chef déco lisait dans ses pensées. Il se demanda si l'espiègle personnage, si muet de réputation, ne s'était pas déboutonné exprès pour le sonder ?... Il l'avait habilement conduit à cette terrasse d'où ils embrassaient d'un coup d'œil leur champ d'action – était-ce, mine de rien, une manière de lui présenter les chausse-trappes qu'il leur préparait, aux gens de la lumière ? De voir si le jeune homme savait quelque peu son métier ?... Jean-Paul Morin souriait du coin de son œil immobile, comme un collégien qui jouit de sa propre boutade.

C'est à ce moment-là, précisément, qu'il pensa à l'appeler « Marche-à-Terre », à cause de cet air de rusé fumier sympathique – un vrai Chouan !...

Clive fit exprès de rester silencieux un très long moment, copiant les façons de l'autre. Lorsqu'il fut certain que la compréhension était au point entre eux – que Morin savait qu'il savait, qu'il comprenait le merdier auquel il fallait s'attendre, il lui donna une tape familière sur l'épaule, la tête haute, dans un mouvement de fierté ostentatoire.

– Ça va, on assure, mon vieux !

Marguerite prit l'habitude de venir chaque soir en son point stratégique de la place du Duomo pour y attendre Clive qui s'occupait mollement à ses préparatifs d'éclairage. Il terminait toujours sa journée par une visite à l'atelier de déco.

De temps en temps, les décorateurs eux-mêmes sortaient devant la façade de l'église pour y exposer leur matériel. Ils transportaient des rectangles de bois sur lesquels ils avaient agrafé d'énormes feuilles de papier où étaient tracées des esquisses à la craie ou au fusain. Ils les présentaient une à une en silence contre le mur de la Collégiale ; lorsqu'ils avaient assez regardé, ils repartaient sous leur cloître.

Celui que Clive lui avait désigné comme étant le « chef » se tenait généralement devant le mur, bien en face, à cinq mètres, en compagnie de la grande fille au tablier sale. Une main posée sur la hanche, le corps penché, il exécutait des gestes de sa main libre, qui signifiaient « un peu plus haut », ou « plus à droite », à la manière des gens qui guident les camionneurs à reculons. Ou bien il s'écartait davantage, descendait carrément jusqu'au bas de la place, à l'angle de la rue... Ensuite il revenait lentement, en se balançant d'un air préoccupé.

Lorsqu'il ne voulait plus du dessin qu'on lui montrait, il baissait la tête ; le garçon qui tenait le cadre le remplaçait alors par un autre – le manège recommençait.

Marguerite aimait ce ballet sympathique, sans paroles. Elle tâchait de deviner ce que représentaient les esquisses ; aussi, un après-midi, le type qui officiait devant la façade, la voyant attentive et inoccupée, lui fit signe de s'approcher : voulait-elle bien tenir le cadre droit, comme ça, un petit instant ? Il devait retourner au cloître pour chercher un outil... Elle s'avança, saisit le bois au même endroit que lui – les deux autres se trouvaient au fond de la place, ils continuaient à regarder, avec des mouvements de leurs mains.

Quand le garçon revint, comme la posture avait l'air de convenir à la jeune fille, et qu'il avait lui-même un truc urgent à agrafer sur un cadre, il passa le dessin suivant à Marguerite...

Elle resta ainsi en leur compagnie jusqu'à la fin de la séance. Ils n'échangèrent aucune parole, mais à un moment Marche-à-Terre lui sourit... Plus tard, elle l'entendit qui disait à la grande fille : « La copine de Clive Martin » – ça lui fit énormément plaisir d'être ainsi reconnue par lui, et désignée.

Lorsque Clive reparut, ils allèrent tous ensemble boire du vin blanc, avec des olives noires, et des jus de fruits, à la terrasse du Biscondolla, un petit snack-bar sur la placette, derrière l'hôtel de ville. Un bon coin, protégé par des murs.

Au milieu de la semaine suivante, Marguerite était allée voir ce que fourbissaient les décorateurs dans leur antre – c'était tellement rassurant cette équipe où personne ne parlait ! Elle les trouva en contemplation d'une foule de reproductions en couleurs de fresques murales représentant des sujets pieux. Le soir elle demanda à Clive de la conduire dans l'église, avant la fermeture des portes, pour lui parler des dessins qu'elle contenait.

Elle lui avoua, en peu de mots, que le grand corps de saint Sébastien, en slip et en chapeau de paille dans la campagne toscane, juché sur un joli socle parmi les cyprès, la plongeait dans une véritable perplexité. De sa peau nue pendaient une trentaine de minces bâtons rouges qui pouvaient représenter de longues aiguilles à tricoter la laine... S'agissait-il de pratiques anciennes ? D'acupuncture ? Comme d'autres personnages, autour de lui dans le jardin, lui montraient le poing, elle songea à un acte de sorcellerie quelconque – sans bien savoir ce que cela voulait dire. Mais que signifiaient ces petits êtres qui voletaient au-dessus du grand homme nu, munis d'ailes comme les chauves-souris ?

Clive se trouvait dans l'embarras. Comment répondre ? Ses connaissances, en matière d'histoire de l'Art, étaient rudimentaires ; il le regrettait. Il se sentait incapable d'expliquer tous les dédales symboliques que cette œuvre représentait à coup sûr… Il crut avoir beaucoup dit en déclarant qu'il s'agissait d'un martyr chrétien – quelqu'un que l'on avait mis à mort à cause de sa foi, en le perçant de flèches.

Marguerite demeura silencieuse, le front barré d'un souci. Ils firent un premier tour dans la nef, puis elle demanda :

– Pourquoi ils ont peint autant de femmes ?

– Comment ça ? Quelles femmes ?

– Là, toutes celles qui portent un petit môme ?

– Mais c'est la Vierge !… Et l'enfant Jésus !

Il n'en revenait pas – elle continuait à poser des yeux fixes sur une *Maestà*.

– Tu sais pas qui c'est, la Vierge ?

Elle fit, d'un ton râleur :

– Ben si, c'est une fille qui a jamais baisé.

Clive eut une intuition :

– Attends, là… Raconte-moi : tu n'es jamais entrée dans une église, avant ?

– Je crois pas.

– On t'a jamais parlé de la vierge Marie ? La Sainte Vierge, quoi…

Marguerite grimaça que non.

– Et Jésus-Christ, tu sais qui c'est ?

Elle avait l'air sombre, elle se défendit :

– C'est important ?

Il manifestait tant de surprise ! Il en avait la figure toute constipée… Elle préférait attaquer pour ne pas disparaître, par réflexe.

– Si je le savais, je te le demanderais pas !

Clive la calma. Maintenant il connaissait ses accès de rage, il ne s'en offusquait plus. Il dit que, bien sûr… Normal ! En fait, il n'avait jamais pensé que ces toutes nouvelles générations ne voyaient plus du tout l'intérieur des églises. Marguerite n'avait sûrement pas eu de grand-mère catho pour lui raconter, mille et un soirs, la vie du petit Jésus.

Il eut envie de rire en pensant à sa mémé – si elle voyait ! La tête qu'elle se payerait, la pauvre !... Tous des sauvages ! Elle qui voyait venir, déjà du temps de la Poste, le moment où plus personne n'aimerait Dieu ! Elle en avait rajouté dans son éducation, justement, en prévision des temps de disette...

Il se retenait pourtant de sourire, afin de ne pas blesser. Il commençait à sentir, à présent, les moments où elle souffrait pour de vrai.

Il avança comme sur des œufs :

– En effet, ça doit te paraître obscur toutes ces peintures. Déjà que moi, je m'y paume pas mal !

Mais, tant qu'on investiguait, autant le faire à fond, pensa Clive. Crever l'abcès de l'ignorance et de l'irreligion, une bonne fois. Il la conduisit par le bras devant une descente de Croix très bien peinte, où le Christ, bel homme, presque athlétique dans la nudité que l'on sait, était décroché de son bois par cinq ou six artisans, des voisins, des braves gens... La toile paraissait récente – pas Renaissance en tout cas. L'image parfaitement réaliste, comme une peinture pour *Paris-Match*, avec les bonshommes sur les échelles qui soutenaient le mort sous les épaules. Plein de femmes se pressaient autour de la Croix, qui lui baisaient les genoux, les pieds. Elles se lamentaient dans une attitude de profond chagrin.

– Et lui ? demanda Clive. Je parie que tu sais pas qui c'est non plus ?... Le mort qu'on descend.

Marguerite ne fit pas un geste. Elle regardait sans comprendre, s'attachait à la beauté du dessin, de la composition où cet homme – il était mort alors ? – se laissait glisser mollement sur une foule ondulante de corps. Mais ils pouvaient aussi bien être en train de le hisser en l'air ! Dans ce cas il aurait parlé à l'oreille de celui qui le poussait vers le haut… Mais ils l'auraient monté où, tous ensemble ?

Alors Clive commença à lui raconter la vie de cet homme qui s'appelait Jésus, qui était né d'une femme du nom de Marie, sa mère, et qui était pour ainsi dire le fils de Dieu – celui que l'on nommait justement « Dieu le Père ». Jésus, là, était venu au monde dans une étable, très pauvrement, la veille de Noël – c'était précisément la raison pour laquelle on fêtait Noël. On disait une messe, tard dans la nuit… Mais de ça Marguerite n'était pas au courant.

Il avançait à grands traits ; il expliqua comment, lorsqu'il eut trente ans, Jésus se mit à faire des miracles. Il ressuscitait les morts, il traversait des fleuves en marchant sur l'eau ! Il multipliait des petits pains, et des gros poissons pour nourrir ses amis – les gens qui venaient à ses réunions. Il raconta comment une douzaine de ses copains, qui ne le quittaient plus, devinrent des apôtres… Ça faisait assez « Jésus et sa bande ». Seulement, un jour, on l'arrêta. Il fut mis en prison, et jugé comme un criminel. Enfin, on le crucifia, deux jours avant Pâques – car à cette époque-là, on faisait mourir les criminels en les clouant sur une croix de bois.

Clive éprouva un léger malaise lorsqu'il se rendit compte qu'il parlait à une criminelle, en réalité – parfaitement crucifiable elle-même peut-être… Il fit impasse sur les deux larrons, pour alléger, et glissa à la Résurrection du dimanche.

Ils étaient sortis de la Collégiale, et s'assirent à l'ombre d'un mur. Au bout d'un long moment Marguerite demanda :

– C'est la même histoire dans toutes les églises ?

– Bien sûr, la même histoire ! Qu'est-ce que tu veux dire ?

– Même en France ?

– Évidemment ! C'est partout pareil, c'est la religion

chrétienne. En France, en Allemagne, en Angleterre, partout dans le monde. Même en Amérique... Dans tous les pays où des gens croient en Dieu, et en Jésus-Christ.

– Mais comment ils l'ont su, ailleurs, les gens ?

Marguerite était véritablement lancée, communicative, avec une envie de comprendre qui brillait sur sa figure... Clive se trouvait embarrassé. Il jugeait son récit un peu schématique ; il ne savait pas bien comment l'améliorer. Il parla des Évangiles, comme il put. Il était assez sec... Ce rôle d'évangéliste, justement, le prenait de court. Cela faisait des années qu'il n'avait parlé du Christ à personne !

Tout ça était demeuré à Rouen... Il s'en rendit compte tout à coup : c'était un peu mort avec sa grand-mère. Les histoires s'effaçaient par manque d'entretien. Il avait repensé à Dieu, bien sûr, vaguement, de temps à autre... Il l'avait même invoqué, ici et là, à l'occasion, de manière fugace – le soir où il avait trouvé Debborah, froide dans son chiotte. Froide et souffrante de sa mort... Il avait fait un signe de croix, sous le choc. Car il était seul. Mais il n'avait pas su s'il devait entamer des prières, là, devant la cuvette sale... Il avait eu un moment d'hésitation. Puis les choses s'étaient enchaînées, pour Deb – ce qui restait d'elle.

Face à cette fille toute neuve qui le regardait, qui voulait savoir, Clive se sentait porteur d'une légende primordiale de l'humanité. Devait-il laisser tomber la chaîne ?... Il se raconta des choses absurdes : s'ils se trouvaient, Marguerite et lui, survivants d'un truc, sur un continent quelconque, est-ce qu'il se mettrait à l'instruire ? Elle et leurs enfants, disons ?... À réapprendre les prières et tout ça ? Pour fonder une humanité solide – comme Noé après le Déluge, admettons. Ou bien laisserait-il périr ces choses avec lui ?... Question fort théorique, bien entendu – qui méritait tout de même réflexion.

En y songeant, il éprouvait une certaine crainte à laisser effacer de sa mémoire ces histoires que l'on disait sacrées, ct qu'il avait juré de retenir, de ne jamais laisser échapper de lui. Toutes ces prières qu'il avait faites, entre cinq et dix ans, pour l'âme de son père ! Elle devait être admise au paradis, s'il le demandait très fort à Jésus. Une affaire certaine, comme un contrat irrévocable. Et Nathalie aussi le faisait... Et jusqu'où, jusqu'à quand dans la vie, fallait-il demander ? C'était peut-être comme s'il avait poussé l'âme de son père, sur une échelle, et qu'il se soit arrêté en route. Et l'âme serait retombée dans la mer... Il voyait l'âme patauger à la crête des vagues, dans l'eau glacée, molle, lamentable, noyée. Et l'âme se demandait qu'est-ce qu'il branlait ! S'il allait se remettre à prier pour la sortir de la flotte ? Il voyait l'âme attendre, à qui il avait promis... Bird of Paradise. Il entendit le ti-da-tam, ti-da-tam... Il se sentait coupable, et mal, parfaitement emmerdé.

Le soleil qui avait tourné, mordait sur leurs jambes. Il faisait chaud, Clive pensa à l'eau froide. Il eut envie de pleurer.

Marguerite, assise sur les marches, ne regardait rien ; sauf le sol à deux mètres, devant la lumière rasante. Elle dit une chose étrange sans bouger :

– Pourquoi il a pas eu une fille ?

– Qui ça ?

– Ben, Dieu.

C'était une question à cent francs, au moins. Clive promit de se renseigner.

Cette semaine-là Clive se mit en quête de documents appropriés. Sans bouquins, il ne se sentait pas de taille à évangéliser !... Il commença par faire les églises, à fureter sous les bancs, dans les coins des autels, au cas où les fidèles auraient oublié des bibles, des Vies des Saints où il pourrait grappiller de quoi se rafraîchir la mémoire.

Il aurait voulu tomber sur un livre en images, mais il ne fallait pas trop demander.

Il visita, à San Gimignano, de l'autre côté de la ville, Sant'Agostino, sans succès... Puis à San Bartolo, dans la Via San Matteo, il feuilleta un missel oublié – une sorte de guide pour suivre la messe, avec plein d'oraisons, des cantiques. Aucune utilité : le sens de l'histoire restait de l'hébreu.

Alors il se rendit à la petite librairie à deux arcades, dans la même rue, en descendant. La vitrine était pleine de jolis papiers à petites fleurs, de boîtes en carton décorées, de gravures. Il avait déjà remarqué de la porte, en passant, que la boutique était pourvue d'un crucifix placé tout en haut du mur du fond, et orné d'une branche de buis. La dame, très gentille, lui présenta des livres d'art, mais elle ne possédait pas d'ouvrages pieux – surtout en français !... *Francese, no*, quelle idée !

Cependant Clive finit par dénicher au bord d'une étagère une vie de sainte Fina, en anglais. Il s'agissait d'une mince brochure destinée aux touristes même pas théologiens, qui racontait avec tous les détails souhaitables les faits et gestes de cette jeune fille de San Gimignano qui fut canonisée jadis. Sa vie, et sa mort. Ses reliques étaient honorées au fond d'une petite chapelle, dans le Duomo.

Un autre jour il entra dans la grande église, à Certaldo, sur la place. La voûte était blanche, et les deux confessionnaux de merisier rouges et impeccablement cirés. Un esprit guida sa main : il chourava un petit livre à la tranche épaisse, dont la couverture portait un soleil naissant, arrondi, orange vif. C'était toujours intéressant : une fois dehors il déchiffra le titre VANGELO *et atti degli apostoli.* Clive se dit qu'il n'était pas besoin d'être sorcier : il était en possession d'un « Évangile et actes des Apôtres ». En effet les chapitres portaient en grosses lettres noires: VANGELO SECONDO MATTEO, puis SECONDO MARCO, puis LUCA et enfin VANGELO SECONDO GIOVANNI ! Une affaire formidable !... *Nuovo Testamento* tout à fait ce dont il avait besoin.

Il lut quelques phrases ici et là – ça ne paraissait pas la mer à boire. Les différentes rubriques se détachaient clairement, avec leurs sous-titres imprimés justement en rouge... *La nascita di Gesù* et plus loin *Battesimo di Gesù*, des tas de choses aisées à comprendre sans avoir sué sur aucun manuel d'italien – *le tentazioni*, aucune importance que les mots fussent au singulier ou au pluriel. *Regno di Dio e regno di satana...* Fastoche !

Pris de zèle, Clive s'installa au coin de la place, à l'une des tables rondes installées par la *Gelateria* qui fait aussi pâtisserie et bar. Il se mit à lire, au hasard des pages, avec une familiarité qui le laissait baba: *L'ultima cena*, ce n'était pas compliqué: *Venne il giorno degli Azzimi, nel quale si doveva immolare la vittima di Pasqua. Gesù mandò Pietro et Giovanni dicendo: « Andate a preparare per noi la Pasqua, perché possiamo mangiare »*... Il croyait entendre le curé de leur paroisse, à Pâques, quand revient le lilas. *Gli chiesero*, ils demandèrent: *Dove vuoi che la prepariamo ?* – Où veux-tu que nous la préparions ?... C'était comme avoir la science infuse ! Un bel échange, se disait-il: il allait instruire sa copine, et le Bon Dieu, en récompense, lui donnerait l'italien.

De fait, Marguerite se montra attentive, et comme enchantée par ce savoir nouveau. Clive racontait le matin, dans la chambre carrée, selon saint Luc, dont il s'était imprégné. Tout cela était arrivé au temps d'Hérode, roi de Judée: il y eut un jour où un *angelo*, appelé *Gabriele*, visita à la demande de Dieu une *vergine* nommée *Maria*, qui était l'épouse d'un certain *Giuseppe*, un homme de la maison de David en Galilée. Ayant commencé au commencement, il entrait dans les détails, racontant la surprise de Maria lorsque l'ange apparut devant elle, et lui annonça qu'elle aurait un petit enfant du nom de *Gesù.* Elle demandait au messager: «*Come è possibile*? *Non conosco uomo*»… Puis elle partait en voyage le jour même, pour rendre visite à sa copine Élisabeth, femme de Zacharie, au-delà des montagnes. Il y eut alors cette histoire de recensement ordonné par l'empereur Auguste, de Rome, avec la recherche d'une auberge, à Bethléem… Enfin il arriva ce que l'on sait dans l'étable fameuse, au bœuf et à l'âne – et les Rois Mages, aussi.

Les belles histoires rappelaient à Marguerite ces récits merveilleux que faisait Aïcha, au dortoir… Le conte de Barbe-Bleue qui tuait les femmes, de l'ogre et du Petit Poucet que ses parents menaient perdre mais qui retrouvait son chemin. Aïcha savait la vie, avec énormément d'histoires étranges qu'elle contait soir après soir, dans la piaule – *La Belle au Bois dormant.*

Clive racontait de manière semblable, sauf que c'était le matin. Il parlait de gens vrais, et de Dieu, qui avait réellement existé…

Ce fut un jeudi vers dix heures qu'Hubert Simplon vint demander à Clive s'il pouvait les conduire à Lucardo, Lydie et lui, dans sa bagnole. Ils avaient leur rendez-vous philosophique en fin de matinée, et aucun de leurs convoyeurs habituels n'était libre. Ugo, qui devait les accompagner, se trouvait réquisitionné par un truc impossible.

Clive faillit trouver un prétexte, tellement il les trouvait nuls ! Hubert avait le front griffé, le visage tuméfié par endroits... Décidément, ils ne s'étaient pas loupés, la nuit d'avant ! Lydie ne disait rien, toute en sommeil. Elle s'affligeait d'un coquart magistral sur l'œil droit, gonflé, violet, qu'elle essayait de dissimuler sous une immense casquette molle qui pendait de travers sur son nez. Certes, ils n'avaient pas ménagé leur peine, car elle tirait un peu la jambe aussi, en marchant, comme sous l'effet d'une foulure.

– Vous avez organisé un pugilat ? demanda Clive, par courtoisie.

Au train où ils allaient, ces deux inquiets risquaient de mourir par surprise de leurs propres mains !

– Ah, tais-toi ! fit Lydie d'une voix pâteuse, qui traînait sur les mots. Ces choses-là, on sait jamais quand ça s'arrête.

Clive rigola. Ils avaient dû sucer pas mal pour se mettre

dans des états pareils. Avec un peu de chance ils s'offriraient une cirrhose en prime !... Mais ça ne le regardait pas. Ils s'aimaient beaucoup de cette manière. Hubert esquissa un geste tendre sur le cou de sa bien-battue – une cirrhose ? Qu'est-ce qu'il chantait là, Clive Martin ?... Il ne fallait pas effaroucher son cher oiseau des îles !

Lydie le regarda de son œil sur deux ; elle dit doucement :

– Enfin, si tu veux pas nous emmener, dis-le, on prendra un taxi !

Le voyage s'accomplit en silence. Le couple s'était logé sur la banquette arrière, affalé dans la torpeur d'une cuite mal digérée. Ils se tenaient la main, les doigts enlacés... Clive les observait dans le rétro ; il imaginait leurs réconciliations. Ça devait être épique !

Il roulait vite dans les virages, un peu exprès. En vérité il les trouvait agaçants – il commença à les ballotter pour rire, à petits coups de volant bien secs au dernier instant de la pliure. Qu'ils aient un petit rabiot de malaise, ces cabossés volontaires !

– Hé ! a crié Lydie. Tu conduis comme un gland, tu vas me faire gerber.

La maison du philosophe, à Lucardo, était solidement plantée au bord d'une éminence qui dominait le Valdelsa, face à un paysage sublime de douceur et de rotondité. On distinguait au loin les tours de San Gimignano qui baignaient dans une légère brume bleutée. Des vapeurs mal dissipées couraient entre les plis du terrain ondulant, arboré de bosquets dans les fentes, émaillé de toits cannelés sur les bosses. Le vert tendre des vignes tranchait joliment, au flanc des mamelons, sur le vert sombre des cyprès.

Le village de Fiano, qu'ils venaient de traverser, s'étendait à gauche, le long d'une arête en pente. Il se terminait par un bouquet de cyprès, et deux maisons blanches sur un pied. Plus haut en arrière se dressait le château de Lucardo dominant la région tout entière; il s'y pavanait une immense grue jaune au milieu des arbres du parc. Au fond de la vallée, on distinguait parfaitement la masse brune de Certaldo Alto, en face – et des petits pitons, partout, avec une infinité de petits hameaux… Sur les confins du ciel et des buttes boisées se fondaient des traînées de nuage, dont on ne savait plus bien si elles étaient du ciel ou du bois ombré.

La maison elle-même, entourée d'un mur blanc, présentait un portail en arceau, orné de tuiles en nids-d'abeilles, où pendait une lanterne de fer. La grille était ouverte, ils pénétrèrent dans l'allée… Le bruit de la 4 L faisait une fausse note dans cet univers de rosiers à grosses tiges, tenus chacun par un tuteur de bois.

Un petit homme sec, et, comme on dit, « sans âge », mais caricaturalement asiatique de traits, vint leur ouvrir la porte. Clive pensa d'abord que c'était lui le philosophe, à cet air détendu de profonde et ancienne sagesse de bouddha aimable. L'indifférence polie que manifesta Lydie à son égard le détrompa. L'homme s'effaça; il eut un bref sourire, accompagné d'une presque salutation du corps, mais aucun mot ne sortit de sa bouche.

Il introduisit les visiteurs dans ce qui parut à Clive un palais aux immense pièces vides. Cette absence de meubles paraissait même fort étrange – était-ce le détachement serein du maître des lieux qui exigeait un pareil ascétisme mobilier?… Clive pensa à des salles de musée que l'on aurait débarrassées entre deux expositions. Le seul chef-d'œuvre mis en valeur ici était encore le fabuleux paysage toscan, finement encadré par les hautes fenêtres.

En entrant dans la maison, Hubert et Lydie avaient pris une mine grave. À la raideur qui les envahissait, on sentait qu'ils pénétraient dans un sanctuaire… Il leur fit un clin d'œil complice, genre que c'était ici, alors, le cœur de la science ? Où l'on pratiquait la philosophie du Dur et du Mou ? Ils ne répondirent par aucun signe, tout humour descendu au degré zéro – au ras des gourous. Ils avaient l'air de voir des choses à travers les cloisons, par-delà les sols de céramique. Ils promenaient une mine entendue, qu'ils étaient entre eux à présent, dans l'intimité de la grâce, en contact étroit avec « leur identité profonde », comme aurait dit Lydie, si elle avait parlé...

Mais elle se taisait, profondément aussi... L'Asiatique ouvrit une porte haute et lourde. Il indiqua le chemin à Clive, mais d'un mouvement de tête si léger que celui-ci ne comprit pas ce qu'il voulait. L'Oriental lui expliqua, avec un second sourire, et une autre inclinaison :

– Vous monsieur, s'il vous plaît, vous attendez.

Ah ! il triait donc le bon grain de l'ivresse ! Il le rangeait, lui le chauffeur, dans un placard d'attente !... Mais quel placard ! Avec un meuble immense, planté admirablement au beau milieu de la salle – et ce meuble était un billard français, lourd, puissant, de pleine taille, luisant et tout vert !... L'ouvreur referma cérémonieusement la porte sur lui. Les deux pochtrons s'étaient éclipsés : il se retrouvait seul.

La pièce, haute, rectangulaire, possédait un plafond en pleine voûte d'où pendait, bien au centre, et assez bas pour pouvoir illuminer le tapis vert, un lustre massif, tout en feuilles et chichis dorés. Un canapé à trois places, en tissu à fleurs, ainsi qu'un fauteuil de même facture, se trouvaient accolés au mur sans aucune recherche d'élégance ; ces sièges constituaient avec le billard le seul mobilier de la vaste salle que l'on sentait exclusivement consacrée au jeu. Il y avait ceux qui jouaient, et ceux qui attendaient leur tour.

Clive n'avait pas envie de s'asseoir ; il fit un tour à la

fenêtre, tâcha de se repérer dans le paysage, de distinguer la route de San Gimignano à travers les collines, sans y parvenir... Une musique se fit bientôt entendre de l'autre côté du mur – des trilles, des coulées de piano qui ne paraissaient pas venir d'un enregistrement, mais qui reprenaient au contraire, après des arrêts. Tiens! Est-ce que les consultations se faisaient au piano?... Le maître paraissait virtuose, alors!

Il retourna vers le billard dont le tapis parfaitement net avait l'air neuf... Clive essaya une boule, l'envoyant tournicoter d'un coup de poignet – les bandes paraissaient souples et nerveuse à souhait. Un bel outil!... Il saisit une queue, plaça les trois boules en position de départ, et commença une petite série, vite interrompue. Il n'avait plus tout à fait la main, ce qui procure une sensation d'échec. Il retourna choisir une autre queue dans la grosse amphore qui en contenait un faisceau, la graissa au bleu, et passa le reste de la mystérieuse et musicale consultation à fomenter de délicats carambolages. Il lui semblait avoir conduit des jeunes gens à leur cours de piano...

La forme était en train de revenir lorsque le maître des lieux entra dans la pièce, précédant ses ouailles: Clive demeura concentré car il tenait à réussir un coup difficile, à deux bandes avant dans un angle. Il entendit des bravos saluer sa prouesse, puis comme les boules se disposèrent telles qu'il le désirait, il enchaîna les trois points suivants par pour esprit d'exercice.

– Continue, continue!... dit le Maître qui l'invitait à poursuivre d'un battement de la main.

Mais Clive se redressa, impressionné tout à coup par la stature du bonhomme à côté de lui, qui le dominait de la tête et des épaules. Le type souriait dans sa figure allongée, et comme disposée elle aussi en hauteur, encadrée par des mèches de cheveux gris:

– Je me présente: Van Drucksem! fit l'homme en

tendant une main forte et longue comme un objet. Vous jouez très bien en effet !

Il parlait un français impeccable, avec une intonation légèrement nordique ; Clive ne comprit pas si « en effet » était la traduction d'une formule flatteuse en une langue d'origine incertaine, ou bien si quelqu'un l'avait déjà entretenu de ses talents au billard – ce qui paraissait douteux. En tout cas, la poignée de main, bien secouée, servit aussi pour les félicitations. L'hôte marqua dans la pression des doigts une estime joviale, avec une nuance de bienvenue dans le mouvement du poignet.

Du reste, Van Drucksem invita Clive sur-le-champ à engager une partie avec lui – s'il le souhaitait, au débotté ?...

– Sur le pouce ? Hein ?...

Hélas, le temps pressait. Clive jeta un regard vers la clientèle : les deux comédiens devaient se trouver à la répétition de l'après-midi, malheureusement. Ils paraissaient émerveillés, eux aussi, des superbes dispositions de leur transporteur pour le billard, mais il leur fallait être à San Gimignano dans trois quarts d'heure...

– Une autre fois, alors ? dit le Maître dont la voix était chantante et douce. Si vous aviez du temps ?...

Il fouilla dans une poche intérieure de son veston. Clive se rendit compte que le piano, un moment silencieux, reprenait ses gambades de l'autre côté du mur. Il s'était donc trompé de pianiste.

L'homme offrit une carte :

– Voici mon numéro, n'est-ce pas. Vous me sonnez quand vous voulez.

« Van Drucksem, *Dottore in filosofia* »

Il redressa sa puissante carrure – à vue de nombril il dépassait de deux bonnes semelles son mètre quatre-vingt-dix, pensa Clive. Il s'avoua plutôt surpris, car bien qu'il ne l'eût pas imaginé sous une forme particulière, il n'aurait jamais accordé au fameux gourou une stature aussi athlétique. Non plus, du reste, que cette face réjouie, avec des yeux si intensément rigolards!... Un philosophe devait avoir, sans qu'il se fût jamais complètement illustré la chose, la mine chafouine, le regard un peu chassieux à force d'introspection fécale. Il aurait dû être ventripotent, au moins grassouillet, avec des bouts de mains glissants et une haleine parfumée à l'huile de foie de morue. Clive se rappela la silhouette courtaude, le crâne déplumé, et la voix de casserole fêlée du prof de philo qu'il n'avait fait que croiser d'assez loin, au fond d'une salle poussiéreuse, du temps de sa Terminale technique.

En redescendant vers Fiano, ils parlèrent de cela, de la prestance du Maître. Et de sa prodigieuse culture!... Les deux zigotos semblaient complètement remis, guillerets comme tout maintenant. Ils avaient peut-être dégusté un café fort, en plus des bonnes paroles sur la « violence nécessaire ». Lydie était encore pleine du Maître, toute chaude de la magnifique réflexion qui venait de leur être donnée... Donnée, pas donnée! – Cent mille lires de l'heure, ou presque! Et encore, c'était paraît-il son plus bas prix. Une faveur toute spéciale qu'il accordait par extraordinaire à l'équipe de la *Duchesse de Malfi* – une pièce qu'il adorait, personnellement!

– Tu as vu, il parle un français admirable! disait Lydie.

Elle était montée devant, cette fois-ci, à côté de Clive, par prudence.

– Simplement, de temps en temps, il dévisse, c'est marrant, il devient complètement ordurier!

Elle lui détaillait son grand homme – à présent qu'il l'avait rencontré, lui aussi. Il pouvait apprécier, même sur une entrevue aussi brève, soupçonner au moins le prodigieux génie! Clive eut l'impression qu'ils n'étaient pas fâchés de lui avoir présenté Van Drucksem – d'ailleurs il se demandait, tout à coup, s'ils n'avaient pas soigneusement combiné leur petite affaire ? L'usage de la voiture, le léger service qu'il leur rendait, pouvait n'être qu'un prétexte habile pour lui montrer de près leur maître à penser. Car étant donné ses relations privilégiées avec Gregory, Clive pouvait être un témoin choisi, voire un défenseur du philosophe de Lucardo face à la fureur injuste du metteur en scène !... En tout cas, si ça n'avait pas été prémédité, il était clair que la comédienne y pensait à présent :

– Tu sais qu'il est hollandais ?... De mère belge, expliqua-t-elle.

Elle le savait, de source certaine. Il avait étudié à Paris dans sa jeunesse, à la Sorbonne, où il avait obtenu tous ses diplômes. Un doctorat !... Par la suite, chose étonnante, et qui contribuait à sa grande originalité, il avait accompli une carrière militaire ! De quelle nature exacte, elle l'ignorait, mais il avait sacrément parcouru le monde – C'est lui-même qui leur avait raconté ces détails. Cela faisait une dizaine d'années, à présent, qu'il s'était installé ici, en Toscane, pour y vivre. Et l'immense réputation qu'il avait acquise était amplement justifiée...

– C'est à l'armée qu'on lui a donné son surnom : Diavolo.

À l'arrière, Hubert insista :

– C'est très sérieux, tu sais Clive... Van Drucksem préconise la purgation des pulsions humaines, parce que l'homme est un animal féroce, un tueur carnassier.

Ils traversaient Fiano, Lydie eut envie d'une glace. Ils s'arrêtèrent sur la place en terrasse, plantée de petits arbres, devant le café du village à l'auvent de plastique ondulé verdâtre. Elle semblait s'éloigner à contrecœur de ces hauteurs philosophiques.

Hubert continua un exposé sur la société qui, au long

des âges, avec l'habitude de vivre en groupes organisés, la nécessité de devoir tolérer son voisin, avait fait maîtriser à l'homme, progressivement, ses instincts meurtriers originels.

– Peu à peu, le combat s'est renfermé à l'intérieur de lui. Ce qui a produit un grave refoulement…

De ce refoulement, considérablement accru dans l'époque contemporaine, pétrie de civilité, découlaient la plupart des troubles qu'éprouve l'homme moderne.

– Ça favorise les maladies bizarres qui rendent l'homme actuel misérable, alors qu'il aurait, en tant qu'animal, tout pour être heureux !

Le café résonnait de musique de rock. La patronne, une belle femme élancée, aux longs cheveux blond-roux frisottés dans le style afro, se trémoussait derrière le bar au son de sa radiocassette. Elle portait une mini-jupe rouge, serrée, tenue par une large ceinture dont la boucle figurait une énorme chouette.

Les luttes internes, finalement, abrégeaient la vie. Après avoir trop vivement repoussé les pulsions assassines fondamentales – à cause desquelles, précisément, il était devenu plus habile, et, en fin de compte, plus fort que les autres espèces –, l'homme s'était tellement bridé que son instinct de destruction se retournait contre lui. Il s'auto-mutilait – il somatisait. Le cancer, par exemple, expliquait Hubert avec une certaine ardeur de néophyte, est l'une des manifestations les plus éclatantes de ce phénomène d'auto-destruction. Aujourd'hui que règne sous nos climats une incroyable douceur des relations sociales, le cancer représente la manifestation par excellence de cette violence rentrée qui porte ses coups mortels contre l'individu lui-même. Il se produit comme une « explosion » à l'intérieur de son corps, dans une partie ou une autre, peu importe, un organe plus ou moins fragilisé sans doute par des facteurs d'origines diverses, l'alimentation, le tabac, l'alcool, d'accord ! Mais d'abord, à la base de tout, existe la vraie menace : le refoulement de l'assassin en chacun de nous... Comme qui dirait le cochon qui sommeille !

Lydie rigola. Elle suçait sa glace en cornet... Le monument aux morts, au centre de la place, était composé d'une pyramide surmontée d'une élégante Victoire en bronze, genre Samothrace en réduction, d'un pied de haut – l'esprit des victoires ! Elle avait l'air de s'envoler... La pyramide reposait sur quatre casques de poilus italiens, en bronze aussi, ronds et vert-de-grisés.

En roulant vers la vallée, les deux comédiens continuèrent d'entretenir Clive du moyen de se protéger du mal. « Purger ses pulsions, – comme on purge un circuit d'eau chaude ! » – c'était l'image qu'employait Diavolo. La violence physique, les coups : simplement une mesure d'hygiène préventive.

Hubert Simplon, qui sentait la réticence de son conducteur, voulut apporter des précisions tangibles. Van Drucksem faisait état de travaux précis, irréfutables, de statistiques réalisées par des chercheurs américains, dont les résultats, publiés dans des revues spécialisées, étaient connus des criminologistes.

– Il paraîtrait que chez les individus qui exercent un métier violent, les militaires qui se sont physiquement cognés au combat, les flics de commando, tout ça, la fréquence des cancers est presque nulle. Même chez les chirurgiens, ou les tueurs des abattoirs – tous les boulots sanguinaires... Parmi la population des prisons, les statistiques font apparaître que ceux qui ont des tempéraments bagarreurs sont en bien meilleure santé que ceux qui sont doux – à condition, justement, qu'ils aient la possibilité d'exprimer un tant soit peu leur agressivité...

– Ceux qui se châtaignent se portent mieux que les autres, précisa Lydie.

C'était la technique de l'« exutoire ». Selon Diavolo on pouvait saisir par là la signification profonde des anciens sacrifices humains (perpétués au cours des âges sous d'autres formes), aussi bien que des sacrifices rituels d'animaux dans les cultures primitives. Ces mises à mort spectaculaires faisaient office pour la communauté de soupapes de sécurité !... Dans le monde moderne, il renvoyait au fameux contrôle des Espagnols, chez lesquels la criminalité est inexplicablement moins forte que dans les autres nations : parce qu'ils ont toujours conservé les courses de taureaux pour calmer leurs pulsions avec du sang frais. Sage précaution !... Cela laissait également transparaître la raison profonde, bien que non avouée, des orgies de violence symbolique qui sont proposées en permanence dans le monde contemporain – par l'image, essentiellement. À mesure que la violence primaire se trouve reléguée, et peu ou prou jugulée par les usages adoucis de la vie sociale, la télévision baigne littéralement dans le sang humain ! Partout sur le globe !... Forcément, les gens ne battent presque plus leurs femmes, n'estropient plus du tout leurs enfants, ils ne se crèvent plus mutuellement la panse en duel pour un oui pour un non, ni en rixes au couteau – c'est devenu tellement rare ! Alors ils éprouvent un énorme besoin de compensation, ils l'absorbent par les yeux !

À ce sujet Van Drucksem professait une théorie qu'ils jugeaient un peu limite, eux, personnellement – mais bon... Il prétendait que pendant très longtemps – depuis l'origine des sociétés humaines jusqu'à il y a une cinquantaine d'années seulement, en fait – les exécutions capitales en public avaient joué ce rôle fondamental d'exutoire. « La part du feu » disait-il – ce qui était rigolo lorsqu'on pensait aux bûchers à sorcières !... Sérieusement, il voyait dans le gibet, la guillotine sur la place du marché – jusqu'en 1939 en France – le prolongement direct des mises à mort sacrificielles des temps les plus reculés. La foule s'excitait pareil, prenait son pied... Diavolo citait Flaubert : « Les gens qui vont aux exécutions capitales participent à l'action du bourreau. »

Quoi qu'il en fût, et sans discuter du pour ni du contre, on pouvait mettre en rapport la suppression de la peine de mort, et la consommation massive de tranquillisants !

– C'est terrible quand on y pense ! ajouta Lydie.

Ils arrivaient au bas de la pente, en vue de la face nord de Certaldo Alto qui présente là non pas son vrai visage, mais une chevelure de bois et terres cultivables – avec le parc à voitures qui forme deux raies blanches, comme une barrette dans les cheveux. Et toujours cette lumière de printemps, si douce... Clive pensa qu'il était curieux qu'un homme aussi porté sur les gnons et les torgnoles, fût-ce en paroles, eût fixé sa retraite dans cet asile de tendresse pour l'œil. Ils entrèrent dans la ville ; le bourg ancien présente alors une autre face : on lui voit les yeux... Des fenêtres partout, petites, sombres, cintrées, percent le rempart, lui donnent l'aspect d'un pigeonnier pour très gros oiseaux – des cygnes, au moins, ou bien des anges !

Ils passèrent prendre Marguerite à l'appartement de la Via Roma. Elle n'avait pas voulu se rendre à San Gimignano sans Clive... Marguerite devenait craintive, et s'adonnait à la réclusion. Depuis une semaine, aussitôt qu'ils arrivaient sur la place du Duomo, elle partait s'enfermer dans la chapelle de sainte Fina, située près du chœur, dans l'aile de la Collégiale.

Elle avait tout à fait conquis les bonnes grâces de la vieille personne qu'elle appelait « l'Ouvreuse », et qui avait la charge, en effet, d'ouvrir la grille d'accès à la chapelle pour les touristes curieux qui désiraient observer de près le détail des peintures. Touchée par tant d'apparente dévotion chez une étrangère aussi jeune, dame Rosanna avait fini par lui donner le champ libre. Elle laissait la jeune fille à ses méditations devant le reliquaire de la sainte, immobile jusqu'au soir, où, lorsqu'elle quittait le service de l'église, la bonne dame venait la prier très doucement, à voix presque basse, de s'en aller bien vite puisqu'elle devait fermer la grille.

Pendant plusieurs matins de suite, avant cela, Clive avait raconté à Marguerite l'histoire de cette petite fille de San Gimignano, qui vivait sagement entre son père et sa mère du travail de ses mains. Il l'avait lue tout exprès dans le petit livre en anglais de la boutique de San Matteo : cela se passait dans les années mille deux cent, au milieu de ce siècle-là. Fina et sa mère étaient pieuses, elles chantaient des cantiques en accomplissant leur ouvrage...

Marguerite écoutait, lovée contre l'épaule de son conteur, au fond du grand lit où ils aimaient à lambiner malgré les camions féroces qui faisaient parfois trembler les murs de la chambre... Lorsque Fina eut dix ans, comme elle allait à la fontaine chercher de l'eau, elle y rencontra un jour un jeune homme bien fait, fort courtois, qui lui fit compliment de sa jolie tournure, et du teint de lys de son visage très beau. Le garçon lui offrit une pomme, que Fina accepta avec reconnaissance, car elle était pauvre.

En rentrant à la maison, elle donna la pomme à sa mère, à qui elle décrivit avec joie son agréable rencontre. Elle lui apporta les douces paroles qui avaient été dites... La mère, qui aimait Dieu, et souhaitait que sa fille consacrât au Seigneur toutes ses pensées pour le salut de son âme, représenta à Fina que c'était pécher d'accepter les présents d'un jeune inconnu – fût-il un beau voisin fort riche, et dispendieux en belle pommes... Elle lui remontra que son éclatante beauté était un présent du Ciel, à qui elle devait en rendre grâce, mais en se tenant fortement sur ses gardes car l'Ennemi tâcherait de profiter de ses attraits pour lui ravir son âme, et l'envoyer noircir odieusement en enfer !

Alors Fina eut honte d'elle, et se repentit. Elle demanda à Dieu, avec ferveur, de la rendre laide, disgraciée et bancale. Elle supplia le Tout-Puissant de mutiler son corps puisqu'on le disait beau, afin de ne plus attirer les regards qui mettaient son âme en danger, et que nul ne fût tenté de l'approcher pour son péché.

Dieu savait que les prières de Fina étaient loyales et sincères. Il exauça son vœu. Il lui envoya bientôt des infirmités affreuses, qui rongèrent ses membres et la rendirent paralysée. Son corps devint difforme et souffrant, au point qu'elle fut désormais contrainte de demeurer au lit tout le jour... Songeant que ce repos pouvait être signe de paresse, la jeune enfant demanda à son père de lui apporter une lourde planche de chêne – d'autres disent de prunier – sur laquelle elle s'allongea, évitant ainsi la mollesse coupable de sa couche. Elle y demeura cinq ans.

Pendant ces cinq années, Fina se tint sans bouger, sans quitter sa planche, pour son salut. Sa peau devint d'abord pustuleuse ; puis elle se transforma en une vaste plaie dans laquelle les vers vinrent se loger. La vermine la rongeait toute vive... Mais jamais Fina ne se plaignit à Dieu des misères qu'elle endurait. La nuit, les rats, attirés par la puanteur qui se dégageait de son corps, venaient la visiter et s'attaquer à sa chair pour la grignoter. Loin de manifester aucun signe de détresse, la jeune fille chantait les louanges de Jésus-Christ, notre Seigneur.

Dans le courant de ces années-là son père mourut ; sa mère ne pouvait plus la nourrir car elle se trouvait sans ressources. Alors les gens de San Gimignano qui, à cause de ses souffrances et de sa dévotion, avaient de la compassion pour elle – ils l'appelaient déjà « la petite sainte » ! – se mirent à lui apporter de la nourriture par charité. Mais Fina, dont le cœur était rompu au jeûne, et la bouche privée d'envie, fut effrayée par la profusion de leurs offrandes. Elle demanda qu'on redistribuât ces dons aux pauvres errants, aux mendiants.

Puis sa mère mourut, terrassée soudainement par des forces invisibles... Lorsque l'amie de la famille, Dame Bonaventure, qui la visitait, trouva ainsi la mère morte, elle fondit en pleurs, se lamentant : « Comment feras-tu maintenant, ô Fina, seule au monde, confinée sur ton lit de douleur ? »... Mais cela ne troubla pas l'esprit de la jeune fille, qui s'était offerte comme victime au Seigneur : elle se contenta de lever ses yeux vers le ciel.

Toutefois, dans ce mouvement ténu des paupières, le seul geste qu'elle fût encore capable d'accomplir, son regard rencontra un serpent que l'Ennemi avait placé au plafond de la chambre ; car Satan espérait bien tirer d'elle quelque plainte, au moins un faible gémissement... Fina demanda à Dame Bonaventure, qui la veillait désormais, d'aller chercher leur bon voisin Guinello, afin qu'il tuât de sa hache cette bête immonde. L'homme s'en vint en effet, mais il ne vit pas le serpent, qui pourtant narguait Fina, et se moquait de sa souffrance. Alors, la jeune fille qui ne pouvait plus bouger, ni actionner ses muscles depuis longtemps, rassembla sa dernière énergie : en un effort surhumain, elle traça de sa main droite le signe de la Croix. Aussitôt, le serpent disparut de sa vue...

Marguerite, dans l'ombre fraîche de la chambre dont les volets de bois laissaient filtrer des rais de lumière dorée, était obligée de fixer son attention très fort sur les paroles que prononçait Clive. Car les mots mal entendus, ou mal compris qui glissaient sur son ignorance, la troublaient fort sans qu'elle osât s'enquérir dc leur sens. Les mots pouvaient faire peur quelquefois... Marguerite se souvenait de cette prof, une fois, qui lui avait dit en ricanant qu'elle avait de l'astuce. Elle avait entendu : « tu as de la stusse », et cru qu'il s'agissait, à cause de l'acné, d'une abondance de boutons sur le visage, ou d'une maladie pareille. Ça l'avait inquiétée pendant toute une semaine... Les mots pouvaient aussi faire très mal, comme ce sale mec qui lui avait lancé un matin, dans le bus : « Tu est dévergondée, toi ! », et elle avait compris « Tu es de vers Gondé », à cause de son accent. Elle avait dit non. Il avait dit : « Voui, tou é dé vers Gondé ! » Elle avait dit : « Je sais même pas où c'est ! » en haussant les épaules. Son amie Leila, qui connaissait la vie, lui avait expliqué que « dévergondé », ça voulait dire « salope ». Mais c'était trop tard pour lui filer une beigne à l'homme : il était descendu à l'arrêt de Bellevue, devant l'ancienne usine à gaz.

Les années s'écoulèrent.

Après qu'elle eut été cinq ans sur sa planche de chêne – d'aucuns soutiennent qu'elle était en prunier – Fina eut une visitation... Depuis toujours la jeune fille avait choisi pour gardien de sa foi saint Grégoire, qui fut pontife, et rendit le monde civilisé. Or, un matin, l'âme de Fina fut envahie par une lumière intense, surnaturelle, qui irradia bientôt à l'extérieur d'elle et inonda la chambre. Au cœur de cette lumière apparut soudain saint Grégoire, son protecteur. Il dit à Fina : « Chère fille, tu seras bientôt en Jésus-Christ, comme tu l'as toujours été, puisque le jour de ma fête tu rendras ton âme à celui qui nous donne récompense et gloire pour les fatigues et les pénitences que nous endurons dans cette vie. »

La fête du saint Pontife tombait le douze mars. C'était dans dix jours !... Toutes les femmes présentes à ce moment dans la maison furent émerveillées de l'expression de joie qui illumina le visage de la jeune grabataire; elles voulurent l'interroger. Fina leur raconta sa vision; elle leur annonça de bonne grâce son départ pour le Paradis, amis les pria de garder le secret aussi longtemps qu'elle aurait encore un souffle de vie.

Après cette apparition surnaturelle, la décomposition de sa chair s'accéléra de jour en jour, car les derniers degrés qui conduisent à la Béatitude sont les plus difficiles à gravir... Fina invoquait le Seigneur sans cesse, et l'on découvrait sur les traits de son visage une lumière céleste. Le onze mars, elle réclama le prêtre, qui la confessa. Elle reçut de lui la communion, puis le sacrement de l'Extrême-Onction.

Le lendemain, elle remercia toutes les femmes qui l'avaient aidée de leurs soins depuis la mort de sa mère... Puis, ses yeux s'étant élevés un moment vers le ciel, un léger sourire se dessina sur ses lèvres, et elle mourut. Cela se passait le douze mars 1253, jour de la fête du saint Pontife, Grégoire le Grand. Fina avait quinze ans.

À l'instant où son âme s'échappa de son corps, l'Ennemi aux aguets déchaîna sur toute la ville de San Gimignano un ouragan d'une violence inouïe. La puissance du vent fut alors si formidable qu'il arrachait les portes des maisons, emportait les toits, hurlant contre les murs. Le corps de Fina, qui, au fil des années, était devenu intimement uni au bois sur lequel il reposait, fut violemment secoué, et ôté de la planche, tandis qu'un parfum suave se répandait dans la maison. Au même moment, des touffes de violettes qui avaient la couleur de l'or tombèrent en pluie sur les tours de la ville... Enfin, lorsque les femmes eurent fini d'apprêter le corps de Fina pour se rendre à l'église afin d'y célébrer ses funérailles, les cloches se mirent à sonner d'elles-mêmes, sans que personne les actionnât, car les sonneurs se trouvaient pour l'heure dans leurs maisons, et les portes des clochers soigneusement fermées à clef.

Alors courut une rumeur dans toute la ville de San Gimignano : « È morta la Santa ! È morta la Santa ! » furent les paroles exactes que répétait la foule des habitants... Et plusieurs miracles se produisirent encore au cours de ses obsèques. Car Fina avait une nourrice, qui s'appelait Beldia ; la pauvre femme avait un bras et une main frappés de paralysie. Comme Beldia se tenait éplorée auprès du catafalque, le corps de Fina s'anima sous les yeux de la foule assemblée – elle toucha de sa main le bras de sa nourrice, qui fut guérie à l'instant du mal dont elle était affligée.

Il y eut encore Melina, la fille du noble Guido d'Aldo, dont le genou malade pliait avec peine, dans la douleur. Elle fut guérie, comme le fut à son tour Sabadino, qui avait une tumeur froide dans le cou – et aussi un garçon aveugle recouvra la vue pour avoir touché de son visage les pieds nus de Fina. D'autres miracles se sont aussi produits depuis ce temps-là – et San Gimignano fut épargné par la peste que le Seigneur envoya sur la Terre pour punir les pécheurs du monde, et les réformer... Pour ces raisons, les papes qui régnèrent ensuite sur la Chrétienté déclarèrent Fina sainte, et siégeante au royaume du Père Éternel.

Marguerite demeurait tout le jour en silence dans la fraîcheur paisible de l'église. Elle ne prêtait nulle attention aux visiteurs vêtus de court qui venaient quelquefois, la tête haute, observer de plus près, sous la voûte, les deux fresques sœurs de Domenico del Ghirlandaio. L'une représentait Fina lorsque saint Grégoire lui annonce sa mort prochaine, l'autre les funérailles de la sainte... Elle comprenait maintenant tous les détails de ces tableaux qui lui entraient dans la tête comme du savoir sans mots, plus sûrement qu'en phrases de la bouche. Ces images éclataient de lumière en elle, et rendaient la jeune sainte vraie et miraculeuse. Les tableaux déchiraient en Marguerite les voiles minuscules de son obscurité et sa désespérance.

D'ailleurs, elle se sentait exister bien plus fort, ici, dans le bruissement léger de l'église. Elle aimait les sons étrangement élastiques qui flottaient sous les voûtes et duraient comme des fantômes. Ici, les bruits prenaient de la vie pour eux-mêmes : la toux d'un visiteur, éclatante et mûre, le raclement aigu d'un pied de chaise sur les dalles, et sa montée rayonnante comme l'envolée d'un oiseau. Le grincement des portes circulait lentement entre les piliers des murs et donnait le frisson... Ces éclats d'une musique perdue pénétraient dans son corps ; ils faisaient du bien à sa compréhension du monde. Marguerite se sentait alors plus intelligente, comme lorsque Clive se mettait en elle, et qu'elle se sentait presque grandie. Le rayonnement de son corps à lui la faisait participer à son intelligence, à toutes ces choses curieuses qu'il savait de partout... Il lui semblait, de manière fugace, qu'elle pouvait les saisir aussi, les retenir et partager le savoir par son ventre... Elle s'éprouvait forte de tout cela lorsqu'il venait en elle, et le temps qu'il durait, et même un peu après dans sa chaleur qui demeurait en suspens, comme un son d'église.

Marguerite aurait voulu dire des mots à Clive, en retour, sur ces choses qu'elle ressentait – mais elle ne trouvait jamais ces paroles qui ont du sens, et qui passent la gorge souples comme de l'eau... Sa gorge à elle se serrait, étouffait les maigres mots qu'elle savait, et que pourtant elle ne pouvait pas dire dans l'agitation qui l'émouvait. Lorsque les mots sortaient enfin de sa bouche ils avaient perdu le luisant, la tendresse ; c'étaient des mots durs et mauvais, qui signifiaient des choses très différentes de ce qu'elle avait voulu dire. Ils étaient blessants, parce qu'elle s'était toujours servie des mots comme d'une arme – ses paroles étaient des couteaux.

Alors elle se taisait. Avec l'amertume de soupçonner qu'il la croyait stupide, et lourde, probablement. Elle savait bien pourtant qu'elle n'était pas idiote – tout en ignorant pourquoi, elle était sûre de ça. Et cette certitude éclatante, la seule qu'elle eût, cette idée fixe et bleue qu'elle n'était pas vraiment plus tourte qu'une autre, mise en face de son empêchement à dire, la faisait blêmir de rage, et souvent de haine.

Dans l'église, au moins, tout devenait subtil, étrange, et flottait sur sa musique d'être. Marguerite croyait que c'était à cause de la sainte qui n'avait toujours que quinze ans – comme elle avait eu quinze ans, elle aussi, et c'était un moment qui s'était également mal passé. Un temps qui serait plus horrible à revivre que la mort... Au troisième jour de sa retraite, la vieille femme de l'église, inquiète de ne pas la voir déjeuner, lui avait apporté des biscuits, en passant. Elle lui faisait de drôles de petits gestes avec sa main devant sa bouche, les doigts pressés ensemble du bout, comme si elle se lançait des morceaux dans le bec... Un jour elle lui montra des dattes, en ajoutant des petits bruits chantés : « Su, su, prendi ! » – Allons, c'est pour toi, prends ! Une autre fois elle lui tendit une barre de chocolat... « Cioccolato... Buono ! »

Marguerite acceptait ces présents, mais elle ne les utilisait jamais. Elle se refusait à rien placer à l'intérieur de son corps dans cette chapelle dorée, où il faisait bon exister... Ouvrir les lèvres, avaler, lui paraissaient des actions odieusement obscènes. Dans les restaurants elle regardait les mâchoires des gens qui ne se gênaient pas avec leur mangeaille. Ça faisait comme des cochons voraces qu'elle avait vus à la télé, qui se vautraient dans leurs baquets. Par instants, elle avait le sentiment que les gens ne devraient manger que la nuit. Ils seraient mieux cachés pour absorber ces choses cuites et molles qui allaient pourrir en eux... Les gens devraient manger sans se voir eux-mêmes, à tâtons.

Parfois encore Marguerite s'assoupissait, assise ainsi devant le tabernacle où Fina reposait de ses restes minimes – un crâne, un os?... Il lui venait alors des visions splendides; des histoires à pleurer qu'elle entendait avec des mots tout blancs, tandis qu'elle suivait les images depuis la fenêtre ouverte d'une maison sur la nuit.

Un soir qu'il faisait doux, elle fut troublée par une main qui lui tenait l'épaule. Et Madame Rosanna lui disait doucement:

– «Signorina... Scusi, signorina...»

Il était tard. La gardienne fermait.

– «Deve andare...»

Une cloche sonnait, quelque part. Elle tintait des heures qui ne passaient jamais.

Nathalie, ma folle, mon trognon de chou,

– ah bon ?

C'est pas comme ça qu'on parle à sa frangine ?…

Bien sûr que non, hé, patate !

Nathaloche, ma galoche, ici tout marche. Pas de lézard, Balthazar. Mais il commence à faire chaud par exemple. Hou !… Chapeau ! Je veux dire « de paille » !

À part ça, sur le plan du niveau de l'échelon artistique, ça baigne aussi. Dans la sueur !… Greg est en pleine forme. Il trouve que la mayonnaise est en train de prendre à son goût.

Mais alors la putain de pièce !… Oh dis, ma sœur, la purée de tragédie que voilà ! (Tu prends pas l'accent de Normandie pour lire ça.) Comme le dit Hubert Simplon, nous en causions pas plus tard qu'hier, ma chère (au fait, il est pas con ce mec, finalement. Il a des soucis avec sa nana, mais c'est une histoire vachement embrouillée, je t'expliquerai une autre fois) – Hubert, donc, résume ainsi notre sanglante tragédie : « C'est ici que les Athéniens s'atteignirent ! »… Faut dire qu'on est pas loin de la Grèce. Enfin, moins loin qu'à Montluçon.

Bon, ciao !… Sois belle. (Remarque bien qu'à Avignon vous allez devoir mettre pas mal de glaçons dans votre pastis si le beau temps persiste.)

Bisous,

Clive.

P. S. J'ai écrit un poème, je te l'envoie. Pas vraiment un poème, c'est plutôt une histoire. Enfin tu verras bien. Si le truc te plaît pas, t'as qu'à le revendre ! Pis, si ça te plaît bien, tu l'apprendras par cœur et tu le réciteras à Avignon pour faire la manche sur la grande place de la Pendule à tes moments perdus, puisque Wenzel il te paye même pas beaucoup ! Alors voilà... Hum ! Hum !... (Il se racla la gorge, respira un bon coup, et ce fut partu mon kuku !)

Un garçon haut en jambes, qui n'avait pas dix ans, sortit un jour du village de ses ancêtres. (Ou bien « aïeux » : « village de ses aïeux », qu'est-ce que t'en penses ?)... Ses parents étaient morts, les voisins disparus. Les maisons détruites s'écroulaient lentement, pierre à pierre, et roulaient sur la rue... (Ça rime, ça se voit pas, mais ça rime un peu.) Le garçon décida de quitter ce lieu-dit désolé, qui n'eût été qu'une profonde vallée de larmes s'il y avait eu du monde pour pleurer !

Or, il ne restait dans le pays qu'une seule vache vivante, et lui. Ce n'était pas sa vache à lui – mais il entra dans l'étable quand même pour la détacher. (J'ai voulu mettre « parce qu'on est pas des bœufs » mais ça fait tache.) Il défit la lourde chaîne de fer qui s'écroula sur le bord de la crèche avec un bruit de roulement inimitable, comme un froissement de tambour mêlé de cliquetis d'acier, qui n'est semblable à aucun autre bruit, si ce n'est celui d'une autre chaîne de vache qui tombe. (Je suis assez content de cette phrase, pas toi ?)

Lorsque le garçon sortit, la vache sortit derrière lui. Il se mit en chemin pour quitter le village, la vache le suivit. Au bout de quelque temps, il s'arrêta, la vache aussi. Il lui expliqua donc, en lui flattant le cou, qu'elle devait rester là, se prélasser, et paître tout son saoul dans la prairie encore verte qu'ils longeaient. Le garçon dit qu'il irait loin sans doute, qu'elle ne prît pas la peine de se déranger... Il devrait passer des rivières, ailleurs, prendre des trains – les airs, peut-être ! Le monde était nouveau, et assez étranger aux vaches... Il comptait s'éloigner le plus possible de cette région-ci.

L'animal aux yeux doux semblait se pénétrer de ces paroles. Le garçon ajouta que sa vie serait plutôt longue, aussi. Ils seraient obligés, un jour, de se séparer, forcément... Mieux valait qu'elle broutât là où l'herbe était tendre.

Il reprit donc sa marche, après cette harangue, avec une dernière tape sur le museau de la bête à cornes... Elle continua à marcher derrière lui, calmement. Son cou se balançait en bon rythme, comme il convient pour entreprendre un voyage d'une certaine durée... Il se mit à courir, la vache galopa. Lorsqu'il fut essoufflé, il s'assit sur le talus de la route. La vache en profita pour cueillir des brins d'herbe. Elle mâchait doucement en attendant qu'il fût reposé.

Ils gravirent de la sorte toute une montagne, puis plongèrent dans une seconde vallée. Les ponts étaient démolis. Ils traversèrent les rivières à gué... Ils dormirent ensemble, pendant des jours, afin d'avoir moins peur la nuit.

Ils marchèrent longtemps – et, bien sûr, à la fin, la vache fut mangée. Et le garçon fut tué par des gens de passage qu'ils croisèrent un soir avant de se coucher. Ils avaient presque accompli un voyage...

P. S. bis : Mon copain Teddy arrive après-demain, normalement.

III

Marche-à-Terre promenait sur chacun son regard vert et jaune ; il attendait, avec un demi-sourire… Qui, dans l'équipe, allait se décider à monter ?…

De la fenêtre la plus élevée de la grosse tour carrée, pendait une échelle de soie, étroite et mince, que les décos avaient déployée le long de la muraille. On aurait dit l'équipement d'un conte de fées, ou d'un roman d'aventures – le moment où le plus hardi des amants, le plus fougueux des frères, se prépare à porter secours à la belle prisonnière… Le souffle de l'air, plus accentué dans les hauteurs, balançait légèrement le cordage sur les pierres grises.

La question était : Qui maintenant allait grimper là-haut ?

– Alors ? fit doucement le chef déco. Qui va délivrer la Princesse ?…

Le jeu consistait à atteindre la troisième meurtrière, la plus haute de la Torre Grossa. C'est-à-dire qu'il faudrait jouer l'acrobate à quarante-cinq mètres à peu près au-dessus du vide. Le but de l'opération était de hisser une large banderole de toile de vingt-cinq mètres de haut, qui devait couvrir la moitié de la face nord de la tour. La toile servirait de support final au marouflage d'une gigantesque Descente de Croix inspirée de celle qui se trouvait dans la Collégiale.

Le rôle du grimpeur n'était pas compliqué : une fois en place, il suffisait de passer une guinde* dans la gorge d'une poulie qui avait été fixée à la meurtrière par l'intérieur de la bâtisse. On pourrait ainsi, depuis le sol, hisser ce pavillon qui attendait pour l'instant, roulé au pied de la tour, devant le porche. En outre, pendant le halage, celui qui serait là-haut devrait guider l'ensemble de l'appareillage, au besoin écarter la guinde du mur si les traverses accrochaient quelque aspérité.

Au fond, l'exercice – assez terrifiant étant donné la hauteur, précisément « vertigineuse » – n'était pas réellement périlleux. L'échelle avait été testée, elle était bloquée du haut, impeccable – et naturellement les décos disposaient d'un harnais de cuir, solidement maintenu par une autre guinde, et assuré par un treuil au sommet de la tour. De sorte que si par hasard le grimpeur décrochait de l'échelle, par maladresse ou pour une raison imprévue, le pire serait qu'il flotterait au vent contre le mur pendant quelques secondes, à la manière d'une araignée au bout de son fil.

Seulement, cela faisait vraiment très, très haut... Quarante à quarante-cinq mètres, à en juger par la dimension totale de l'échelle en nylon qui en mesurait cinquante. Les apprentis casse-cou écoutaient sans enthousiasme les incitations mielleuses du chef décorateur – ils gardaient tous le nez en l'air, imaginant l'effet d'être accroché au-dessus d'un gouffre, et

* Dans un théâtre, on nomme « guinde » le lien de chanvre ou de nylon que partout ailleurs on appelle une « corde » – ce mot étant proscrit sur une scène, son utilisation donne lieu à une amende. On parle ainsi de « guinde à linge », ou même de « guinde à guitare » – toutefois, si la guinde est fort mince, on l'appelle aussi un « fil ». Techniciens et acteurs sont toujours très vigilants à observer cette ancienne coutume, car ne pas s'y conformer porte malheur.

des frissons de panique flottaient soudain au creux des estomacs.

Car, à la vérité, il existait un léger embarras : Marche-à-Terre lui-même, du reste un peu lourd, devait naturellement rester au sol pour jauger l'ensemble. Manuel, rompu à tout, dirigeait la manœuvre, et ne pouvait être à la fois au four et au... moulin à vent ! Quant à Nikola, l'assistante allemande, célèbre pour son esprit d'initiative, sa précision admirable, sa résistance héroïque à la fatigue dont on se transmettait la légende – Nikola pouvait travailler plusieurs jours et plusieurs nuits d'affilée sans se plaindre, sans s'écrouler (son record était deux jours et trois nuits sur un film où il avait fallu changer toute la conception du décor une semaine avant le tournage) – Nikola, donc, qui savait tout faire, et à qui les autres décos s'adressaient avec une sorte de révérence, Nikola avait le vertige !... Le défaut de sa redoutable cuirasse : elle ne pouvait pas dépasser deux mètres sur une échelle – et encore ! Plutôt un mètre cinquante... Au-delà elle s'agrippait tout à coup aux branches, aux barreaux, aux fils de la vierge, à tout ce que rencontrait sa main libre. Il lui était arrivé de rester sans un cri, immobile, sur un échafaudage, comme un chat terrorisé. Selon le mot de Marche-à-Terre, elle était son « opératrice au sol » !

Le chef déco avait saisi le harnais ; il faisait des moulinets avec la courroie de cuir, offrant l'engin à qui voudrait bien s'en servir. Il chantonna :

– Roulez, roulez, jeunesse !...

Tout à coup Marguerite s'avança. Elle était pâle et droite, d'une raideur empruntée et farouche. Elle tendit silencieusement la main pour saisir le harnais – un geste brusque, furieux sans raison, terriblement sans élégance.

– Tu es sûre ? fit Marche-à-Terre surpris.

Le cas n'était pas prévu – bien sûr Marguerite les avait

écoutés, elle avait suivi tous les préparatifs, juchée sur son coin de mur, et savait exactement ce qu'il y avait à faire. Mais elle n'appartenait pas à l'équipe… Les autres la regardaient. Elle fit une grimace décidée, les yeux brillants. Son corps entier marquait une telle détermination que le décorateur l'attacha lui-même, souriant, assez amusé…

Il la sangla solidement dans le harnais, sans lui faire mal. Il fixa le bout de l'autre guinde par un nœud autour de sa taille. Puis il lui présenta un talkie-walkie :

– Tu sais faire marcher le bidule ?

Il lui montra comment s'en servir, brièvement, le bouton qu'il fallait presser pour parler, facile. Il lui plaça l'appareil en bandoulière, afin qu'elle eût ses deux mains libres… Marguerite saisit l'échelle molle, elle regarda vers le haut, puis elle commença à grimper le long du mur, lestement comme un chat maigre. Le treuil se mit en route, actionné au sommet sur un ordre au talkie lancé par Manuel ; le harnais se relevait à son rythme à elle.

Lorsqu'elle eut dépassé la première fenêtre, elle s'arrêta pour « prendre le vent ».

– Ça va ? cria Marche-à-Terre, car elle était encore à portée de voix.

Marguerite lâcha une main et fit signe que « parfaitement »… Les touristes s'immobilisaient peu à peu sur la place. Ils suivaient des yeux cette ascension prudente, de plus en plus impressionnante à mesure que la fille rapetissait en prenant de l'altitude. Quand elle eut atteint la seconde meurtrière, elle s'arrêta de nouveau, à une dizaine de mètres du but. À présent elle avait dépassé de beaucoup les créneaux de l'hôtel de ville. Le soleil déclinant éclairait cette face de la tour d'une lumière jaune, rasante, dans laquelle elle baignait.

Marguerite regarda au loin, les horizons bleutés, puis

le toit rose et plat de la cathédrale qui s'étendait sous elle. Une impression de force la saisissait, d'invulnérabilité un peu planante... La dernière fois qu'elle était montée aussi haut, il y avait eu la même brise dans son cou, et le détachement de tout, de n'avoir rien à gagner, rien à perdre, pas même la vie. Elle baissa la tête vers la place, en bas, qui était creuse, et déjà rétrécie. Les petites gens y levaient la gueule, elle pensa à Aïcha, très vite. Ça lui fit bizarre dans les yeux – elle aimait ce qui leur faisait peur, la douleur et la nuit.

– Ça tourne pas trop ?... fit le talkie sur sa hanche. Elle secoua sa crinière, largement, énergique.

– C'est bien, prends ton temps, on te suit.

Elle recommença à monter. Il faisait carrément frais à présent, malgré le soleil. Le souffle de la brise lui refroidissait les doigts ; elle veillait à bien s'agripper d'un côté avant de hausser le bras suivant.

Lorsqu'elle toucha la poulie, au bas de la dernière meurtrière, elle ressemblait à un lézard collé à la muraille, d'autant que l'échelle mince et pâle ne se distinguait plus beaucoup sur le gris des pierres. La foule était devenue silencieuse. À mesure que les touristes arrivaient sur la place, ils se plantaient comme des statues pour suivre les évolutions de cette forme que tout le monde fixait déjà, et qui progressait le long de la tour. Ça formait des grappes de corps aux entrées de la place, principalement du côté de San Matteo, et sur le parvis de la Collégiale où la foule se trouvait la plus dense.

L'absence de bruit permettait d'entendre des éclats de voix qui sortaient de l'arrière, par le porche de l'hôtel de ville. Il y avait des cris de femmes – cela venait des comédiens qui répétaient dans la cour... À présent Marche-à-Terre s'était campé lui-même sur le parvis de l'église, afin de prendre le recul nécessaire. Il laissa Marguerite récupérer de son ascension, puis il commença à guider ses gestes au travers du talkie-walkie. Il lui parlait d'une voix douce, à peu de mots, comme s'ils avaient eu tout le temps du monde pour chaque action – et aussi comme s'ils étaient devenus de vieux amis ensemble.

Si ce qu'elle avait à faire n'était pas compliqué, il était bon de prendre quelques précautions. Dans un premier temps il valait mieux ne pas laisser échapper la guinde qu'elle avait hissée jusque-là – il aurait fallu redescendre la chercher ! Le chef déco produisit des consignes précises – il avait conseillé à Marguerite de ne pas s'occuper du talkie pour répondre. Pas besoin de l'encombrer d'une manipulation inutile, il suffisait, sauf urgence, qu'elle pût recevoir clairement ses paroles à lui.

– Avant de défaire la guinde, tu l'enroules une fois autour de ta jambe droite. Maintenant tu la coinces entre tes genoux. Il faut serrer les genoux assez fort, parce que là-haut elle est assez lourde, elle risque de te filer entre les doigts. Ça va ?... Lève le bras droit pour dire oui !

Marguerite leva le bras.

– Maintenant tu vas défaire le nœud, puis tu passeras le bout sur la poulie – Te presse pas, glisse ton bras gauche entre les brins de l'échelle au cas où tu serais déséquilibrée...

Elle enfila l'extrémité de la guinde dans la gorge de la poulie, puis elle donna du mou, prudemment, avec ses genoux. Le frottement du nylon rêche contre son jean lui brûlait presque la cuisse. Lorsque le brin flottant fut descendu jusqu'à la fenêtre la plus haute, un membre de l'équipe le saisit et, Marguerite ayant alors dégagé sa jambe, il tira vigoureusement la guinde pour l'amener tout en bas.

Cette première étape n'ayant pas duré plus de quelques minutes, Manuel, au pied de la tour, attacha solidement la traverse de bois sur laquelle était fixé le haut de la bande de toile… Il commença à tirer. La banderole s'éleva souplement, tandis qu'un des aides assurait le brin libre de la guinde en l'enroulant autour de sa taille. Les spectateurs, sur l'escalier, ceux de la place, s'étaient remis à bouger, mais la plupart d'entre eux, auxquels s'ajoutaient continuellement de nouveaux arrivants, semblaient décidés à suivre l'opération jusqu'au bout.

Marche-à-Terre avait prévu l'effet du vent ; outre les traverses du haut et du bas, il avait fait fixer une troisième pièce de bois horizontale au milieu, équipée de fils, afin d'assujettir le pavillon également en son centre qui correspondait justement à la partie inférieure de la troisième fenêtre de la tour. Cependant il n'avait pas envisagé une brise aussi forte ; lorsque le haut de la banderole parvint à mi-hauteur, et qu'elle ne fut plus abritée par les toits environnants du souffle, léger mais constant, qui balayait la colline de San Gimignano, le tissu s'écarta du mur et s'enfla comme une voile. Marguerite tenta en vain, tirant tant qu'elle pouvait sur la partie supérieure de la guinde, de la ramener vers la muraille – au lieu de l'inverse qui avait été prévu ! Décidément le vent agitait trop la toile : malgré les efforts de Manuel et de ses aides qui tiraient en bas de toutes leurs forces, le machino posté à la fenêtre ne parvenait pas à saisir la traverse médiane, ni à s'emparer des fils qui flottaient trop loin de lui.

Il devenait nécessaire de concevoir une autre tactique… En réalité, il aurait fallu que Marguerite puisse descendre le long de son échelle, pour aller attraper la toile, mais là aussi la distance était trop importante. Marche-à-Terre réfléchissait. Nikola, restée au pied de la tour, vint le rejoindre sur le parvis. Elle lui montra d'un geste comment il faudrait faire basculer l'échelle par-dessus la toile, grâce à une impulsion ondulatoire donnée d'en bas, pour l'appliquer ensuite contre le mur. Il suffirait pour cela que Marguerite redescendît de l'échelle pour libérer celle-ci... L'idée était bonne, cependant ils se rendirent compte que le vent contrarierait à coup sûr cette manœuvre aléatoire : la toile gonflait trop.

Marche-à-Terre pensa à une tactique plus sûre, quoique un peu plus délicate, qui consisterait à écarter l'échelle du mur, par le bas, suffisamment pour que Marguerite puisse faire glisser la traverse supérieure pardessous – et de la ramener ensuite vers le mur, comme dans l'hypothèse précédente... C'était un peu plus spectaculaire, sinon plus risqué.

Le chef décorateur exposa calmement cette proposition à la jeune fille. Il lui expliqua que c'était une manœuvre pas vraiment dangereuse, mais tout de même délicate. Étant écartée du mur d'environ un mètre cinquante, deux mètres au maximum, si elle décrochait brusquement de l'échelle, elle serait évidemment ramenée contre la paroi avec une certaine violence, par un effet de catapulte, au bout de son harnais. Ça pouvait faire assez mal – la même chose, théoriquement, que de tomber de deux mètres de haut sur du pavé, sauf qu'elle ne pourrait pas contrôler sa chute... Il ajouta qu'il n'était pas absolument nécessaire qu'elle se livrât à cette acrobatie : à présent que la guinde était en place dans la poulie, ils pouvaient redescendre le tout, et remonter ensuite l'appareillage dans un ordre différent, en modifiant les attaches : il suffisait probablement de faire passer la traverse médiane en premier. Pourtant, ajouta Marche-à-Terre, si on réussissait à dégager la toile tout de suite, cela gagnerait du temps dans cette première présentation du support – qu'il souhaitait terminer avant la nuit.

Il lui demanda si elle avait bien compris. Enfin, si elle

se sentait capable de tenter le coup ?… Marguerite leva le bras, à chaque question, et la manœuvre commença.

Beaucoup de gens, sur le parvis, s'étaient rapprochés du chef déco dans le désir d'entendre les instructions qu'il donnait à voix presque basse sur son talkie. Puis, se rendant compte qu'il parlait une langue inconnue, ils se reculaient, déçus. Il se formait donc derrière Marche-à-Terre un cortège de touristes immobiles et respectueux, comme une troupe ralliée à sa grosse queue de cheval !

Pour faciliter l'opération, il fit d'abord monter Marguerite de quelques mètres supplémentaires. Puis il lui demanda de changer de côté par rapport à l'échelle, en tournant le dos à la muraille – cela, expliqua-t-il, afin de se retrouver accrochée *dessous* au moment où ils l'écarteraient. Sans quoi, elle aurait chaviré sous son propre poids… Le changement de position étant opéré, il commanda à ceux qui tenaient le bas de l'échelle souple, dont le « pied » avait été ramené sur le parvis, de se reculer en tirant régulièrement, sans à-coups. Marguerite se trouva bientôt suspendue à l'oblique, comme un matelot sur un hauban. L'échelle étant de nouveau fixe, il lui recommanda de redescendre prudemment vers la traverse, et de la faire glisser vers la tour, si elle pouvait.

Le silence s'était établi de nouveau dans la foule ; pendant cette progression il devint si total que l'on distinguait la belle voix d'Olympia Calamo qui sortait par vagues frémissantes du porche de l'hôtel de ville. Pendant une minute ou deux, les soudaines et pathétiques lamentations de la Duchesse de Malfi donnèrent un climat extravagant à ce qui se passait en l'air, car la voix disait : « Oh, se fosse possible poterci intrattenere almeno un paio di giorni a parlare coi morti !… » Oh, s'il était possible de s'entretenir une journée avec les morts ! Je saurais d'eux, j'en suis certaine, des choses que je n'apprendrai jamais ici-bas !… La comédienne s'interrompait dans sa tirade, reprenait après des murmures un peu sourds de conciliabule.

Cependant Marguerite bataillait avec la toile et le bois. Comme il était fort incommode de manœuvrer le bout de la traverse d'une seule main pour l'obliger à glisser sous l'échelle, elle fut contrainte de se suspendre par les pieds. Les genoux entortillés sur un échelon, elle se mit à travailler la tête en bas, des deux bras… À cette hauteur, sa position était parfaitement effrayante – cela d'autant qu'avec la distance on ne distinguait plus le fil du harnais qui la protégeait. Il y eut quelques cris étouffés, des « oh ! », des « hou ! » » montèrent de l'assistance où des femmes portaient craintivement une main à la joue.

Sur le parvis, Nikola, roide et pâle, les traits tirés, se mordait un doigt. Marche-à-Terre, légèrement penché, la tête renversée, tenait le talkie sur sa poitrine. Il serra les mâchoires avec un mouvement d'humeur tandis que la comédienne enchaînait au loin, avec un éclat redoublé, son lamento bizarre : « Il Cielo sul mio capo sembra fatto di bronzo fuso… » Le ciel est sur ma tête pareil à du bronze en fusion, la terre est faite de soufre incandescent, et pourtant je ne suis pas folle ! Elle cria, sur des intonations différentes, comme quelqu'un d'égaré : « Non sono pazza ! Non sono pazza ! »…

Marguerite luttait ; à trois reprises elle força le bois à venir sous elle – chaque fois le souffle de la brise écarta la toile. L'échelle souple était secouée à chaque tentative, tandis qu'elle s'arc-boutait pour tâcher de la retenir… Tout à coup, profitant du vent favorable, elle coinça d'un coup sec la moitié de la traverse sous ses épaules. Vite, les machinistes ramenèrent le hauban vers le mur – c'était gagné !…

Au sol, quelques bravos éclatèrent, repris, amplifiés ;

au même moment, Marguerite se rétablit d'un effort des reins – les applaudissements roulèrent dans la foule entière... Le chef déco rapprocha l'appareil de sa bouche, il souffla :

– Bravo. Tout va bien, Marguerite ?...

À présent la banderole pouvait enfin être placée à la verticale ; celui qui opérait à la fenêtre l'assujettit commodément. Marguerite entreprit sa descente, et puisque les choses avaient pris cet aspect « numéro de cirque », Marche-à-Terre demanda à sa trapéziste de rattacher au passage deux ou trois ganses qui s'étaient dénouées ; en effet il comptait profiter des circonstances pour tester son appareillage en le laissant hissé toute la nuit.

Quand Marguerite toucha le sol, il s'était écoulé un peu plus d'une demi-heure. Les quelques badauds demeurés au bord du parvis lui refirent une timide ovation – l'équipe l'entoura. Elle était frigorifiée, les pommettes et le nez rouges, les mains bleuies... Marche-à-Terre la prit dans ses bras, et il la berça, d'un petit mouvement gentil qui lui disait combien elle avait été brave. Et, au fond, combien ils étaient devenus potes, tous les deux, au cours de cette demi-heure... Il frotta ses mains glacées dans les siennes.

Mais un homme dégringolait l'escalier de l'Arengo ; il se précipita vers elle, dévidant ce qui paraissait des compliments dans un italien volubile. C'était Dopo qui la félicitait !... Le garçon avait assisté bouche bée à l'ensemble de la mission depuis la Tribune des Harangues – il se rattrapait de son silence. Dopo serra la main de Marguerite, en y mettant beaucoup d'effusion et quelque nervosité, sans cesser de parler. Avec sa tenue cravatée, son visage soigné, on aurait dit le maire d'un village venu remettre, après l'exploit, une médaille de mérite local.

Clive n'eut vent de la prouesse qu'un peu plus tard dans la soirée. Il l'apprit d'un des machinistes, en venant ranger du matériel dans le local qu'ils partageaient Piazza Pecori. Le machino, à qui il n'avait jamais eu l'occasion de parler jusque-là, lui lança, avec des gestes complices: «Caspita, che roba la tua ragazza!» comme qui dirait: Dis donc, ta gonzesse! Merde alors!...

À partir de cette information énigmatique, qu'il crut d'abord émaner de quelque admiration sexuelle incompréhensible, il mena une rapide enquête qui lui découvrit le rôle spectaculaire de Marguerite dans l'installation de la grande bannière. Sur le moment il en éprouva une sorte de fierté mêlée d'un certain malaise – un pareil exploit, assez stupéfiant chez une fille aussi incommunicable, qui se tenait à l'écart de tout, ouvrait des abîmes d'incertitude sur sa personnalité réelle... Tout de suite il décida d'oublier l'incident qui ramenait curieusement en surface des souvenirs fâcheux, et d'attendre qu'elle lui en parlât elle-même.

Ce jour-là Clive avait passé l'après-midi à se gondoler en compagnie de son camarade Teddy Grafton, juste arrivé sur les lieux l'avant-veille, avec une semaine de retard sur les prévisions. À peine débarqué de l'avion, à l'aéroport de Pise où Clive était allé l'accueillir, Teddy s'était lancé dans des imitations désopilantes des Italiens qu'il rencontrait. Il copiait subtilement leurs attitudes, leurs mimiques, avec un vrai délice, mais surtout il s'exerçait à un faux italien exalté, en syllabes chantantes et heurtées, d'un effet extrêmement cocasse dans sa manière à lui, britannique et chaplinesque.

Le premier soir, ils avaient eu une brève conférence avec Greg; le metteur en scène se trouvait harcelé par les répétitions, auxquelles s'ajoutait depuis peu l'encombrement de quelques journées de tournage par l'équipe de cinéma qui venait d'entrer en fonctions... Gregory leur avait donc tracé les grandes lignes de sa mise en scène, dont certains détails avaient évolué, mais qui demeurait, pour ce qui concernait les régisseurs lumière, étalée sur deux des faces de la Piazza del Duomo. Il leur annonça du reste que d'ici quelques jours les comédiens prendraient possession du lieu afin de commencer la mise en place définitive qu'ils n'avaient fait qu'ébaucher sur l'arrière-cour. Il serait donc utile de disposer au plus vite d'un éclairage provisoire pour le travail en soirée, pendant lequel la place serait protégée du gros des touristes.

Clive avait ensuite mis son copain au courant des principales dispositions auxquelles il avait pensé en l'attendant. En particulier, il s'était déjà occupé des demandes d'autorisation de branchement auprès des organismes compétents de la ville. Il s'agissait donc présentement de se plonger dans l'action, et tout d'abord d'achever de constituer l'équipe, avec deux électros qui venaient de Florence – il s'y adjoindrait une main-d'œuvre locale pour les travaux de terrassement des câbles et les transbordements de matériel.

Pour Ted, que le beau temps rendait joyeux, tout donnait lieu à un festival des plaisanteries débiles qu'il affectionnait. L'un des premiers mots d'italien pratique qui l'avait excité, était *piano*, au sens d'étage – il le mettait à toutes les sauces en anglais. Se trouvaient-ils dans le hall d'un immeuble que Teddy prenait tout à coup la démarche cassée de Groucho Marx, roulait des yeux furibards, et lançait d'un ton vengeur en bondissant dans l'escalier: «Let's tackle the first *piano*! *» Ou bien il

* Nous allons nous farcir le premier *piano* !

s'arrêtait soudain dans la rue, les yeux inquiets tournés vers le haut d'une façade, deux doigts posés sur le pavillon de l'oreille, et demandait d'un ton choqué : « Did I hear a fart from the second *piano* ?* »... Enfin, dès qu'ils venaient de quitter une personne avec qui ils avaient discuté le plus sérieusement du monde – à coups d'anglais simplifié et de rudiments latinisants – Ted recommençait la conversation pour Clive seul, en y mettant une animation drolatique. Ses dons de mimétisme transformaient toutes leurs rencontres en sketches de cabaret ! Quelquefois, il se prenait au jeu au point de parler son italien de cuisine aux touristes locaux qui ouvraient des yeux énormes, ou aux gens de San Gimignano eux-mêmes, assez interloqués par ce charabia inattendu qui sonnait vaguement dialectal – selon les heures un mélange de sicilien et de piémontais !... Mais Ted faisait toujours ses coups sans insolence, avec une gentillesse désarmante qui disait aux autochtones combien ce grand flandrin de Liverpool avait du plaisir à se trouver là.

Sa rencontre avec Dopo donna lieu à un moment particulier dans les annales des petites rumeurs : ce fut lui qui écouta, complètement sidéré, le flot de paroles du marcheur des rues. Puis, saisi d'inspiration, il lui répondit sur le même ton pressé, copiant ses gestes, son port de tête... Dopo fut un moment désarçonné. Il regarda l'autre avec une véritable inquiétude sur le visage. Teddy profita aussitôt de son avantage, comme un joueur de tennis qui met son adversaire en difficulté : il le noya sous une mitraille verbale sans aucun sens, d'un air courroucé. Dopo écouta sans y croire, secouant la tête, puis il éclata d'un rire un peu frénétique, et alla lui taper dans la main, comme à un bon bougre de com-

* Qu'est-ce que j'entends ? Un pet du second *piano* !

pagnon spirituel!... Alors Teddy l'embrassa, disant: « From now on, you are in my team ! » – que désormais il faisait partie de son équipe!... À partir de ce moment-là, il continua à lui parler en anglais, tout à fait normalement.

Les deux éclairagistes furent donc occupés une semaine entière à installer l'alimentation du plateau. Il fallut tirer des tonnes de câbles, et les brancher à deux transformateurs, l'un à l'ouest, du côté de la forteresse, l'autre au sud. Les tourets* encombraient les passages, les gros câbles couraient partout – et ce fut un véritable casse-tête, car on ne pouvait pas creuser de saignées n'importe où pour les enterrer. Souvent il fallait les faire traverser en l'air, d'un côté à l'autre de la rue, en les fixant assez haut pour qu'aucun camion ne puisse les accrocher. Le côté disgracieux de ces volumineux serpents noirs volant de façade en façade s'avérait plus gênant encore que partout ailleurs dans une ville aussi coquettement tenue...

Des deux équipiers florentins, un seul, Stefano, parlait assez bien l'anglais. Il servait d'interprète avec le second camarade, Alex, et les quatre manœuvres manutentionnaires que Ted avait recrutés. C'était lui qui négociait avec les habitants l'autorisation d'utiliser une fenêtre de leur maison pour accrocher un câble, un crochet dans un mur, ou même la traversée d'un jardinet qui évitait un détour presque insoluble. Stefano était chargé de présenter les excuses les plus diplomatiques pour le dérangement causé à cette aimable population – et parfois Teddy se sentait irrésistiblement porté à surenchérir, à la profonde confusion de tous!

* Les tourets sont les grosses bobines en bois où sont enroulés les câbles pendant le transport.

Pourtant, lorsqu'ils en furent à réaliser les raccordements, Ted, qui était méfiant par principe, faillit déclencher la révolte des troupes. Il demanda à Clive de vérifier lui-même, personnellement, une par une, chaque épissure avant que celles-ci ne soient enveloppées, à plus forte raison enterrées. Il lui recommanda de veiller surtout à la continuité parfaite des numéros dans les fils – il ne s'agissait pas de s'apercevoir, une fois que tout serait en place, qu'un mauvais raccordement des phases mettait toute l'installation en danger ! Il voulait être fermement assuré de toutes ses chaussettes*.

Cette précaution, sage sans doute, sentait quelque peu la suspicion – ce fut ainsi que l'interpréta Stefano, qui fit la gueule toute la journée. Ah ! les étrangers suspectaient donc son travail ? Ils mettaient en doute la compétence de l'équipe italienne ?... Stefano était furieux... Le soir il argua d'un problème syndical aigu que posait un tel manque d'autonomie et de confiance, et décida que l'autre Florentin et lui se mettraient en grève dès le lendemain !...

Teddy l'invita à souper, seul à seul. Il lui expliqua, avec un zeste de mauvaise foi, que personne n'était visé par cette mesure préventive – simplement il procédait toujours ainsi, même et *surtout* en Angleterre ! Il veillait à ce qu'une seule et même personne visitât systématiquement la totalité du circuit. C'était la seule manière – qu'il conseillait vivement à Stefano pour sa gouverne ! – de ne jamais se payer de ces pannes mortelles, que l'on met des heures à déceler. Il parlait d'expérience, car il n'avait pas toujours procédé ainsi ! Il lui raconta de

* On appelle « chaussette » l'enveloppement en plastique, fixé au chatterton, dont on entoure une épissure entre deux câbles, afin de l'isoler et de la protéger.

fameux déboires, des exemples de folles paniques, au festival d'Exeter par exemple !... C'était là qu'il avait juré, sept ans en arrière, de ne jamais déroger à ce principe salutaire ! – Du reste Clive, qui était son assistant, avait bel et bien contrôlé son propre travail à lui aussi, Ted, n'est-ce pas ? Pas seulement celui des Italiens !... Il se fit convaincant ; il présenta ses excuses formelles – « I do apologize, my friend ! » – la main sur le cœur, pour n'avoir pas mieux expliqué ses intentions dès la première heure !... Il se promit aussi, intérieurement, de prendre des gants dorénavant, avant de lancer une quelconque consigne !... Ils achevèrent la conversation au chianti classico, la meilleure paire d'amis de cette lumineuse corporation.

L'arrivée des câbles sur la place du Duomo, ainsi que la mise en place des armoires d'alimentation, posèrent des problèmes de relations inattendus avec l'équipe de cinéma. Les gens de l'image refusaient tout matériel électrique dans leur champ !... Ils eurent la prétention de vouloir leur faire dissimuler tout leur appareillage ! – Et où ? Et comment ?...

Apparemment le réalisateur, ni les assistants, n'avaient pensé à cette question des tours métalliques qui seraient construites, et des projecteurs disséminés partout, au cours des dernières semaines de répétition, comme pendant les représentations, très évidemment !

Lorsqu'ils se trouvèrent entre eux, Teddy se lança dans des numéros : « La torre ? Perqué la torre ? »... pérorait-il. Eh oui, mon bon monsieur ! Il y aurait deux tours chargées de gamelles, l'une à la cour du parvis, dans l'angle de l'église, l'autre devant le marchand de souvenirs – cette dernière se trouverait alors derrière les gradins destinés au public. « Perfectly correct, my good man ! »...

Simone, le premier assistant, se chargea de faire intégrer cette donnée incontournable à l'équipe du cadre – et Marche-à-Terre, appelé en conférence pour arbitrer le différend à titre de plasticien général, expliqua, en bon français, qu'ils étaient en train de filmer un festival de théâtre, n'est-ce pas ? Alors quel inconvénient y avait-il de filmer aussi les outils ? Au contraire, c'est l'inverse qui serait absurde : on ne comprendrait pas qu'un décor de nuit ne fût pas éclairé !

Dans les jours qui suivirent ses galipettes sur la face nord de la Torre Grossa, Marguerite ne fit guère que de brèves visites à la chapelle de sainte Fina. Elle s'y rendait le temps d'un salut, mais elle ne s'y plongeait plus dans les abîmes de méditation qui l'avaient occupée jusque-là. Dame Rosanna lui fit compliment, de manière implicite, de ce nouvel état d'esprit, infiniment plus raisonnable... Elle lui tapota familièrement le poignet avec un air de grande gaieté sur le visage : Que le malheur nous atteignait tous, bien sûr, mais qu'elle était belle fille ! Fût-ce à cause d'une violente peine d'amour, que la gardienne supposait toujours derrière les accès de dévotion à Fina, il ne fallait jamais s'adonner ainsi au chagrin pour les saints !...

La raison de ce changement brusque, pour ne pas dire brutal, fut que Marguerite était désormais conviée à partager les activités journalières de l'équipe des décos. Marche-à-Terre lui avait proposé de venir les retrouver, et si elle le souhaitait, de se faire la main sur de menus travaux décoratifs et pratiques. L'atelier ne manquait pas d'ouvrage à la portée d'un débutant soigneux !... En plus, se disait le Chouan, le travail d'accrochage sur les parois de la place ne faisait que débuter – il trouvait utile de garder à portée de main un acrobate d'aussi excellente bonne volonté.

Nikola aussi se montra gentille avec elle – impressionnée

qu'elle avait été, sans doute plus que tout autre, par cet après-midi d'escalade. Elle lui indiquait les travaux à exécuter, lui organisait des montages, des agrafages : elle lui apprit à passer des vernis. L'assistante lui donnait ses indications entièrement par gestes, ce qui convenait merveilleusement à Marguerite – à qui le chef déco avait prêté une blouse déjà salie, tachée de peintures diverses, de craies de couleur et de vieilles colles, qui lui donnait un aspect vétéran de la bonne allure. La nouvelle « stagiaire » adora tout de suite cette blouse dégueulasse, comme une parure. Et son odeur !... Le même bouquet d'atelier que dégageait celle de Nikola. Marguerite en fit chaque jour davantage sa blouse d'identité.

Les décorateurs travaillaient par projection. Les fresques ou les peintures qui servaient de modèle aux images qu'ils voulaient installer sur la place étaient projetées sur un mur lisse. Il suffisait de faire varier les dimensions à volonté pour obtenir commodément la taille la plus souhaitable des reproductions définitives. Les projections se faisaient soit à partir d'un projecteur de diapos ordinaire soit à l'aide d'un épiscope, qui envoyait directement sur les parois les images opaques trouvées aussi bien dans les bouquins d'art que sur les cartes postales du commerce – quoique celles-ci n'étaient pas toujours suffisamment précises pour être utilisées. La technique consistait ensuite à copier directement le dessin sur de vastes feuilles de papier, en suivant docilement les lignes et les formes projetées.

Marguerite trouvait cette façon de procéder fascinante. Il s'agissait, en somme, d'un décalque direct de l'image toute prête, tout agrandie !... C'était là une méthode infiniment plus séduisante, plus juste aussi, que celle qui consistait à agrandir une image en traçant des carreaux, dont elle se servait pour reproduire sur des grandes feuilles les photos des chanteurs trouvées dans les magazines – quand elle fabriquait des postères pour les filles, au Centre. Le système des carreaux lui avait été enseigné par la prof, à l'école, du temps qu'elle faisait encore du dessin. La seule matière qu'elle avait toujours suivie avec une vraie passion dans sa vie. Une fois même, étant mise à la porte du collège pendant huit jours, elle était revenue clandestinement pour le cours de dessin. Non seulement la prof n'avait rien dit, mais elle l'avait couverte, malgré les petites salopes qui caftaient qu'elle n'avait pas le droit de venir puisqu'elle était lourdée... Les enseignants d'arts plastiques s'étaient toujours montrés pleins de sollicitude envers elle. Ils l'aidaient, la conseillaient, et surtout – ils étaient bien les seuls! – ils la défendaient avec acharnement lors des conseils de discipline qui lui tombaient dessus pour des motifs variés et récurrents. Car sa réputation de cancresse insoumise se transmettait de classe en classe, au long des années. Les sourires encourageants que lui accordait le personnel enseignant au tout début du premier trimestre se transformaient régulièrement en regards torves et méfiants, au bout d'une semaine ou deux, avant qu'elle ait rien fait de mal pourtant... À cause des réunions que les profs faisaient entre eux, au début.

Les enseignants, en effet, se transmettaient sur elle des portraits au vitriol. Cela d'autant mieux – parlant de portrait – qu'elle s'était fait haïr pour sa propension insolente à dessiner des caricatures de profs cruellement ressemblantes, qui circulaient dans le collège. Ces clowneries finissaient forcément par être saisies, et valaient à l'auteur – identifiable au style de ses œuvres comme aurait pu l'être Léonard de Vinci – des sanctions à n'en plus finir, des brutalités verbales dans le bureau de la sous-directrice, et parfois chez le Principal, lequel, entre quatre-z-yeux, soulignait volontiers ses affirmations morales et éthiques par des paires de claques à décorner les bœufs.

Le point culminant des caricatures avait été atteint en Quatrième, lorsque « Mina », ou « la Baruch », avait découvert, grâce à une émission de télé, le système des silhouettes. D'une main sûre, elle découpait le profil d'un prof aux ciseaux dans une feuille de cahier, et parfois grandeur nature dans du papier Canson. Cette matrice était alors reproduite à des dizaines d'exemplaires par d'autres élèves qui la copiaient en détours, de sorte que l'on trouvait soudain la binette de tel ou tel professeur épinglée un peu partout dans les couloirs, collée sur les carreaux des fenêtres – et il arrivait que l'on commandât expressément à Mina, moyennant finances, la tête d'un prof qui s'était particulièrement fait remarquer. « La Baruch » recevait les punitions que méritait une pareille conduite, dont une prof d'histoire avait expliqué qu'elle s'apparentait à l'ancienne pratique de la mise au pilori, en vrai ou en effigie, sur les places publiques... Un matin, la silhouette du Principal dûment appliquée sur la porte de son bureau, ornée de moustaches au crayon et de croix en sparadrap, avait valu à Marguerite l'une de ses mises à pied les plus retentissantes, demeurée célèbre dans la chronique scandaleuse de l'établissement !

La dernière année la prof de dessin lui avait parlé d'une école spéciale pour les métiers d'art, qu'il lui serait possible d'envisager, après la Troisième. On y apprenait à dessiner sur la porcelaine, ou à faire des papiers peints. Pendant un moment elle en avait rêvé – il y avait donc quelqu'un, avec un pinceau, derrière ces superbes motifs des chambres, des fleurs ou des bergères ?... Elle aurait tellement aimé fabriquer du papier peint !... Elle avait vu un reportage aussi, à la télé, sur une fabrique de fleurs artificielles qui était bien. Un débouché intéressant, et artistique aussi, sûrement – un peu moins fin peut-être, comme art, que le papier peint, mais ça marchait fort les fleurs de ce genre. À part les cimetières, on en faisait maintenant en tissu, très délicates – ils avaient montré – pour les hôtels, les tables des restaurants... Elle avait demandé à sa prof qui devait se renseigner – et puis, juste après, il y avait eu les événements. On l'avait transportée ailleurs...

Ainsi Marguerite avait toujours considéré les gens du dessin, ceux qui peignaient, comme des êtres à part dans l'espèce humaine: une sorte d'humanité supérieure, intelligente et dévouée. Ces personnes artistes n'étaient pas tout le temps à vous parler pour vous baiser la gueule, ou vous faire sentir que vous êtes une pauvre merde et pas plus... Cette impression vague s'était pour ainsi dire confirmée, ces temps derniers, dans la cathédrale. Ou plutôt elle l'avait mélangée dans sa tête avec ce que Clive lui disait de Dieu, de Jésus-Christ, de ces histoires de bonté infinie que seuls des dessinateurs avaient su raconter ! Au milieu de cette foison de peintures dont les murs étaient couverts, naissait un sentiment flou que Dieu aimait beaucoup les peintres. Eux, de leur côté, le servaient... Les artistes ne devaient pas être très éloignés des saints, comme ce Ghirlandaio qui avait peint les magnifiques représentations de Fina sur sa planche de mort.

L'équipe des décorateurs se trouva ainsi quelque peu englobée dans ce sentiment du divin. Aussi Marguerite s'enhardit-elle à vouloir profiter également de ce luxe époustouflant que représentait le projecteur d'images. Elle demanda à Marche-à-Terre à s'exercer au tracé des figures projetées sur le papier. Celui-ci – dont l'essence angélique, en tout cas surnaturelle, ne faisait guère de doute – lui montra volontiers comment placer les motifs au fusain, tracer les espaces, en délimitant les zones lumineuses et les zones sombres. Puis, voyant qu'elle avait de l'habileté dans le trait, il lui fit marquer l'axe des visages, les yeux, la bouche des personnages, et enfin la position si délicate des membres.

Dans la journée ils travaillaient dans une salle du musée, libérée à cet usage, au rez-de-chaussée, et dont les fenêtres avaient été obscurcies. Cela expliquait que Marguerite n'eût pas découvert plus tôt cette merveilleuse version de la lanterne magique. Il arrivait bien que le chef déco organisât des séances de nuit, dehors, avec l'épiscope, de sorte à atteindre de très grandes dimensions sur le mur de la cour – mais ces occasions s'étaient toujours produites à une heure avancée, en petit comité, la jeune fille n'en avait rien su.

Non seulement la volonté tenace de Marguerite, mais son aisance manuelle, la sûreté étonnante de son coup d'œil, la rapidité et la précision de l'exécution, frappèrent très vite le chef décorateur et son assistante. De jour en jour, ils lui confièrent des tâches plus délicates. Après les contours, qu'elle réussissait avec une certaine élégance dans le trait, ils la mirent sur le travail des modelés à la craie noire ou ocre. Marche-à-Terre la prenait avec lui sur les grandes surfaces; il lui montrait comment travailler les demi-teintes, comment faire vibrer la lumière et donner le mouvement... On le sentait séduit par les dispositions et l'assiduité de son élève, si bien que Marguerite devint, au bout d'une semaine et demie, une stagiaire «pour de vrai», occupée du matin au soir!

Ils réalisèrent ainsi, à deux, une *Vierge à l'enfant et anges* d'après Sebastiano Mainardi, inscrite dans un grand cercle de plus de deux mètres de diamètre, qui était destinée au mur de la Collégiale. Le dessin devait s'insérer au centre de la façade, entre les deux petits porches, et faire pendant à la rosace existante, dans le haut. Du reste, le même motif roman à petite dentelure qui ornait le bord de cette rosace était reproduit fidèlement en trompe-l'œil tout autour de la Madone à laquelle il servait de cadre.

Pour le décorateur, cette image pieuse référait de manière évidente à la double maternité de la Duchesse – cet enfantement clandestin qui engendrait tout le sujet de la pièce, et le développement des horreurs. Cependant il supprima les fonds, qui représentaient un fleuve aux abords d'une ville fortifiée, ainsi qu'un des anges avec des ailes, auquel il substitua une silhouette plus masculine prise dans une autre peinture ; cela pouvait évoquer Antonio Bologna, l'Intendant et père. Marche-à-Terre créait de la sorte, en détournant l'image traditionnelle de la Vierge, une représentation symbolique de cette malheureuse famille persécutée, et finalement massacrée par des tyrans diaboliques.

Marguerite exécuta à peu près seule le cadre circulaire. Elle utilisait la projection d'une diapositive qui avait été prise de face sur la façade même de l'église, grâce à la nacelle des pompiers… On l'avait chargée aussi du ciel, tout en ocre dégradé, ainsi que de la partie gauche de l'image. Elle réalisa le chérubin dont la Vierge caresse la joue, à part quelques retouches dans les valeurs de la bouche et de l'œil apportées par son instructeur. Celui-ci lui expliqua à ce propos comment renforcer la perspective par une légère distorsion que réclamait la distance en plein air – justement à la manière d'Ernest Pignon-Ernest lui-même qui jouait très subtilement de ces effets-là. Il lui parla de cet artiste dont il s'inspirait pour ce genre de travail – d'ailleurs, le saisissant cadavre d'un homme renversé, la tête et le bras pendants, qu'il destinait à la fenêtre de gauche de l'hôtel de ville, constituait une reproduction fidèle d'un célèbre dessin d'Ernest où le corps sortait à demi d'un soupirail dans les rues de Naples. Marche-à-Terre ne voyait pas de citation plus appropriée à l'œuvre apocalyptique de Webster !

Le décorateur avait l'art de parler tout en travaillant, d'une voix douce, peu insistante. Sa manière de laisser les phrases en suspens, entrecoupées de ses longs silences, donnait l'impression qu'il ne disait rien. Les informations paraissaient suinter de lui, à son insu – il suffisait de les recueillir. De remarque en remarque, sans avoir l'air d'y toucher, il fournissait ainsi un véritable cours d'art plastique dont Marguerite tâchait de profiter au mieux, en naviguant au jugé entre des mots tout neufs pour elle. Elle buvait les paroles comme du miel, attentive à la moindre intention... Quand le chef s'absentait, requis par Manuel pour un problème pratique, ou par Paul-Jean pour le cinéma, il lui disait: « Tiens, t'as qu'à finir la main », ou, « le pli du corsage »... Elle achevait avec une application fervente le morceau qu'il était obligé de laisser en plan.

À mesure que les jours passaient, qu'elle devenait plus habile et plus responsable, Marguerite se sentait irradiée de l'intérieur. Elle devenait plus vive, plus légère – même Clive lui fit remarquer le changement. Car chaque coup de craie, chaque coup de gomme lui apportait un bien-être, un soulagement de la tension féroce qui l'habitait... Le monde s'organisait autour d'elle, prenait une dimension inconnue à la fois plus solide et plus ample. Comme si toutes les choses qui menaçaient sa vie depuis si longtemps s'éloignaient d'elle insensiblement dans cette cour, dans cette ville où la respiration se faisait plus légère et facile, auprès de cette église douillette et rassurante. Elle profitait de l'effet apaisant d'un cauchemar qui se dissipe lentement au réveil – et le beau temps qu'il faisait en Toscane teintait cette nouvelle humeur d'une clarté d'optimisme. Elle n'avait aucun souvenir d'avoir jamais éprouvé de semblables contentements...

En travaillant elle s'attachait aux détails de l'œuvre avec une dévotion maniaque, à la recherche de la vibration précise. Lorsque la fatigue lui tirait les épaules, vers le soir, zébrait son dos d'élancements, elle tendait sa volonté pour pousser son corps en avant – ne pas céder, ne lâcher la craie à aucun prix. Nikola, à côté d'elle, paraissait ressentir en silence toutes ses sensations, car elle sortait parfois de son mutisme pour prononcer d'une voix sourde, en souriant : « Take it easy »... Et si Marguerite ne comprenait pas les mots, elle saisissait parfaitement l'intention, avec le geste de la main ouverte qui semble appuyer sur une pompe, et qui veut dire : Vas-y mollo, en français. Mais elle se concentrait de plus belle, mettant dans la confection du dessin toute l'énergie de la haine. Elle se sentait possédée d'une furie du détail juste. Dieu devait aimer le détail juste...

Marguerite ne s'arrachait désormais à son ouvrage que pour suivre le chef, lorsque celui-ci désirait son aide. Il l'appelait parfois silencieusement en la désignant du doigt, et en faisant ce signe amical qui consiste à ramener l'index vers le nez, par un mouvement rapide et répété... Car l'homme à la queue de cheval avait pris tout de suite l'habitude de l'emmener avec lui pour les présentations des dessins sur les murailles de la place, comme en général chaque fois qu'un déploiement de papier nécessitait l'usage d'une échelle. Leur compagnonnage amusait beaucoup certains ; il se remarquait si bien qu'un jour Lydie Bacher, qui ne rêvait, en zélote, que plaies et bosses, lança à Clive pour plaisanter :

– T'as vu Morin ? Il la quitte plus ta copine ! À mon avis il est en train de virer sa cuti, tu ferais bien de te méfier.

Certes, à la voir travailler avec un pareil engagement, Clive éprouvait encore des sentiments mêlés... Il était heureux, d'un côté, de constater cette attitude active qui, finalement, ne le surprenait qu'à moitié – qui lui semblait même logique, sincèrement... Puis, il était fort occupé de son côté, avec Teddy et toute l'équipe – c'était bien commode que Marguerite entreprît son propre chemin toute seule. Il n'était pas inquiet non plus, sentimentalement – d'autant que cette activité débordante ne l'éloignait pas de lui, au contraire. En sa présence, lorsqu'ils se retrouvaient pour des nuits de plus en plus écourtées dans le petit appartement de Certaldo, elle témoignait d'une liberté plus grande avec lui. Elle avait des élans nouveaux, touchants à son égard – il lui arrivait de se presser contre lui avec une confiance neuve qui l'émouvait, et le troublait un peu.

Pourtant il subsistait entre eux – du moins de son côté à lui – une impression de vague malaise, et toute cette lourdeur de la chose non dite que constituait l'extraordinaire quiproquo de leur rencontre. Ils ne reparlaient jamais, pas même allusivement, de ces jours si proches, et si incroyablement lointains à présent. Quand des scènes surgissaient, en vagues épaisses, dans l'esprit de Clive, de ces premiers temps là-bas, elles lui semblaient venir d'un autre monde, pratiquement. Sauf qu'il éprouvait de violentes poussées de honte lorsqu'il repensait à Marseille, au chagrin de cette journée-là. Il n'en soufflait pas mot – il aurait été indécent, maintenant, qu'il s'excusât. Et Montpellier !... Il rougissait tout seul en chassant de son esprit ces visions lamentables de sa pleutrerie, tellement inimaginables au bout de cinq à six semaines qu'elles semblaient n'avoir jamais pu exister. Un soir, dans une rue de Certaldo où se trouvait une boutique de jeux, il se rendit compte qu'il n'avait plus retouché un flipper depuis Montpellier !...

Quelqu'un qui paraissait aussi bien changé dans ses habitudes, c'était Dopo. Dès le lendemain de la Grosse Tour, il modifia son circuit pédestre, assez monotone assurément, qui le faisait traverser la place du Duomo par le bas. Il entreprit un crochet jusqu'au cloître, afin de venir parler à Marguerite qui s'y trouvait déjà. Il lui apporta des bonbons, qu'il lui présenta avec une insistance courtoise jusqu'à ce qu'elle les acceptât. Chaque jour il demeurait de longs moments auprès d'elle, à lui parler sans aucune emphase, avec le naturel et la confiance que l'on peut montrer en compagnie d'une vieille connaissance.

Souvent il la regardait travailler en silence, puis il glissait une phrase ou deux, comme un commentaire soigneusement mûri. Marguerite faisait alors « oui » de la tête – et l'on se demandait quelle question elle avait entendue ?... Si elle se déplaçait, il la suivait, causant, aimable – il lui ramassait ses craies, sa gomme si elle tombait, tenait un tréteau tout le temps qu'elle était dessus. Clive avait demandé : « Tu sais ce qu'il te raconte ? »... Elle avait répondu que ça n'avait pas d'importance. Il lui semblait d'ailleurs qu'elle comprenait, parce que Dopo ne lui disait que des choses gentilles... Et Clive avait souri, sans bien savoir si elle lui jetait doucement une pierre dans son jardin ?... Volontaire ou non, la pique ? Lapsus, ou reproche voilé ?... La seule chose certaine, se disait-il, c'est qu'il existait de bien étranges filles sous le soleil.

Pour les régisseurs lumière, la vie était plutôt belle. Une fois installé un éclairage sommaire qui permettait à la compagnie de répéter tard dans la nuit, il n'y avait pas le feu à la maison – le gros du travail viendrait pour eux au cours des derniers filages, une semaine avant la première représentation. En attendant ces nuits survoltées, ils prenaient assez bien leur mal en patience – ils faisaient des tours de garde, à quatre, devant l'interrupteur général, par roulement. Teddy s'éclipsait souvent pendant vingt-quatre heures pour visiter Florence... En plus des trésors muséographiques, il y goûtait des plaisirs moins ouverts au grand public. En effet, depuis leur libation fraternelle, il s'était beaucoup rapproché de Stefano, lequel, en Florentin de base, connaissait comme sa poche les bons coins de sa ville d'art; il avait piloté son camarade dans des ruelles mal indiquées sur les guides.

Avant de découvrir le théâtre, Ted avait commencé dans la vie par être marin; il avait bourlingué, entre seize et vingt-six ans, et avait gardé de ses voyages des habitudes et des goûts affirmés. Il était avant tout un grand amateur de bordels. Le bonhomme disparaissait certains jours pour aller se recueillir à « Saint-Ceci », ou « Saint-Chose » – il avait mis les pieds, expliquait-il, dans des petits couvents dont les fresques le fascinaient, et qui restaient ouverts très tard le soir. Il reparaissait le lendemain, le plus souvent en fin d'après-midi, la gueule épaisse et le sourire étroit; il résumait d'un mot: « Fucking Quattrocento! »...

De son côté, Clive avait saisi l'occasion de renouer avec le billard ordinaire. Deux ou trois fois, il avait accompagné Lydie sur la colline, à la villa de Diavolo. Elle seule, car des complications avaient surgi entre Hubert Simplon et sa femme – la comédienne sortait maintenant avec l'un des machinistes de l'équipe cinéma. Si elle semblait renoncer provisoirement aux coups de savate, elle continuait néanmoins à vouloir approfondir la philosophie pugnace du Maître de Lucardo.

Au cours de ces visites Van Drucksem s'était empressé de renouveler au jeune homme son invitation à des parties de billard. Il lui avait avoué que, dans cette admirable région, il se trouvait en manque d'adversaire de qualité. Il se voyait contraint de faire venir des joueurs de Sienne, ou de Florence, pour pouvoir continuer à pratiquer son sport favori!... Clive avait donc accepté, d'autant plus volontiers que c'était une manière de dissiper sous un autre ciel de dures souvenances. À la première partie qu'ils avaient faite ensemble, il avait battu le philosophe dans d'assez belles largeurs – ce qui créa aussitôt un lien entre eux.

Du reste, Diavolo n'était ni bégueule ni maladroit : un excellent partenaire, et fort causant. Il faisait servir du thé de Chine, accompagné de biscuits au gingembre d'une fabrication spéciale, que l'Asiatique, qui s'appelait Monsieur Diem, apportait sur un plateau de cuivre battu… Un pareil détail dans le traitement du métal avait d'abord amusé Clive : il fallait bien s'attendre, étant donné les principes de la maison, à ce que le propriétaire fît battre aussi ses ustensiles de cuisine !

L'habitude était venue, au cours des parties, de bavarder à bâtons doucement rompus. Les conversations se poursuivaient après, pendant les longs *farniente* où l'hôte l'engageait pour se reposer du tapis vert. Au cours de ces moments de détente, qu'ils prenaient sur la terrasse, devant l'un des plus beaux paysages du monde, les deux hommes entrèrent assez vite dans les confidences. Clive avait avoué un père officier de marine, décédé prématurément, par un soir de gros temps, dans le Pacifique – et une sœur comédienne. Le grade paternel, lié à une courageuse infortune, eut l'air de plaire beaucoup à Diavolo. Clive se sentit comme approuvé, encouragé presque, à être si gentiment orphelin ! Ils se tutoyèrent tout de suite…

– Mon grand-père maternel s'appelait comme toi, Martens, la forme flamande… Sais-tu que Martin est le nom de famille le plus porté au monde ?… Mais oui ! Entre les Martin et les Marty de France, les Martins anglo-américains, les Martinez du monde ibérique, ici les Martini, qui ont aussi fait des petits en Amérique… Un record sur la planète !

La terrasse communiquait avec un salon, de plus

faible dimension que celui où trônait le billard, mais tout aussi nu. La pièce se trouvait dépouillée, comme l'ensemble de la maison – rigueur philosophique ! – de tout ornement ou de meubles, à l'exception d'un seul. Le salon était occupé, au centre, par un énorme piano, le plus volumineux piano à queue qui se puisse voir ! Le plus pesant aussi, sans doute, à en juger par des pieds massifs en pattes d'éléphant, évasés, assez inélégants mais d'une robustesse à toute épreuve. « Un piano de bûcheron », pensait Clive... Monsieur Diem jouait, installé devant le clavier sur un curieux fauteuil de bureau, droit, lourd aussi, pivotant, un peu râpé, qui paraissait sortir tout droit d'une brocante. Avec tout ça l'homme produisait une musique incroyablement légère, à la fois éthérée et langoureuse, dont le charme, la grâce lente, s'accordait en revanche merveilleusement, comme aurait pu le faire une musique de film, avec les douces ondulations du paysage étalé sous leurs yeux.

– Qu'est-ce qu'il joue ? demanda Clive.

Il essayait de situer, au moins vaguement, cette musique inconnue qui défiait sa maigre culture. Ce que jouait Monsieur Diem n'avait rien du tout d'oriental, et pourtant...

– Sibelius. C'est un compositeur finlandais, précisa l'hôte. Diem est vietnamien, mais ne joue que de la musique scandinave. C'est le monde, ce garçon !...

Diavolo s'amusait de la surprise du jeune homme. Le pianiste possédait une réelle maîtrise – c'est bien cette musique-là qu'il avait entendue à travers la cloison, lors de sa première visite.

– Il connaît toute l'œuvre de Sibelius par cœur, en effet. Il a donné des concerts, quelquefois, pour des associations culturelles finnoises.

Cela expliquait au moins la virtuosité de l'artiste, sa sûreté d'exécution ; Clive lui trouvait un véritable talent.

– Vois-tu, poursuivit le maître, il demeure l'unique

survivant d'une très nombreuse famille ; l'héroïque survivant, on peut le dire !... Alors il joue pour eux. Pour les morts, tout le temps. Il est légèrement taoïste, « sur les bords » comme on dit en français !

Diavolo partit d'un grand rire, qu'il avait large et franc – avec la glotte assez flamande dans l'attaque. Il riait avec un accent, tout en éclats sonores dans les graves...

Ils écoutèrent dans la palpitation du climat toscan qui fatigue les mouches à certaines heures, ces trilles, ces mouvements d'un cœur venu d'entre les bouleaux de Finlande, des lacs pleins de fraîcheur qui baignent, là-haut, le bonnet du monde. Les notes s'égrenaient en courses, galopées des mains d'un bout à l'autre du clavier. Puis ce furent des soupirs entre deux eaux, la suspension tenue... Diem attendait que la résonance s'étire, s'achève, puis démarrait en souplesse, galop et danse. Aux grands morts les grands remèdes ! Courses et rondeaux...

Clive profita de ce moment de camaraderie légère pour poser une question qui lui agitait la langue depuis plusieurs visites. Sa propre curiosité la lui faisait paraître indiscrète, voire mal venue... Il avala sa salive :

– C'est vrai ce qu'on dit, là, que... Tu as été dans la Légion à une époque ?...

Le philosophe réfléchit un moment – il pesait souvent ses mots avant de répondre, comme il convenait à son état. Son visiteur eut le temps de se demander s'il s'agissait vraiment d'une calomnie grossière qui le chagrinait ?... Pourtant il ne parut pas fâché :

– L'intéressant, dit-il sur un débit très lent, ce n'est pas que j'aie été à la Légion ou non.

Diavolo sourit, songea encore quelques secondes, puis il planta son regard bleuté comme la ligne de l'horizon dans les yeux de son interlocuteur :

– L'intéressant, Clive, est que l'on se pose la question ! Car la Légion étrangère, avec sa réputation, fascine les gens, en effet... Elle fascine surtout les femmes, bien sûr. Encore que, beaucoup moins qu'autrefois! « Il sentait bon le sable chaud » hein ?... Les femmes, et les anti-militaristes, naturellement!... Les timides, en somme. Ces gens-là raffolent de côtoyer quelqu'un qui « a été dans la Légion ». Un képi blanc, c'est vrai, ça pose – avec tout le prestige attaché à ce couvre-chef!... Si! Même et surtout en ce moment de pacifisme malade.

Clive eut l'impression qu'il traduisait quelque chose comme « sick pacifism »... Mais une réponse claire se faisait attendre. L'autre repartit pour un temps de réflexion interminable, le menton sur sa vaste main ouverte.

– En conséquence, ce qui est... fructueux, c'est de s'interroger sur le sens de ta question. Tu veux savoir si j'ai été légionnaire, uniquement, à mon avis...

Diavolo resta en suspens – il ne voulait pas blesser, il cherchait une formule aimable.

– Uniquement à cause de ce petit frisson dans ton échine que tu éprouveras si je dis oui. Et si j'allais te raconter des histoires de légionnaire, en effet ? Des récits de dangers terribles – et surmontés, puisque me voici! What a kick!... Tu prendrais ton panard, n'est-ce pas ?

La question se voulait directe; Diavolo souriait, bon zigue... Clive voulut protester mollement, que non, c'était seulement à cause de ce qu'il avait entendu dire – la rumeur...

– À cause que tu n'oses pas t'avouer ce désir que tu enfouis dans ton être, pour des raisons morales... Si, si! Je le sais, en effet. Nous pouvons considérer cette donnée comme un *factum*. Tu es habité – comme tout le monde! – par le désir de connaître des histoires bien salées d'hommes virils, en batailles et en souffrance! C'est normal, Clive, ce n'est pas toi qui es en cause. Ce n'est pas parce que tu es... méchant! C'est la conséquence naturelle de l'organisation profonde du monde, de la matière, de tout... La lutte régit l'univers, le combat est la source de toute existence. Ce qui cesse de combattre meurt.

Diavolo prit une gorgée d'orangeade, comme un orateur qui s'humecte le fond de gorge après une tirade importante.

– L'espèce humaine, Clive, est méchante dès son origine. *Qualis pater, talis filius!...*

Il assura que les hésitants, les tendres, furent toujours impitoyablement éliminés.

– La pitié est une notion toute récente.

En théorie une couple de millénaires! Dans la pratique, elle ne date que de quelques centaines d'années – avec des hauts et des bas.

– Énormément de bas!... Rousseau, le Suisse, est l'un des plus gros cons qui ait jamais tenu une plume d'oie dans toute l'histoire de la pensée!

Un dangereux illusionniste, affirme le philosophe. Car c'est la société, au contraire, par ses contraintes, qui police la nature humaine. Elle canalise ses débordements meurtriers, heureusement!

– L'impudence de ce Jean-Jacques!

Il corrigerait le maudit Helvète, s'il le tenait! Il lui tirerait les oreilles de ses gros doigts osseux à casser les noix!

– Oh ce mythe n'était pas anodin. Au dix-huitième siècle, les gens ne croient plus à la bonté divine, ni à tout ce qui faisait le fondement de la morale depuis plus de mille ans. Alors il fallut découvrir une autre raison de ne pas s'étriper les uns et les autres. On trouva: l'homme primitif est bon!

Diavolo s'esclaffe – il secoue la tête d'incrédulité.

– C'était la crème des chimpanzés, ce gaillard-là!... Quelle farce, Clive! Le bon sauvage!... J'ai risqué ma vie, moi, pour être bien certain du contraire!...

Il s'arrête. Il fait un geste de côté comme pour

chasser de sa main en battoir un papillon triste voletant sous son nez…

– L'homme contemporain retourne le couteau contre lui, comme un animal pris au piège. Il crée ses maladies en absorbant sa propre violence. Tu connais ce dicton, n'est-ce pas : « Ce sont les meilleurs qui partent les premiers. » Qui sont les meilleurs ? Ceux dont la violence se trouve le mieux comprimée. Ceux que « la bonté étouffe » ! Tu connais ça aussi, cette forme de parole ? Très juste !… Ah ! ah ! ah !… Le langage donne les clefs. Forcément, le langage est le petit trou de la serrure, si je puis comparer de façon si osée.

Le philosophe sourit à des anges. Il réfléchit, se remémore :

– Il y a dans Balzac une merveilleuse petite phrase : « Les gens de cœur périssent par l'estomac » !… Pas mal, hein ?… C'est l'histoire d'une personne bonne, généreuse, qui meurt d'un cancer du pylore – « en sorte que les gens de cœur périssent par l'estomac » dit Balzac.

Il rit encore, charmé par la formule.

– C'est extra, non ?

Il rêve un moment devant son verre vide.

– Pas de « bon vieillard », sais-tu ! Un mythe inventé par des vieux pour mieux tromper le monde. Le « bon vieillard », en réalité, est une peau de vache de plus !… Ce sont les peaux de vache qui tiennent bien le coup !

Monsieur Diem est en train de marquer une pause dans sa musique. Diavolo lui lance des paroles incompréhensibles par la porte ouverte du salon – une phrase en langue orientale, brève, un peu sourde, qui convient bien à son grand corps assis.

Il regarde Clive avec une petite moue :

– Je sais. Tu penses que je ne suis pas raisonnable… Oui, oui, tu le crois ! Et pourtant vois combien, lorsqu'il y a une guerre – ou seulement la menace d'une guerre ! – les gens frétillent comme les goujons dans l'eau fraîche.

Oui, ça se remarque : une impatience, une fébrilité !... Tout le monde ne parle que de ça, ne pense qu'à ça !... Ouvre tes oreilles, homme ! Ce frémissement qui fait que les gens se précipitent devant les télévisions pour savoir et regarder, c'est la danse cachée de la bête fauve au moment de bondir ! C'est le frisson du tueur que ressent la foule sur le point d'être le témoin d'un massacre – ou victime ! C'est l'appel du sang. « Abreuve nos sillons », comme dit cette chanson géniale en français.

Il s'affale sur le transat, en homme repu. Il ajoute :

– La haine, mon cher ! La haine est un beau cadeau que l'on peut faire à un ami. On n'y songe pas assez. Les gens préfèrent offrir des fleurs !...

C'est vrai, à chacun sa fête – aux anniversaires par exemple, on pourrait échanger de vieilles haines rances, en famille !

Il rigole ferme. Monsieur Diem apporte de nouvelles boissons ; il les installe sur la table avec des glaçons... Diavolo regarde Clive, l'œil malicieux :

– Je vais répondre maintenant à ta question pleine de franchise : je suis officier supérieur de la Légion étrangère.

– Klong !... fait Clive. Commandant ?

– Colonel !... Mon ami, tout de même !

– Excuse-moi.

– Colonel d'active !... Des galons gagnés au combat. Ça n'a pas été aussi facile comme de manger un morceau de pain !... Vois-tu, Clive, tu as raison de le penser : les sardines ne tombent pas du ciel toutes grillées !...

Il éclate à nouveau d'un rire tonitruant – sa vanne d'enfer l'enchante. Le beau jeu de langage !... Pour ça, il aime le français ! Il a la gaieté tout à coup soldatesque, son rire s'échappe en cascade vers les rosiers géants qui bordent la pelouse maigre, en contrebas...

– Je suis le Colonel Van Drucksem !

Il tapote familièrement l'avant-bras de Monsieur Diem penché devant le plateau :

– Lui, c'est mon aide de camp !

– Vui, vui ! approuve Diem en riant – il rit d'une manière saccadée, à petite voix fine, en harmonie avec le tintement de la glace qu'il dépose dans les verres.

– Il lui faudra attendre que je sois mort pour quitter le service. Alors, puisque je vais vivre longtemps, pour Diem c'est comme une assurance-vie !

Diem se marre de plus belle, sa peau légèrement tannée se plisse de joie autour des yeux, il gazouille en trilles – à la Sibelius, pense Clive.

– Hélas, il ne joue pas au billard.

Diem alors se défend, en mouillant ses mots qu'il entrecoupe encore de gloussements minuscules :

– C'est un jeu, uniquement pour les officiers !

Puis il s'en fut, glissant sur ses pieds chaussés de sandales, digne et furtif, reprendre au salon sa sonnerie aux morts des rives du fleuve Jaune, ou Bleu… Les arpèges recommencèrent à s'échapper à pleine porte.

Clive, une fois ou deux, crut reconnaître le ti-da-tam, ti-da-tam, du Bird. Mais ce n'était qu'une illusion.

Le pupitre* qu'ils avaient reçu vasouillait dans ses circuits électroniques. Après s'être concertés, les deux éclairagistes décidèrent qu'il fallait l'échanger contre un autre dont les performances seraient sans défaut, sans quoi ils s'apprêtaient à de sérieux déboires au moment des représentations. Clive se chargea de se rendre à Florence pour procéder à l'échange, et discuter sérieusement avec les techniciens de la compagnie de location de matériel.

Marguerite accepta avec joie de l'accompagner. Elle voulait profiter de la voiture pour aller voir des fresques dont Marche-à-Terre parlait souvent, et qui se trouvaient dans un musée appelé le couvent de San Marco. Un nommé Fra Angelico les avait peintes, et c'était l'un des artistes que le décorateur citait volontiers pendant le travail.

Greg leur avait conseillé de partir très tôt, à cause des queues, en cette saison, devant les musées à Florence. La ruée estivale du monde entier vers les trésors de l'art avait commencé, dans l'idéal mieux valait se trouver à pied de chef-d'œuvre longtemps avant l'ouverture des

* On appelle ainsi le jeu d'orgue électronique, ou clavier de commande des éclairages, qui permet de mettre en mémoire des effets programmés.

portes !... Ils quittèrent donc Certaldo dans le matin frais, pour rejoindre l'autoroute à Poggibonsi.

Hormis les trajets quotidiens entre la place du Duomo et l'appartement, c'était la première fois qu'ils repartaient quelque part ensemble, dans la voiture, depuis leur arrivée dans le Valdelsa. L'entrée sur les doubles voies leur créa une reconnaissance du voyage à laquelle ils ne s'attendaient pas, surtout avec l'arrivée du premier tunnel, à deux ou trois kilomètres de la bretelle d'accès, qui les troubla. Ils se regardèrent, mais ce fut l'ombre... Et Clive fit sonner le klaxon, par jeu, pour entendre résonner la voûte ronde. Comme ils avaient fait l'amour dans la nuit, qui était presque le matin, il toucha sa peau en écho de tendresse...

Juste à ce moment, une Mercedes verte qu'il n'avait pas vue venir dans le rétro les doubla à deux cents à l'heure, hurlant brusquement d'effroyables trompettes de mort comme si la 4L se déchirait en deux... Clive fit une embardée vers le mur, d'un coup de volant tellement sec qu'ils faillirent s'emplafonner. En revenant à la lumière il était pâle ; il garda ses deux mains sur le volant.

Marguerite remonta son coude pour arranger la masse de sa chevelure bouclée qui tombait sur son dos, humide de la douche qu'elle venait de prendre. Elle portait un chemisier à fleurs, très échancré sous les bras, par-dessus le jean beige de Nathalie qui la moulait. Les poils noirs de son aisselle semblaient luire encore de l'eau... Elle avait bruni du visage et des bras ; il songea que l'on voyait briller ses yeux comme des gouttes de rosée dans une épaisse verdure.

Clive songea que la vie s'organisait bizarre dans son jour à jour, toute seule... Il suffisait de la laisser faire. Cette fille était montée dans son auto pour faire deux kilomètres, ils en avaient fait mille, elle était toujours là avec des fleurs dans le dos et le vent du pare-brise qui entrait par les glaces ouvertes. Au fait, elle avait oublié de «se fondre dans le paysage»! Le mot lui revint, étrange du poids de sa promesse. La vie n'en faisait qu'à sa tête – Marguerite se fondait d'une drôle de façon, en grandissant dans le tableau. On pouvait dire qu'elle faisait tache d'huile...

Est-ce qu'il devrait réellement la virer à coups de latte? Pour quoi faire? Elle était là, elle était bien. Sa présence l'empêchait d'en trouver une plus belle, mais bon. Teddy avait eu l'air de dire – sans faire de remarque directe – qu'est-ce qu'il foutait avec une gonzesse pareille? Il aurait voulu l'emmener dans ses bordées nocturnes, et râlait de le voir maqué. Sauf que Teddy aimait l'amour vénal, et pas lui... Clive pensait à toutes ces choses et au reste – à Sibelius. Il se demanda pour J-J Rousseau, l'esprit errant, un peu vide car il était trop tôt... Il tenait scrupuleusement la voie de droite, bien serré par crainte des conducteurs de bolides totalement secoués qui jaillissaient de temps en temps sur sa gauche à la manière italienne.

Ce furent les policiers, devant la Porta Romana, qui lui donnèrent un léger coup au cœur. Il se souvint que Marguerite n'avait aucun papier... Mais il chassa très vite sa brève angoisse – tout cela devenait si loin, dans la chaleur de ce début de juillet qui montait au bord de l'Arno, parmi cette foule bigarrée de ses peaux différemment cuites! Elle avait tellement changé, que c'était beaucoup mieux qu'elle fût sans nom, après tout, ni photo ni traces.

De toute manière, se disait Clive, au cas où la *polizia* leur chercherait des crosses, ils étaient suffisamment intégrés maintenant dans ce paysage hyper-officiel du festival pour bailler la fée aux poulets. Même pour leur clore le bec, en téléphonant à San Gimignano... D'ailleurs puisque la vie prenait tout sur elle! Il se dit Inch Allah! intérieurement. Et ça ne le fit pas rire, même à l'intérieur.

Ils trouvèrent tout de suite l'endroit où ils devaient déposer le jeu d'orgue, mais le magasin n'était pas encore ouvert. Clive pensa d'abord proposer à Marguerite de la conduire devant San Marco où elle prendrait place dans la queue, s'il y avait lieu. C'était logique, à cause du temps gagné... Mais ça risquait de rameuter des pensées merdeuses de l'abandonner ainsi sur un coin de trottoir, dans la foule. Il décida d'attendre, et de laisser tomber la logique.

Ils entrèrent dans un tout petit bar à café, près de la boutique, un local pas plus étendu qu'une guérite. Ils se firent servir des *cappuccini*, debout dans cette miniature de bar tenu par un grand diable brun, maigre, affreusement mal rasé en noir. Il tirait coquettement sur le chauve, en dessus du crâne, avec une boucle de diamant à l'oreille gauche... Le type paraissait fort en colère tellement il gesticulait dans si peu d'espace. Deux bonshommes d'âge moyen, en face de lui, avaient l'air d'en prendre pour leur grade – on aurait dit qu'il insultait ses clients !... Et puis non, les deux engueulés sortirent, ils se saluèrent, aimables comme tout – *a dopo*, nulle fâcherie.

Le barman se replongea aussitôt dans des mots croisés qu'il tripotait sur une feuille arrachée à un journal. Un autre consommateur chercha à l'aider – ils discutèrent intensément, animés ! Le ton remontait... C'était ça l'abominable chienlit : il ne lui restait plus qu'un seul mot pour finir sa grille, un seul !... *Uno ! Uno !* l'index levé, il expliquait. Et ce mot refusait de venir ! Il enrageait sur place, il trépignait...

Au magasin, ils leur conseillèrent de ne pas laisser le matos dans la voiture pour aller visiter la ville. À Florence, non...

Mais ils proposèrent aimablement de conserver le nouveau pupitre jusqu'à leur départ pour San Gimignano : « Come back before your departure, no problem ! »... Selon les mêmes experts, il paraissait beaucoup plus sage également de laisser la 4L bien tranquillement dans le secteur. Ils avaient réussi à se garer tout près, quelle chance !… Ne pas s'embarquer du côté de San Marco avec une bagnole ! Quelle horreur ! Ils ne se rendaient pas compte… « Leave it here, leave it here ! Believe me, beautiful shadow here ! » Un coin à l'ombre, en plus ! – C'est ainsi que légers, la main dans la main, une fois n'étant pas coutume, dix minutes plus tard ils foulaient Florence…

La queue, à San Marco, faisait déjà quasiment le tour du square – ils allèrent s'acheter des glaces à tour de rôle, dans une boutique d'angle où il y avait aussi une file d'attente ! Ils furent une heure et demie, par tranches alternées d'ombre et de soleil, avant d'atteindre le tourniquet de la porte d'entrée. Ils baignaient dans la sueur et les accents américains, du Texas au lac Michigan, avec des touches d'allemand, d'espagnol, de danois, de grec, de nippon, la rose des vents de langues incommunicables, râpeuses comme du bas breton. Clive se souvint de cette vieille blague, en réalité une de ses erreurs d'enfant : « les langues Zoo » !… Ils entrèrent à la suite de deux Canadiens immenses qui bougeaient gauchement sous leurs sacs à dos en nylon gigantesques, comme au ralenti.

Marguerite demeura une heure entière au premier étage, à visiter une à une les cellules des moines de Fra Angelico, qu'elle avait découvertes dans un étonnement profond… Clive avait dû lui expliquer ce qu'étaient des religieux, leur vie de prière, de solitude – et c'est pourquoi leur camarade avait dessiné à l'intention de chacun d'eux un morceau du Nouveau Testament. Il fallait passer devant les portes assez vite pour se rendre compte qu'il s'agissait d'une B. D. murale. Marguerite passa, puis revint… Elle se tenait raide et insignifiante pendant des minutes à chaque chambrette, insouciante des autres visiteurs qui la contournaient comme une borne.

Clive l'attendit en bas, dans le cloître ; après avoir fait le tour des salles, il trouva à s'asseoir sur un banc de pierre.

Quand elle redescendit, elle était perplexe – elle avait pensé aux filles qui s'ennuyaient au Centre. À cause de l'atmosphère de réclusion... Et puis cette abondance de couleurs, de formes, amoncelées dans sa mémoire et qu'elle voulait conserver lui donnait un léger mal de tête, les tempes serrées. Elle aurait aimé parler à Clive des visions confuses qui l'assaillaient...

En sortant, il fit la remarque, que c'était beau, Fra Angelico, pas vrai ?... Elle dit que oui. Elle ne savait pas comment on discute. Mais elle confia ce qui paraissait l'avoir frappée surtout : les personnages avaient tous des grands nez – est-ce qu'il avait remarqué ? Les hommes et les femmes, sur toutes les peintures : des longs nez droits, charnus...

Dehors la chaleur était devenue plus violente, et lourde ; ils retrouvèrent des rues étroites, construites en hauteur pour protéger l'ombre et créer un semblant de fraîcheur. Ils naviguèrent à la rame du pif, jusqu'au Duomo, avec ses coupoles en céramique tachetée de bleu – mais ils n'eurent pas le courage d'entrer. Ils découvrirent le Ponte Vecchio, plus loin, avec surprise ; cette foire en plein air les amusa. Il fallait forcer un chemin entre les corps en sueur pour jeter un coup d'œil aux étalages...

Ils se faufilèrent tout près d'une vieille femme qui vendait de toutes petites figurines en laine, montées sur fil de fer. La femme était vêtue en gitane, agrémentée d'immenses pendentifs argentés aux oreilles ; elle répétait : Good luck, Good luck ! avec des accents aigres de perroquet. « Good luck, miss » !... Marguerite examina un minuscule couple de danseurs aux couleurs vives, qui pouvaient être des Mexicains : le petit bonhomme en poncho vert et orange, sa danseuse en bleu, rouge et jaune tendre, lacés de fils roses. Ces personnages de quatre centimètres de haut étaient équipés d'une épingle de nourrice dorée dans le dos, afin de pouvoir être portés en broche… Clive agrafa l'épingle sur le corsage de Marguerite, en haut du sein ; il paya la fausse gipsie qui souriait large : « Good luck, signorina ! »…

Alors Marguerite rougit violemment, comme on dit, sous le hâle ; ses yeux gris fixés sur lui brillèrent sous la tignasse ébouriffée, semblables encore à ces gouttes de rosée dans la verdure… Elle eut ce pli courbé au coin de la bouche, qui l'émouvait – un trait qui se formait lorsqu'elle était contente, pour marquer l'endroit où viendrait une ride, plus tard, si Dieu voulait ! Ce petit creux valait un sourire de sa peau toute contrariée, et Clive eut l'impression furtive qu'elle devenait jolie… Il lui reprit sa main, qui était raide de l'émotion, il le sentait bien. Il l'entraîna dans la mêlée vers la sortie du pont, dans une rue droite devant eux où il n'y avait presque rien à voir.

Ils mangèrent une pizza sous un porche, à une table recouverte d'une toile cirée à carreaux blancs et verts ; la serveuse avait du mal à se glisser, les bras tendus chargés d'assiettes, entre les dos des autres gens assis trop près les uns des autres. Un couple s'était installé sur la dernière table, presque dans la rue : le garçon portait les cheveux noués en chignon sur le cou, liés par une bande élastique rose. Clive ne pouvait pas voir son visage, juste un côté à fleur de joue ni barbue ni rasée, et l'oreille petite, plissée. Il portait un pull vert léger, malgré la chaleur ; le format allongé du *Guide du routard* dépassait de la poche arrière de son jean jaune serin. Sa blonde était assez belle, de lignes superbes au visage, et c'était elle qui parlait… Elle avait des dents longues, devant, qui tombaient un peu sur sa lèvre du bas en causant. Elle faisait glisser une de ses mains le long de sa joue, de temps en temps – il se dit que la Vierge, sur les tableaux, devrait faire ça aussi ! Et le geste de pousser ses cheveux derrière ses oreilles, du dos des doigts, car elle paraissait encore plus belle ainsi dégagée, avec la ligne de son cou dans la suite de la courbure du menton. Il avait oublié cette chose, le frère Angelico, pour ses Vierges ! Ce mouvement instinctif des filles que l'on regarde... Mais peut-être qu'il n'avait pas suffisamment observé les femmes.

Il demanda si Marguerite avait toujours mal à la tête ? – mais non. Elle ne sentait plus l'étau sur son crâne. Il pensa qu'elle allait peut-être avoir ses règles – on ne sait jamais ces choses-là qui sont en plus chez les filles... Elle dit que dans une des cellules, celle où Jésus fait le souper avec ses amis, les invités mangeaient des cerises, avec du pain – est-ce qu'il avait vu ?... Et Marguerite se promit de parler à Clive, dans la voiture si possible, en profitant du bruit du moteur. Elle lui dirait combien elle était heureuse qu'il ait acheté pour elle ce colifichet de laine... Car cette nuit elle avait justement rêvé d'Aïcha, là-bas, qui aimait beaucoup les broches. Elle s'en fabriquait avec tout, des badges, des choses qu'elle trouvait dans les magazines et qu'elle collait sur des boutons. Elle disait que ça portait bonheur... Alors, ces Mexicains, de la main de Clive ?... Ce serait déjà un grand pas si elle parvenait à le lui faire savoir. Trouver des mots sur qui elle puisse compter vraiment – qui ne deviennent pas à peu près le contraire de ce qu'elle souhaitait leur faire annoncer. Les gens lui répondaient des choses à côté de la plaque, naturellement, et tout devenait sans queue ni tête, avec sa cervelle à son tour qui semblait faite de broc et de brique...

Dans la bagnole elle se sentit d'abord pleine de questions pour lui – mais il faisait une chaleur à crever en ce début d'après-midi torride. Elle laissa passer plusieurs kilomètres, et la difficulté de trouver l'autoroute pour s'en aller... Un vrai dédale de ruelles où Clive perdait confiance, et queutait dans les files aux feux. Elle n'avait pas l'habitude aussi, de s'être levée si matin. Elle s'endormit.

Nathalie,

tu sors de Florence comme tu sors de Londres, en priant le ciel que la petite rue que tu suis ait la bonne idée de déboucher un jour, pas trop tard, au moins de ton vivant, à l'extérieur de la ville ! Aucune raison de penser que tu vas sortir. Sauf, de temps en temps, un SIENA, en bleu, sur un panneau tout petit… La route fait des Siena pour amuser le voyageur !… C'est la différence avec Londres.

À part ça, tu vois ma sœur, la Toscane, je vais te dire :

DES BOUQUETS DE CYPRÈS QUE L'ON VOIT DE SI LOIN !

Pas mal, hein, ma formule ? Je l'ai trouvée avant-hier, sur la route justement, en roulant… Je te la donne, au cas où tu voudrais la mettre dans ta pièce. C'est pas dur à placer, tu sais, ton partenaire te dit un truc, je sais pas, genre « Il fait beau aujourd'hui, tu ne trouves pas Natacha ? »… Tu réponds aussi sec : « Comme en Toscane, des bouquets de cyprès que l'on voit de si loin ! »… Et toc !… Après tu enchaînes avec ton texte. – C'est vrai, toi qui veux que j'écrive une pièce pour toi, un jour, t'as qu'à déjà t'entraîner à mon style. C'est fastoche, ça marche avec tout :

LE PERSONNAGE. La soupe est prête, ma femme ?

Toi (*la femme, gaiement*). Bien sûr, comme en Toscane, des bouquets de cyprès que l'on voit de si loin !

Le public croira que tu donnes une vieille recette de soupe italienne. La soupe au cyprès !... En tout cas demande à Wenzel, je suis sûr qu'il sera d'accord. Il sera même très content parce que ça va améliorer sa pièce. Je déconne pas, c'est un truc que tu pourrais introduire dans les classiques. À leur avantage ! « Ma cassette, ma cassette ! Montre-moi tes mains – Les voilà ! – Les autres ? – Comme en Toscane, etc... »

Bon, assez parlé d'affaires sérieuses, rions un peu... Enfin je veux te raconter une chose qui n'est pas positivement hilarante, comme disent les journaux politiques. Je veux te parler de Marguerite, une fois n'est pas coutume... Je t'avais raconté que cette fille n'avait jamais entendu parler du Christ. Je lui ai donc expliqué la Vierge, Jésus, Giuseppe, Maria di Màgdala, les Apostoli... En gros, l'essentiel. Je lui ai donné un poil d'instruction religieuse, quoi... Oui, moi ! – Et alors ?... Disons que j'ai fait les présentations. Parce qu'ici, tu as vu toi-même, tu fais pas trois pas sans croiser la Sainte Famille... Sauf que, ça doit sûrement être ma faute, elle avait compris que tout s'était passé ici, en Toscane. Autour de San Gimignano, par là... Le Calvaire parmi les cyprès si près ! Une salade piémontaise mon catéchisme... Nous sommes allés à Florence, à San Marco. Elle a vu les mêmes scènes. Elle ne comprenait plus. Le lendemain elle m'a demandé : « Au fait, c'était à San Gimignano, ou à Florence ? »... J'ai dit « Quoi ? » Elle a dit « Tout ! »... Bref nous avons mis au jour le quiproquo gros comme une montagne sacrée. Elle faisait un peu la gueule. Le Jardin des Oliviers en exil. Nous avons tout déménagé plus loin – c'est du travail, je pouvais pas prévoir... Passons ! Le plus étonnant, c'est que d'un certain point de vue, elle avait raison, Marguerite. Tous ces tableaux, toutes ces fresques, représentent l'histoire sainte avec des paysages d'ici. Ces collines rondes qu'ils ont placées partout, c'est la Toscane ! Ils se sont pas embarrassés de Palestine ni rien les peintres ! Les cyprès, bien sûr, les oliviers – j'avais pas remarqué, mais c'est rigoureusement exact.

Sans dec, maintenant j'ai l'impression moi aussi que toute cette histoire de Jésus s'est passée dans le coin. Que c'est le folklore local !... Et je crois bien, si tu veux mon avis (ne t'en prive pas), qu'ils l'avaient fait exprès, les coquins.

Je te bénis. Comme en Toscane, des bouquets, etc...

Fra Clivo.

P. S. Je me suis remis à jouer sérieusement au billard.

Marche-à-Terre avait prévu un aménagement pictural de la Tribune des Harangues, mais il hésitait depuis le début entre plusieurs possibilités. Il attendait d'avoir une vision plus avancée de l'ensemble des éléments pour fixer son choix définitif. Après en avoir discuté avec Greg, il se décida finalement pour une version simplifiée de «La mort de sainte Fina»... La jeune martyre allongée sur sa planche, assistée seulement de sa nourrice Beldia qui lui soutenait la tête, évoquerait, dans un second degré, la Duchesse tourmentée par ses bourreaux, en compagnie de sa fidèle suivante Cariola. Le mouvement de cette partie de l'œuvre de Ghirlandaio, tout en longueur, permettrait de faire jouer une sorte d'étagère en pierre qui soulignait le bord supérieur du mur de l'Arengo.

Voyant qu'on allait s'attaquer à Fina, Marguerite trouva l'audace de réclamer l'honneur d'entreprendre cette réalisation de taille assez modeste, mais qui lui semblait la plus prestigieuse par la nature du sujet. Cette faveur lui fut accordée avec d'autant plus d'empressement que le chef déco, accaparé par la finition de sa monumentale Descente de Croix pour la Grosse Tour, retardait le moment de commencer ce dessin. De son côté Nikola s'occupait activement de la coordination avec la déco du film en pleine activité.

Les nouvelles plutôt décevantes que Marguerite avait reçues à propos de la Sainte Famille l'avaient rapprochée de l'héroïne de San Gimignano, la seule à ne pas se défiler dans la déroute des déités bibliques... La désertion de Jésus-Christ vers des terres lointaines, forcément assez imaginaires, le rejetait au rang des histoires racontées, embellies, probablement aussi irréelles que la légende de la Belle au Bois dormant. Les belles choses seraient-elles donc toujours de plus loin ? Éternellement repoussées vers des horizons inaccessibles, et jamais placées devant la porte, comme un arc-en-ciel qui n'en finit pas de reculer à mesure que l'on avance vers lui !... Fina, elle, demeurait accrochée à une histoire tangible ; elle n'avait jamais quitté les lieux, au moins. Les peintures qui la mettaient en scène dataient plus ou moins de l'époque des événements eux-mêmes – elle commençait à se renseigner ! Les tours carrées, les paysages, dûment représentés ne trompaient pas leur monde.

Marguerite se mit donc au travail avec l'ardeur que lui donnait cette foi de consolation, décidée à exécuter à la barbe de son instructeur, s'il le fallait, une reproduction qui fût un modèle de fidélité. Après avoir pris ses dimensions sur la paroi d'accueil, et décidé d'un format en conséquence, Marche-à-Terre lui avait réglé l'épiscope pour la projection d'une carte postale représentant le tableau. La qualité de la carte n'était pas très bonne, mais c'était le seul document disponible. Le temps manquait à présent pour faire réaliser une diapo, avec les éclairages et tout le matériel – et puis ce n'était pas nécessaire : les grandes lignes demeuraient assurées, dans leurs proportions exactes. Seules comptaient Fina couchée et Beldia assise derrière elle, la main droite que l'on devinait glissée sous sa tête, la main gauche reposant sur son genou, d'où partaient les plis de sa robe bleue. Bien entendu, on enlèverait l'auréole, le décor de la chambre, saint Grégoire dans son apparition ennuagée, ainsi que Dame Bonaventure, la voisine. L'effort devait se porter sur les visages, dont il faudrait souligner considérablement les volumes, la chevelure, la position des mains jointes, le drapé de la robe rouge de Fina.

La mise en place étant achevée, Marguerite réussit à distraire un moment le décorateur de sa propre tâche – il travaillait dehors, sous le cloître, et elle dans la salle obscure du musée – afin qu'il vînt lui donner le feu vert pour continuer. Elle s'appliqua ensuite pendant plusieurs jours au travail des modelés, allant vérifier de temps à autre dans la cathédrale les détails que la carte postale laissait dans l'ombre et ne permettait pas de discerner. La coiffe de Beldia, par exemple, était totalement indéchiffrable. Marguerite se rendait pendant quelques minutes devant la fresque originale, puis modelait le long couvre-chef aux proportions rigoureusement exactes, avec le mouvement des plis. À force de reprises, de gommages, elle avait réussi à faire vibrer assez joliment les jeux de lumière. Elle restitua de même, avec une belle exactitude, la main droite du modèle qui soutenait la tête et qu'on ne discernait pas du tout sur la projection épiscopale.

Sur le trajet de l'église, elle rencontrait quelquefois Dopo ; il l'accompagnait avec empressement jusqu'à la chapelle de Fina. Le pauvre garçon se languissait de ne plus la voir à tout moment de la journée, car elle ne lui permettait pas de venir dans la salle du musée. Elle aimait à y demeurer seule devant son dessin, comme en secret. Aussi Dopo repassait-il vainement du côté du cloître, où il traînaillait dans l'espoir de croiser Marguerite. Il raccourcissait le circuit de sa promenade, lorsqu'il partait, ne s'éloignant jamais comme auparavant jusqu'aux portes de la ville.

Quand elle eut réalisé environ les trois quarts du projet, Marguerite eut une inspiration – elle malaxa dans sa tête, pendant plusieurs jours, une idée qui selon elle devait améliorer sa composition martyrologique. En effet, Ghirlandaio avait peint, sous le dos de la sainte, au niveau des épaules légèrement soulevées, cinq pommes de pin; ces pignes écailleuses symbolisaient l'inconfort, la macération pénitente, le surcroît de peine à la manière des pointes du fakir. En réalité, par leur forme allongée, les pommes de pin représentaient les rats d'égout dont parlait la tradition, et qu'une fresque très antérieure avait placés au même endroit du dos, précisément au nombre de cinq, dans une position identique.

Marguerite songea donc que les pommes de pin, indiscernables d'ailleurs dans la projection de la carte postale, pourraient avantageusement être remplacées par les rats authentiques, gris et mafflus, dont elle se proposait de tracer le portrait. Le peu qu'elle savait de la pièce, dont Clive lui avait raconté l'intrigue lamentable, semblait s'accorder à merveille avec ce retour fidèle aux origines. L'histoire de cette Duchesse emprisonnée par ses frères, à qui on faisait toutes les misères possibles, ne pouvait que s'associer avec l'image d'un délabrement sordide.

Elle voulut en parler à Marche-à-Terre. Elle avait hâte de présenter à son chef cette belle envie qui lui était venue. Malheureusement le chef déco était débordé, pour une fois insaisissable – voire passablement tendu et irrité. Il avait eu des heurts avec le réalisateur de la télé qu'il avait traité de noms d'oiseaux; lorsque Marguerite parvint à l'arrêter un court instant dans une porte, il lui demanda, un peu brusquement, de ne pas lui parler de Fina pour l'instant.

– Continue, démerde-toi! lança l'homme à la queue de cheval, qui disparut avec l'air absent qu'ont probablement les poseurs de bombes.

Elle décida de figurer les rats... Il serait toujours

possible de les effacer si leur présence s'avérait indésirable, ou leur exécution maladroite ! Elle s'inspira donc de la plus ancienne des fresques dans l'intention de dessiner des rongeurs exemplaires. Malheureusement, à l'usage, le réalisme des rats médiévaux laissait beaucoup à désirer dans le détail de leur exécution – leurs pattes n'étaient qu'ébauchées, ils étaient raides malgré l'effet de grouillement qu'ils donnaient sur la fresque. Marguerite essaya de faire appel à ses souvenirs – un mélange de rats d'égout qu'elle avait pu entrevoir sur les poubelles, autrefois, et de ceux que l'on croise toujours dans les livres illustrés pour la jeunesse. Elle fit des dizaines de croquis ; le résultat n'était pas convaincant.

Le soir, elle demanda à Clive s'il saurait où trouver des images de rats ? Problème ardu – surtout dans un pays étranger ! Ils cherchèrent dans le dictionnaire anglais-italien de Gregory : *rat : topo, topo di chiavica*... Drôle de *topo* ! Ils se voyaient pas bien demander aux passants – dans une bibliothèque, sûrement. Le temps pressait... Au matin, comme Dopo faisait sa tournée ordinaire d'inspecteur des travaux finis, Clive le conduisit vers Stefano et s'ouvrit à lui de sa curieuse requête, via le truchement.

À la question des rats, Dopo s'agita. *Topo* ?... Lorsqu'il sut qu'il s'agissait de rendre un service important à Marguerite, il proféra des serments : *topo*, bien sûr ! Il tendit le bras : *topo di chiavica*, si ! Un enfantillage ! Foi d'animal, *topo*, il allait trouver... Des encyclopédies de mulots !

Deux heures plus tard, le jeune homme déboucha sur la place porteur d'une petite cage en fil de fer, couverte d'un tissu jaune. Il se rendit comme un boulet à la porte de l'atelier où travaillait Marguerite. Il frappa d'un air important, et quand elle sortit, drapée dans sa blouse sale, Dopo exhiba un rat d'égout superbe, quelque peu effrayé, qui reniflait, agitant les poils de sa moustache. L'animal traînait derrière lui une immense queue pelée dont le bout un peu violacé s'échappait par instants entre les barreaux de la cage.

Dopo noyait son présent sous un flot de paroles – Marguerite le fit entrer dans la pièce. Il déposa le rat captif à proximité du grand dessin – il indiqua sur la feuille l'endroit exact, sous l'épaule du personnage couché, où l'animal devait venir se loger !... Elle lui permit de rester dans la pièce, à condition qu'il ne dirait rien.

Au bout de cette journée-là Marguerite avait campé deux beaux rats sur son dessin : l'un grimpait à l'assaut de la planche, l'autre frôlait déjà le dos du personnage, l'échine ronde, le museau menaçant... Ils avaient de la queue, du râble, tout ce que peut désirer un rat d'égout dans la force de l'âge – ils donnaient surtout à l'ensemble de la composition un aspect infiniment inquiétant de fin du monde... Elle occupa la journée du lendemain à des fignolages, pratiqua des retouches sur les cheveux de la gisante, les pieds de Beldia.

Ce ne fut que le matin suivant, qui était un samedi, que Marche-à-Terre, un peu moins harcelé, consentit à venir prendre connaissance de son travail. Marguerite avait couvert son œuvre d'une seconde feuille de papier – elle la dévoila devant son chef, la main un peu tremblante, le cœur battant de l'audace dont elle ne l'avait pas prévenu...

Marche-à-Terre sourit, puis il eut un rire bref :

– Bonne idée ! dit-il calmement.

Il prit du recul, s'éloignant du mur au maximum en penchant la tête... Il se masqua un détail, deux doigts devant son œil. Il paraissait satisfait de l'ensemble. Il s'approcha, saisit la gomme, effaça un bout de pied.

Il se recula encore... Il dit :

– La coiffe, je la trouve un peu longue... Fais voir ton croquis ?

Marguerite se montra embarrassée; elle n'avait pris aucun croquis dans l'église. Elle répondit simplement:

– Elle est comme ça, je suis allée voir.

Marche-à-Terre la regarda, l'air intéressé:

– Attends, tu m'expliques, là, que tu as dessiné la coiffe… ?

Il mima du pouce un mouvement de va-et-vient entre la chapelle et l'atelier. Elle bougea la tête, un coup pour oui. Il émit un bref sifflement entre ses dents qui voulait dire «bravo»!… Il souriait.

– Et les gaspards?…

Marguerite dégagea un carton derrière lequel se trouvait la cage. Il chantonna:

– Ben ma vieille!…

Puis, s'approchant de la bestiole, il lui présenta le bout de son index à sentir.

– Tu es arrivée à le faire poser?

Il joua un instant avec le rat, examina ensuite attentivement ses deux portraits en pied, qui le représentaient dans des attitudes différentes, dont une en mouvement… De nouveau il se tourna vers Marguerite; il parlait comme en réfléchissant, avec des trous entre les mots:

– C'est bien. Toi, quand on te dit: «démerde-toi»… En effet, tu te démerdes!

Il sourit – une excuse complice pour l'autre jour, la bousculade, l'énervement. Marguerite aurait aimé dire quelque chose, mais elle ne voyait pas quoi. Elle se sentit détendue, soulagée; elle rougissait de plaisir en silence.

Le chef déco prononça encore sur un ton de conclusion:

«C'est très bien», puis il tourna les talons… Cinq minutes plus tard, Nikola entra; elle venait voir l'œuvre de leur élève. Elle contempla gravement le tout, le dessin, la cage, Marguerite, de nouveau le rat; elle se recula, s'avança, cligna de l'œil – puis elle s'exprima d'une voix rauque et basse où l'on pouvait sentir, malgré tout, une manière d'enthousiasme :

– 'tis good !

Deux ou trois autres personnes entrèrent ensuite, comme en visite : le chef déco passait le mot, dehors, d'aller voir un peu le travail de la petite... Ça faisait vernissage – il manquait les boissons.

L'après-midi il vint trouver Clive à la tour de la régie, et l'entraîna à la terrasse du café glacier, en haut de la Cisterna... Il commanda deux blancs. Lorsqu'ils furent seul à seul, il lui posa diverses questions sur Marguerite, depuis combien de temps ils vivaient ensemble, et ses études, ses antécédents ?... Clive, assez étonné, demeurait parfaitement évasif – le décorateur expliqua :

– Elle fait du très bon boulot, je vais lui filer un peu d'argent. Y a pas de raison. Lui dis rien, je veux lui faire la surprise.

Mais surtout, le motif de cette conversation était qu'il se déclarait prêt à l'engager pour l'été, si elle voulait – avec la continuation sur le film. Justement, les complications qui surgissaient tous les jours, à cause des fantaisies du réalisateur de la série qui n'arrêtait pas de transformer le scénario, l'obligeaient à augmenter son équipe d'un stagiaire supplémentaire... Est-ce que Marguerite serait intéressée ? Quels étaient leurs projets après la pièce ?... Il avait besoin de ces renseignements essentiels avant de négocier avec la production, qui préférait engager quelqu'un d'ici, naturellement... Il pouvait offrir une rémunération de stagiaire, dans un premier temps ; c'était pas énorme – une sorte de Smig, un poil au-dessus. Avec peut-être quelques défraiements en plus... Mais déjà il devait ramer pour obtenir cette rallonge.

Clive l'assura que pour Marguerite ce serait Byzance – elle allait être folle de joie ! Ils n'avaient aucun projet particulier – de toute manière, elle faisait ce qu'elle voulait !... Ça lui fit bizarre que leur sort semblât lié, au regard des autres – c'était la première fois qu'un mot pareil était prononcé, qu'il « vivait » avec Marguerite ! – En même temps il réfléchissait à toute allure, plutôt mal à l'aise ; car des questions allaient se poser, de toute évidence. Des papiers à montrer, sûrement, pour l'embauche – Sécurité sociale, adresse, ces choses-là de la vie publique... Et quelle identité d'abord ?... Il voyait arriver les sacs gros comme des maisons. La clandestinité constitue un état en soi, dont on ne se débarrasse pas en levant la main : « Coucou, je suis là ! »...

– Y a un lézard ? demanda Marche-à-Terre qui le sentait défiant.

Clive décida qu'il devait mettre le décorateur au courant tout de suite – au moins lui confier en gros la nature des difficultés qui risquaient de survenir. Il raconta leur arrivée en Italie, le passage incognito à la frontière, par un coup de pot – en se gardant de fournir les détails sordides de cette journée-là. Ni les vrais motifs de la fuite en avant : il ne dit rien des gendarmes, par exemple, ou de sa déposition à la brigade au sujet de l'ennemi public numéro un ! Cet épisode qui lui faisait ouvrir les yeux ronds, à présent...

– Ce que je sais, résuma-t-il, c'est qu'elle s'est évadée d'un Centre pour délinquants, un machin comme ça... À part ça, elle n'a aucun papier.

Marche-à-Terre ne répondit rien. Il avala une gorgée de vin, puis il resta le verre en l'air un moment, à observer les effets de transparence... Clive se demanda si ses confidences remettaient le projet en cause ? Auquel cas le chef déco avait rudement bien fait de ne pas s'en ouvrir à l'intéressée d'abord. Mais s'il avait eu envie de lui parler en premier, ce n'était pas un simple hasard – avec son air de renard subtil, toute intention de surprise mise à part, le Chouan avait dû flairer quelque chose de pas entièrement catholique.

Le décorateur réfléchit longuement, faisant jouer le soleil dans le vin irisé en blond. Puis il porta son verre devant le visage de Clive, à la façon de quelqu'un qui s'apprête à trinquer – il grommela :

– Des perles aux pourceaux !

Il ajouta un rire bref et fataliste, qui se termina en souffle :

– *Margaritas ante porcos*, c'est dans l'Évangile... J'ai été élevé chez les Jésuites, monsieur !

Son œil pétilla d'un éclat vert tilleul :

– Tu me dis son nom ?... Le sien, ou bien un autre si tu préfères. Ça m'est égal.

Une heure plus tard, Marche-à-Terre, qu'aucune complication d'ordre administratif n'aurait pu faire fléchir du moment qu'il avait pris une décision à lui, s'en vint trouver Marguerite sous le cloître. Elle travaillait maintenant à un détail du pied de Jésus qu'il lui avait confié dans la monumentale Descente de Croix de vingt-cinq mètres de haut... Dopo, heureux de la voir réapparaître au grand jour, lui tenait compagnie, assis sur le large banc que formait le rebord de pierre sous les arcades. Le marcheur avait croisé ses jambes, il proférait une phrase de temps en temps, puis la répétait jusqu'à ce que Marguerite lui fît signe qu'elle avait compris.

Le chef déco s'avança vers elle, la démarche lente. Il lui tendit, du bout des doigts, de l'air le plus négligent du monde, une liasse de billets de banque :

– Tiens, dit-il. C'est samedi, voilà ta paye.

Marguerite le regarda, lui, sa main, de nouveau ses yeux lumineux et espiègles... Il secoua les billets devant elle, comme des fanes de carottes sous le nez d'un lapin :

– C'est pas beaucoup, contrairement aux apparences. Deux cent cinquante mille lires – c'est le tarif des petites mains !

Elle ne bougeait pas.

– Prends, c'est à toi.

Elle porta vers sa bouche la main qui tenait la craie, dans le geste absurde de quelqu'un qui réprime une toux, ou un rot. En même temps elle secouait ses cheveux, les yeux agrandis par l'étonnement.

Il insista, souriant et détendu – que la surprise était forte, mais bon... La suivante serait encore meilleure ! D'ailleurs il donnait sans plus tarder la solution de l'énigme :

– C'est normal, dorénavant tu fais partie de mon équipe. Je viens de te faire engager officiellement comme stagiaire !

Elle faisait des efforts pour respirer, tout à coup – elle avait l'air si terrorisé qu'il laissa retomber son bras... Le gag tournait à la déroute – au lieu de prendre l'argent, Marguerite se mordait la main... Elle fut saisie d'un tremblement convulsif qui lui secouait les épaules ; cela faisait des sanglots secs, sans larmes et sans aucun son...

Le décorateur comprit que sa nouvelle recrue était encore moins simple dans sa tête qu'il n'avait supposé. Il fourra très vite les billets dans sa poche, lui posa doucement une main sur le coude. Il sentit son bras sous la blouse, raide comme du bois.

– Réponds-moi, Marguerite... Tu sens des fourmis dans les jambes ? Oui ?...

Elle fit signe que oui, oui... Alors il la bascula en arrière sur son bras, souleva ses genoux de son autre main, et la posa tout allongée, avec précaution, sur le banc de pierre.

– C'est rien, n'aie pas peur. Ça va passer...

Dopo s'était levé, la mine inquiète. Il lui fit un signe, montrant un petit tas de sacs en plastique qui jonchaient le pavé dans un coin du cloître, vers la grille, et provenaient de divers achats dans les boutiques de la ville.

– « Dammi un sacco di plastica ! Fa presto ! »

Dopo s'exécuta, prestement – il revint avec trois sacs, de dimensions différentes, qu'il déploya… Marguerite ne tremblait plus. Elle gisait, entièrement roidie, les yeux emplis de panique. Marche-à-Terre la redressa en position assise ; il l'adossa doucement contre l'un des piliers de l'arche.

– Tiens-la par ici, dit-il à Dopo.

Cinq ou six touristes qui jetaient un œil sur la Piazza Pecori s'étaient arrêtés, intrigués par la scène… Le décorateur prit l'un des sacs rapportés par Dopo, le plus étroit, puis il l'enfonça d'un mouvement sec sur la tête de Marguerite, lui emprisonnant les cheveux et la figure. Il tint pendant quelques secondes le bas de cette cagoule plaquée contre son cou… Marguerite se mit à s'agiter, elle poussa un petit cri étouffé par le sac, puis elle porta vivement les deux mains à son visage pour arracher le plastique qui la suffoquait ! Alors Marche-à-Terre lui donna vite de l'air, soulevant la poche pour faciliter la respiration :

– Voilà ! fit-il. C'est tout !. . . C'est fini.

Il jeta le sac, avec l'assurance imperturbable d'un homme qui tient son habileté d'une longue expérience, et que rien de cette sorte ne saurait étonner.

– C'est passé, Marguerite, n'aie pas peur… Tu viens d'avoir une petite crise de tétanie, rien de grave. Ça t'est déjà arrivé ?

Elle passait lentement ses mains sur sa figure ; elle secoua la tête.

– Il faut un commencement à tout.

Il s'était assis sur la pierre à côté d'elle, une main sur son épaule… D'autres badauds étaient venus s'agglutiner derrière les premiers, vaguement médusés par le jeu de sac auquel ils venaient d'assister. Dopo rayonnait de joie à voir Marguerite bouger de nouveau – il entreprit de leur commenter verbeusement l'histoire, et les touristes écarquillaient les yeux devant cet orateur au discours abondant.

Marche-à-Terre conseilla à Marguerite d'aller se reposer un moment seule dans la salle du musée – elle devait se sentir les jambes en coton, à présent, n'est-ce pas ?... Il la rassura encore, expliquant que cette sorte de malaise était assez fréquent, et sans gravité. Il n'y avait aucun tracas à se faire – la preuve : le sentiment de suffocation créé par la poche en plastique avait suffi à rétablir l'usage de ses muscles ! Ça arrivait, dit-il, à des gens qui manquent de magnésium – il lui expliquerait comment faire une petite cure.

Il la détendait par des phrases lentes de sa voix calme qui avait toute la journée pour dire... Il l'aida à se mettre debout, puis l'accompagna jusqu'à la porte du musée. Sur le seuil de l'atelier, Marguerite hésitait. Elle finit par demander :

– C'est vrai ce que vous avez dit ?

– Que tu es embauchée ?... Tout ce qu'il y a de plus réel. Tu signeras ton contrat lundi.

Puis, comme son regard continuait à fixer le chambranle de la porte, il voulut écarter des inquiétudes nouvelles qu'il sentait naître en elle. Il ajouta tout bas, sur le ton de celui que l'on a mis au courant de beaucoup de choses :

– Et puis, j'ai un peu discuté avec Clive... Il n'y aura aucun problème, si c'est ce que tu crains. Tu m'entends bien : aucun problème.

Il sourit, glissa une main dans sa poche, et demanda par jeu :

– Au fait, tu veux ton argent, ou je le garde ?...

Marguerite passa le restant de l'après-midi à pleurer. La porte de l'atelier aussitôt refermée sur l'odeur familière de colle et de poussière de craie, elle s'assit sur une caisse en carton et se mit à sangloter silencieusement, la tête sur ses genoux. Elle conservait entre ses doigts les billets neufs que Marche-à-Terre lui avait remis – le papier craquant lui faisait bizarre à l'oreille et à la peau. Depuis des années elle n'avait pas éprouvé ce contact-là qui ravivait soudain des souvenirs brutaux qu'elle avait enfouis… Du reste, jamais encore, de toute sa vie, elle n'avait tenu une pareille liasse. Le paquet de billets rouges de 10 000 lires attachés par un élastique lui produisait l'effet d'un bâton de dynamite.

Au Centre, il existait un trafic de monnaie, en billets de vingt francs, ou de cinquante ; mais les coupures, à force d'avoir été pliées en petits carrés, roulées en tubes très minces, voire boules minuscules, étaient devenues du papier mâché. Les billets séjournaient souvent dans la moiteur des soutiens-gorge, parfois au fond des slips – ils se trouvaient pour la plupart en lambeaux, symboliquement retenus ensemble par des bouts de scotch, et presque méconnaissables… Il lui arrivait d'obtenir quelques-uns de ces chiffons gras en échange des postères qu'elle réalisait sur commande pour les filles. Surtout depuis l'arrivée d'Aïcha, qui s'était rapidement transformée en imprésario d'artiste. C'était Aïcha qui prenait les commandes, et qui récupérait l'argent, qu'elle appelait des thunes. Elle avait fait monter les prix considérablement – cela devint sérieux alors, les deux filles se constituaient une vraie cagnotte…

Marguerite était assaillie d'énormes sanglots rauques en pensant à Aïcha, qui serait si fière d'elle aujourd'hui, si heureuse avec ce pactole entre les mains !… Elle entendait sa voix suave, pleine de persuasion, raconter qu'elles allaient pouvoir prendre des trains avec ça ! Partir si loin de toute cette merde que personne, jamais, ne remettrait la main sur elles !… Aussi faisait-elle travailler son artiste quatre fois plus qu'avant sa venue, élargissant sans cesse le marché des images murales – elle était réaliste Aïcha : il leur en faudrait des thunes, une fois dehors !...

Où donc était-elle passée ? Est-ce qu'ils l'avaient reprise ?... Pourquoi n'était-elle pas venue à l'arrêt d'autobus ? – À chacune de ces pensées Marguerite pleurait plus fort. Elle se sentait si laide, et si bête ! Furieuse de l'attitude débile, et même grossière sûrement, qu'elle venait d'avoir face au chef déco – elle ne l'avait pas remercié ! Rien !... Les larmes ruisselaient le long de son nez, lui picotaient le bord des narines, faisant venir de la morve dedans... Elle ouvrait la bouche toute grande pour reprendre son souffle, alors elle bavait. La bave lui coulait au coin des lèvres en pleurant, dégoulinait sur sa blouse, mouillait les billets et tant pis, qu'elle ne parvenait pas à lâcher. Toute cette saleté augmentait son chagrin, sa tristesse de salope qui était née dans le malheur... Les jolies filles ne pleuraient jamais que des yeux ! Il leur venait des larmes au bord des paupières, proprement, à ces garces qui avaient des cheveux si plats, si blonds, si lisses, et des yeux rieurs !

Elle demeura longtemps prostrée, agitée de hoquets. Le temps s'était dissous comme sa volonté... Elle avait des arrêts de pleurs, pendant lesquels elle se mouchait avec du papier de toilette dont plusieurs rouleaux traînaient en permanence dans l'atelier. Mais aussitôt qu'elle s'était séchée, le menton rougi, les ailes du nez cuisantes, un nouveau sanglot montait du fond de sa poitrine, lui envahissait les côtes et les poumons, débordait dans sa tête sans qu'elle essayât de se retenir. Elle gémissait faiblement, comme une vieille porte que l'on entrebâille, et les larmes, encore, jaillissaient sur ses joues...

Par moments, elle respirait fort, lentement ; il lui

semblait qu'elle se calmait – qu'elle avait épuisé pour de bon les ressassements de sa médiocrité ! Elle songeait alors au contentement de Marche-à-Terre qui l'engageait vraiment dans son équipe... Le frisson qu'elle en éprouvait relançait une émotion convulsive qui tournait bientôt en eau, qu'elle était incapable de maîtriser. Au bout de deux heures, pendant l'une de ces rémissions passagères, elle entendit une voix italienne qui disait dans son dos : « Scusa, hai visto... » Puis la voix se reprit :

– Tu n'as pas vu Jean-Paul ?...

C'était Alessio, son ami, qui était entré sans bruit. Le jeune homme sortit, discret, presque en glissant sur le sol.

Marguerite soupira... Cette courte intrusion l'arrachait à son cercle de pleurs, comme si la voix douce d'Alessio l'avait sortie d'un étang tiède et visqueux... Sa phrase, légèrement chantée, le nom de Jean-Paul survenant brutalement dans la réalité, la ramenaient au jour, à ce moment de vie réelle qu'elle vivait... Ses yeux étaient douloureux et brûlants, sa tête lourde, en feu...

Elle se moucha – elle se sentit lasse, les épaules meurtries. Elle avait soif.

Sienne ! Invisible cité... Plus on s'en approche, plus on croit que la ville n'existe pas. Aucune vue, aucun clocher ne la signale. Du pied de la butte, au sortir de l'autoroute, on ne voit toujours rien – et l'on a beau grimper au flanc de la colline, « rien » ne se dessine encore.

Une ville de simple réputation, pensait Clive. Sa couleur suffit : terre de Sienne, comme eau de Cologne, ou jambon d'York. Et nougat de Montélimar... À part une population extrêmement locale, personne n'a vu Montélimar ! Ou même York – une ville entièrement cachée derrière son jambon. Sienne était-elle cachée par sa terre cuite ?

– C'est tout en haut, sur le plat, avait annoncé Diavolo.

Dans sa propre voiture, Clive aurait rongé son frein en occupant ses doigts sur le levier de vitesses, à chaque *semaforo*. Là, étalé à l'arrière de cette limousine climatisée pilotée par Monsieur Diem, il se sentait privé des petits gestes de la conduite qui font passer le temps. Les mains posées à plat sur le cuir frais et odorant du siège qui tempérait la moiteur de la peau, il se sentait inquiet de cette attente de voir la ville – pour un peu il aurait tendu le cou vers ce plateau qui n'en finissait pas de se faire désirer.

Diem, tout habillé de blanc, conduisait à gestes doux, sans hâte – il maîtrisait la grosse Lancia aussi calmement qu'un piano. Afin de tromper son impatience, accrue par la succession exaspérante des feux, Clive tâcha de se rappeler York, le Minster... Les vitraux célèbres de la cathédrale – The three sister windows, ce devait être leur nom. Il revoyait facilement les trois baies jumelles, étroites, élancées ; par contre il avait oublié les sujets qu'elles représentaient, de même que les couleurs du vitrail... Tourisme ! À quoi cela servait-il de visiter des villes dont on ne gardait rien ? Il était sûr qu'à sa place Marguerite aurait conservé quelque chose – à la manière qu'elle avait là, assise droite sur le siège, de plisser légèrement les yeux, elle serait capable de se rappeler le dessin de ces fameux vitraux !...

Il lui revint la petite tea-room, sur la place d'York, devant la cathédrale si noire de peau. Le joli salon de thé, décoré de dentelles, où les muffins tout blonds, humectés de beurre, étaient si parfaits que Deb – il chassa cette image trop violemment chargée...

– Nous y voilà ! fit doucement Diavolo, sur un ton de propriétaire faisant visiter ses châteaux.

Alors la ville apparut, au sommet de la côte, dans un tournant où la voiture franchissait une ancienne porte. Une basilique géante, en gris, à dôme et à clocher, se dressait tout près contre un tas de maisons brunes, au bord de ce qui ressemblait à un ravin. Curieuse cité ! Ils avançaient à présent sur une avenue plate, bordée de bosquets, de pelouses fanées par la chaleur de juillet, de voiturettes de marchands de glaces.

Lorsqu'ils furent parvenus au milieu d'une place en pente, flanquée d'une grosse église sur la droite, Diem prononça quelques paroles énigmatiques. Sur un geste affirmatif du Maître, il entreprit de dévaler une rue étroite, entièrement bouchée par la foule qui s'écartait lentement à mesure que la voiture progressait. Ils avancèrent au milieu des corps nonchalants qui frôlaient les portières, presque à rouler sur les orteils de ce monde dénudé qui cherchait l'ombre des hauts murs bistre... Ils atteignirent un angle où la rue s'évasait en une petite place penchée et biscornue – un policier jaillit de la foule. Il agitait les mains, et se faufila jusqu'à la portière de ces usagers catastrophiques qui n'avaient pas compris que la circulation n'était pas autorisée en ville !

Diavolo sortit son portefeuille – il tendit à son aide de camp un rectangle imprimé, cerclé de cuir vert, que le chauffeur passa à l'homme en uniforme dans un geste assez noble des doigts. Le policier s'agita, salua de la main ; il s'inclina presque avant de faire écarter la foule, pressé et impérieux devant la Lancia Dedra gris anthracite. Il avait l'air d'un huissier à qui l'on vient de remettre un carton d'invitation pour un bal... Clive se sentit rengorgé – un peu intrigué aussi. Le philosophe avait-il des clients de choix dans la police locale ?

Au bout de dix minutes de cette progression sinueuse en zone piétonnante, ils parvinrent à une sorte de cul-de-sac entouré de très hautes murailles. L'espace, à l'allure de « mine à ciel ouvert », se trouvait occupé par un marché couvert, doublé d'un parc à voitures assez exigu. Diem se gara, faisant couler la Lancia dans l'un des emplacements libres, devant une trattoria nommée « di la Finestra » ; la terrasse, meublée de tables couvertes de nappes, était protégée par une vaste toile d'un beau vert foncé.

Sienne, vue de ce trou, prenait de la présence.

– Nous sommes là au cœur de la ville, expliqua Diavolo en posant les pieds par terre. Voici l'arrière du grand palais communal.

Il montrait les murs, dont la crête dentelée se découpait haut sur le ciel. Ils s'engagèrent le long d'un escalier qui conduisait lui-même à une rampe, pour déboucher bientôt sur une vaste place publique, fortement inclinée, arrondie du haut en fer-à-cheval, entièrement fermée par les façades. L'espace citadin le plus étonnant que Clive eût jamais rencontré ; il pensa à la fois à un gigantesque théâtre antique dont les gradins auraient été usés par l'âge, et à une coquille Saint-Jacques.

Sa surprise était si apparente que Diem se mit à rire très fort ; il gazouilla, montrant à Marguerite l'immensité de la place où grouillait une population bigarrée, changeante comme des billes d'agate :

– Il faut voir sans personne... Tout vide, c'est beau !

Ce devait être aussi plus comique à son goût, ce pavé nu. D'une fantaisie dont Diem ne se lassait pas, personnellement, vu la façon dont il se fendait la pipe :

– Ce soir, vous verrez !

Des pigeons, membres actifs de l'Internationale des Pigeons de Square, se dandinaient entre les pieds des gens. Ils s'envolaient au dernier cran de la semelle, par vagues de plumes grises. Ils constituaient la poussière instable de cette étrange place, en même temps que ses plumeaux. Diavolo annonça :

– Une des plus ancienne places publiques au monde. Il Campo, tout à fait unique en son genre.

Il était vêtu d'un complet bleu pâle, léger, d'une chemise en soie à petites fleurs – un myosotis ! pensait Clive. Il leur fournit, comme en dansant, de brèves explications sur cet ensemble du douzième siècle... Il leur signala le Palio, une fête qui se tient le seize août, et qui consiste en une parade médiévale suivie d'une course de chevaux. Sur ces mots, il abandonna le couple à ses vacations de visiteurs... Personnellement, il avait à faire – en compagnie de Diem. Des gens à voir à l'Hôtel de Ville.

– J'aurai terminé endéans les deux heures, affirma-t-il. Bonne promenade !

Il montra du doigt le restaurant où ils se retrouveraient, tout en haut de la place – celui dont l'auvent bleu portait en lettres blanches le nom du lieu : Il Campo.

Clive et Marguerite marchèrent au hasard. Ils allèrent aux rues, sans idées, parmi la foule, pour l'étonnement de la pierre, la surprise de cette ville dingue, toute en bosses et en crevasses, le long des façades sinueuses trouées de brusques accès sur des volées d'escaliers sous des arches gothiques. Une ville gondolée !... Ils entrèrent dans la cathédrale qu'ils avaient aperçue en arrivant ; ils la trouvèrent au milieu d'un enchevêtrement de ruelles. De près, elle était rayée comme un zèbre, à bandes de marbre blanc et noir, alternées – inattendue dans tout ce brun.

Ils admirèrent l'intérieur, où les anciens artistes avaient pavé le sol d'incroyables scènes de l'Ancien Testament – une vraie folie de personnages, d'histoires en couleurs, encadrées de figures géométriques incrustées dans le pavé ! Ça étonnait Marguerite, ces « fresques pour les pieds » – le luxe intégral ! Cependant, on avait posé de grandes plaques de bois sur beaucoup d'entre elles, afin d'éviter le frottement de milliards de chaussures imprévues par les constructeurs ! D'autres encore étaient entourées d'un cordon rouge, à la manière des meubles d'époque à voir sans toucher, dans les châteaux ouverts au public.

À part cela, ils s'ennuyèrent assez vite dans cette splendeur – pas un recoin qui ne fût ouvragé ; l'abondance des sculptures, les myriades de fines dentelures provoquaient un effet de lassitude, comme un gâteau trop crémeux. Trop d'ors dans les chapelles latérales, de couleurs sous les voûtes – le dôme à facettes, prodigieux chef-d'œuvre, finissait par fatiguer l'œil et le cou !...

Près du porche, en sortant, un jeune père de la catégorie des barbus, aux jambes nues, en sandales, efflanqué, attendait ; son bébé sommeillait sur son bras gauche.

Il donnait une image assez comique de : « Christ adulte, berçant l'enfant Jésus »... De sa main libre, il se curait le nez ; il fourrageait avec l'index dans chaque narine, puis essuyait la crotte sur la couche un peu bâillante du nourrisson endormi.

Ils recommencèrent à flâner dans les rues pentues, où les voitures italiennes avaient l'air encore plus basses et affairées qu'ailleurs : des chenillettes sur un chou. Ces rues étranges à force de simplicité, sans trottoirs, larges et rétrécies du haut entre les maisons, arcelées, appuyées de partout, avec des sons caverneux de résonance, où les voix, les pas, naviguaient comme chez eux... La foule entrait sans fin sous un porche, ils suivirent le mouvement, se prenant la main pour ne pas être séparés. Ils aboutirent dans une cour carrée, fermée par un mur sur le ciel, crénelé. Un puits se trouvait au milieu de la cour ; sous la margelle, à travers une grille en fer épais, on voyait des pièces de monnaie dans une flaque d'eau, à un mètre cinquante de profondeur. La margelle elle-même était équipée d'une poulie forgée, peinte en noir, avec chaîne et casserole assorties.

Marguerite, qui portait sa petite broche de Mexicains laineux sous l'échancrure de son corsage sans manches, voulut jeter une pièce dans le trou. Elle en jeta deux, qu'elle tira de la poche de son jean, lentement, un peu solennelle... Via di Città, elle s'arrêta devant une boutique de fringues à la vitrine étroite et carrée d'ancienne échoppe. L'étalage était illuminé de spots colorés ; elle examina les tissus fleuris de motifs vifs et bigarrés pour les jupes, les chemisiers au jabot brodé... En arrivant au musée du Palazzo, après avoir redescendu la place du Campo, ce fut elle qui insista pour acheter les billets d'entrée, avec son argent. Elle dit : « C'est moi, c'est moi ! » avec une vivacité qui surprit Clive. Elle avait un sourire, avec ce pli au coin de sa bouche, courbe...

Le musée municipal les occupa deux bonnes heures ; Clive dut retourner au guichet de l'entrée pour acheter le guide en couleurs de toutes les merveilles exposées, afin de lire à Marguerite le détail et les circonstances des œuvres. Elle demeura subjuguée par la grande « Maestà » de Simone Martini, suivant du regard aussi bien les détails du dais rouge et bleu, que du trône de la Vierge, que de l'enfant roi debout sur la cuisse de sa mère. Elle ausculta les visages, les mains, le pli des robes... Elle semblait vouloir tout absorber dans sa mémoire, en provision pour les longues soirées d'hiver !... Du reste, savait-elle de quoi l'avenir serait bâti ? Elle était sans bagages, elle pouvait avoir besoin un jour de ces sortes de remembrances. Elle conclut cependant, qu'ici comme à Florence, les personnages avaient tous de fort grands nez.

À propos du célèbre « Guidoriccio », sur le mur en face – de la main du même Simone – elle s'inquiéta de la démarche du cheval caparaçonné d'or du vainqueur des châteaux. Elle fit remarquer à Clive qu'un cheval, pas plus qu'un chien sans doute, ne marche en levant deux pattes d'un seul côté en même temps ! Ils discutèrent sur cette particularité des quadrupèdes qu'une telle démarche déséquilibrerait à chaque pas... Le peintre ne l'avait-il donc pas observée ? – Clive confessa qu'il ne s'était jamais posé ce genre de question, ni sur la peinture, ni sur la marche des chiens et des chats.

Dans la salle suivante ils traitèrent la grande allégorie du « Bon Gouvernement » avec l'attention et l'irrespect que l'on accorde à une bande dessinée. Le visage excessivement soupçonneux de la Prudence les fit rigoler, la Paix, affalée sur son siège – ou bien était-ce un matelas ? – semblait réjouissante aussi ! Quant à la Justice, elle tenait sur ses genoux une tête d'homme tranchée, pour montrer qu'elle ne plaisantait pas avec les principes !... Ils commentèrent l'attitude des deux zigues chérubins tétant une louve, accroupis aux pieds du grand chef très digne.

Les « Effets du Bon Gouvernement », sur la droite, les retinrent longtemps. Marguerite voulait tout détailler : les filles qui font la farandole au son d'un tambourin – « passez, pompon, les carpillons, les portes sont ouvertes » ! – la forme des chapeaux, le chargement des mulets des travailleurs des champs... Elle commenta les pas des chevaux, lesquels paraissaient effectivement plus conformes à la logique chez ce peintre que chez l'autre. Elle fit remarquer que l'on apercevait en haut, dans un coin, le clocher et le dôme de la cathédrale zébrée qu'ils venaient de voir – et qu'il y avait un grand nombre de tours carrées dans le paysage urbain de l'époque, comme à San Gimignano. À propos du clocher, toutefois, Marguerite fit naître une polémique : le peintre avait représenté trois rangées égales de fenêtres à quatre arches – elle prétendit que c'était une erreur, car dans la réalité les ouvertures du clocher diminuaient de largeur en descendant. Elle était sûre, ça formait comme un V sur la tour... Clive lui répliqua qu'elle devenait une emmerdeuse, et même un peu vicieuse ! Alors elle sautilla sur place, puis lui donna un baiser sur la joue qui le surprit. Jamais elle ne s'était montrée aussi débridée ! – Son front luisait de rose, il se dit que l'art, de toute manière, faisait énormément de bien à cette fille.

Monsieur Diem les attendait à la terrasse d'Il Campo. Le colonel l'avait envoyé en éclaireur pour retenir une table dehors... Il se leva, courtois, toujours riant, les invitant du geste à prendre place. En ce dernier lundi avant le spectacle, le Festival faisait relâche. Greg avait tout à coup décidé de mettre tout le monde au vert pendant vingt-quatre heures. Repos intégral, façon veillée d'armes... Il jugeait nécessaire cette décompression juste avant le féroce coup de collier. Sauf pour lui – en réalité il avait besoin d'une journée entière à consacrer exclusivement aux figurants, aux mouvements des chevaux qu'il fallait régler en dehors des acteurs. Diavolo avait profité de cette journée de liberté pour inviter à souper son jeune partenaire de billard, avec son amie qu'il lui avait présentée – elle n'était pas jolie, mais elle faisait merveille, disait-on, dans les arts plastiques.

Monsieur Diem assura que le Maître ne tarderait guère à présent – il s'en réjouissait :

– Il a du travail, oui ! fit-il avec des trémolos. Mais pour manger, toujours présent !

Les garçons s'agitèrent dès qu'ils furent assis, en habits noirs et plastrons de style... Rafraîchissement ? L'aide de camp sirotait une sorte d'orgeat – ils prirent la même chose.

La soirée s'amorçait, la grande place qu'ils dominaient à présent, se dégageait. Quelques pigeons se promenaient encore, suivaient des groupes de passants plus rares – les autres avaient abandonné le terrain pour se percher sur les rebords des palais en attendant la nuit, alignés sur des nervures de pierre. Des jeunes gens s'étaient assis par petits cercles, à même le sol – on entendait le grattement de leurs guitares... Le soir, sur le Campo, les pigeons se couchent et les guitares se lèvent !

Tout à coup, ils virent passer Lydie Bacher, au coin de la grande fontaine blanche. Elle marchait vite, en compagnie d'un Italien que personne ne connaissait... En arrivant près de leur table, au-delà des jardinières qui limitaient la terrasse du restaurant, elle aperçut l'éclairagiste et sa nana déco ! Elle leur fit un petit bonjour surpris de la main. Elle allait passer, mais elle se retourna : elle venait de reconnaître Diem dans son costume blanc de planteur ! Elle s'approcha, gentille, laissant son compagnon planté sur la piste, un peu sombre. Et qu'est-ce qu'ils glandaient là, tous les trois, dans un décor aussi chic ?

– Dites donc, vous vous emmerdez pas, si je comprends bien ! On peut pas faire trois pas sans tomber sur le Festival en goguette !

Clive allait lui répliquer que, réciproquement, quand Diavolo s'avança de l'autre côté, se frottant les mains, d'excellente humeur.

– Toi ici ! Quelle chance !... s'exclama-t-il.

Il l'embrassa sans façon, une main largement étalée sur sa hanche avec une familiarité dans le ton qui donna à penser à Clive qu'elle ne prenait pas seulement des leçons de philosophie avec lui – peut-être aussi quelques cours de maintien ? Monsieur Diem serra délicatement la main de la jeune femme.

– Tu soupes avec nous ? demanda Diavolo.

– Je suis avec un ami, s'excusa Lydie.

Elle montra le type resté en carafe à trois mètres et qui faisait semblant de regarder la place.

– Vous êtes mes invités ! insista le Maître, le geste large.

Il allait, grand seigneur, faire agrandir la table par ces messieurs en habit qui, dès son apparition sur la terrasse, s'étaient précipités avec des hochements du buste que les serveurs réservent à leurs vieilles connaissances friquées. Mais Lydie ne pouvait hélas plus changer ses plans – elle se montrait sincèrement navrée, mais non : ils étaient attendus, son compagnon et elle...

– Dommage !

Elle s'éloigna à regret, envoyant des baisers du bout de sa main... Ils passèrent aux commandes, soudain plongés dans les cartes somptueuses sur cuir bleu. Les *Antipasti* furent décidés très vite : écartant les cochonnailles, ils penchèrent à l'unanimité vers l'*Insalata di pomodoro e mozzarella*, car la chaleur du jour inclinait aux tomates… Les *Primi piatti* furent débattus, avec compléments d'information et commentaires. L'assemblée se divisa entre les « Lasagnes à la sauce de sanglier » (*cinghiale*), que choisirent les deux amateurs de billard – une sorte de ragoût à la viande de sanglier, expliqua le maître d'hôtel, au « goût fort », ajouta Diavolo – et les *Taglierini all'uovo al salmone* qui se traduisait tout seul par « Egg noodles with salmon and cream sauce », en plus petit, à la ligne en dessous. Quant au plat de viande, ils furent également contents du « Veau grillé aux truffes » pour tout le monde. Diavolo fit porter tout de suite un *Chianti classico Monte Firidolfi* de la *vendemmia 1986.*

Assise en face de Diem, Marguerite faisait semblant de rêver… La nappe très blanche, le poids des couverts, l'éclat des verres, les lettres d'or qui ornaient la reliure souple du menu, tout l'intimidait. L'empressement des garçons la rendait mal à l'aise – elle avait peur de ne pas savoir manger ce repas extravagant où elle n'avait rien osé retrancher pour qu'on l'oublie. Elle avait pris tout comme Clive, par hochements, sauf le « sanglier » – elle n'avait aucune idée de ce qu'était le « sanglier », peut-être une volaille au « goût fort »…

Certes, ils dînaient quelquefois à la *trattoria*, le soir, à Certaldo, près de leur appartement – Greg les avait invités deux ou trois fois déjà – mais ça n'avait pas de rapport avec ce cadre somptueux. C'était la première fois de son existence que Marguerite se trouvait dans un vrai restaurant. Encore étaient-ils « dehors » ! Elle jetait les yeux sur la place, prête à s'enfuir si la situation devenait intenable…

Versant un filet d'huile d'olive sur les tomates, Diavolo leur dit deux mots de la ville, et de sa brillante histoire depuis l'époque médiévale – sa splendeur véritable aux quatorzième et quinzième siècles. Pour le Palio, qui est une survivance de ces périodes chatoyantes, on apportait de la terre et du sable, afin de recouvrir les pavés, tout autour de la place, sur la partie grise. On plaçait des barrières de sorte à contenir la foule immense qui venait de partout assister à ces joutes. C'était très beau !...

Tout à coup Lydie reparut, toute rose de la course, de la hâte... elle était seule.

– Vous voulez toujours de moi ?... Je m'invite ?

Elle avait lâché son ami – une sorte d'inconnu, disait-elle, un garçon triste. Elle rigolait de sa farce :

– Je l'ai plaqué, j'avais envie d'être avec vous !

C'était agréable. Diavolo fit ajouter un couvert – sa demande provoqua un petit ballet du personnel ; on plaça une chaise pour Lydie, proche du Maître, lequel lui prit la main et la cajola pour cette fugue flatteuse !... Ils discutèrent aussitôt du Festival, de la progression intéressante du spectacle. Lydie parla de son rôle, de sa mort terrible, empoisonnée par la main de son amant... Elle avait travaillé sa mort toute la journée du dimanche. Diavolo commanda une seconde bouteille de Chianti.

Un couple s'était installé à la table voisine. La femme très blonde, dans sa petite quarantaine fruitée, ne cessait pas une seconde de bavarder. Elle parlait anglais, d'un accent indéchiffrable – que Clive ne parvenait pas à situer – un mélange vaguement international tirant sur l'américain. Le bonhomme, barbu, quinquagénaire solide et calme, l'écoutait. Elle lança sur un ton de bonheur peu banal : « I love myself ! I love the way I am, I do ! »... Elle passait sa main dans le dos du mec, les doigts sous le col de sa chemise bleue. Ça faisait extrêmement Woody Allen comme séquence, les mots et tout... Ils devaient être amants depuis peu de temps, la veille ou l'après-midi même ! Lui ne semblait pas se préoccuper du flot de paroles qui devait le noyer : ils avaient dû faire l'amour, puis sortir seulement pour dîner, alors elle parlait... Elle posa sa tête sur son épaule, mais elle n'était plus tout à fait assez souple des épaules pour que cette position fût réellement câline et confortable – elle se redressa, parla de sa mère, de la philosophie de la vie, de la logique, et accessoirement d'un certain Mike, qui n'était pas aussi attentionné qu'il le devrait.

Elle se tut un bref instant. Silence divin!... Il lui donna un bisou sur le front, tout de même, en se penchant avec gentillesse et plein de bonne volonté. Elle portait un pantalon vert atroce, bouffant sur les chevilles. Elle a dit:

– We're going to Spain, that's the bright side of it all*!

Plus tard, dans la nuit des guitares qui résonnaient en bas, éparses sur la coquille rougeâtre, Diavolo reparla du Palio. Il décrivit l'enthousiasme des foules excitées jusqu'à la moelle, de tous âges et conditions, l'impétuosité des chevaux éperonnés par leurs cavaliers, durant cette course brève, intense comme un orgasme de ville.

– L'homme n'est heureux que dans le combat, résuma le philosophe. Son évolution l'a forgé ainsi. Il est obligé de se mesurer à d'autres hommes pour s'accomplir et pour subsister. Sinon il sombre dans la torpeur, la servitude, la mélancolie!

Il allait d'une idée à une autre, agréablement, en buvant, à la bonne franquette des mots... Le pugilat, disait-il, constituait l'essence du spectacle – le théâtre antique n'était qu'une longue évocation lyrique des atrocités réelles et légendaires commises par les hommes et par les dieux.

– Dans la Bible, énonça-t-il, Caïn tue Abel à la dixième page!... Ça donne le ton, non?

Le théâtre moderne était né des cérémonies de la

* « Encore heureux que nous allions en Espagne ! »

Renaissance qui représentaient la Passion du Christ, le Vendredi Saint. En termes clairs, sa mise à mort spectaculaire !

– Vous préparez la mise à mort de la Duchesse de Malfi pendant deux mois, mais ces gens-là, vos prédécesseurs, préparaient celle de Jésus-Christ pendant l'année entière !

– Oui, mais eux, ils avaient pas les Assedics ! plaisanta Lydie. Fallait qu'ils bossent dur !

Elle mangeait le Maître des yeux, et buvait ses paroles.

Marguerite laissait flotter son esprit, avec des mots qui résonnaient dans sa tête sans aucune participation de sa part, des phrases emplies de sous-entendus qu'elle était la seule à ne pas sous-entendre. Diavolo avait répété plusieurs fois des termes insolites : « l'essence du théâtre ! » – elle savait intimement qu'il s'agissait d'autre chose que de l'essence ordinaire... Ces gens planaient avec leurs idées à des hauteurs formidables, ils disparaissaient derrière les nuages de l'intelligence. Elle se sentait saoule du verre de Chianti qu'elle avait bu, envahie d'une délicieuse mollesse des bras et des cuisses... Elle admirait Lydie, si belle, si peu gênée, qui faisait des remarques drôles où les autres riaient.

Aiguillonné par la jeune femme, le Maître les entretint longuement, entre la poire et le *Monte Firidolfi*, de la société contemporaine, et des grandes erreurs de jugement commises au nom de la « libération de l'homme ». Au cours des dernières décennies, l'idée s'était construite que les hommes ne seraient heureux que dans l'inaction, les loisirs douillets... Des gens qui travaillaient eux-mêmes énormément avaient répandu ces sottises – les plus acharnés à la propagande, à écrire, à débattre, des philosophes qui n'avaient pas un moment à eux s'étaient faits les apôtres du *farniente* ! Pour les autres seulement !... Eux, ils dépensaient une énergie de cheval à prêcher le désœuvrement complet !

Ils ont chanté le *carpe diem*, mais ils le chantaient faux!... Ils ont confondu le bonheur avec la tristesse de se balader sans but dans des existences vides comme des châteaux déserts où logent les araignées.

Diavolo faisait rouler son verre dans ses doigts énormes avant de le porter à ses lèvres... On voyait de nos jours que ces gens avaient tort! La récession, les robots bientôt, montraient l'horreur de l'homme sans travail, sans action... Van Drucksem croulait sous l'ironie d'un pareil démenti:

– Les mêmes cons s'indignent à présent contre le chômage! Après avoir hurlé pendant trente ou quarante ans qu'il ne fallait plus rien foutre!

Les penseurs de l'Occident avaient pensé comme des merdes, selon lui. « Faites l'amour, pas la guerre » – ils auraient tué père et mère pour imposer ce point de vue! Au fond, c'était comme dire aux gens: « Couchez-vous là, ne bougez plus, moi, je vais vous passer sur le corps! »...

– La ruse infernale, je les admire! Ils ont gagné l'esprit des foules parce qu'ils étaient les plus fumiers. Je suis un petit garçon, avec ma vie de soldat, en comparaison de ces lutteurs « pacifistes »!...

Il sourit, blasé... Ces combattants de l'ombre l'émerveilleront toujours! Si faux jetons!... Ah! il les méprise!

– Je leur pisse dessus!

Il fait le geste, devant la table, de sa grosse main comique, façon troupier!... Ces mêmes phalanges qui avaient agrippé des armes de mort pas naturelle, pressé des gâchettes fatales – qui s'étaient rougies quelquefois de sang humain tout frais?...

Le cuisinier en chef était sorti prendre l'air sur la terrasse; la plupart des tables s'étaient vidées, il bavardait avec le serveur en sentinelle devant la porte. Son tablier portait des éclaboussures de sauce brune... Clive songeait qu'il y a chez les cuisiniers qui s'aventurent dans la salle cet air qu'ont les chirurgiens qui se promènent dans les couloirs d'un hôpital en tenue blanche... Le moment de la soirée lui parut idéal pour poser à Diavolo une question qu'il n'avait pas encore trouvé l'occasion de lui faire : à quel moment le jeune Van Drucksem avait-il décidé de s'embarquer dans la Légion ?... Avec les choses qu'on racontait des types qui commettaient un crime, puis qui s'engageaient pour disparaître, il imaginait des motifs rocambolesques.

– Qu'est-ce qui t'a fait entrer dans l'armée ?

– La nuit de ma thèse.

– Comment ça, la nuit ?

Diavolo mettait du temps à commencer ses phrases, comme s'il avait devant lui tout l'espace de cette nuit-ci, et tout l'amour de cette femme blonde qu'il s'apprêtait à sauter, tranquillement, pour la bonne bouche.

– On a fait la nouba, le soir de ma soutenance à la Sorbonne. Avec plein de copains... Nous avons dormi sur un palier, après, quelque part... Nous avions perdu les clefs des portes ! Au matin, de fort bonne heure, je suis allé m'engager.

Il fit son sourire à moitié féroce.

– La nuit porte conseil, je le crois bien !

– T'étais saoul ? demanda Lydie.

– Ah noooonnn !...

Le « non » gronda dans le rire.

– Pas du tout ivre !... Mon engagement fut un acte décidé de philosophe. Descartes, vois-tu, était mon maître à penser dans ce temps-là... René Descartes, vous savez, le Français qui vivait chez nous, dans la Hollande. Je voulais que ma vie ressemblât à celle de Descartes.

Il eut un long silence songeur, puis il ajouta :

– Et en partie, c'est un succès, en effet ! Elle a ressemblé !... À part des détails, naturellement, des variations dues à l'époque : je fais beaucoup moins de cheval que lui !

Clive s'avouait peu certain de « Descartes », un nom qui avait glissé parfois, à son oreille, au bahut – il se jugea insuffisamment éclairé par la confidence :

– Pourquoi il faisait du cheval, ton mec, là, Descartes ?

Diavolo se versa un verre de Chianti dont il avait fait porter un troisième flacon... Il considéra son jeune ami avec une bénévolance presque paternelle :

– Descartes était un soldat – non, tu ne sais pas, bon... Le type du *Discours de la méthode*, tu vois ? *Cogito ergo sum*, « Je pense donc je suis », d'accord ?... En réalité, il a fait une longue carrière de mercenaire. Comme moi ! Ah ah ah !... Il s'est battu dans toute l'Europe, pendant dix ans, là où la guerre le portait. Il gagnait sa vie comme ça – il n'avait pas de fortune. Comme moi !... C'est une chose que les Français ne savent pas.

Il rigola un bon coup à la face de ces Français, les plus ignorants de tous ! Avec un sourire de bonté, comme on peut en accorder à un jeune homme chaste...

– Les Anglais non plus !... Les Anglais, ils s'en foutent de Descartes. Ils s'en tamponnent le coquillard !

Diavolo but une grande rasade. Il voyait les Anglais avec leur machin spécial qu'ils tamponnaient, et ça faisait un outil bien britannique dans sa bouche large, profonde.

– Les Français, c'est autre chose, ils ne s'intéressent qu'aux idées. C'est plus facile, ça tient pas de place les idées, ça ne déforme pas les poches ! Tandis que la vie, l'action alors, voilà qui abîme l'espace ! C'est lourd à transporter... Les idées, quand elles sont usées, les Français en changent. Oh juste un peu fanées ! Ils vident le vase, ils changent l'eau, ils sont contents – comme vous avez de jolies pensées !... Descartes connaissait le poids des corps, la pesanteur de la mort violente. Le froid qui attaque les chevilles sous les guêtres, à cheval, les lèvres gercées sous la moustache, la vigueur des filles que l'on fait jouir de force, à l'étape, pour mieux rigoler.

Brusquement la voix de Diavolo s'était mise à ronfler d'exaltation sous la toile de l'auvent bleu. Le serveur italien bon chic qui s'ennuyait poliment, les bras croisés sur la poitrine, tourna la tête, l'œil au service. Ces bruits contenaient-ils un désir de la clientèle ?...

– Il est même venu en Italie ! continuait le cartésien. Au nord ! Il allait à Venise. Il a traversé les Grisons en faisant de l'espionnage. C'était son métier !... Ce n'était pas un amateur, Descartes. Un professionnel de la guerre : il savait repérer la position des troupes, il notait...

Le Colonel Van Drucksem hochait la tête avec un sentiment de vive approbation. Il dégusta une nouvelle lampée de vin rouge :

– Voilà ! Descartes était un légionnaire. C'était mon idole, j'ai mis mes pas dans les siens. *Mens agitat molem*, mon ami !

Marguerite n'écoutait pas. Elle regardait vers le haut du Palazzo illuminé en jaune, au fond de la place, les créneaux comme des doigts vers le ciel... Diem, qui n'avait bu que de l'eau *frizzante* bien fraîche, paraissait fixer lui aussi la haute tour pleine de trous qui porte une horloge en sautoir. Il jouait du piano dans sa tête.

Un couple d'Italiens s'avança sur la piste, hors terrasse. Ils avaient reconnu Diavolo, et s'approchaient dans le désordre, empressés, contournant les pots de fleurs pour le saluer...

– « Maestro, che sorpresa ! »...

Le Maître se souleva pour baiser la main de la dame – il posa sa bouche sur sa peau une demi-seconde, un bref instant de contact charnel... Le geste surprit Clive qui ne l'avait jamais vu faire qu'au cinéma. Ils se dirent des choses en italien rapide. Des clients à lui ?... Lydie entra dans leur conversation sans prévenir, du ton de celle qui ne veut pas rester en rade. Elle affirma un truc à la belle femme qui n'en pipa mot – peut-être lui parla-t-elle de « travailler sa mort » ?

Marguerite s'était levée ; elle marchait vers les bornes qui soulignent le bord de la déclivité, vers le son assourdi des guitares. Clive voyait onduler ses fesses rebondies, moulées sous son dos cambré, avec sa démarche lente qui agitait sa chemisette... Il éprouva une érection sous la table. La visiteuse italienne riait maintenant de bon cœur à une blague de Diavolo. Le Maître avait le cul post-cartésien, ce soir...

Clive songea à ce camarade qu'il avait au bahut, qui se masturbait en causant avec des filles, au téléphone. Il expliquait que c'était le plaisir, la voix des nanas qui « coulait dans son corps »... Il tâchait de les faire rire, et là ! le pied !

La soirée à présent glissait nocturne, vers cette pesanteur particulière que le trop tard insinue sur la peau du cou, autour des oreilles. Avec le bruit du cœur qui tape doucement, dans les temps morts.

Monsieur Diem se leva, tout blanc, immaculé de son deuil. Il rêvait debout à son pieux labeur du matin – des tas d'arpèges à brasser !... Des gouttes d'eau pure pour les roseaux lacustres. Dans cette chaudière toscane, cet homme devait marcher à la vapeur.

IV

Teddy Grafton ne décolérait pas depuis le début du fichage. Il grimpait lui-même dans les haubans, dénouait les multiprises, rageur et sacrant. À cheval sur une traverse de la tour métallique, il lançait des imprécations sur ses assistants :

– They gonna crucify me ! hurlait-il.

Encore une erreur de branchement sur une série de pars* ! Incroyable !... Ils avaient perdu deux bonnes heures rien qu'à rétablir les circuits défaillants, avec leurs numéros respectifs. Du temps précieux, compte tenu que la répétition qui allait reprendre les chasserait du plateau pour tout l'après-midi.

Clive, qui prenait sa place devant le jeu d'orgue, n'était pas à l'abri des sarcasmes – il faisait trop confiance nom de Dieu ! Pourquoi n'avait-il pas tout exécuté lui-même, de sa main experte ?... Ted aboyait en anglais après son chum :

– You're too bloody soft ! – T'es trop gentil, ça te perdra ! lui disait-il en substance.

Il exagérait ses récriminations, sur un ton amer et pathétique de comédie – ils buvaient tous du vin blanc comme des outres pour tenir le coup. Ça n'arrangeait

* Les « pars » sont des projecteurs sans réglage de focale, en 110 volts que l'on couple deux par deux, en série.

l'humeur de personne, mais Clive avait des sueurs, de temps en temps, crainte que Ted se casse la margoulette de ses perchoirs périlleux où il évoluait comme un gorille en furie ! Il serrait les dents et concentrait son esprit sur les manettes.

Parfois il se distrayait en regardant Marguerite évoluer sur le rebord d'une fenêtre ; le travail des décorateurs s'était lui aussi précipité à mesure que se rapprochait l'heure du premier soir. Il avait fallu mettre tous les dessins en place, les présenter ensemble, fignoler quelques accessoires. Pendant que Nikola s'occupait à des tâches hautement spécialisées, Marguerite assistait le chef déco minute par minute. Teddy, qui les observait, avait même déclaré qu'il se servait d'elle comme d'un « jouet électronique à télécommande » – en effet, Marche-à-Terre appuyait sur le bouton de son talkie-walkie, et elle grimpait aux échelles !

Au début il s'était lui-même un peu alarmé en la voyant escalader les balcons, marcher sur les corniches comme si elle avait eu un corridor sous ses pieds – elle descendait comme une araignée au bout d'une guinde pour modifier un trait sur un œil ou souligner un doigt de pied !... Le plus éprouvant avait été de la voir enjamber les créneaux sur le palais du Podestà comme une chèvre en montagne. Le placide décorateur en avait d'abord eu des transes ; puis il s'était habitué à ce qu'elle papillonnât à des hauteurs qui paraissaient tellement ordinaires à Marguerite qu'il ne se posait plus guère la question du danger que si elle se promenait au milieu de pots de géraniums. Il l'appela son « opératrice en vol », et lui fit exécuter avec simplicité des évolutions de fille de cirque.

Tout le monde n'était pas aussi détaché : un après-midi Clive avait surpris une discussion entre deux machinistes italiens qui râlaient en observant la jeune fille suspendue au balcon de l'hôtel de ville, en train de gommer d'une main le nez de saint Sébastien l'Acupuncteur sur les recommandations du chef qui, une main sur la hanche, se déplaçait d'un bout à l'autre de la place. Il s'était fait résumer, par un troisième qui parlait assez bien français, les récriminations des camarades – en gros les deux types trouvaient que Morin en prenait à son aise avec la petite stagiaire ! Marguerite n'était pas même décoratrice en titre, et il se servait d'elle comme d'une assistante spécialisée, une chose que n'auraient jamais tolérée les organisations syndicales italiennes ! C'était à la limite de la légalité...

Sans vouloir intervenir en rien, Clive avait tout de même proféré quelques vagues conseils de prudence. « Tu n'as jamais le vertige ? » avait-il demandé un soir. Marguerite l'avait regardé en coin. Puis, au bout de quelques secondes, elle avait dit d'un ton de mystère : « Si j'avais le vertige, tu m'aurais pas trouvée »... La réflexion l'avait d'abord laissé sans voix ! Il voulut demander qui avait trouvé l'autre, au fait ?... Ah les nanas ! se disait Clive – elles étaient toutes les mêmes, vraiment ! Personne ne s'accrochait à ses basques à lui, jamais ! Une loi de la nature... Eh bon, il se serait senti goujat d'argumenter, d'autant que Marguerite, inhabituellement diserte pour le coup, avait ajouté, avec une fierté dans l'œil qui la rendait taquine :

– Un jour je te raconterai comment je me suis tirée du Centre...

Clive redoubla de surprise : c'était la première fois qu'elle faisait mention de son passé d'une manière aussi directe ! Elle qui se comportait d'ordinaire comme si tout ça n'avait jamais existé – pas l'ombre d'une allusion, jamais, à ce qu'il y avait d'embarrassant dans les circonstances de leur venue ici. Ils semblaient vivre une autre époque, sans aucun lien avec l'histoire de France ! Il n'insista pas : ce devait justement être une aventure assez vertigineuse pour qu'elle en parlât aussi ouvertement.

En réalité, la fatigue aidant, ainsi qu'un certain aplomb que lui donnaient sans qu'elle se l'avouât tous ces regards d'envie que lui attirait sa personnalité d'acrobate, Marguerite en était venue à prononcer en une seule journée davantage de phrases qu'elle n'en disait avant en une semaine. Surtout lorsqu'elle se sentait en état de dépassement de ses forces physiques : la tension nerveuse, l'espèce d'état second qui en résultait lui déliait la langue. Non pas l'organe de sa bouche, mais la langue elle-même, celle qui s'organisait différemment dans sa tête, de manière qu'elle se retrouvait plus cohérente que d'ordinaire lorsqu'elle désirait exprimer une idée simple. Les mots demeuraient mieux captifs de leur sens propre – elle pouvait les prononcer sans qu'ils devinssent une bouillie infâme, aussi insaisissable que du vermicelle sur une fourchette. Si elle disait : « L'échelle est trop loin », par exemple, dans le talkie-walkie, quelqu'un rapprochait aussitôt l'échelle afin qu'elle puisse descendre !... Aussi éprouvait-elle une jouissance à prononcer des paroles dans cet appareil magique qui transformait sa voix naturelle. Elle constatait que « ça marchait » : ses mots exerçaient une vraie action sur les autres, ils faisaient « réellement » bouger l'échelle !...

Un soir qu'elle était à bout de forces, à deux mètres seulement au-dessus du sol, les jambes coupées, et qu'elle tenait aux barreaux par le seul pouvoir d'une volonté à base d'aluminium trempé, elle ne se sentit pas le courage de descendre chercher une bombe de fixatif dont elle avait besoin. Pourtant elle se déplaçait toujours elle-même plutôt que demander à qui que ce soit de lui tendre un outil. Ce soir-là, la perspective d'avoir à remonter, échelon par échelon, l'anéantissait d'avance. Aussi elle s'entendit dévider un discours qui lui parut interminable, formé de mots qu'elle n'avait pas prévus et qui sortaient spontanément de sa bouche : « Tu veux bien me passer le fixatif, s'il te plaît ? Il est dans la boîte rouge, là, par terre. » Elle vit Marche-à-Terre se pencher sans hésitation, prendre la bombe et la lui offrir en se haussant sur la pointe des pieds.

C'était comme dans un rêve où elle serait la reine, ou bien encore la fée, et le monde obéirait à sa baguette magique... En outre, l'épuisement semblait donner à sa voix, d'habitude si saccadée, si aigre, une couleur douce, moins heurtée, un ton souple qui plaisait mieux à son oreille – « S'il te plaît », sur ce ton, la ravit ! Elle y goûta l'accent d'une urbanité délicate, bien féminine. Elle ne trouva même pas la force de rougir – ce qui était bon dans cette totale fatigue !

Nathalie,

Je connais un mec, il a volé un passage clouté! En plus c'est vrai... Un soir qu'il était bourré, il est tombé sur des travaux de réfection de chaussée, dans une rue, les clous étaient tous descellés. Il les a embarqués dans son coffre. Hop! tout le passage. Plus de quatre-vingts kilos!... Hein? y a pas que des gens honnêtes!

Ici, Nathalie, c'est l'enfer. Nous vivons sur les murs. Comme des chauves-souris, accrochés aux pierres... Je deviens Batman! Tu t'imagines pas cette ville, tout en pointes et en piques. J'aurais besoin de ventouses à chaque doigt de pied.

Je suis crevé!

Clive.

P. S. Le type qui a chouravé le passage clouté, depuis il a arrêté de boire.

Gregory Loach ne faisait jamais dans la simplicité, tellement. Cette nuit-là il s'agissait d'éclairer le tombeau vert-de-gris qu'il avait fait construire devant l'entrée la plus basse de l'hôtel de ville, de sorte à servir de « porte de sortie » aux acteurs en fin de rôle... Il reprenait avec ce tombeau symbolique une idée qu'il avait trouvée géniale dans une mise en scène de Matthias Langhoff, lorsque celui-ci avait monté la *Duchesse* à Lausanne : au début du spectacle, les personnages émergeaient fantastiquement de cercueils placés sur la scène, ils retournaient s'y allonger dans le courant du jeu, à mesure que leur rôle cessait avec leur mort violente.

Adaptant cette notion de retour au néant, il utilisait le tombeau vert – en citation – comme un refuge commun à tous. La première à franchir cette issue fatale, au dernier acte, était Lydie Bacher, dans le rôle de Julia, qui sortait en disant : « Io me ne vado, e non so dove » – je m'en vais, je ne sais pas où... De la même manière le grand Francesco Castellino, jouant Bosola, murmurait à la fin de la pièce, littéralement sur le seuil du tombeau : « Il mio è un altro viaggio »... puis il refermait la porte derrière lui !...

Greg souhaitait que ces jeux fussent soutenus par un changement d'éclairage. Les acteurs qui « jouaient la mort » marchaient comme malgré eux, se coulaient plutôt pendant leurs dernières répliques vers ce mausolée sinistre à la déplaisante couleur. Pour souligner cet effet de « fantôme » et lui donner un sens, le metteur en scène voulait que le personnage lui-même se teintât en vert dès l'instant où il recevait le coup fatal – mais très légèrement d'abord. Non pas crûment, d'un seul coup, bien entendu… Il convenait qu'il fût nimbé d'un vert d'abord à peine discernable, dont le spectateur ne prendrait conscience que peu à peu, à mesure que le comédien approcherait de la sépulture…

Un jeu de lumière particulièrement délicat ! Il s'agissait de mettre en place un effet à trois actions simultanées, d'abord suivre l'acteur dans son déplacement – qui supposait l'utilisation d'une « poursuite », un projecteur mobile dirigé à la main par un opérateur perché sur la tour –, faire varier l'intensité du faisceau lumineux, ce qui ne posait pas de problème, et troisièmement augmenter la densité de la couleur au cours du déplacement. Là résidait la difficulté : on ne pouvait pas tout à coup ajouter une gélatine verte en plein mouvement !… Ted et Clive en avaient discuté quelques jours auparavant, il fallait résoudre le problème en une seule nuit, après le filage du soir.

Pendant deux heures ils firent des essais désastreux, changeant la teinte des gélatines dont ils avaient fait provision, faisant varier l'intensité plus ou moins brutalement… Le poursuiteur – Clive, en l'occurrence, fut chargé de ce travail pendant que Teddy actionnait le jeu d'orgue – améliora l'effet en faisant varier également la focale, de sorte à resserrer le faisceau à mesure que le personnage se rapprochait du tombeau. Mais Greg se montrait toujours insatisfait : l'effet demeurait lourd, sans subtilité.

Pourtant le metteur en scène tenait énormément à la réussite de cette idée qui devait prendre sa plénitude à la fois dans le symbole et dans l'émotion : le vert, qui symbolisait la couleur du cadavre, sur un autre plan signifiait l'espoir... La chose avait été discutée aussi avec le réalisateur de la série – et il existerait par là une correspondance avec la pièce – à chaque meurtre une lampe verdâtre apparaîtrait quelque part dans l'image !...

Ils envisagèrent un moment d'adjoindre une seconde poursuite, qui monterait doucement et renforcerait la première en cours d'action. Puis ils essayèrent avec un projecteur fixe : ils placèrent une découpe qui arrosait l'espace devant le tombeau, et montait dès que le personnage entrait dans son champ. C'était presque la solution ! Ils découpèrent des gélatines, centrèrent, décentrèrent les faisceaux, firent décroître l'intensité, et passèrent le reste de la nuit à mettre au point cette affaire de verdoiement. À la fin, Gregory qui arpentait les gradins du public à la recherche des angles de vue, se déclara satisfait par les propositions de ses régisseurs. Enchanté même ! Le corps de l'acteur, tout au moins de Stefano qui servait de doublure, se nimbait de vert en approchant, comme si c'était lui qui, dans la mort, émettait cette lumière tombale !...

Greg les félicitait, disant qu'il n'avait jamais douté des ressources infernales de son vieux Grafton si malin ! Et de Clive !... Mais quelle nuit, bon sang ! Ah la fameuse blague !

– You're killing me ! grogna Teddy, le cheveu hirsute, les yeux tirés par la fatigue, tandis qu'il descendait de la régie à gestes mécaniques.

On entendait des coqs autour de la ville – une volaille insoupçonnable en plein jour, dont les chants montaient, longs, incertains, bizarrement aigrelets comme des sifflets à roulette... Ils se répondaient d'un faubourg à l'autre, en échos du nord au sud, invisibles. Ces poulets italiens étaient les témoins d'une vie ordinaire, pensa

Clive. Ils évoquaient le travail des gens qui refaisaient leurs gestes dans les maisons, dès l'aurore. Ils ouvraient des portes, soignaient leurs bestioles à travers des grillages cabossés – ils faisaient avancer le monde, les gens, à coups de pouce minuscules inlassablement répétés.

Il ouvrit la boîte du disjoncteur général, et cria :

– Pas de regrets ?...

Personne ne répondit... Il appela Teddy – parti se coucher au bord de la syncope ! Il est vrai qu'il avait fait la foire la veille, disparaissant juste après la répétition... Clive avait probablement rêvé plus longtemps qu'il ne lui avait semblé : Greg avait disparu aussi... Il avait pris une chambre à l'hôtel Leon Bianco, place de la Cisterna, pour ces derniers jours – il ne s'était plus senti le courage d'atteindre Certaldo après avoir lâché l'équipe.

Clive abaissa la poignée d'un coup sec ; il coupa le jus.

Déjà le ciel n'était plus si obscur ; les Gémeaux pâlissaient au-dessus de la Grosse Tour, la constellation du Lion commençait à perdre face et crinière, éteignant ses étoiles les plus menues derrière les créneaux du palais du Podestà – seule Regulus, la petite reine, clignotait comme un satellite. Comme un point sur un i, se dit Clive, qui pensa à sa grand-mère de Rouen... Elle citait toujours cette image d'une poésie de son enfance pour la lune. Elle prenait une petite voix aiguë de gamine douce pour chantonner : « La lune, comme un point sur un i »...

Dans les premières lueurs de cette aube il pensa à sa mémé qui se levait si bon matin, fourmi au fourneau, et faisait, elle aussi, marcher le monde... Il revit sa main frêle, agile dans le sac de jute blond à bord roulé, lorsqu'elle donnait du grain à ses poules au fond du jardin. Il pensa à l'odeur du café au lait qui montait vers sa chambre, à la cuisinière en fonte émaillée, noire dessus, lisse, luisante, avec ses ronds – la cuisinière chaude les matins d'hiver comme une mère poule... Il se refit dans la tête la musique de Charlie Parker et se mit à siffloter le thème de *Bird's nest*. Tout ça c'était des jours perdus qui s'étaient levés un matin, au chant de millions de coqs, morts depuis, eux aussi.

Un vent frais circula dans le cri des oiseaux. Les corneilles de clocher commençaient de quitter leurs perchoirs au-dessus de la Collégiale. Clive eut envie de marcher... Il monta sur le praticable, en avant de l'escalier ; le bois sonnait creux sous ses sandales. Une faible loupiote brillait sous le cloître ; l'ampoule pendait nue au bout d'un fil, abandonnée en veilleuse... Il s'approcha du fond, la partie fermée par une grille où les décorateurs rangeaient les caisses et les accumulations d'un atelier en fin de réalisation. Il aperçut ce qu'il cherchait dans l'angle le plus sombre, à gauche du baptistère : Marguerite allongée derrière des plaques d'isorel. Elle dormait là, recroquevillée dans un duvet gris et sale. Un morceau de sa joue luisait légèrement sous ses boucles touffues – il entendit sa respiration à peine sifflante par instants. Il imagina son corps humide de sommeil sous le duvet, et eut envie de faire l'amour... Mais il s'écarta de la grille, aussi doucement qu'il put, le pas prudent pour tâcher de ne rien bousculer, ne pas déclencher une avalanche subite dans le désordre empilé du cloître.

Il s'arrêta devant la niche, au milieu du mur, pour relire les graffitis éclairés par l'ampoule – les amoureux du monde entier griffonnaient leurs noms sur la surface grise et lisse. « Riky and Nicky » avaient passé par là, un jour. Le 26-2-91 un quatuor : Paquith-Joaquin-Jose-Dolores... En haut, dans l'arrondi – il avait fallu grimper sur le rebord pour écrire – s'étalait cette inscription en belles lettres capitales : ANNA E MARIO UNITI NELL'AMORE.

En s'éloignant son pied buta contre une boîte vide qui roula avec un bruit insolent ; l'infime secousse donnée par la sandale avait déclenché un fracas disproportionné ! C'était comme une mine qui saute sous le pied précautionneux du fantassin – une mine à tintamarre ! Clive, suspendu, se tourna vers le fond : Marguerite n'avait pas bougé. La guerre aurait pu passer sur sa tête ; une escadrille de bombardiers ne l'aurait pas réveillée dans sa tranchée.

À mesure que se rapprochait le jour de la première, les deux filles, Nikola et Marguerite, œuvraient dans une atmosphère de compte à rebours – leur travail se prolongeait tard dans la nuit. Parfois, dans la journée, elles s'allongeaient sur des cartons, et Nikola enseignait à la stagiaire des exercices de relaxation musculaire – mais à partir de minuit, dans le climat d'urgence, elles faisaient de leur mieux pour avancer la tâche de sorte à gagner quelques heures de repos vers le matin.

Marguerite tenait, les dents serrées – elle ne voulait surtout pas se montrer moins résistante que la décoratrice dont on racontait des entêtements devenus fameux dans le groupe. Pour combattre la fatigue, elle utilisait une astuce personnelle et cachée : quand son bras devenait trop lourd et semblait tiré vers le bas par le poids de la craie, elle s'excitait secrètement par le souvenir douloureux d'humiliations subies. Elle rappelait en elle la honte des insultes, la dureté des coups qu'elle avait reçus par le passé – la colère ravivait alors une sorte de fièvre interne qui la dopait… Dès qu'elle sentait sa nuque trop raide, qu'elle appréhendait le point de rupture où elle s'écroulerait comme une serpillière au pied du mur, elle « faisait monter » la haine.

Elle avait des scènes favorites, plus ou moins efficaces, mais toujours stimulantes. Au bord de l'exténuation, elle rappelait vivement l'image de cette surveillante qui l'avait obligée à saisir sa merde avec sa main pour la jeter… Les coups de torchon roulé sur sa nuque qui l'avaient mise K. O. se mêlaient aux douleurs qu'elle éprouvait sur le moment dans les épaules. Elle se sentait alors envahie par un flot féroce, une haine qui la recouvrait tout entière – elle laissait venir des embryons de larmes au bord des paupières, le léger picotement lui procurait des frissons, alors il y avait cette chaleur qui venait de son ventre, qui lui brûlait tout à coup la poitrine. Après, elle allait mieux ; ces rations de haine lui faisaient l'effet d'une injection de drogue dans le sang, avec un bon coup de fouet qui effaçait les élancements dans le dos, la raideur du bras. Les doigts redevenaient souples sur la craie... Elle continuait de travailler, plus vite, avec la hâte presque joyeuse d'une vengeance longtemps mûrie qui éclatait sous son trait, qui s'étalait dans son dessin et qu'elle était la seule à connaître.

Depuis longtemps elle utilisait la formule magique du souvenir qui soutient. Quelquefois pour se réchauffer, l'hiver, dans certains cas de punitions, elle rameutait les injustices et les hontes. Une vieille affaire qui l'avait toujours bien soutenue était cette prof de math qui l'avait traitée de « sale petite putain », dans la classe, quand elle était en cinquième. À cause que Marguerite avait dessiné une bite d'homme, toute rouge, sur une grande feuille, que des garçons de Troisième lui avaient commandée en échange d'un chausson aux pommes. Elle aimait beaucoup les chaussons aux pommes, et son talent de dessinatrice était déjà connu dans les grandes classes... La prof, une femme nerveuse et cassante qui la traitait ordinairement de bécasse, de bourrique, ou même de perroquet crasseux lorsque, par hasard, elle répétait ce qu'une camarade lui soufflait, la prof donc avait confisqué le dessin scandaleux qu'elle était en train de terminer à toute vitesse pendant un cours. La bonne femme s'était emportée sous l'outrage – perdant toute mesure, elle lui avait craché dessus, et Marguerite avait senti le mouillé un peu chaud de la salive dégouliner sur sa joue, et le long des cils de son œil droit... Quand la femme avait approché la main pour lui empoigner les cheveux, elle l'avait mordue; elle lui avait planté les dents dans le poignet, et n'avait pas lâché malgré les cris et les coups de pied dans les genoux! Elle s'était rappelé longtemps le goût du sang qui suintait dans sa bouche... Cette fois-là, elle avait écopé de quinze jours de porte, mais ils n'avaient pas revu la prof jusqu'à la fin de l'année. Le bruit avait couru qu'elle lui avait sectionné un tendon du poignet, et qu'elle avait besoin d'une greffe.

Même là, la prof de dessin l'avait défendue, disant au conseil de discipline que rien n'interdit de s'exercer au dessin anatomique – et que dans tous les cas, il est scandaleux de déchirer un dessin qui est bien fait. Elle avait réclamé le droit de lui mettre une bonne note!... La pauvre s'était fait engueuler par le Principal, qui lui avait ordonné de se taire, que son intervention dépassait toutes les bornes de la bienfaisance – un mot comme ça. Et ça avait fait du bien à Marguerite, cette défense qu'elle avait entendue comme une eau qui coule sur une plaie. Elle se rappelait même son nom à la prof, Madame Perry; souvent elle lui tenait le poignet avec une vraie douceur pour lui montrer un geste, et lui parlait de Léonard de Vinci comme d'un dieu. Elle savait que la prof voudrait bien d'elle encore dans son cours quand elle reviendrait.

Ceux qui avaient été sympa, aussi, c'étaient les garçons de Troisième. Ils lui avaient fait apporter son chausson aux pommes jusqu'à la Cité, par une copine. Le salaire convenu, correct... Il se trouvait en effet que le dessin obscène était précisément destiné à cette même prof de math, comme surprise sur son bureau. L'action de Marguerite avait donc atteint son but, et au-delà de leurs plus chères espérances, puisque de surcroît la prof avait débarrassé le plancher ! Les garçons avaient ajouté trois Mars, au chausson…

N'empêche qu'au mitard, trois ou quatre ans après, Marguerite se réchauffait encore au souvenir de la sensation gluante du crachat qui coulait sur sa peau. Elle ressassait la scène, son cœur battait plus fort, ça embrasait son ventre, elle avait chaud partout – sauf aux pieds. Quand elle éprouvait de nouveaux frissons, elle recommençait… Il y a des profs qui peuvent devenir de vraies chaufferettes.

La nuit, les deux filles se préparaient du thé toutes les heures, sur un réchaud de camping à cartouche de gaz. Elles faisaient une légère pause, et parfois riaient nerveusement ensemble de leur fatigue, appuyées dos à dos, ou épaule contre épaule, par jeu… Un peu avant le matin, Nikola ôtait sa blouse ; elle la suspendait à une pointe qui dépassait de la muraille, puis quittait le chantier. Plusieurs fois elle avait proposé à Marguerite de venir dormir dans sa chambre, si elle voulait ; mais celle-ci préférait continuer un moment encore, par bravade, pour avoir surmonté toutes les résistances. Ça lui plaisait de voir caler Nikola – elle durait une demi-heure de plus, parfois davantage ; puis elle s'allongeait à son tour, derrière les planches, dans le coin le plus obscur, protégée par la grille qu'elle refermait après avoir éteint les projecteurs de travail. Elle aimait à être réveillée par la chaleur du soleil qui se réverbérait contre les pierres, plus tard, sur le chantier qui donnait depuis quelques semaines une direction à sa vie.

Un matin, Marche-à-Terre survint longtemps avant le jour. Il avait un air sombre et tourmenté, car une idée nouvelle l'empêchait de dormir, si bien qu'il voulait l'expérimenter sur-le-champ. Il trouva Marguerite encore debout, seule à la tâche, et l'engueula – il avait besoin d'elle le lendemain, en forme !… Il l'envoya coucher comme une enfant, moitié sérieux, moitié fâché – et tout de même un peu fier du culot phénoménal de son « opératrice en vol » ! Il l'enferma dans la pièce du musée, avec ordre de ne pas reparaître avant onze heures !

Lorsque Clive pénétra dans l'appartement, à Certaldo, le jour était venu. Il fit chauffer un café qu'il but en se brûlant les lèvres sur la toute petite terrasse du jardin. Des voix de femmes chantonnaient dans les étages, plus haut ; des tabliers gouttaient déjà sur les ficelles, au-dessus des carrés de cerfeuil et de romarin… L'image de Marguerite endormie le suivait – cet éclat sur la joue, la moiteur de son haleine avivaient sa langueur de partout, augmentée par l'état indéfini que crée le manque de sommeil.

Le jardinet en pente grimpait jusqu'à une autre bâtisse, au bout, un mur aveugle. Derrière ce mur passait la rue en lacet qui menait à la ville haute, Certaldo Alto, rouge et cuite depuis tant de siècles. Toujours en action ! Avec des gens dedans, qui conservaient leur vin dans des tombes étrusques… Des voitures montaient déjà là-haut en ronflant – des livreurs matinaux ? Quel trafic, quel petit commerce incessant obligeait donc ces bagnoles à se précipiter à l'assaut de la pente aux premières chaleurs du jour ? Leurs conducteurs à dévider des paroles sans importance, à tripoter des caisses d'objets – pour quoi faire ?… Clive eut peur de la vie. Toute la terre était couverte d'êtres garnis de têtes, de bras, de jambes, occupés à vivre, à bouger, à accomplir des milliards de gestes simples. Avant de vieillir, de ralentir, de jaunir, comme les pierres des murs… Ça servait à quoi, franchement ?

Clive se demandait pourquoi ces gens avaient construit ces maisons, tout à coup ? À quoi servaient ces vêtements bien lavés ?… Ils redeviendraient sales. Ça ne changerait rien à l'existence de personne, leur propreté ou leur couleur. Les gens se choisissent des couleurs qu'ils aiment mieux que d'autres, quel intérêt ?...

Le sommeil endort, il rend insensible – Clive en avait mal à la nuque des doutes, de la répugnance que lui inspiraient ce jardinet, cette terrasse... Il essaya de se coucher. Il s'étendit sur le grand lit de la chambre, dont le plafond, très haut, était frais dans la pénombre. Mais il repensa tout de suite à Marguerite... Des camions cahotaient dans leurs ferrures, derrière les volets de bois mal clos – des bahuts grands comme des maisons, qui poussaient leurs bâches bleues et grises à hauteur des carreaux. Des moteurs pleins de force et de rage, surtout dans les moments où le feu rouge devenait vert, au coin de la chambre – il entendait hennir les chevaux-vapeur.

Il se releva ; il chancelait un peu. Il s'en alla marcher sans but dans la ville pour y user sa lucidité. Clive fit vingt fois le tour de la grande place, devant l'église, parmi les premières ménagères tombées du lit, qui profitaient de la fraîcheur matinale. Il y eut les enfants qui ne tardèrent pas à se rendre aux écoles... Tous les deux tours il s'arrêtait pour relire l'inscription gravée en noir sur le mur de la mairie, et qui célébrait le passage de Giuseppe Garibaldi, *emancipatore di popoli*, dans cette ville. Il ne saisissait pas complètement le sens du message sur la plaque de marbre scellée au mur.

Au vingt et unième tour de la place, Clive décida de se rendre à Lucardo. Ce qu'il y avait de moins absurde au monde, c'était probablement le billard ! Au moins là, on faisait comme le reste de l'univers, on jetait des boules. Il y avait cohérence... Diavolo l'invitait maintenant à faire des parties le matin, prétextant le manque de loisirs des après-midi avec l'approche du spectacle – Clive pensait que le Maître l'attirait de bonne heure pour gagner plus facilement des points, dans ces moments où il n'avait pas encore les nerfs à vif ni les yeux bien en face des trous ! Le philosophe jouait alors à son avantage : il apparaissait frais rasé, douché, peigné – gymnastiqué peut-être ! Il le soupçonnait de faire des pompes, ou des torsions, des machins musculaires dès le réveil.

Quand il arriva vers la villa, le soleil rasait, lui, les rosiers à grosse tige tenus par un tuteur de bois. Le soleil nimbait les tours de San Gimignano qui bandait dans le lointain de son érection multiple – il devait commencer à réveiller Marguerite dans son trou à rat… La journée s'annonçait de nouveau très belle, pleine d'oiseaux qui pépiaient ; une jolie brume gazeuse, bleutée, flottait sur la montagne horizontale, le *Poggio del comune*, en face, vers Volterra.

Clive eut envie de gerber – il songea que le soleil se levait aussi chaque jour sur les tombes fraîches des cimetières, partout dans le monde, et ranimait la douleur des veufs… Qu'est-ce qu'il foutait là, lui, ce matin, sur ce promontoire, à côté de ce vétéran du sabre ? Ce retraité de la mort… Alors qu'à l'instant même toutes ces viandes périssaient sur le globe – les hôpitaux, les hospices. Que des enfants perdaient père et mère, vers l'arrière du jour aussi bien, sous les pieds, dans cette nuit d'ailleurs où grouillaient les autres frères fragiles, les assassinés de l'ombre ! Il est toujours minuit quelque part…

– Tu fais une drôle de gueule, dit Diavolo. Tu as chié dans ton froc ?

Le Colonel, entre eux, familiers comme ils étaient devenus, fourbissait son langage d'action. Il rayonnait, lui, lisse, le poil encore humide de ses fraîches ablutions… Il y avait un soleil dans la tête, pas possible ! Son regard riait, narquois, bleu pétillant. Il posa sa main sur l'épaule de Clive :

– C'est ta petite morue qui te fatigue comme ça ?

Clive assura que non : il s'appuya à la rambarde. La brume, là-bas, qu'il voyait, ces jolis fonds mauves, bleutés, à la Léonard de Vinci, ne paraissaient composés que de tous les derniers soupirs de la nuit.

Diavolo s'accouda lui aussi, le dos plié vers le Valdelsa. Il tendit le doigt vers un mamelon que l'on apercevait au loin, en dessous de Fiano :

– Est-ce que tu vois, là-bas, un bouquet de cyprès ? demanda-t-il. Sur la butte un peu chauve, à gauche d'un pylône électrique... Oui ? Tu vois ce petit rond avec ce qui ressemble à un arbre pointu qui dépasse au milieu ?... Eh bien, sur ce sommet il y avait une fois une fort grande ville ! Oui, l'une des plus florissantes cités de Toscane ; elle s'appelait Semifonte, et occupait entièrement le haut de cette colline, sur le plat. Au début des années douze cent, tu vois. Une ville libre ! entourée de trois rangées de fortifications. Imprenable pour l'époque !... Toute la surface n'était pas bâtie, naturellement, l'enceinte comportait des champs, et des jardins cultivés, du bétail – de sorte que la population pouvait se suffire à elle-même en cas de siège, même prolongé. Semifonte était gérée par les habitants eux-mêmes, au moyen d'une assemblée élue, présidée par deux sages – elle battait sa propre monnaie. En fait il s'agit de la première ville socialiste au monde !... En 1190, par là...

Diavolo raconta lentement, les yeux perdus dans la vallée, comme si la cité mystérieuse lui donnait de la nostalgie.

– Oui, le socialisme du monde entier a ici son premier berceau ! Semifonte, entièrement oubliée !... Une démocratie très chrétienne tout de même : il y eut jusqu'à seize églises dans cette surface limitée – et des mœurs très pures ! Dieu y était pratiquement chez lui.

Le maître de maison se redressa, il fourra les mains dans ses poches qui gonflaient comme des sacs.

– Ce qui s'est passé est très simple : au mois de mars 1202, les deux puissantes villes de la région, Sienne et

Florence, mortellement rivales entre elles, décidèrent de s'unir pour détruire Semifonte. Comme la jeune cité modèle était trop bien fortifiée, et magnifiquement gardée par ses citoyens, elles firent appel à la ruse. On introduisit un espion à l'intérieur de la ville, qui fit courir le bruit que la ville était trahie par le comte de Toscane qui la livrait à Florence, laquelle en tant que patronne allait supprimer toutes les libertés... Cette fausse rumeur sema l'alarme, la pagaille s'étendit, et pendant que les habitants commençaient à se massacrer entre eux, l'espion s'en alla ouvrir tranquillement l'une des portes, derrière laquelle les soldats de Florence attendaient !... La ville fut non seulement prise, mais démantelée, et entièrement rasée, démolie pierre à pierre, églises comprises, et les habitants dispersés... Comble d'efficacité, Florence décréta qu'aucune construction, si minime soit-elle, ne serait autorisée sur le site de l'ancienne Semifonte, et cela jusqu'à la fin des temps !

Diavolo fait le geste de la table rase : nue comme sa main demeura la colline !

– Ils ont tenu leur parole ! Ce machin pointu qui est au centre du bosquet, est en réalité une coupole. Au siècle dernier un mécène voulut faire construire une chapelle commémorative – il eut toutes les peines à obtenir l'autorisation, en vertu de l'interdiction de 1202 ! Voilà, je te montrerai un jour. On peut encore voir les pierres d'une des tours.

Le Maître s'étira, montant ses longs bras vers le ciel bleu. Puis ils se dirigèrent vers le salon du billard.

– Hein ! Encore des « meilleurs » qui sont partis les premiers, non ?... Plus personne ne se souvient de Semifonte.

Il rigola.

– Cela a permis à Florence et à Sienne de devenir des cités célèbres dans le monde entier. Le triomphe des plus vachards, c'est toute l'histoire de l'humanité.

Nathalie,

tu as remarqué comme les filles sont belles sur cette planète ! Je sais pas ailleurs, mais ici, Nathalie, ici-bas quoi, dans cette vallée de larmes – elles sont... magnifiques, je veux dire ! C'est la seule chose qui aide à vivre, pratiquement.

Mais une question : quand on est une fille, qu'est-ce qui aide alors, dis-moi ?... Avant, il y avait Dieu – le monde était organisé, autrefois, les hommes croyaient aux femmes, les femmes croyaient en Dieu, parfait !... Et maintenant ? Ça se passe comment ? À quoi elles s'appuient, les filles ?

Ça me fait peur de penser qu'elles n'ont rien d'aimable pour soutenir leur existence. Après elles, y a plus rien alors ?... C'est comme si elles ouvraient sur un gouffre – la dernière corniche au bord du précipice. Tu montes sur la fille, et tombes dans le vide ?... Quelle aventure ! Mais où sont les neiges d'antan ?

Nathalie, j'ai mal à la mort.

Clive.

P. S. Néant.

Ce fut pendant le dernier filage que le système se détraqua. Encore heureux que l'incident se fût produit la veille de la générale, et non le soir même de l'inauguration où était invitée la presse italienne et internationale alertée par le F.E.S.R.A. L'expérience de San Gimignano devant servir de vitrine on avait convié le gratin des organisations culturelles, plusieurs ministres, ainsi que des personnalités du monde des arts et de la politique. La catastrophe fut évitée de l'épaisseur d'un cheveu ! À en reparler quelques jours plus tard Gregory Loach éprouvait dans la gorge ce pincement d'un automobiliste qui contemple le ravin au-dessus duquel sa voiture dépasse, une roue avant suspendue dans le vide.

L'après-midi avait été orageux – personne n'avait d'abord cru à la pluie dans un pays où les premiers déluges ne viennent qu'aux environs du 15 août. Pourtant le ciel se couvrit au loin, et la lumière devint très belle, contrastée, théâtrale. Une de ces lumières qui rendaient jadis les foules pantelantes, et faisaient que les paysans croyaient en Dieu… Marche-à-Terre fit amener en urgence la grande Descente de Croix installée sur la Torre Grossa, il mobilisa les pompiers qui, sous sa direction, décrochèrent les dessins déjà en place à l'aide de leur nacelle. Tout ou presque était à l'abri lorsque le vent se leva, menaçant d'arracher les contrevents sur les façades.

Les premières gouttes tombèrent, larges comme des assiettes sur le sol brûlant... Puis ce fut la trombe d'eau, la douche violente qui s'abattit sur la ville et la campagne. Devant la Collégiale la pluie frappait les marches et rebondissait en éclaboussures argentées dans un bel effet de gerbe ; les gouttes grondaient sur le plancher du praticable qui ronflait comme un tambour ! Les deux régisseurs pensaient à la batterie des huit racks d'ampli* abrités sous le proscenium, et que par mesure de précaution supplémentaire ils avaient recouverts de feuilles de plastique épais, de même que tous les instruments de la régie dans la tour arrière.

En quelques minutes les rues se transformèrent en torrents. L'eau bouillonnait sur la place, dans l'espace laissé par les gradins qui rendaient un bruit de tonnerre. Les touristes se laissèrent surprendre – le temps de pouvoir se réfugier dans les pizzerias ouvertes aux fuyards, ils étaient dans un état réjouissant ! Les robes des femmes collaient à la peau exposant leur chair avec la plus parfaite et la plus intime impudeur ; les tissus devenus brusquement transparents, elles marchaient nues, drapées d'eau de pluie, les cheveux plaqués, comme au sortir d'une baignoire.

La pluie cessa aussi brusquement qu'elle avait commencé ; alors se produisit un phénomène que les habitants de San Gimignano regardèrent d'un œil détaché, mais qui sidéra les artisans du Festival : les rues se mirent à fumer ! Une vapeur monta de partout, la ville transformée subitement en pattemouille où s'abat un

* Le rack d'ampli est un relais de 24 circuits indépendants, chacun doté d'un rhéostat commandé électroniquement, et qui permet de régler l'intensité des projecteurs.

fer… Le soleil revint, l'orage très bref ne fut plus, au bout d'une heure, qu'un bizarre souvenir, tant le pavé des rues, les murailles et les toits étaient redevenus secs.

Le soir, le beau temps était sans nuage – c'est à peine si au commencement du filage, il restait des traces d'humidité sur les gradins et sur le long praticable, dont le bois de pin exhalait une bonne odeur de forêt et de meuble neuf… Les électros avaient soigneusement vérifié tous les projecteurs – une seule ampoule avait claqué par l'effet de l'eau demeurée sur le culot. Les circuits fonctionnaient, au doigt et à l'électronique pour la plus grande satisfaction de l'œil !… Les acteurs, d'autre part, se montraient en forme ; ils avaient du rythme, de la pêche, il semblait que l'ondée eût rafraîchi leur jeu.

Le premier acte de la pièce s'était déroulé sans lézard ni l'ombre d'un souci – la Duchesse venait d'épouser son bel Intendant au cours d'une scène pleine d'esprit, conclue par un beau serment solennel. Gregory, assis bien au centre des gradins, un carnet sur les genoux, griffonnait quelques notes à la lueur d'une lampe de poche ; il se pencha vers le régisseur, installé à côté de lui avec le texte, à une petite table munie d'un spot camouflé par un abat-jour. Il devait glisser des remarques à propos d'Olympia, et de Jacomo Prostano, sur leur jeu… Les éclairages fonctionnaient à merveille – et c'était ça la crainte, au début de la répétition, que d'autres ampoules touchées par l'eau n'aillent sauter à qui mieux mieux en chauffant sous la tôle !… Teddy Grafton, soulagé, venait de lancer un signe joyeux à Clive, perché en poste sur la tour métallique. Ils étaient sortis de la zone de danger : au bout des vingt minutes, tous les circuits avaient chauffé, et basta !… Ils avaient mis les pouces en l'air ensemble dans la pénombre, tellement ça baignait !

Tout à coup, au début du second acte – Bosola venait

de dire (sa voix était chaude et caverneuse) : « Répandez la nouvelle que vous allez mourir ! Si vous entendez les gens du commun vous envoyer à tous les diables, soyez sûr qu'on vous tient pour un très gros bonnet » (*un avvocato di prima qualità*) – sur *qualità* on devait lancer une découpe* qui éclairait d'un jour brutal une vieille femme outrageusement fardée faisant son entrée... Elle resta dans le noir. Ce fut une petite rampe qui s'alluma du côté des Harangues, et illumina le dessin de Fina sur sa planche de mort.

Un silence se fit. Francesco, interdit, cherchait sa partenaire... On entendit la voix de Teddy qui tomba :

– Shit !... Sorry Greg.

On crut qu'il venait d'accomplir une fausse manœuvre – ce sont des choses normales, les dernières répétitions sont faites pour gommer aussi ce genre de bavure... Cependant, plusieurs projecteurs s'allumèrent alternativement à de mauvais endroits, dans un grand désordre logique – puis on retrouva celui qui était destiné à cette phase de l'action. Quand le faisceau fut rétabli, Castellino reprit son texte : « Vous venez d'achever, pour l'heure, une peinture ? »... Puis les mots s'enchaînèrent, les scènes s'emboîtèrent à leur rythme pendant un assez long moment. La Duchesse entra, on lui offrit des abricots, elle les dévora goulûment comme l'exigeait la situation ; puis, comme elle se sentait mal, que ses gens rassemblés l'emportaient dans sa chambre en criant : « *Portate dei lumi ! Dei lumi !* » – des lumières ! Des lumières ! le plateau s'éteignit.

À l'écart de la scène principale, un rideau de lumière monta, incongru, comme un gag, venant d'un Svoboda qui devait servir plus tard, au quatrième acte, à la vision

* Un projecteur muni de couteaux qui permettent de réaliser des cadrages précis.

des effigies de cire !... Jacopo Romano, qui jouait Delio, en eut le souffle coupé. Il grogna avec malice, dans le silence et l'obscurité : « *Dei lumi, per favore* »... Le mot provoqua des gloussements dans le groupe des spectateurs intimes, timidement perchés au bord inférieur des gradins.

Gregory s'était levé, il arpentait nerveusement les planches devant sa banquette. Des projecteurs s'allumaient au hasard, s'éteignaient... Il hurla en direction de la régie lumière, à bout de nerfs :

– What the hell are you up to ?... – Mais bordel, qu'est-ce que vous foutez ?

Le silence était épais, tendu. Teddy donna toutes sortes de lumières, éclairant le plateau à plein :

– Désolé Greg ! Ça merde complètement ici.

On entendit encore : « Shit ! shit ! » et les coups de pied dans les montants que jetait rageusement le chef électro... Les acteurs s'agitaient ; les figurants s'assirent sur le parapet le long des marches, en chapelet. Olympia Calamo se lamentait à mi-voix, la tête dans ses mains : « *O dio mio ! dio mio !...* » Complètement déconcentrée.

Clive avait dégringolé très vite de la tour pour venir aux nouvelles ; il y eut discussion. Apparemment le jeu d'orgue électronique était déréglé. Plus rien ne correspondait à ce qui était écrit sur le conducteur ! Tout allumait n'importe quoi, tout était faussé, plus aucun repère !... Pourtant le pupitre avait été bien protégé de l'orage, minutieusement couvert et enveloppé – aucune goutte d'eau n'avait pu l'atteindre. Il s'agissait d'autre chose : une panne, ça arrivait...

Teddy proposa à Greg, avec ses excuses, vingt minutes d'entracte pour faire l'échange avec un jeu d'orgue manuel qu'ils conservaient en secours. Gregory Loach connaissait la compétence de cette équipe, leur parole valait une certitude. Il accorda le temps de changer le pupitre... Vite, Clive et Ted se mirent en huit pour défaire les prises, rebrancher les connecteurs, numéro par numéro. Ils eurent terminé en un quart d'heure – tout de suite ils passèrent aux essais... Horreur ! après un bref moment d'espoir, le nouveau pupitre se comporta aussi bizarrement que l'ancien. Pourtant, là, c'était eux-mêmes qui actionnaient les manettes, pas un système électronique – mais rien ne correspondait à rien, ni surtout ne reproduisait deux fois la même chose. On aurait dit que le diable s'était logé dans le fourbi.

– Oh God ! No !... jura Teddy Grafton.

C'était à devenir fou ! Il invoqua le ciel, à mots sanglants. Il devenait grossier envers Dieu qui avait permis la pluie, et ce putain de bordel de connerie de matériel de merde !... Aucun doute, la panne ne venait pas du jeu d'orgue. C'était autre chose, plus sérieux.

Ted s'excusa auprès du metteur en scène, de la troupe qui attendait dans un silence atterré de tous les comédiens, qui, de plus, faisaient des efforts terribles pour comprendre l'anglais. Surtout celui de Ted, qui venait de très haut, des rives du Mersey... L'orage, leur dit-il, avait causé des dégâts indécelables au premier abord dans l'appareillage électrique. La répétition pouvait reprendre, mais dans une lumière unie, statique, plein pot, sans aucun des effets prévus, ni spéciaux ni ordinaires. Tout le toutim était bloqué – il leur fallait la journée de demain pour réparer. Bonsoir !

– Goodnight, folks !...

Teddy savait. Il serrait les dents. C'était les racks – les racks d'ampli avaient morflé. Ça lui était arrivé une fois déjà, dans l'île de White, pour un concert en plein air. La grosse erreur : les racks n'étaient pas tropicalisés*. La vapeur d'eau qui s'était élevée tout de suite après

* Tropicalisé : protégé, par un traitement spécial, qui empêche la pénétration de toute humidité dans les circuits.

l'orage s'était infiltrée dans les circuits électroniques. Très peu d'humidité suffisait à les détraquer – en chauffant, au cours du premier acte de la pièce, la vapeur avait dû les faire dérailler. Il fallait changer les racks ! Il partait donc à Florence – oui, immédiatement. Il essaierait de réveiller quelqu'un. Au pire, il serait à pied d'œuvre pour le moment où les fournisseurs ouvriraient boutique. Car, si par catastrophe ils ne disposaient pas de matériel de rechange, mieux valait le savoir dès l'aurore, pour se donner le temps d'aller jusqu'à Bologne, à Rome s'il le fallait !… Il jura, glissant d'un geste méchant sa main dans ses cheveux – « Oh mother… ! » Puis il tourna les talons.

Les comédiens avaient repris la pièce, mais le cœur leur manquait. Ils avaient attendu, dans l'impatience, ce moment du dernier filage, pour prendre réellement la dimension du plateau, avec les figurants, la lumière, en situation de jeu réel. Ils étaient déçus, démobilisés – assez inquiets pour le lendemain aussi. Ils n'arrivaient pas à retrouver la pêche avec cet incident qui changeait tout, qui les obligeait à demeurer dans des conditions de répétition à présent dépassées. Ils ramaient…

Certains d'entre eux rouspétaient in petto, murmurant contre les électros, qui étaient payés pour prendre *toutes les précautions* possibles, pas seulement celles qui leur faisaient plaisir !… Mais quelle idée, aussi, d'aller chercher des Anglais pour s'occuper des éclairages sous un ciel qu'ils ne connaissaient pas ! Pour venir maintenant accuser leurs orages toscans, qui sont peut-être les plus beaux du monde !… Et que serait-il arrivé, gémissait-on en coulisse, si l'on était le lendemain soir ? Avec les princes de la culture carrés des fesses sur les gradins ?… L'idée seule de ce désastre, de ce déshonneur absolu, les glaçait.

Aussi l'ensemble manquait de rythme ; tous les jeux devenaient lourds, atroces – l'atmosphère était à couper au couteau. Il n'y avait que Lydie à se plaire; elle riait de ce contretemps... La tension qui régnait lui donnait des ailes: lorsqu'elle apparut pour sa première scène, à la fin du deuxième acte, elle fut légère, éplorée, éblouissante. Son enjouement stimula un peu Carlo Nelfili, son partenaire Cardinal, dont l'humeur revint...

Avant de prendre la route, Teddy repassa dire deux mots à Clive qui assurait le «service minimum» devant la console. Il parlait bas, en confidence:

– Une chose que tu peux faire, quand la répétition sera terminée, c'est de souffler de l'air chaud à l'intérieur des racks.

Clive eut un temps d'hésitation:

– De l'air chaud! Avec quoi je vais souffler de l'air chaud?...

– Avec un sèche-cheveux, cher Clive, un sèche-cheveux! Très méticuleusement dans chaque tiroir, l'un après l'autre.

On ne savait jamais, en principe ce traitement devait suffire... Si les circuits n'étaient pas détériorés. Il fallait tout tenter, au cas où ils ne réussiraient pas à obtenir du nouveau matos entièrement fiable. Il avait procédé lui-même ainsi, Ted, dans l'île de White – au *hair dryer*. Il était parvenu à remettre les racks en route.

– Let's try again!

Ne négliger aucune chance, bien sûr. Saloperie de pluie. Dans un pays si sec! C'était une malédiction spéciale, à son avis. Il partait... Ah! les clefs!... Il tendit les clefs de sa chambre à Clive, pour qu'il puisse aller dormir après, puisqu'il lui piquait sa voiture.

Le filage terminé, sans trop d'enthousiasme, Clive exposa la situation à Greg, dans un conciliabule éclairé par la veilleuse du tableau de bord. Il expliqua les mesures qu'ils prenaient, que Ted était déjà en route, aux emplettes. Le chef électro de l'équipe cinéma, qui avait assisté à l'incident, se joignit à eux, aux nouvelles, en collègue. Justement, il suivait ce filage pour sa gouverne, car le réalisateur voulait tourner au cours de la générale de presse, le lendemain, discrètement... Il se montra d'accord avec le diagnostic – il connaissait ces engins, bien que ne les utilisant pas lui-même. C'était pratique, certes, comme matos, mais tellement sensible!... Le type était sympathique, et compatissant. Clive et lui avaient déjà eu l'occasion de discuter ensemble; il s'offrit à lui donner un coup de main, si besoin. En tout cas il savait où trouver un sèche-cheveux à cette heure avancée; il revint avec l'outil au bout de dix minutes.

Quand ils furent tous partis, Clive se mit à la tâche, directement sous le praticable où étaient logés les huit racks. Il n'avait pas énormément de place pour évoluer entre les soliveaux, les traverses, les étais qui soutenaient le plancher de scène: une forêt de bouts de bois parmi lesquels il fallait s'établir une niche sans beaucoup d'aise dans les mouvements. De plus, les gros câbles des multiprises jonchaient le sol, juste à l'endroit où il faudrait poser ses fesses!... Néanmoins, il fallait assurer, il assura. Chaque rack d'ampli devait d'abord être déséquipé de ses vingt-quatre connecteurs; puis il ouvrait les tiroirs un par un, et les séchait patiemment, avec méthode, sans trop chauffer les circuits, juste ce qui était nécessaire pour évacuer l'humidité s'il y en avait... Après s'être assuré de l'un des ensembles, il le remettait en place, sortait le suivant, et recommençait en laissant bien le temps à une vapeur résiduelle de s'évaporer.

Il passa la nuit ainsi, accroupi, assis en tailleur devant les tiroirs, son instrument de coiffeur à la main qui bourdonnait dans ses oreilles... Il changeait de main pour donner du mou à ses muscles, aux bras et aux épaules qui devenaient douloureux au bout de quelques minutes de fixité. Il se calait le coude sur la cuisse, ou bien contre l'une des traverses, l'un des croisillons les plus proches qui pouvait servir d'accoudoir. Lorsqu'il avait terminé avec les douze tiroirs d'un rack, il était nécessaire de changer de quartier pour atteindre le suivant, et de s'adapter à une nouvelle logette, un nouvel espace pour ses pieds, ses genoux... Toutes les demi-heures à peu près, il sortait de son trou pour se déplier les jambes ; il faisait quelques pas en observant les étoiles qui luisaient d'un éclat parfait – comme un circuit bien séché ! Au moins, cela augurait bien de la nuit qui viendrait : la soirée dramatique où nulle erreur n'était plus permise, où tout devait paraître, étalé aux censeurs et au public, et marcher, marcher, marcher...

Un peu avant le jour, Marguerite lui apporta du thé. Elle avait occupé le temps de son côté à réparer quelques traces provoquées par le déménagement en catastrophe sur certains dessins... Elle se glissa à côté de lui sous l'abri juste assez spacieux à cet endroit-là pour accueillir deux personnes recroquevillées ! Ils n'avaient qu'une tasse pour deux, mais une casserole pleine de thé brûlant... Clive pose son sèche-cheveux, frotta ses mains engourdies par la crispation. Marguerite était lasse, mais bien. Il lui montra les circuits et expliqua le fonctionnement, en gros, la panne présumée. Il en était à son avant-dernier rack, presque au bout de ses peines !

Ils burent le thé très chaud, et s'appuyèrent des épaules dans l'étroitesse du lieu, l'un contre l'autre, envahis de fatigue. Marguerite avait une odeur de nuit, de peau qui a sommeil, de cheveux... Il eut envie d'elle. Il posa sa main sur sa blouse, et voulut se tourner vers son visage pour lui communiquer son émotion – sa tête cogna le plancher, en haut, dans l'élan. Elle avait ses yeux lourds des paupières, et lorsqu'il toucha sa main qui lui sembla chaude, elle écarta les doigts pour prendre les siens.

Ils s'émurent à tâtons, à gestes – et Clive trouva le cou de Marguerite sucré, vers le creux de l'épaule ; il la dégrafa. Mais c'était très incommode, sans pouvoir se tourner, sans l'aise de rien – et la difficulté qu'ils trouvèrent, dans l'impatience, à se câliner plus fort. Pas moyen d'enlever ce pantalon serré à elle, dans cette position tordue – il parvint à lui déplacer une seule jambe, à pleines mains, sans lui faire mal, et lui mettre la cuisse à nu en tirant fort tandis qu'elle gigotait pour aider, et ils passèrent le genou d'un coup sec, jusqu'au pied enfin, presque gagné. Et tout devint comme un arc-en-ciel.

Ils se firent l'amour à genoux sur ce tout petit bout de croûte terrestre barricadée de planchettes – Clive cognait du crâne au plancher en bougeant, ce qui résonnait sur tout le praticable. S'il se penchait pour éviter cela, une traverse branlante se mettait à taper en mesure derrière son dos, dans un pétard bien pire de tambour !... Ce fut si exaltant qu'il agrippait la cuisse libre de Marguerite qui se cambrait, et la tenait serrée contre sa hanche – avec la senteur forte du bois de pin nouvellement taillé, bourré d'échardes, il eut l'idée que c'était comme faire l'amour dans un cercueil. Il pensa à Cercueil en Normandie, à des gens là-bas, qui faisaient ça, peut-être, dans leurs maisons, à cette heure-ci – puis il chassa cette pensée ridicule qui dissipait son humeur. Marguerite se mit presque à rire, sur le souffle, et pourtant c'était un matin qui finissait tard de la veille, avec la sueur qui lui venait, à force... Ce fut maladroit mais si beau, qu'ils se foutirent de tout, des coups, du vacarme, et du mal de genou sur les graviers de l'asphalte.

Plus tard, au fond des tendresses, Clive s'aperçut qu'il avait un pied coincé sous lui ; il voulut se dégager, et la cheville était entortillée dans un paquet de câbles, et douloureuse. Il dut soulever précautionneusement

Marguerite qui s'éveilla. Le jour était venu, très clair… Il était tôt pour les passants, mais ils se sentirent un peu impudiques, ainsi en tas. Cependant il fallait d'abord sortir de la caverne pour se remettre en pli – le pied ankylosé de Clive lui donnait des douleurs vives à présent que venaient les fourmis. Marguerite se tortilla pour arranger sa blouse, et ne pas se mettre dehors avec la jambe nue jusqu'au nombril.

La roucoulade intense, prolongée, d'un million de pigeons les accueillit en plein air. Ils grouillaient à tous les recoins de hauteurs, aux corniches, aux angles – ils couvraient les créneaux de leur grisaille en duvet bleuté. Eux et les corneilles de clocher, avec lesquelles ils partageaient les tours de la ville, dont on remarque qu'elles sont trouées comme du gruyère. Les corneilles, maigres et noires, virevoltaient plus haut encore, avec des cris aigus, et des envols pressés au bruit de cisailles… L'aube luisait sur le sommet de la Torre Grossa – une cloche sonna dans l'air, loin.

Un type se penchait au bord du praticable et tâchait de voir en dessous, alerté par le ronronnement du sèche-cheveux.

– Do you speak english ? demanda la voix avec une intonation nettement française.

Clive terminait le séchage du dernier tiroir du dernier rack laissé en plan ! Il n'était pas d'humeur à fréquenter les touristes. Déjà qu'il s'était retenu pour ne pas accompagner Marguerite, partie dormir un peu dans la piaule à Teddy dont il lui avait donné les clefs ! Il voulait finir…

– Ça vous regarde pas ! fit-il, en français.

Le bonhomme ne se rebuta pas – il se gondola poliment, disant :

– Ah bon !

Clive, cloué au sol dans sa position pénible, arrêta son engin brûlant qui avait résisté joliment lui aussi à cette nuit de galère. Il referma le tiroir – il avait hâte de vérifier si son travail n'avait servi vraiment à rien, ou bien si le navire était sauvé ?

Le visiteur s'était accroupi sur ses talons, sans se démonter. Il tendait le cou comme quelqu'un qui veut examiner le travail de près.

– C'est un rack d'ampli, ça ? prononça-t-il sur un ton d'évidence.

Visiblement il tenait à converser. Il se tortilla :

– Tu le sèches parce qu'il a pris l'humidité ?

Clive eut un mouvement de surprise. Il tourna la tête pour observer l'intrus – un grand gaillard, qui même assis était contraint de baisser la tête pour regarder sous le plancher du praticable.

– C'est l'inconvénient de ce type d'appareil, poursuivit l'inconnu qui cherchait à imposer sa conversation par le biais de son savoir technique. S'ils ne sont pas tropicalisés on a toujours des ennuis quand on travaille en plein air. Il est tropicalisé, celui-là ?

Clive était un peu suffoqué. Est-ce que le ciel lui envoyait un spécialiste de la panne de rack ? Ou simplement un sorcier ?... Tout en rebranchant les connecteurs du dernier multiprise, il avoua qu'effectivement, à cause de l'orage d'hier, ils avaient eu des tas de soucis. Voilà : l'opération était terminée – over !... Il s'extirpa laborieusement de la tanière. L'homme se déplia aussi, de toute sa hauteur, puis tendit la main :

– Je m'appelle Nireug, je fais du cinématographe.

– Clive, dit Clive. Je fais le con depuis hier soir.

Le cinématographe man était en grand écran, pour ainsi dire. Un peu la même dégaine que Diavolo, pensa Clive – mais en plus tendre dans le bifteck, moins athlète. Une bonne figure avec ça, un air riant et sympathique ; ce que Balzac aurait sûrement appelé un « visage ouvert ».

Il cherchait Gregory Loach – c'était bien ce vieux Gregory qui dirigeait ce Festival, n'est-ce pas ?... Oh ils n'étaient pas particulièrement liés ! Ils s'étaient rencontrés plusieurs fois, en diverses circonstances :

– Je connais beaucoup mieux sa copine, avec qui il vit, qui est une bonne amie à moi. Elle est là aussi ?...

Il attendait sa réponse, familier et disert, malicieusement satisfait d'être parvenu à briser la glace avec ce technicien revêche. Il ajouta, complice :

– Il a toujours la même fiancée, au moins ? La comédienne, Nathalie Martin.

Clive donna des nouvelles : Nathalie, bien sûr – mais elle était retournée en France pour du travail. Avignon, en fait... L'autre regretta. Dommage ! Justement, en apprenant que Loach se trouvait dans les parages, il avait voulu la saluer. Il l'avait employée dans un de ses films, il l'aimait beaucoup ! Une vraie copine sympathique – et une excellente comédienne ! Ce qui ne gâtait rien... Il parlait d'enthousiasme de cette fille superbe :

– C'est la seule actrice française qui sait donner à manger à des poules sans avoir l'air d'une dinde !

Il paraissait catégorique. Un peu emphatique même, ce Nireug. Il exagérait sûrement... Mais il se marrait, il dit qu'elle était formidable, intelligente et tout comme nana. Il avait un drôle de rire, qui repartait à l'envers, en aspiration. On aurait dit qu'il se brûlait les doigts ou quelque chose en riant...

– Ça m'étonne pas, fit Clive. Elle s'est beaucoup entraînée...

– À quoi faire ?

– À donner aux poules.

Le grand type fronça les sourcils, qu'il avait noirs et touffus. Une mise en boîte ?... Il se demandait si le jeune homme lui servait du lard ou du cochon.

Clive lui toucha le bras :

– Excuse-moi, je m'appelle Clive Martin. Nathalie, c'est ma sœur.

Nireug se détendit, il fit des gestes ravis :

– Sans blague ?...

Ah ! comme le monde était minuscule !... À deux mille bornes de Paris : il tombait sur le frère à Nathalie, un matin par hasard, sous un tas de planches !...

Ils devisèrent ainsi, en marchant vers l'armoire d'alimentation, où Clive actionna le gros commutateur. Ils grimpèrent ensuite à la régie, jusqu'au jeu d'orgue que le régisseur approcha le cœur à la fois battant et serré, montrant dans ses gestes tant de prudence qu'on aurait dit qu'il craignait la morsure d'un serpent !...

Clive brûlait de savoir : il poussa une manette... Bon. Une autre... Mais, ça avait l'air ! – Nireug redescendit sur le plateau pour dire, à mesure qu'il faisait monter les circuits, quelles gamelles s'allumaient. Et c'était tout bon ! Un peu dans les vapeurs de ce soleil levant, Clive se mit à flotter de plaisir : ça marchait !... Ça fonctionnerait aussi avec les mémoires de l'autre pupitre, il n'y avait pas de raison. L'avis également de Nireug, qui discutait le cas en camarade technique à présent – en même temps il essayait de réfréner son triomphe, parce que la veille ça avait tenu presque une demi-heure avant que tout se mette à débarquer. On verrait la suite avec Ted. Il n'allait pas tarder à donner de ses nouvelles – ils changeraient le jeu d'orgue, et feraient des essais prolongés dès son retour. Teddy allait sûrement reparaître dans le courant de la matinée.

Au café de l'hôtel Bianco, place de la Cisterna, ils parlèrent de la Toscane. Nireug connaissait bien la région – il avait des amis qui habitaient Certaldo Alto, des peintres... Il aimait à parcourir ces doux paysages au soleil naissant – le meilleur moment, assurait-il, pour jouir des beautés de la nature. Il prenait quelques photos...

Est-ce que Clive avait remarqué comme tous les mamelons de ce pays étaient dotés d'un arbre au bout – un cyprès, généralement, ou un pin, souvent planté tout seul sur le sommet ? Nireug eut cette image :

– On dirait un poil sur un grain de beauté !...

Lorsqu'il fut dix heures passées, ils virent Marguerite qui montait du fond de la place. Elle marchait lentement... Elle marqua un temps d'arrêt en approchant de la terrasse. Puis les présentations s'échangèrent – Nicolas Nireug, parfois appelé Nini !... Marguerite était fraîche ; elle rayonnait d'humide, douchée, parfumée – elle sentait l'herbe tendre. Il fut charmé d'apprendre qu'elle travaillait sur les décors... Galamment, de l'arène à la tour magnanime, il tira une chaise du bout de son grand pied : elle prenait du café ? Plutôt « grandé » ?

Assise à côté de Clive, tout contre le mur, elle lui fit un bisou près de l'oreille – ce qui faisait une salutation inattendue, hors de ses manières. Mais douce... Une étrangeté de nuit blanche qui se colore. Clive expliqua que Nicolas l'avait aidé à quelques essais préliminaires de bon augure – mais on ne pouvait pas être sûr – et qu'il était un ami de sa sœur Nathalie. Ça faisait un peu famille, déjeuner du matin avec les *dolci* crémeux sur les doigts, et Marguerite voulut ouvrir la bouche pour dire un truc – mais justement, à propos de décors, la conversation dévia, car Jean-Paul Morin apparut en personne, venant du haut ! Il sortait de la place du Duomo, marchait nonchalant de son balancement agile, la natte bien tirée...

Lorsqu'il fut à six pas, il fit :

– Tiens !

Il sourit, vint serrer la main de Nireug qui s'était mis debout et disait :

– Alors c'est toi qui as fait ça ? Je ne savais pas... Bravo !

Ils avaient l'air de se connaître, même très bien, à la façon dont ils se tenaient l'un devant l'autre, sans bouger... Un silence suivit.

– Tu vas bien ? demanda Marche-à-Terre – et il eut cette inflexion subtile dans le soupir des mots qui donne à la question son étendue véritable de « comment se passait la vie entière, depuis trois ou quatre ans sans doute, en résumé » ?

– Ça me fait plaisir de te voir ! répondit Nicolas qui réquisitionnait une autre chaise dans les alentours.

Marguerite glissa à Clive, pendant qu'ils s'asseyaient, qu'elle avait cru d'abord, de loin, que c'était Diavolo avec lui... Elle se sentait fort causante ce matin, pour lui confier une impression pareille, se dit Clive. Et il s'aperçut qu'il avait encore envie d'elle... Il se demanda s'il était en train de tomber amoureux ou quoi ?...

– Tu es venu voir le spectacle ? demanda le chef déco.

– Non, mais je crois que je vais rester. Ça m'a l'air très sympathique ! fit Nireug.

Il se renversa largement sur le dossier de sa chaise comme quelqu'un qui déborde de contentement... Marche-à-Terre demanda à Clive des nouvelles de sa nuit. Il dit à Marguerite qu'elle s'était relevée bien tôt !... Puis il répondit à Nireug au sujet de quelqu'un, et les deux continuèrent de bavarder entre eux, de gens et de choses qu'ils connaissaient.

Le serveur servit les cafés ; c'était un gros patapouf un peu mou, enrobé de vêtements de sport à raies blanches sur les jambes, et dont le blouson portait les anneaux olympiques dans le dos... Marguerite expliqua alors à Clive que Teddy était revenu.

Ah bon ? Voilà une nouvelle !... Revenu, mais où, quand ça ?

– Y a longtemps ?...

Il venait d'arriver tout à l'heure, à la chambre.

– Tiens ?

Il voulait dormir. C'était pour cela qu'elle était remontée, elle, si tôt, en somme... Elle ajouta que Ted aurait voulu qu'elle reste – mais elle avait pas voulu rester.

– Comment ça, que tu restes ?...

Il y eut un silence lourd. Est-ce que Ted avait essayé des choses, par hasard ? Il en était parfaitement capable, ce salaud-là !... Clive regarda Marguerite, elle posa sa main dans la sienne. Elle dit qu'elle n'avait pas voulu, c'est tout – et elle avait un ton tout de même assez fier en prononçant ces paroles, un air de flatterie mal placée...

En somme et en clair, même en très lumineux, ce fumier de Grafton venait de lui proposer la botte, à elle ! Ayez des copains !... Il en avait subitement gros sur la patate, Clive. Il avait envie d'interroger Marguerite sur ce qui s'était passé en bas, à la piaule, exactement ?... Il sentait la mauvaise humeur le prendre, avec cette nuit qui s'achevait en lui en boule d'aigreur – lui qui n'avait pas fermé l'œil, et qui demeurait là, cependant, à faire face, en attendant l'autre zigomar qui se prélassait dans les toiles quand on le croyait sur les routes, et qui ne se souciait, le bienheureux, ni de savoir où en était le désastre, ni rien, bravo !... Est-ce qu'il avait trouvé du matos ? Ou bien était-il juste allé à Florence pour finir la nuit au bordel ? Tout à fait capable ! Il l'avait déjà fait !... D'ailleurs, en y réfléchissant – cette hâte à filer au milieu de la nuit... Ah le salaud, décidément ! Il lui avait tout laissé sur les bras, et s'en était allé voir les putes !... Encore bravo !...

Ce que Clive avait du mal à supporter, c'était cette oppression gênante, cette sorte de pincement à l'estomac qui lui était venu tout à coup... Il avait horreur de s'avouer qu'il se sentait jaloux. C'était stupide !... Il aurait voulu demander – mais il n'osait plus – comment ça se faisait qu'elle s'était douchée, Marguerite, si Ted l'avait trouvée au lit ? Et s'il était là, tout près d'elle, à lui conter fleurette, ou peut-être davantage ?... C'était affreux cette supposition qui lui retournait brutalement l'estomac ! Il se sentait pathétique.

– Comment il est entré ? Tu avais la clef.

Ben, elle avait ouvert, pardi !

– J'ai cru que c'était toi qui venais.

Encore mieux ! Donc, elle avait ouvert complètement à poil ! Évidemment, Teddy n'était pas le garçon à prendre son mouchoir pour se boucher les yeux !... Et après ça, sous la douche ! – Oh, et puis hein ! Merde ! Il n'allait pas se gâcher sa journée avec ces conneries !

Il la regarda en biais. Il avait toujours envie d'elle, et espéra violemment que l'autre ne l'avait pas touchée. Pourquoi ? se disait-il... Est-ce qu'elle était à lui à présent ? Absurde ! Il ne l'avait pas achetée à la foire – ni ailleurs.

Il y avait de la musique à l'intérieur du café – ils passaient des chansons anglaises, pas des plus récentes... Il venait des bouffées de *Yesterday*, langoureuses à mourir. Marche-à-Terre parlait maintenant du prochain film qu'il allait entreprendre, juste après – il enchaînait avec une très grosse production, aux Antilles d'abord, au Québec ensuite. Montréal, Nireug connaissait... Il raconta, une année de sa vie – et Clive n'arrivait pas à suivre leur conversation ; il se demanda brusquement comment Marguerite avait su qu'il lui proposait de rester, l'autre ? Dans quelle langue européenne lui avait-il communiqué son souhait ? En sourd-muet, là, les gestes ?... Il avait dû insister un peu, Ted, non ? Vouloir être, muettement, fort précis !...

Pour retrouver son assurance, il se disait que le manque de sommeil le faisait délirer. Du reste le chant le troublait, la voix modulée de Paul McCartney s'étirait sur sa cervelle dans les vapes, le labourait entièrement d'une émotion disproportionnée: *I long for yes... ter... day!...* Il lui arrivait des soupirs dans les poumons qui l'auraient fait pleurer, pour un peu – l'état «fleur de peau» où il était monté l'affligeait de cette sensiblerie désolante. Qu'avait-il à foutre, au fond, des agissements de cette nana qu'il avait conduite ici pratiquement contre son gré, en tout cas par pure charité – même pas chrétienne! Afin de ne pas jeter un être humain aux loups, point final. Il n'allait pas, maintenant, se prendre la tête avec cette histoire. Les relations éphémères sont les relations les plus douces à la peau... Du calme! Grafton ou Tartempion pouvaient à leur aise lui faire des invites, non?...

Il regardait le corps de Marguerite, ses bras nus, un peu bronzés, et ses hanches, son coude posé sur sa jambe croisée, l'arrondi de son dos – il n'arrivait pas à s'y faire: il ne voulait pas que d'autres la touchent. Sans la crainte du ridicule, il lui aurait demandé d'aller faire l'amour dans leur chambre à eux, tout de suite, à Certaldo, dans le grand lit défait derrière les volets de bois mince qui laissaient filtrer un jour jaune. Ils boiraient du café sur la terrasse, en regardant le linge sécher...

Marche-à-Terre se leva pour partir; il conseilla doucement:

– Tu devrais aller te reposer, Clive. On a besoin de toi, ce soir.

Ce soir – le grand soir!... Le mot fit courir un frisson: le jour du trac montant se trouvait déjà bien entamé. Et Nireug se leva à son tour; il se frotta les mains:

– Tu feras une sieste! Pour l'instant je vous invite à déjeuner. Il doit y avoir de bons restaurants dans la ville?

Il lorgnait, au fond de la place, le Terrace; il dit:

– Là-bas?...

Ce que n'avait pas prévu Marguerite, c'est l'émotion du premier soir de scène qui serre la gorge, et le corps entier sous la gorge, jusqu'aux pieds… Ce sentiment que plus rien n'est sûr de ce que l'on voit, que l'on est enlacé par un événement étrange, essentiel comme une cérémonie magique. Le monde échappait autour d'elle, de nouveau – une angoisseuse fuite. Il y avait quelque chose de charnel dans cette attente du moment suprême, la préparation de l'acte scénique, dans la « dernière main » mise aux gestes, aux habits, à la parure. Le théâtre était gros comme le désir.

Cela avait débuté par l'étonnement du plus rien à faire qui l'avait prise au dépourvu, dans la fin de cet après-midi-là où Marche-à-Terre avait commencé à se désengager de tout. Il avait dit : « Voilà, ça y est ! »… Il avait ajouté : « Roulez jeunesse ! » – et Marguerite n'avait pas compris… Il avait posé les mains sur les hanches, jeté un long regard circulaire aux fresques de papier sur les murs de la place : « Alea jacta est ! » – elle ne savait pas du tout ce qu'il disait… Ce fut comme s'il se mettait à parler une autre langue, puisque tout était fini ! Elle eut le sentiment que tout était perdu… Avec cette impression de vide qui la saisissait, alors que ses mains, ses pieds, voulaient continuer à faire, à bouger, lancés depuis des semaines – son corps ne parvenait pas à s'arrêter. Jusqu'à Nikola qui s'était métamorphosée – et c'était la plus effrayante de toutes les incongruités : non seulement Nikola avait quitté sa blouse, mais elle s'était mise en tenue de fête, l'après-midi, avec un pantalon vert, au pli strict, amidonné, et un chemisier en dentelle !...

Marche-à-Terre, qui sentait l'incompréhension étonnée de sa stagiaire, avait répété, juste pour elle, dans les yeux : « N, i, ni : fini ! »... Et Marguerite eut peur de cette fin finale, car elle aimait à commencer.

D'ailleurs au crépuscule la place du Duomo était devenue saisissante, à un point qui ne lui était pas encore apparu de manière frappante. Dans ce jour sur le déclin, les dessins blancs et noirs, ou ocre, luisaient partout sur la pierre, sur les balcons, qu'ils habitaient avec des airs de fantômes, ou de larves géantes... L'immense dessin de la tour ressemblait à une chenille monstrueuse, d'autant que la longue bande de toile bougeait un peu, agitée du haut par la brise. Ce peuplement de calamité impressionnait Clive ; cela correspondait si parfaitement à la pièce que l'on jouait – il avait expliqué que Jean-Paul Morin était un magicien, en vrai, descendu des druides. Un homme bien plus bizarre que ne le laissait croire son apparente étrangeté.

Les loges des acteurs étaient installées à l'intérieur du musée depuis l'avant-veille ; toute une costumerie s'y livrait bataille sur de longs portemanteaux roulants. Les femmes et les figurantes, une dizaine seulement, s'habillaient et se maquillaient dans une pièce, les hommes dans une autre, sans cérémonie. Pour ce qui était des figurants hommes, une trentaine de quidams devenaient successivement des courtisans, des soldats, des pèlerins ou des valets, dans un carrousel de costumes à changer en coup de vent ; ils occupaient une troisième salle à l'entrée.

Une demi-heure avant le début annoncé pour le spectacle, les comédiens déjà en tenue, à quelques rubans près, rôdaient comme des bêtes, ou demeuraient prostrés sur un siège, dans un coin ; tous portaient sur le visage des fonds de teint violents, barrés de traits sombres. Au froufrou des rires, à l'agitation des voix avait succédé un silence épais. Un va-et-vient constant se créait entre la cour et l'intérieur du musée ; Gregory, pâle, les mains dans les poches, semblait décalé dans son habit de ville plastronné, soigneusement tiré à quatre épingles en prévision des rencontres et parlements avec les officiels. Il promenait un sourire un peu forcé d'un groupe à l'autre, donnait son mot sur un col, sur la boucle d'un soulier. On termina l'arrangement d'Olympia au dernier moment, dans une tension quasi électrique.

Marguerite, qui supportait mal le désœuvrement de cette attente immobile, accepta avec joie la proposition que fit Alessio de donner un coup de main pour l'habillage des figurants à qui il manquait toujours quelque chose au dernier moment. Elle laça des chaussures, fixa avec une épingle à nourrice le revers d'un col récalcitrant... Les intéressés lui communiquaient leurs besoins par gestes, c'était amusant – avec les erreurs, les quiproquos qui s'ensuivaient, car elle ne saisissait pas forcément tout de suite le problème qui lui était posé !... Heureusement Hubert Simplon, somptueusement vêtu en gentilhomme, se présenta dans la salle pour bavarder avec un petit groupe de « courtisans » et voulut bien servir d'interprète pendant un moment.

Outre ses deux rôles, assez brefs – un fou chez la Duchesse, et le Docteur, lesquels n'intervenaient l'un et l'autre que vers la fin de la pièce –, Hubert était chargé d'épauler une poignée de jeunes gens dans la première partie afin d'organiser une figuration intelligente pendant les scènes de Cour. Sa nature comique et légèrement extravagante prenant le dessus à la moindre occasion, il s'improvisa aussitôt pour Marguerite « bureau des réclamations ». Il adopta le ton et les manières d'un grand couturier pour lui présenter les rectifications à opérer dans une parure, un bouton décousu, des bretelles trop courtes ! Ses longs cheveux bruns, qu'il avait attachés avec un ruban rose, lui donnaient un air romantique un peu insolite, et il possédait un art tellement naturel de tout transformer en gags que l'ensemble des figurants se mit à suivre ses évolutions en compagnie de la jeune fille... Marguerite n'était pas trop prise au dépourvu par son exubérance, car il était gentil comme garçon – il lui avait toujours parlé, depuis le début, lorsqu'il la rencontrait avec Clive, même avant qu'elle ne fasse partie de l'équipe des décorateurs.

Près de la porte d'entrée du bâtiment, un régisseur refoulait les importuns : les curieux à la recherche d'autographes, mais aussi certains journalistes arrivés tôt. Il les empêchait d'empiéter sur cette zone protégée des loges qui constitue pour les acteurs leur provisoire retraite. Les flashs crépitaient cependant, dès que l'un d'entre eux mettait son nez dans la cour... Quant à Ugo Privazio, il donnait une interviouve dehors, marchant de long en large en costume chamarré de grand Duc. Il avançait sur ses longues jambes comme un automate, et répondait aux questions d'une jeune femme assez courte de taille qui était obligée de courir à son côté.

Sur la place du Duomo le public affluait ; les personnalités commencèrent à arriver. Des jeunes filles fraîchement arrangées, qui portaient des bouquets de fleurettes dans leur coiffure, accueillaient les invités de marque près de la longue table recouverte d'un velours vert sombre qui avait été placée au débouché de la rue

San Matteo. Elles guidaient les personnes vers leurs places réservées aux premiers rangs des gradins. Toutefois une délégation des autorités de la ville, auxquelles s'était joint le président allemand du F.E.S.R.A., reçurent les personnages les plus en vue. Ils les conduisirent avec déférence jusqu'à leurs places privilégiées dans un grand remous de photographes et de reporters – ainsi le ministre italien de la Culture, venu spécialement de Rome. Il eut droit à un fauteuil, au centre, de même que plusieurs ambassadeurs des pays de la Communauté et leurs épouses... Le consul de France à Florence, ainsi qu'un important gratin descendu de Belgique, du Danemark, de Paris, complétaient les huit premières rangées de ce «parterre» surélevé. Diavolo, en grande tenue, accompagnait familièrement un ministre des Pays-Bas; ils riaient ensemble, et se comportaient comme des hommes qui se sont connus dans leur jeunesse.

Marguerite regardait passer ces femmes en robes de soirée, amples et souples, comme si elles étaient les déesses qui font pousser les herbes et germer les graines dans le sol des jardins, celles qui donnent leurs ailes aux papillons, et leurs plumes aux oiseaux... Sans posséder aucun des mots, elle leur trouvait de beaux airs d'allégories; elle respirait leurs parfums de muses qui flottaient sur leur passage tandis qu'elles traversaient l'allée en dansant sur leurs talons pointus. Marguerite demeurait pétrie de surprise en découvrant tout à coup que ce travail, depuis des mois, avait été accompli pour des dieux! Elle les regardait s'asseoir, et la manière calculée dont ils posaient leurs fessiers sur les coussins de velours qui recouvraient le bois l'emplissait d'admiration; ils mettaient une grâce inaccoutumée dans la pliure du bassin, dans le mouvement arrondi des fesses, qui montrait assez la nature particulière de leur rang social. Certains, une fois posés, étendaient le bras vers les murs de la place : ils discutaient ostensiblement des grands dessins dans la pénombre – leur attention se portait singulièrement sur cette Descente de Croix qui semblait monter vers les étoiles.

Juste avant le début de la pièce – le spectacle était déjà retardé d'une demi-heure ! – le Président du F.E.S.R.A., le Docteur Heinz Weinmann, un homme charmant et spirituel, qui, par pure coïncidence, avait été autrefois le compagnon de Gregory dans un collège d'Angleterre, monta au centre du praticable pour lire un discours en italien. À cet instant les journalistes débordèrent de partout ! Ils semblaient naître des flancs des gradins, tellement il en pullulait, comme les mouches éclosent d'un fromage trop fait ! Leurs appareils automatiques poussaient des cris de grenouilles en colère tandis qu'ils mitraillaient l'ombre d'éclats de feu... Des gens de la R.A.I., de la B.B.C., filmaient à qui mieux mieux, tournant dans un mouvement de balais leurs caméras vers le public, pour revenir à l'orateur.

Celui-ci prononça deux ou trois fois des paroles amusantes, qui firent rire distinctement les personnalités. Marguerite pensa qu'il avait ses pieds juste au-dessus des racks – et pourvu que rien ne se mette en panne ce soir !... Assise tout en haut des gradins entre Marche-à-Terre et Nikola, elle éprouva un frisson à imaginer un incident. Et Clive devait être tendu aussi, dans sa tour – pas question d'erreurs, de faux mouvements !... Le Docteur Weinmann se tut ; il plia son papier, le glissa tranquillement dans la poche de son smoking, puis, la tête haute, continuant de fixer l'assemblée, il lâcha une courte phrase accompagnée d'un petit geste du bras, et il fut frénétiquement applaudi !

Alors le noir se fit, lentement, lentement... Marguerite imagina les doigts de Teddy qui commandaient cela sur les manettes. Il y eut le raclement des gorges, le moment des toux – des pieds frottèrent le bois des gradins, ici et là. Puis on entendit, forts et sonores, des pas dans la nuit !...

La pièce commençait dans l'obscurité totale, et les premières répliques se donnaient à l'intérieur de la Collégiale, dont le son était relayé par de puissants haut-parleurs dissimulés sur la place. Ah ! l'émotion de ces premiers bruits de la scène, immenses, hors des proportions naturelles... Des semelles lourdes claquaient sur les dalles de pierre de l'église, l'écho se réverbérait sous la voûte – les premiers pas se doublèrent bien vite d'autres pas semblables, plus rapides. Il y eut des cris de chaises dont les pieds grattaient le sol.

Toujours dans le noir complet, on entendit une voix lente et solennelle : « *Benvenuto... nel vostro paese... caro Antonio** » *!...* Le bruit des pas cessa. La voix continua d'un ton de prêche, en espaçant les syllabes qui s'envolaient sous la nef, amplifiées : « *Siete stato parecchio tempo in Francia* »*...* À ce moment la lumière monta lentement autour du petit porche gauche de la Collégiale – « *e ritornate coi modi vero e proprio francese* », articula la voix... Et la porte s'ouvrit dans un long grincement.

Antonio parut sur le seuil de l'église, suivi par Delio qui acheva sa réplique de sa voix nue ; elle parut soudain plate et mince sans l'écho des voûtes :

– *V'è piaciuta la corte di Francia ?* – Comment as-tu trouvé la Cour, là-bas ?

– *Una meraviglia !* répondit Antonio qui alla se

* « Bienvenue dans ta patrie, cher Antonio ! La France t'a gardé bien longtemps ; tu nous reviens en vrai Français, du moins dans les manières. »

poster, pour dire la suite, devant l'estrade des Harangues.

Tout en parlant il détaillait du regard le dessin qui venait de s'éclairer : sainte Fina allongée sur sa planche. Marguerite éprouva un long tremblement de panique. Elle se rendait compte brusquement que tout le monde, là, sur les gradins, avait les yeux fixés sur son travail en même temps que ceux du personnage. Les yeux des divinités assises aux premiers rangs se braquaient là-bas !... Elle s'aperçut que ses dents claquaient doucement dans sa bouche – elle serra les mâchoires, porta sa main crispée au menton. Marche-à-Terre lui prit l'autre main dans le noir, elle avait les doigts noués – il la lui frotta doucement jusqu'au poignet. Ses doigts se décrispèrent, la tension s'apaisa... Puis elle sentit le bras de Nikola qui entourait ses épaules, de l'autre côté. Ses dieux à elle ne l'abandonnaient pas...

À ce moment un bruit de planche rythma le son des paroles – le grand Francesco Castellino entra. Sa voix profonde éclata, magnifique au-dessus des têtes ; sa voix gifla les murs.

Le Cardinal lui répondit, tout en rouge, par la bouche mordante de Carlo Nelfili : les deux hommes grandirent ensemble sous les lumières, la pièce décollait... Ces gens, à qui elle n'avait jamais adressé un mot, étaient tout à coup les héros de ces peurs, les vainqueurs de ces mois de fatigue, des reins brisés, des journées sur les échelles ! Marguerite n'éprouvait plus de crainte, ils étaient ses amis, les plus forts ! Ils prenaient possession de la place, entièrement. Des tours aussi ! Ils devenaient les maîtres de San Gimignano du soir, les patrons des étoiles. Les Excellences, en bas, n'avaient qu'à bien se tenir ! Demeurer tapies, calées, dociles ! Et ranger leurs grands culs...

Marguerite ferma les yeux ; toutes ces phrases en italien qu'elle ne comprenait plus entraient en elle comme de la musique. Le son des voix devint peu à peu indistinct. Au bout d'une demi-heure elle s'endormit – mais pas tout à fait. Le récit continuait à bercer sa tête… Peu à peu elle se mit à dériver dans les éclats de voix ; elle partit loin, dans une lumière jaune qui dansait. Par instants elle fut dans la cour de la Cité, au milieu d'hommes qui parlaient en arabe en jouant aux dés sur des cartons d'emballage dans le soir d'été. Elle se sentait tirée vers l'avant, ce qui l'éveillait suffisamment pour se retenir, cognant des clous avec la conscience du spectacle qui flottait en elle… À des moments Fina se levait de sa planche, elle disait en s'étirant : « Ah ! je me suis bien reposée ! »… Elle avait la voix d'Aïcha. Les hommes se fâchaient très fort sur la scène, puis il y eut des chevaux. Les cavaliers l'éveillèrent tout à fait, ils arrivaient caracolant de la place de la Cisterna jusqu'au pied du praticable, à quelques pas des premiers gradins. Ils cernaient de leurs piques Olympia et sa suite de pauvres gens – sur le premier cheval, Francesco, vêtu en guerrier, menait l'arrestation de la Duchesse et de son enfant.

Plus tard, lorsque les personnages eurent commencé à prendre le chemin du tombeau, Marguerite essaya de deviner les mouvements de Clive dans la tour, qui manœuvrait le projecteur mobile – mais les lumières étaient trop aveuglantes, elle ne discerna rien. Elle pensa à Teddy, au jeu d'orgue ; elle le revit à poil, avec ses longues cuisses pâles d'homme blond sous la douche…

À la fin, ce furent les rumeurs qui éclatèrent ; les gens autour, dressés sur les gradins, applaudissaient. Les acteurs revenaient en courant sous les lumières, à deux, à trois, en foule… Ils se prenaient la main, courbés – ils paraissaient tout petits de loin, au fond, comme des enfants qui jouent, et bondissaient de bonheur sous les acclamations.

L'affaire était « dans le sac », selon Marche-à-Terre, souriant de toute sa figure. Il dit qu'ils avaient été bien... Des hurlements montaient à présent des gradins, partaient vers le ciel noir d'où tombait une petite fraîcheur étoilée.

Nathalie,

lorsqu'un étranger te regarde, ne perds jamais tout à fait de vue que c'est peut-être ton assassin qui te contemple. Si son regard s'attarde sur toi, sache qu'il est en train de prendre les mesures de ton cercueil !

Moi, l'autre nuit, j'ai assisté à la plus marrante leçon de philosophie de ma vie. Nous étions dans un restaurant à Florence, avec Diavolo – il nous a emmenés après le spectacle, le troisième soir (il est revenu voir la pièce, par parenthèse il trouve le travail de Greg formidable). Donc, nous bavardions sur les malheurs de la Duchesse, le côté vengeance, tout ça, la férocité des frères, ceci-cela – nous, c'est-à-dire Carlo Nelfili, qui joue le Cardinal, sa femme qui est française, Lydie Bacher quc tu connais, un autre bonhomme, puis nous deux Marguerite. En principe Greg devait nous rejoindre mais il n'est pas venu... Bref, à un moment donné (dans un monde où tout se paie !) Diavolo a prétendu, comme ça, que les gens attablés autour de nous à des tables gentilles, nappes rouges, tu vois, et fleurs en petits pots (pour égayer l'addition), que tous ces gens tranquilles avec leurs jolis coups de fourchette, étaient en réalité des tueurs !... L'incrédulité, tu penses bien, se lisait sur tous les visages – sauf celui de Marguerite parce que c'est tellement mal écrit ces temps-ci qu'on a du mal à lire... Si nous parlions de ces choses-là (qui ne sont pas arrivées comme un cheveu sur la soupe puisqu'on était au dessert !), c'est qu'il s'élevait une petite controverse entre Diavolo et la femme de Carlo, qui est sympa et causait de paix intérieure, de sérénité, de sentiment de bon accord universel, tous ces trucs peinards dont on a envie et qui n'arrivent pas trop souvent. Elle est vachement baba, faut dire... Diavolo soutenait, au contraire, que la discorde est non seulement utile et nécessaire, mais absolument vitale dans le monde. Il expliquait que l'univers est régi par l'antagonisme (si tu as du mal, tu me dis, je te ferai un croquis). En résumé, il nous citait un mec qui s'appelle Héraclite d'Éphèse – retiens ce nom, Nathalie, je t'interrogerai à la sortie ! Ne crois pas que cet Héraclite soit le type qui a chouravé le passage clouté dont je t'entretins dans mes précédents courriers, non ! Il s'agit d'un philosophe pré-socratique, qui soutenait déjà cette théorie de l'antagonisme bien avant tout le monde, autant dire pas avant-hier. La phrase clef d'Héraclite d'Éphèse est, paraît-il – te sauve pas je l'ai notée sur l'envers de la nappe en papier, je la ressors, la voici : « Le combat est père et roi suprême de toutes choses. » Selon Diavolo c'est une phrase géniale, et trop méconnue ! Parce que ça signifie des choses fondamentales et diverses, comme l'acte vénérien (la baise sexuelle, quoi – mais lui il dit « l'acte vénérien », ça doit être un belgicisme), donc le coït, qui est combatif comme tu le sais peut-être, mais aussi l'équilibre fondamental de l'univers, aussi bien le système sidéral que la constitution de la matière elle-même ! Brif et brof, de l'infiniment grand à l'infiniment minuscule, tout n'existe sur notre planète, et ailleurs d'ailleurs, que grâce à la tension et au rapport de forces. (À propos de force, si c'est trop balaise pour une ancienne étudiante en médecine tu peux sauter la question et passer à la suivante)...

Pour revenir à nos moutons, ou plutôt nos glaces à la framboise, comme j'ai dit (j'ai demandé une glace à la viande mais y en avait plus), nos amis avaient un peu dérivé, et Diavolo nous entretenait de l'instinct de mort qui habite l'espèce humaine, même que c'est pour ainsi dire son sujet favori. Il nous a dit, voilà : nous allons tenter une expérience avec ces gens qui sont autour de nous. Je vais faire une chose violente, et vous allez les observer. Plus exactement, précise-t-il (l'espiègle), en voyant la tronche de Josiane Nelfili, je vais symboliser la violence, sans l'exercer réellement – et la Josy respira !... Vous allez sentir le climat qui s'installe, et monter graduellement chez ces concitoyens honnêtes, messieurs et dames, le désir de tuer. – Il causait normalement, sans baisser la voix, sans la relever, puisque c'était en français... « Ne vous occupez surtout pas de ce que je fais, observez seulement : scrutez bien l'assistance. Il va d'abord y avoir un malaise, puis les humeurs internes vont se mettre en mouvement, la violence va monter, le vernis va craquer – il craque vite ! – et vous allez voir apparaître la bête !... D'accord ? » – Diavolo a sa manière de présenter, ça faisait un peu : « Le petit oiseau va sortir ». On a dit : « d'accord ! »

À ces mots, sans piper davantage, il prend son verre, très calmement, puis il le balance contre le mur en face. Le verre se brise en neuf cent quatre-vingt-dix-neuf morceaux, peut-être plus ! Fracas, glin-glin ! Tout le monde lève le nez. Surprise !... Diavolo saisit alors un second verre et le balance contre le mur. Au même endroit. Il avait choisi un coin vide, sans personne dessous... Je te dis pas la gêne ! Les murmures, les gens qui font mais qu'est-ce qui se passe ? Et patati, c'est le type là qui... Diavolo, toujours aussi calme, sans la moindre mauvaise humeur, balance un troisième verre. Là, gros tollé !... Le patron se met à protester comme un phoque, les hommes font chorus, les femmes font hi ! hi !... Diavolo attend que la grogne ait bien monté dans la salle, puis il jette coup sur coup, très posément, deux autres verres. Le vacarme !... Et c'est vrai que tous les gens avaient les yeux luisants, ils gueulaient comme des porcs, les femmes avaient changé de couleur – Josiane aussi du reste ! À côté de nous il y avait une nana qui tremblait. Elle se secouait, sans blague, « spasmodique » on dit, non ?... Enfin on s'entendait plus ! Le patron s'est précipité, genre ça va pas la tête ? Et pourquoi vous faites ça ici ? Perqué, perqué, patata !... Diavolo a sorti son carnet de chèques : « Pago, pago »... Toujours imperturbé comme c'est pas permis, complètement dégagé de l'incident. Il fait un chèque au patron – gros chèque je crois, vu l'œil rond du type – il le lui donne en disant : « démonstration philosophique ».

Après ça, nous avons exécuté ensemble un tour d'horizon des tables : c'était la haine. Montés à bloc ils étaient, les convives ! Appétit coupé pour beaucoup – difficultés respiratoires pour certains – surtout comme ça, entre la poire et le fromage, les bouteilles à peu près vidées. Diavolo nous commentait le processus de refoulement. « L'envie de tuer est maîtrisée avec beaucoup d'effort » etc... Il se gênait pas une miette, il montrait du doigt les gens : Voyez ce vieux connard, là, il pourrait résoudre son antagonisme par une crise d'apoplexie, mais il ne fait que suffoquer. » C'était extra super – j'avais l'impression de souper avec Socrate ou quelqu'un de sa bande, d'être un disciple !... Il a attendu que le ton des conversations revienne à un niveau correct, que le patron soit reparti derrière son bar... Alors il nous a dit : « Attention, maintenant, ne perdez rien du spectacle ! » Il prend notre bouteille (vide) sur la table, et vlan ! il l'écrase contre le mur. On a failli se faire lyncher ! Parole, c'était fou l'ambiance !... Deux des plus tueurs parmi les tueurs se sont précipités sur Diavolo, l'un avec son couteau de table qui aurait pas entamé l'escalope milanaise, l'autre à mains nues (et poilues) l'a saisi au colback – lui s'est dégagé d'un coup de genou discret, et toujours tranquille, souriant dans le vacarme, il a payé la bouteille comme si elle était de nouveau pleine, la note et tout – avec un large pourboire au garçon. Nathalie, tu veux que je te dise ? C'était génial ! En six minutes les petits bourgeois paisibles de Florence étaient devenus des bêtes féroces. Il y avait un type qui bavait ! Il bavait sur le revers de sa veste, comme un animal – qui aurait eu une veste !

En même temps j'avais un peu la pétoche, rapport à Marguerite, que le patron aille appeler les flics. Si nous nous trouvions embarqués, bonjour ! Mais Diavolo se bilait pas du tout, il prenait son temps. Il s'est mis debout, gracieux, et avant de sortir il a réclamé le silence, grand seigneur : « *Signori, signore !* »... Et puis il leur a expliqué que selon Héraclite d'Éphèse, surnommé l'Obscur, « le combat est le père et le roi de toutes choses ». Il leur a dit que ce grand philosophe avait sévèrement critiqué des vers d'Homère que les *signori* présents avaient tous immanquablement en mémoire : « Puisse la discorde disparaître d'entre les dieux et les hommes. » La plus grosse bêtise qu'ait jamais proférée Homère, car, si la discorde venait à disparaître, tout périrait !... Il les a remerciés, sans rigoler du tout, pour leur participation à son cours de philosophie. Il leur a souhaité le bonsoir, et de continuer à bien s'amuser !...

C'est tout pour aujourd'hui, ma sœur. Sauf, si tu veux bien méditer pour la prochaine fois, cette autre phrase d'Héraclite que j'ai notée sur la nappe : « Tout ce qui rampe sur la terre est soumis aux coups. »

Je t'accable de mes caresses. Ton frère bestial,

Clive.

V

L'été fut chaleureux, parfois brûlant – il s'écoula à petites semaines. Il y vint des orages qui se levèrent et frappèrent les collines du Valdelsa, violents comme la colère des serpents. Marguerite se demandait de plus en plus souvent ce que seraient les saisons après un si bel été, et sa vie qui changeait.

Elle avait été profondément affectée par le départ de Marche-à-Terre, à la fin de juillet. Il avait quitté San Gimignano le lendemain de la Première du spectacle, sans hâte, mais sans délai. La nouvelle production l'attendait aux Antilles – en réalité il avait dû négocier une semaine supplémentaire de liberté afin d'assurer le Festival jusqu'au bout. À présent il n'avait plus une demi-journée à perdre ; il devait rattraper le train sur le point de se mettre en route dans un autre coin du monde.

Le chef déco laissait Paul-Jean mener à bien la série télévisée. Nikola l'assisterait provisoirement, sur quelques semaines encore. Car elle le rejoindrait ensuite en Martinique, au terme de la première phase de repérage lorsque le moment serait venu de lancer le nouveau chantier exotique… Comme promis, il avait fait engager Marguerite dans l'équipe du tournage, très officiellement, en tant que décoratrice en titre. Sa tâche consisterait essentiellement, du moins au début, à soulager Nikola, afin de permettre à cette dernière de souffler un peu après tant d'effort. Jean-Paul Morin avait besoin de récupérer son « opératrice au sol » en parfait état de marche pour sa nouvelle entreprise. Faute des vacances qu'elle se refusait à prendre, il était souhaitable qu'elle eût trois bonnes semaines pour se détendre tout en continuant à travailler en compagnie de Marguerite qu'elle mettrait peu à peu au courant de l'activité cinématographique. La consigne que le chef leur laissait : prendre la vie artistique du bon côté !

Marguerite se trouvait donc avec un engagement régulier jusqu'à la fin de l'été – un boulot passionnant, assez tranquille en regard des excentricités de ces temps passés. Ce nouveau bonheur avait donc été terni par la disparition du chef déco – elle demeura stupéfaite, abattue, sans nerfs, pendant les trois ou quatre jours qui suivirent son départ.

Marche-à-Terre s'en était allé vers midi, pendant la réception donnée à la mairie en l'honneur de la troupe. Un raout d'autant plus joyeux, organisé dans la « salle de Dante », que la presse du matin célébrait le Festival comme une réussite complète. Les critiques portaient le spectacle en triomphe ; ils avaient encensé les acteurs, la pièce, la mise en scène, à la fois classique et fourmillante d'inventions. On parlait de l'originalité des décors du fameux J-P Morin – à ce sujet Marche-à-Terre avait exigé que l'on citât l'inspirateur ponctuel de cette réalisation : Pignon-Ernest. Le peintre, qui ne pouvait finalement assister au spectacle, lui avait envoyé un télégramme d'amitié… Le Festival faisait si grand bruit que deux représentations supplémentaires étaient d'ores et déjà mises sur pied…

Dans la salle de Dante, le Docteur Weinmann se montrait radieux. Il tint à serrer la main à tous les participants – il avait débordé d'éloges pour les décos, la hardiesse de la conception, la témérité de l'exécution. En homme avisé, qui parlait un français élégant, il s'était enquis de la manière dont avait été faite la mise en place, surtout comment ils avaient hissé la Descente de la tour, cette « grand-voile du navire de la spiritualité » ? On fit allusion à la voltige de la jeune stagiaire, et il leva son verre « à l'intrépidité de la jeunesse ! ».

Le départ avait été furtif, presque clandestin. Un taxi attendait à l'angle de la place de la Cisterna ; Marche-à-Terre qui partait avec Alessio avait refusé tout accompagnement pour se rendre à l'aéroport de Pise. Ils prirent congé dans la salle du vin d'honneur, puis se glissèrent dans l'escalier. Nikola et Marguerite marchèrent avec eux jusqu'à la voiture... Le Chouan jeta un dernier regard autour de la place, lentement ; ses yeux verts balayaient les dessins dont il emportait la mémoire... Puis Nikola et lui se claquèrent dans les mains, paume contre paume, par un rite tribal plein d'au-revoir ! La jeune femme articula « Good luck ! » de sa voix sombre. Il déposa un baiser sur son pouce qu'il appliqua sur le nez de Marguerite, comme une empreinte, disant :

– On se revoit nous deux.

Puis les portes claquèrent, le taxi tourna le coin de la place. Marguerite, pâle, raide, faisait peine à voir – elle ne prononça pas une parole tout le reste du jour.

La nouvelle organisation de l'été avait mis Clive en face de questions qu'il évitait soigneusement de se poser. En gros, qu'allait-il faire, lui, une fois le Festival terminé ?... Il lui restait quelques jours à assurer pour le service du film après la dernière représentation, puis quelques jours de démontage – mais ensuite il regagnait théoriquement sa liberté. Sans avoir rien décidé, il avait toujours songé à rentrer en France, à petites étapes, par les détours qu'il jugerait alléchants. Il irait de l'avant, au gré principalement de sa chétive fortune acquise en un pays où la vie était incroyablement dispendieuse. Un voyage serait hors de prix ! Pourtant, on parlait beaucoup de Venise... De Naples aussi, mais ça, juste avant de mourir !

Pousserait-il, sérieusement, jusqu'à Rome ?... L'un des comédiens de la troupe, qui jouait un pèlerin, lui avait vanté les charmes de la ville papale : ses palais, leurs fronts audacieux ! Ses rues étroites, enchevêtrées, leur agitation de petits commerces pareils à ceux d'une grosse bourgade provinciale – il aimerait ! On lui parlait de Piazza di Spagna, de Piazza Navona – le Trafalgar romain aux façades ocre des palais décatis... Et puis Rome quoi ! Il ne pouvait pas, décemment, quitter la Péninsule sans avoir jeté un coup d'œil à Rome !

Depuis le début Clive avait écarté, non moins systématiquement, toute supposition sur ce qu'il adviendrait de Marguerite quand le Festival finirait. « À la grâce de Dieu » paraissait la formule la mieux appropriée à son avenir proche et lointain. Devait-il se charger aussi du « rapatriement » ?... La chose serait sûrement impossible dans les mêmes conditions. Alors quoi ? – Du reste, la notion de « patrie » s'appliquait-elle vraiment à cette nana ?

Dans les premiers temps du séjour, il ne s'était posé aucune question car il pensait que la fille en aurait vite marre de rester plantée là parmi des théâtreux qui l'ennuieraient. Un beau matin elle taillerait la route, à moins que ce ne fût un joli soir ! Ne devait-elle pas, selon leur accord, « se fondre dans le paysage » ? Avec un peu de chance, il espérait qu'un Italien intelligent se chargerait d'elle – une âme compatissante prendrait le relais... Les choses n'avaient pas tourné dans cette voie-là du tout – le personnage s'était montré curieusement insoluble dans le paysage toscan ! En fin de compte, cet engagement de Marguerite, les développements imprévus de cette situation abracadabrante le mettaient, lui aussi, au pied d'un sacré mur.

Ce qui n'arrangeait rien, est qu'à présent, pour l'entourage, ils faisaient couple. Lorsque Greg avait demandé s'ils désiraient conserver l'appartement de Certaldo après son départ, il pensait à leur occupation commune, de toute évidence... D'un autre côté, Marguerite elle-même ne paraissait pas mettre en doute une seule seconde la continuation de leur futur conjugué au mode conjugal ! Par exemple, Marche-à-Terre ayant stipulé qu'elle devait être payée en liquide, elle rapportait l'argent de la semaine et le posait sur la commode de la chambre comme du papier commun. Elle ne pensait en faire aucun usage particulier, mais s'attendait vaguement à ce que Clive le prît, le rangeât... Comme il n'y touchait pas, et qu'il devenait sot de laisser traîner des billets sur un meuble dans un appartement qui pouvait être visité en leur absence, ils eurent une conversation à ce sujet. En vérité Marguerite ne savait quoi en faire – la banque lui demeurant inaccessible pour cause de non-identité, il fut convenu que Clive ouvrirait un compte à San Gimignano, et qu'elle y déposerait ses gains.

En tout cas, lorsqu'elle avait reçu la confirmation officielle qu'elle était engagée pour la suite du film – Marche-à-Terre ne lui avait donné son contrat que la veille de son départ – elle était venue trouver Clive à la régie où il terminait ses essais sur les racks. Elle lui avait annoncé la bonne nouvelle avec une telle lumière dans le regard qu'il n'avait pas osé soulever l'objection qui lui montait aux lèvres comme un renvoi de radis noir : et lui alors ?... Ses intentions personnelles pour la suite de l'été ? Elle ne se demandait pas s'il avait, lui, le temps de rester à San Gimignano, pour se tourner les pouces pendant qu'elle ferait de la déco ?... « Elle se croit mariée, sans doute ! » fulminait Clive. – Cependant il n'avait jamais effleuré ces questions avec elle, ni formulé aucun projet en sa présence.

Un événement imprévu n'allait pas tarder à donner

un contour plus précis à leur non-engagement mutuel. Clive continuait à monter tous les jours à Lucardo pour sa partie de billard. La forme, le doigté, étant revenus aussi bien pour Diavolo que pour lui, les deux fanatiques passaient la moitié de leurs après-midi à chasser la boule sur le tapis vert, tandis que dans la pièce voisine Monsieur Diem gambadait pieusement le long du clavier de son piano à queue. Un jour, après une interruption de la musique qui signalait d'ordinaire une courte absence du virtuose pour une raison domestique, celui-ci entra précipitamment dans la salle du billard ! Il semblait en proie à une émotion violente, et riait d'une manière particulièrement saccadée ! Un homme le suivait, grand, svelte, costumé-cravaté, net sur lui – au coup d'œil Clive jugea qu'il portait la cinquantaine bien frisée.

À l'instant même, Diavolo, le dos à la porte, préparait un coup assez fin, avec un effet rétroactif des plus délicat à réussir. Il leva d'abord les yeux sans bouger, puis il tourna lentement la tête vers les intrus – il souleva alors sa queue dans un beau ralenti, la déposa doucement sur le rebord de la table... Son visage, perdant toute concentration, s'étira sur un sourire.

Le visiteur leva soudain ses deux bras en l'air, ce qui fit boudiner la veste aux épaules :

– « Scusi ! Ma probabilmente disturbo i campioni ! »

Il dérangeait les champions !... Il plaisantait. Les deux hommes demeurèrent deux ou trois secondes face à face, immobiles, puis ils accrochèrent violemment leurs mains droites devant leur visage. Ils devinrent tout rouges du plaisir qu'ils avaient à se regarder dans les yeux.

Diem, à côté, continuait de rire nerveusement, dévorant le nouveau venu du regard. Celui-ci lui posa une main sur l'épaule – alors l'aide de camp, sortant follement de ses manières habituelles, distantes et réservées, se mit à le cogner de la tête en pleine poitrine, trois coups de boule rapides que l'autre encaissa, se pliant en deux pour prendre la garde.

L'homme dit en français :

– Sibelius, encore maintenant ?...

Diem répondit, avec un ton de reproche douloureux :

– Toi !... Tu ne viens jamais ! Tu ne viens jamais !...

Puis il rit, et rit encore...

Diavolo n'avait toujours pas prononcé une parole. Les trois hommes, après cette courte effusion, restèrent un moment silencieux, comme s'il passait dans la pièce un vol de souvenirs intenses, des tonnes de vie partagée, quelque part, autrefois, qui les obligeait à se recueillir... Clive remarqua que Diem, en dépit des apparences, avait à peu près le même âge que le visiteur. Lui, si calme, froid comme un concombre quelle que fût la situation, avait des tremblements dans ses mains de pianiste.

L'homme tourna la tête vers Clive. Alors le Maître expliqua, en français aussi, agitant ses grands doigts :

– Un jeune ami français.

L'inconnu répéta, aimable, avec une application dans l'articulation de la phrase :

– Un jeune ami français, alors bon !...

Puis Diavolo ajouta, à l'intention de Clive, d'un air de confidence et blagueur à la fois :

– Lui, il est un grand chef dans la police, en Italie !

Ils parlèrent tout de suite italien, et le philosophe indiqua d'un geste désolé qu'ils devaient abandonner leur partie de billard. Diem précéda son monde hors de la salle. Ils se séparèrent dans le hall – Clive regagna sa voiture, dehors. Une Alfa Romeo bleue attendait, à demi engagée dans le portail ; à l'intérieur deux hommes en costume bavardaient. Celui qui était au volant parla dans un talkie-walkie, puis il avança la bagnole pour libérer le passage.

Le lendemain Diavolo l'attendait. Aussitôt qu'il mit le pied dans la salle du billard, il informa son partenaire des nouvelles dispositions : il devait voyager pendant plusieurs semaines – leur championnat, hélas interrompu !... Au fait, est-ce que ça intéresserait Clive d'habiter la villa pendant son absence – et celle de Diem, qui l'accompagnait ? Il craignait, à cause des cambriolages, de laisser la maison vide.

Comme Clive s'étonnait d'une telle précaution, le Maître avoua qu'on l'avait déjà cambriolé trois fois ! Ils lui avaient tout lessivé au cours de ses précédents voyages : la maison mise à nu de ses meubles et objets. Jusqu'au linge !... Ces pillages constituaient un véritable fléau pour les propriétaires de villas, mais nul n'y pouvait rien. Il s'agissait d'une sorte d'institution régionale ! Le seul moyen de se garer des voleurs consistait à ne pas laisser la maison sans habitants.

Donc, s'il voulait bien occuper les lieux : avec grand plaisir !

– À condition que tu veuilles rester tout l'été en Italie, bien entendu !

Clive fit semblant de présenter les armes :

– Tu me laisserais en sentinelle ! plaisanta-t-il.

– Exactement ! Mais tu n'es pas obligé de monter la garde devant la porte... Il suffit que tu dormes ici toutes les nuits.

C'était à considérer. En tous les cas cela expliquait la curieuse rareté du mobilier dans la demeure en péril ! Diavolo confirma : à quoi bon acheter des meubles ? Les deux premières fois il s'était ré-équipé entièrement pour alimenter la cassette des pilleurs de villas ! Maintenant, il ne reprenait que le strict nécessaire – et il avait fait fabriquer spécialement cet énorme billard, dont la table et les pieds étaient lestés de plomb. Il faudrait une grue pour le déplacer :

– Tu imagines, il pèse plus d'une tonne. Mille deux

cent trente kilos exactement !... Je ne sais pas le bouger d'un millimètre.

Le piano de Diem se trouvait également surchargé de plaques de plomb par en dessous. De cette manière les deux meubles essentiels avaient au moins pu échapper au dernier pillage !

– Tu pourrais loger ici, avec ta copine ! insistait Diavolo. La maison pour vous deux !... Hein ?

La vie de château ! Pourquoi pas ?... Cela méritait réflexion. Le gardiennage pouvait être un projet de vacances pas chères – concierge d'été ! Justement, Gregory quittait Certaldo d'ici quelques jours, il devait prendre une décision rapide concernant l'appartement...

Le soir, sur la petite place ombreuse de la pizzeria Biscondolla, il s'ouvrit à Marguerite de la proposition de Diavolo de garder sa villa. Il parla de l'offre sans enthousiasme, comme en passant, pour voir sa réaction... Marguerite se montra tout excitée. La grande villa sur la colline ?... Elle avait accompagné Clive une fois. L'idée l'enchantait ! Elle ne battit pas des mains, parce que ce n'était pas dans sa nature, mais elle eut un air tellement ravi qu'il en fut légèrement suffoqué.

Elle précisa, pleine d'intérêt :

– Juste tous les deux ?

– Ben... Peut-être.

Elle le regardait en face, le front radieux. Il essaya de biaiser :

– Oui, enfin, c'est comme on veut...

Elle pouvait préférer louer une chambre à San Gimignano, non ? Afin de se trouver chaque jour à pied d'œuvre ? Sans compter les tournages de nuit, qui l'obligeraient à loger à proximité de la production... Il existait plusieurs appartements vides, à présent, dans la ville aux tours.

À la manière heureuse dont elle prit sa main sous la table, il n'eut le courage de discuter de rien... Après tout, son contrat à lui le retenait à San Gimignano une petite quinzaine encore : huit jours pendant lesquels le cinéma avait besoin du plateau en l'état pour filmer des raccords du spectacle et des scènes annexes, avec tout l'appareillage électrique dont il avait la charge – Teddy s'était éclipsé, comme prévu, au lendemain de la dernière représentation. Ensuite il fallait compter quatre ou cinq jours pour le démontage et le rangement, en compagnie d'Alex et de Stefano.

Puisque le beau temps tournait du côté de Marguerite, il se persuada que le climat de cette superbe région lui conviendrait aussi bien qu'un autre – d'accord, il garderait la villa ! Sa grand-mère aurait tout de suite pensé à l'économie que c'était pour des vacances à l'étranger, une combine pareille ! Il tâcha d'y songer.

Le déménagement amusa la jeune fille ; ils ne possédaient qu'un sac, pourtant il lui sembla transporter des pénates volumineuses dans la maison de Diavolo, après avoir jeté un regard attristé sur la « chambre d'accueil » de Certaldo qui lui avait porté chance. Le philosophe leur laissait l'usage de sa propre chambre à coucher, qui formait un curieux espace à deux niveaux de plafond, séparés par une colonnade. La partie la plus vaste, sur l'avant, était pratiquement vide, à l'exception d'une vieille armoire contenant du linge et des vêtements. Passé les deux colonnes de marbre rose, se trouvait une sorte d'arrière-chambre dans laquelle le Maître avait installé un grand lit d'acajou vraisemblablement venu d'une brocante locale ; ce réduit contenait en plus une commode, un vieux fauteuil de cuir et une tablette de quatre sous.

Cependant, à l'un des murs pendait un vaste miroir au cadre doré, probablement rescapé des pillages successifs, tandis que sur la paroi opposée se trouvait accroché, dans un encadrement brun clair en loupe d'érable, un portrait en pied du Colonel Van Drucksem en uniforme de parade ! Il s'agissait d'une photographie en couleurs, prise dans un jardin d'apparence exotique, avec le képi blanc des légionnaires… Diavolo y paraissait sensiblement plus jeune – le portrait devait dater d'une quinzaine d'années. Au pied de la photo, une main avait calligraphié sur toute la largeur, dans une encre qui avait pâli, les mots *Vultum feri !* agrémentés d'un point d'exclamation. Cela faisait figure de maxime, sans qu'il fût possible d'en connaître la signification.

Une salle de bains ouvrait à deux pas du lit ; elle était un peu étrange par sa grande taille et par sa vétusté. La baignoire d'une dimension extraordinaire – était-ce l'idée des « bains romains » ? – reposait sur six pieds apparents en forme de pattes de lion, munies de griffes dorées, qui n'étaient pas sans rappeler les pieds du billard ! Le lavabo avait la forme d'une vasque assez comique, ondulée comme un coquillage et parée d'une robinetterie en métal doré, légèrement écaillée. La chose la plus curieuse est que ce « salon de bain » au plafond décoré de rocaille en stuc, et qui avait dû être conçu pour donner des réceptions pendant des ablutions plus ou moins publiques, possédait une seconde porte, haute, pesante, qui communiquait directement avec… la bibliothèque !

Cette dernière pièce se trouvait la mieux installée de toute la maison. Le sol, qui partout ailleurs montrait sa tuile à nu, était ici recouvert d'une moquette brune. Les murs avaient conservé leurs hauts rayonnages massifs en bois exotique vaguement torsadé et sculpté – seul autre élément indéracinable des lieux ! En revanche, le contenu, que l'on pouvait s'attendre à contempler sous la forme de vieilles reliures assorties à la majesté du contenant, avait été systématiquement déménagé. Les rayonnages n'étaient que longs traits d'ombre désolés… Seuls une trentaine d'ouvrages de dimensions différentes se trouvaient regroupés dans un angle, et rendaient le restant du grand meuble encore plus sensiblement désert.

D'autres livres étaient du reste épars dans la salle; quelques-uns par terre, en piles, d'autres sur une table basse. L'ameublement comportait quatre fauteuils d'aspect neuf et confortable, ainsi qu'un bureau de travail bien rangé, cossu, agrémenté d'un cinquième fauteuil pivotant et basculant, rationnel et bureaucratique, que Clive qualifia de «style Président-Directeur-Colonel»!... C'était dans cette pièce, située dans un angle de la villa, que Diavolo recevait sa riche clientèle en quête d'elle-même et du chemin de sa vie. Un bahut épais, d'allure nordique, y était en permanence fermé à clef – en effectuant la reconnaissance du territoire avec ses hôtes, le Maître avait expliqué que ce coffre-fort en chêne contenait les «fardes» de ses clients, ce qui ajoutait une lueur de mystère à l'ensemble de ce bureau-bibliothèque.

La cuisine se trouvait curieusement à l'étage, auquel on accédait par un escalier central. La pièce, spacieuse et méticuleusement tenue, constituait le quartier réservé de Monsieur Diem, auquel s'ajoutait une chambre fermée à clef. L'aide de camp avait du reste montré au couple le fonctionnement des ustensiles et appareils ménagers avec une précision empreinte d'orgueil, et une once de suspicion. La cuisine ouvrait d'un côté sur une salle à manger munie d'une table bancale, sortie tout droit d'un marché aux puces, et de six chaises dépareillées. Cependant, les baies étroites de cette salle donnaient sur le paysage grandiose de la vallée. Il existait une seconde salle d'eau à l'étage, de structure moderne, ainsi que deux chambres à coucher dépourvues de tout mobilier.

Les premiers soirs Marguerite se promena d'une pièce à l'autre comme si elle habitait le château de la Belle au Bois dormant. Elle s'asseyait dans tous les fauteuils, l'un après l'autre; elle essaya même les chaises de l'étage. Elle voulut se faire du thé dans la cuisine de Diem, tripota son piano d'un doigt émerveillé... Elle désira même s'initier au billard, mais Clive lui faisait tant de sermons sur le danger des accrocs dans le tapis vert qu'elle se découragea. Ils prirent des bains ensemble dans l'inconcevable baignoire, et y découvrirent des charmes qui ne devaient rien à ses pattes monstrueuses ou à ses griffes de lion.

Le tournage du film avait été interrompu pendant les journées du Festival, de sorte à laisser aux acteurs toute leur concentration pour l'effort scénique du soir; cependant cet intermède ne concernait pas les décorateurs, qui profitèrent du temps supplémentaire de rémission pour avancer dans leur travail. Dès le surlendemain de la première de la *Duchesse*, Marguerite avait pris sa place dans le nouveau groupe, aux côtés de Nikola. Selon les désirs de Marche-à-Terre, Paul-Jean organisa pour les deux filles ensemble des occupations journalières sous sa direction.

Le travail s'annonçait très différent de celui du théâtre; il s'agissait d'installer de nouveaux éléments de plateau plusieurs jours en avance sur le tournage: une chambre à coucher dans laquelle devait être filmée une séquence, un angle de bureau, un coin de cuisine – la totalité d'un intérieur était rarement nécessaire! Il n'y avait donc aucun dessin à produire, seulement des assemblages à réaliser, avec des retouches de meubles, la mise en place de rideaux, des arrangements d'objets. Les murs devaient être décorés de tableaux, de photographies, de miroirs – le metteur en scène adorait les effets de miroir, avait expliqué Paul-Jean. Au pire elles se trouvaient quelquefois obligées de passer du badigeon sur une paroi, ou de refaire un raccord de peinture.

C'était fort amusant, et varié, dans la mesure où ces lieux ne se situaient pas au même endroit de la ville, mais tantôt dans une maison, tantôt dans une autre – Il arrivait même que l'on préparât le plateau ailleurs qu'à San Gimignano. Certaines séquences se tournaient dans les villages aux alentours, ou encore dans les villes proches. L'un des épisodes de la série se passait en grande partie à Poggibonsi, dans la vallée – dans ce cas Paul-Jean les conduisait lui-même le matin sur le chantier. Les filles intervenaient donc au jour le jour, en des endroits variés – elles aménagèrent une sellerie dans un atelier désaffecté sur le site d'une petite usine : elles disposèrent l'espace avec les cuirs, l'outillage. En un mot il convenait de « faire vivre le lieu »...

Aussi, chaque fois qu'elles s'installaient quelque part pour une journée ou deux, elles prenaient plaisir à explorer les abords immédiats de leur chantier, établissant des comparaisons entre les vendeurs de glaces et les pizzerias.

Par un accord tacite, mais parfaitement évident, Marguerite se chargeait du haut des murs, et de tout ce qui nécessitait une échelle, tandis que Nikola s'occupait du bas... Elles devenaient complices, en dehors des mots ; il leur arrivait même assez souvent de prendre des fous rires, à leur manière muette. Nikola devenait d'abord toute rouge, puis elle se pliait, se tordait vraiment de tout son corps maigre, sans produire aucun son, ce qui rendait sa pantomime encore plus drolatique ! Le plus souvent ces hilarités leur venaient à la suite d'une bévue, d'une disposition cocasse – un objet insolite pour lequel elles inventaient un usage incongru... Au bout de ces rigolades, elles décidaient généralement de s'octroyer un cappuccino bien laiteux au café le plus proche.

Bientôt Marguerite prit contact avec l'ambiance du plateau proprement dit : au moment où le décor qu'elles avaient établi quelques jours auparavant se mettait « à jouer » ! Là aussi Nikola lui montra la technique de surveillance active : être prête à modifier sur-le-champ, à la demande du metteur en scène, n'importe quelle structure, à réparer une éraflure, une tache. Le plus souvent il s'agissait de satisfaire les exigences du cadreur, qui se trouvait gêné par tel vase dans un gros plan, tel montant de meuble qu'il fallait alors déplacer – l'homme de l'image demandait qu'un bibelot fût repoussé ailleurs, ou au contraire que l'on «chargeât» le cadre avec des objets nouveaux.

À part cela il y avait le problème permanent des reflets, des brillances… Il fallait tenir constamment à portée de la main la bombe à mater, afin de pouvoir intervenir à l'instant, supprimer le reflet à l'aide d'un léger nuage sur la partie luisante. Marguerite apprenait toutes ces choses comme un jeu passionnant.

L'amusant, aussi, était de voir travailler les acteurs de près – de trop près, parfois: dans certains coins exigus il y avait tout juste la place de se tenir debout derrière la caméra! Il fallait se musser entre les éclairagistes, la costumière – la maquilleuse surtout, qui bondissait juste avant la prise, portant soudain sa houppette sur le nez d'un comédien, obsédée pareillement par les problèmes de brillance!… Justement, la manière dont les acteurs étaient capables de dire des phrases, ou d'accomplir des gestes qui paraissaient intimes, alors qu'ils étaient entourés de tous ces gens, cernés par tant de paires d'yeux avides, époustoufla la jeune fille. De les voir recommencer dans ces conditions trois fois ou dix fois la même scène l'émerveillait toujours.

De temps en temps elle croisait Hubert Simplon; s'il se trouvait dans la séquence, il ne manquait jamais de lui dire un petit mot entre les prises. «Heureusement que tu es là, Marguerite, sans quoi j'oublierais complètement le français!» déclara-t-il un jour. C'était gentil, car elle ne disait pas grand-chose… Hubert avait un rôle important dans le film – contrairement à sa participation à la pièce; il partageait même la vedette d'un des épisodes où il incarnait un personnage trouble de comique qui se révélait à la fin être le tueur ! Il resta un mois entier après le spectacle, pratiquement le seul étranger de la distribution, alors que tous les autres, Lydie comprise, avaient terminé leur participation. Sachant Marguerite débutante dans le métier, il lui commentait parfois la technique mystérieuse du cinéma ; peu à peu il lui expliqua les nécessités de la lumière qui provoquaient ces installations diaboliques que les électriciens mettaient si longtemps à régler entre les plans ! Lorsque tout semblait prêt, que les acteurs avaient répété leur texte et leurs mouvements, il fallait encore attendre dix minutes, parfois bien davantage avant de tourner. Les comédiens s'en allaient faire un tour... On les rappelait seulement quand la horde des électros avait terminé de fignoler « la lumière ». Ces garçons avaient en permanence l'air énervés – il éclatait presque à chaque fois de brèves et vives engueulades entre eux ! Ou bien ils riaient, ricanaient, paraissant plus occupés à organiser des farces qu'à caler les marmites gigantesques dont ils se servaient – certains projecteurs se hissaient sur des pieds hydrauliques ! Puis ils cachaient les faisceaux de lumière à l'aide de petits écrans compliqués, des paravents de gaze montés sur des systèmes de tiges articulées.

Hubert était patient ; il avait à cœur de faire comprendre à la petite déco les agissements qui la rendaient perplexe. Il lui exposa par exemple les raisons des différents angles de prises de vue ; pourquoi lorsqu'une scène paraissait terminée, on démontait tout, on déplaçait la caméra, – souvent un morceau du décor ! – puis on recommençait dans un autre sens. Marguerite plaignait les acteurs d'avoir à tout refaire pareil, des petits morceaux de phrases à la fois qui avaient l'air de ne jamais finir !... Même si le détail de la technique demeura flou, elle comprit le principe du « champ/contre-champ » qui détermine le montage élémentaire d'un dialogue à deux personnages: « À l'écran, tu vois tantôt l'un, tantôt l'autre. Celui qui parle, celui qui écoute. Il faut donc filmer deux fois, avec la caméra d'un côté, puis de l'autre »... L'horizon de la jeune fille s'élargissait prodigieusement de ces découvertes progressives – elle finit par poser des questions. Jamais elle n'avait songé qu'un film que l'on regarde est le résultat d'un montage de petits morceaux de séquences, de fragments de pellicule collés bout à bout !...

Piqué au vif, et charmé par sa propre action pédagogique, Hubert Simplon emmena un jour Marguerite à la salle de montage installée au bas de la ville. Le monteur et son assistante utilisaient au fur et à mesure les éléments déjà tournés – ils avaient presque achevé le bouclage d'un épisode entier. Elle put constater que le « collage » n'était pas une manière de parler, mais bel et bien une opération concrète ! On pouvait constater le résultat immédiatement, sur le petit écran carré de la machine. Hubert l'emmena à la pizzeria pour la récompenser de se montrer si bonne élève !

Bien que le travail de décoration ne comprît aucune activité de dessin, Marguerite eut un jour un grand bonheur : Paul-Jean demanda aux deux filles de créer pour un pan de mur un morceau de papier peint dont il leur fournit le modèle. Une affaire de raccord de plans qui n'était pas d'une importance primordiale à l'image, mais qui plongea la jeune fille dans le ravissement... Du papier peint ? Son vieux rêve !... Le motif comportait un vague personnage de berger avec un grand chapeau, qui tenait un agneau dans ses bras – il fallait styliser et reproduire un certain nombre de fois, en calque. Devant son enthousiasme Nikola la laissa travailler seule, toute à son plaisir !

Aussi, de semaine en semaine, Marguerite se montrait-elle beaucoup plus gaie qu'elle n'avait jamais été. Elle accueillait Clive avec le sourire quand il venait la chercher, le soir, à la fin du tournage... Il l'attendait souvent sur la place du Duomo, en buvant du vin frais. Parfois ils restaient deux jours sans se voir, lorsque le tournage avait lieu de nuit – la jeune fille restait alors dormir dans la chambre de Nikola, qui avait installé un second matelas par terre à son intention. Un soir qu'elle réapparaissait ainsi après deux nuits consécutives passées sur le décor, elle se présenta toute souriante à la terrasse de la pizzeria. Elle s'assit en face de Clive qui lui demanda des nouvelles de ses activités, et l'humeur du gros Riccardo dont les caprices mettaient parfois l'ensemble de l'équipe sur les dents !

Elle répondit par des murmures de banalité, puis, au bout d'un moment, elle demanda, son visage planté devant le sien :

– Tu remarques pas ?...

Il hésita... Elle avait un drôle d'air, en effet – une mine inhabituelle, comme quelqu'un qui se porte bien.

– Je dois remarquer quoi ?...

Elle insista :

– Tu ne vois rien !

Clive cherchait... Ah, mais si !... Elle s'était épilé les sourcils !

– Comment tu as fait ça ?

– C'est Nikola. Ça me va bien ?...

Oui, certes ! Une très astucieuse coquetterie !... La finesse de l'arcade et le soulignage des cils en bleu très léger, donnaient à ses yeux gris un éclat plus intense. Son front aussi paraissait plus lumineux comme cela...

– C'est pas mal du tout ! fit Clive.

Elle expliqua que l'idée était venue de Donatella, la jeune maquilleuse, qui était gentille. À force de se tenir côte à côte dans des coins étroits elles avaient mis au point un moyen d'échange par signes qui suppléait au langage ! Pendant une coupure Nikola s'était chargée de la réalisation du tracé, à la pince, puis Donatella lui avait fait les yeux...

Hubert Simplon arriva à la terrasse en compagnie d'un groupe de comédiens ; il vint s'asseoir avec le couple – ils étaient les seuls Français à San Gimignano à présent, outre Paul-Jean qui vivait carrément à part du groupe. Tout de suite Hubert fit compliment à la jeune fille de son initiative sourcilleuse qu'il remarqua. Il dit que ses yeux ainsi dégagés mettaient en valeur la finesse des traits de son visage... Elle fut flattée par cette réflexion d'artiste.

Le démontage achevé, le matériel rangé, puis livré par camion aux entreprises de location, Clive s'était trouvé désœuvré et rendu à sa pleine fonction de gardiennage. Les premiers temps il se donna l'illusion d'un rentier oisif, et partagea son temps entre la salle du billard et le bureau-bibliothèque. Cette seconde pièce, avec son passage direct à la chambre à coucher par la baignoire de réception, l'amusait... Elle était aussi la plus agréable de la maison, éclairée par une fenêtre au sud, une autre au couchant, avec la vue sur la colline et les villages de Gambassi et Montaione – Montespertoli sur l'autre flanc, à droite. Cet angle occidental, meublé du plus douillet des quatre fauteuils, était celui où Diavolo s'installait pour lire, le soir. La table basse en témoignait par sa charge de bouquins en cours de lecture, et sa moisson de revues scientifiques en anglais, allemand, italien et français. Les livres étaient cornés, bourrés de signets et de fiches, de notes, avec des passages cochés dans les marges, soulignés...

Dans un magazine illustré, un article sur plusieurs pages s'intitulait : « L'architecture médiévale gouvernée par la peur. » L'auteur, Michael Gonra, y soutenait que la pétoche la plus monstrueuse avait présidé à la création des villes d'autrefois: «L'urbanisme ancien est le fruit d'un état d'alerte», disait un passage coché. Plus loin: «Ces villages si pittoresques que nous aimons voir sur les hauteurs, les coquettes bourgades qui coiffent les pics rocheux les plus joliment escarpés, ont été perchés là par la peur. Les maisons s'y blottissent en tremblant, comme un troupeau de brebis timides harcelées par des chiens»... Un numéro du *Herald Tribune*, à côté, relatait l'invention de la médecine légale «anthropologique» par un médecin légiste américain, et faisait état de massacres clandestins en Argentine et au Chili.

À la vérité les lectures du Maître semblaient conçues comme un vaste argumentaire international de ses thèses... Clive feuilleta un petit livre en français laissé ouvert sur le bureau, intitulé *Philosophie de l'art en Italie*, d'un certain Hippolyte Taine. Le texte était annoté par endroits dans une langue inconnue, avec beaucoup de coches partout, de traits dans les marges. Il lut un passage, à la page 105, dont les lignes avaient été entièrement soulignées au crayon bleu: «Par un contraste extraordinaire, tandis que les façons sont devenues élégantes et les goûts délicats, les caractères et les cœurs sont devenus féroces. Ces gens sont lettrés, connaisseurs, beaux diseurs, polis, hommes du monde, en même temps hommes d'armes, assassins et meurtriers. Ils font des actions de sauvages et des raisonnements de gens civilisés; *ce sont des loups intelligents.*» Cette formule était soulignée de deux traits, ainsi qu'une autre, plus bas: «Maintenant, supposez qu'un loup raisonne sur son espèce; il est probable qu'il fera le code du meurtre. C'est ce qui est arrivé en Italie; les philosophes érigèrent en théorie les pratiques dont ils étaient les témoins, et finirent par croire ou dire que, *pour subsister ou réussir en ce monde, il faut agir en scélérat.*»

Bientôt Clive se lança dans de courtes virées dans les

alentours, afin de voir des curiosités qu'il ne connaissait pas encore. Il visita un étrange monastère abandonné, où les moines avaient construit chacun leur maisonnette dans un bois, en décorant l'intérieur de sujets pieux... Une autre fois il passa une demi-journée à étudier le site de Semifonte – l'emplacement des anciennes murailles était encore parfaitement visible par endroits, en particulier celui de la plus grosse tour, où avaient poussé des arbres.

En dehors de conduire Marguerite à San Gimignano, et d'aller la rechercher le soir, ses journées coulaient de la sorte, calmement. Il bricola la 4L dont les vis platinées donnaient des alarmes au moteur – retapa les bougies. Il lisait, puis, lorsqu'il était las de lecture, il s'octroyait une série au billard. Il avait adopté pour règle d'interrompre le jeu dès qu'il ratait, tout à fait comme s'il avait été en présence d'un partenaire. Il lui arrivait donc de devoir s'arrêter au bout de cinq ou six coups, car il profitait de ces séances de pur entraînement pour tenter des passes difficiles, des coups suprêmes excessivement acrobatiques !

Certains jours il rejoignait les filles sur le tournage ; par exemple lorsqu'il devait se filmer une séquence un peu spectaculaire. Il assista ainsi à la dernière partie d'une poursuite de nuit entre deux voitures de tueurs, lesquels tentaient de s'abattre mutuellement à coups de revolver. La scène finale se passait sur le pont en dos d'âne qui enjambe la voie ferrée à Poggibonsi où la circulation avait été interrompue... Les voitures des gangsters étaient pilotées par des cascadeurs qui doublaient les comédiens dans leurs costumes. L'une des bagnoles exécutait un tête-à-queue juste sur le sommet de la bosse : elle bloquait la voiture suiveuse et le conducteur flinguait alors son rival comme un lapin !

La mise en place de la séquence fut quelque chose de fascinant sous l'éclairage intense des grosses marmites qui attiraient sur les lieux des millions d'insectes nocturnes… Les répétitions, la mise en place définitive, puis le tournage lui-même, qui avait lieu à deux caméras pour les plans d'ensemble, durèrent la plus grande partie de la nuit.

Depuis qu'il avait quitté le logement de la Via Roma, Clive aimait à retourner de temps en temps à Certaldo Alto ; il terminait ses soirées solitaires devant une bière au café Boccaccio, sur la terrasse au bout de l'église, parmi les vieilles gens assis sur les bancs. L'endroit lui procurait un effet paisible et dynamique à la fois – c'était sûrement la conséquence de l'ancienneté de ce site perché où la peur avait fait s'agglutiner jadis des bandes d'Étrusques ! La brise, le soir, y caressait les joues de sa fraîcheur multimillénaire… Clive était d'avis qu'il est agréable de tuer le temps en des lieux terrestres où le temps ne craint plus rien ! Dans certains villages il est enraciné si fort, par des centenaires de pas, de murmures, de pierres usées, qu'on peut jouer à s'y ennuyer sans vraiment souffrir. La preuve, se disait-il : que l'on essaye de tuer le temps en des endroits bâtis de frais, qui viennent juste d'ouvrir aux hommes – c'est à mourir !

Il regardait pendant des heures voler les martinets au-dessus du jardin fermé qui crée une trouée sur le ciel. Il jouait seul aux devinettes, ou bien avec les mots ; dans un bouquin de Diavolo il s'était initié à la recette du « javanais », un langage codé où l'on place le son « av » à l'intérieur de chaque syllabe. Pot, devient « pavot » – café, « cavafavé », bière fait « bavière » ou « bavièrave », comme on veut ! Martin donnait « Mavartavin »… Et les martinets eux-mêmes devenaient selon cette déclinaison spéciale des « mavartavinavets » ! Ils vavolavetavaient autour du javardavin !…

Ça n'amusait que lui. Mais ça tombait bien, car il était le seul à distraire… Et il ne faisait du tort à personne – à paversavonne, strictement. Vers la fin de l'été il était devenu suffisamment habile pour penser des phrases entières – il finissait par rêver en javanais!... Il est bavien de tavuer le tavemps en des lavieux où il ne cravaint ravien, le tavemps!

L'été fut si court!

Un soir, au cours d'une longue séquence à trois comédiens qui se déroulait dans un décor de cuisine assez encombrée, Marguerite se trouvait seule en faction sur le plateau. Comme on était en fin de journée elle n'avait plus grand-chose à faire ; le premier assistant lui avait demandé de charger davantage le dessus du buffet en photographies de famille et en bibelots – cela accompli, elle jouait machinalement avec une paire de ciseaux dont elle s'était servie pour rogner les angles d'un cliché qui refusait d'entrer dans son cadre !

L'acteur principal de la scène, un homme d'assez courte taille, au visage maigre en profil d'aigle, lui rappelait de manière saisissante un professeur de biologie qu'elle avait eu autrefois, en Quatrième – la même pomme d'Adam saillante, les lèvres épaisses qui avançaient constamment en légère moue... Le nez surtout ! Un nez superbe, à la fois bombé et cassé, proéminent sous un front en biais, plat et fuyant... Cet homme était la réincarnation de celui que tout le collège appelait, on ne sait pourquoi, « Don Camillo » ! Sans penser véritablement à ce qu'elle faisait, Marguerite détacha une feuille de papier dans un bloc à dessin qui traînait à portée de sa main, et, un souvenir en entraînant un autre, elle découpa avec ses ciseaux le profil de l'acteur.

La première découpe lui parut médiocre – elle

recommença. Elle tailla plusieurs fois de suite, avec une application exigeante, la silhouette de ce visage peu banal qui semblait fait exprès pour la caricature. Au cinquième essai, elle parvint à une ressemblance assez parfaite ; le contour reproduisait d'une manière drôle le mouvement des cheveux, la posture du cou... Elle tenait la feuille à hauteur de son œil, dans l'alignement du comédien, cherchant le défaut pendant que celui-ci, immobile, se prêtait à la mise en place d'un gros plan sur lui.

La jeune fille s'était assise sur une caisse, un peu à l'écart ; elle ne vit pas un électricien placé à deux pas derrière elle, qui observait ses gestes avec grand intérêt. Quand elle eut fini de contempler alternativement son œuvre et la tête de son modèle, le malotru s'avança d'un air malin, et, dégageant sa main de son gros gant de cuir, il lui subtilisa la feuille avant qu'elle eût le temps de réagir ! Sans s'inquiéter de son saisissement, il passa le portrait, en rigolant, à l'un de ses copains.

Marguerite faillit crier d'angoisse ! Elle se leva d'un mouvement brusque qui fit dégringoler les ciseaux au sol... Les électros riaient de bon cœur en se montrant la silhouette, et lui faisaient signe du pouce qu'elle était drôlement réussie ! Puis l'un deux la plaqua contre la gélatine d'un projecteur allumé, afin que tout le monde pût l'admirer. Marguerite était morte de honte... Pendant quelques secondes, elle s'attendit à tout ! Le comédien, se sentant insulté, allait sûrement crier, faire du scandale. Il pouvait venir la gifler !...

Au contraire, la vedette alertée se mit à rire avec les autres... On lui fit parvenir sa caricature qu'il étudia sérieusement, et se déclara charmé. Il réclama l'auteur avec insistance :

– « Chi ha fatto il mio ritratto ? »...

Qui avait donc fait son portrait ?... On lui indiqua bien vite la petite déco, rouge comme une tomate dans son coin, d'autant plus atterrée qu'elle ne comprenait pas un mot aux témoignages admiratifs qui partaient du groupe.

Hubert s'approcha, intrigué :

– C'est vrai ? C'est toi qui as fait ça ?… C'est formidable !

Marguerite restait nouée d'étonnement, et encore de crainte que ceci n'était qu'un cauchemar, qu'on allait soudain aboyer après elle – la battre !

– Horatio est très content, il dit qu'il voudrait ta signature.

C'était exact ! L'homme approchait, la découpe à la main, il désirait un autographe, et la date, dans un coin de la feuille. Il s'exclamait : « Che bello !… Bellissimo ! » d'un air attendri, caressant d'un doigt l'effigie de son pif plantureux.

Comme la jeune fille, encore tout étourdie par ce remue-ménage intempestif, hésitait, ne sachant si la farce continuait ou si elle devait réellement ratifier son œuvre, Horatio ajouta fièrement qu'il gagnait sa vie, lui, avec ce nez-là !

– « Mi guadagno il pane con questo naso ! »

Pendant que l'on riait d'une réflexion marquée par un aussi grand bon sens, le chef électricien se planta devant Marguerite. D'un geste impérieux il lui indiqua son profil à lui, le papier – il ramassa les ciseaux, les lui tendit : allez, allez ! Il insistait du geste, réclamait son portrait !… *Allora*, il ne lui restait qu'à s'exécuter pendant la courte pause.

L'électro était doté d'un profil classique, avec un nez droit ; la main un peu émue sous le regard de tous ces gens, elle le réussit en deux essais, au milieu des sifflements admiratifs, des rires, des commentaires dont Hubert, près de son épaule, lui rapportait l'essentiel… Après l'électricien, ce fut Anselmo, le preneur de son, qui était un luron et voulut poser pour elle – pour sa chère épouse, dit-il d'un ton suppliant, qui l'attendait à la maison !… L'affaire dégénérait en attraction foraine, et il fallut toute l'autorité de Simone, le premier assistant, pour interrompre la séance ; il rassemblait son monde pour le tournage du dernier plan de la journée, tant pis pour les artistes !

Le lendemain matin, avant le tournage, le metteur en scène demanda à parler à Marguerite ; elle se trouvait avec Nikola sur un autre décor. Il l'envoya chercher immédiatement. Riccardo ne lui avait jamais adressé la parole, mais il la prit tout de suite familièrement par les épaules de son bras rond, court, énormément poilu, et il l'entraîna à l'écart sur le plateau :

– Z'ai à demander oune faveur ! s'excusa-t-il dans un français hésitant. Oune grande faveur, ça est oune silhouette dé mon actor, si *possibile*, per l'imache... À mettre dessus le logis, oui ? Dans la décor.

Il lui montrait, par gestes, l'endroit sur la porte de l'appartement. Il cadrait avec ses mains, à peu près les dimensions qu'il souhaitait... L'idée lui était venue dans la nuit, de placer une silhouette du personnage, en assez grande taille de préférence, dans son logement. La merveilleuse astuce était que l'on retrouverait une autre silhouette de cette personne, en tout petit cette fois, dans le sac à main d'une certaine dame ! Cela constituerait un indice extraordinaire dans le subtil jeu de piste de l'épisode – bonne idée, n'est-ce pas ? Il était enchanté, Riccardo ! Ça solidifiait gandement cette partie-là de l'histoire qui lui avait toujours donné du souci !... Il tapotait joyeusement le bras de Marguerite pour lui faire partager son enthousiasme. – Et c'était magnifique le talent qu'elle avait là ! De quoi faire de l'or avec ses mains !... En tout cas, pour le film, c'était très bien.

Il fit installer son artiste dans une pièce, seule avec le comédien à croquer, afin que rien ne vînt perturber la concentration, ni le mouvement des ciseaux... La découpe de grande taille s'avéra plus difficile à réussir dans des proportions justes ; Marguerite décida de réaliser d'abord les petites dimensions, puis d'extrapoler en agrandissant l'image au fur et à mesure, jusqu'à la taille désirée... Quand ce fut fini, le metteur en scène rayonnait. Il participa manuellement à l'accrochage du portrait sur la porte du décor, puis sur le mode plaisant, il demanda à la jeune fille: «Maintenant, une pétite faveur, s'il vous plaît?»... Pour lui-même, son profil? Elle voulait bien? Sa propre silhouette, il voulait l'envoyer à sa fille – *possibile*?...

Dans la journée la mode des silhouettes s'instaura sur le tournage. Marguerite avait d'abord taillé celle des proches camarades – Donatella, en premier lieu, dont elle cerna joliment le profil de «belle Romaine». Puis ce fut le tour des habilleuses, et de proche en proche de l'équipe technique tout entière. Simone voulut le sien, puis la contagion gagna les bureaux: les gens de la régie se déclarèrent jaloux!... Le directeur de production en personne demanda à la décoratrice de faire un petit tour par les locaux du petit bâtiment en préfabriqué qui avait été installé sur la place du marché pour la durée du tournage. Les cloisons des bureaux se tapissèrent des œuvres de Marguerite!

L'engouement persista le lendemain, et s'amplifia dans la mesure où l'accessoiriste, un garçon taciturne, toujours en train de ruminer des trucs et des inventions, trouva l'astuce de reproduire les portraits à la photocopieuse. L'effet en était amplifié, car le contour d'un visage ressortait en blanc sur fond noir – superbe!... De plus, avec la machine, on pouvait agrandir ou rapetisser les portraits à volonté à partir d'une «matrice» unique. À l'habillage, les filles les placèrent en petit format sur les cintres de chaque comédien – puis on vit apparaître des silhouettes dans la ville même...

Dans les jours qui suivirent les restaurants que fréquentaient les équipes affichèrent quelques portraits de leur clientèle assidue. Puis d'autres commerçants se mirent à placer dans leurs vitrines les acteurs les plus connus, ornés d'une dédicace ! Ou bien ils les mettaient en postères derrière leur comptoir. On vit bientôt les silhouettes de Marguerite reproduites à des dizaines d'exemplaires partout à San Gimignano !...

– C'est pas normal, disait Hubert en riant, tu devrais demander des droits d'auteur !

Ce n'était pas là le souci de la jeune fille qui se trouvait quelque peu étourdie par ce succès débordant. Sa confusion augmenta encore lorsqu'un reporter d'un grand quotidien populaire, venu prendre la température du tournage et saisir au vol les ragots des vedettes, tomba en plein dans cette toquade. Le journaliste, ne voyant rien de très spectaculaire à se mettre sous la page, décida malicieusement de monter en épingle ce déploiement pittoresque, et d'en utiliser à fond l'élément « fête foraine ». Il voulut tout de suite connaître la jeune décoratrice, et l'interviouver !... Aussi il repartit muni d'une pincée de découpes des principaux acteurs présents à San Gimignano – plus la sienne !

À la fin de la semaine, l'article de *La Repubblica* relatant les activités du « Festival prolongé » titrait sur une page entière :

PROFILI DI ATTORI

Il était parsemé des effigies ciselées de vedettes et du metteur en scène... Le reporter avait ajouté dans un coin de la page un encadré avec la photo de l'*artista* responsable de cette floraison à la fois kitsch et passablement originale.

La parution de cette page culturelle assura à Marguerite une gloire instantanée, qui devait ne pas se révéler entièrement passagère. Son statut changea sensiblement au sein du groupe : la « petite déco » était désormais accueillie sur le plateau par des « Buongiorno

Margherita ! » qui la firent d'abord rougir ; puis elle s'habitua de jour en jour à être remarquée... Certains membres de l'équipe l'embrassaient comme du bon pain, d'autres qu'elle n'avait jamais vus se déplaçaient pour lui serrer la main ! Cet intérêt pour sa personne, au bout de peu de temps, lui ôta une bonne partie de son aspect farouche pour ne lui laisser que l'abord timide, aisément justifié par le fait qu'elle ne comprenait pas l'italien. On l'invitait maintenant à prendre des pots, on lui parlait des bribes de français en plusieurs langues !...

Autant de familiarité la rapprocha encore de la jeune maquilleuse Donatella était gaie, amusante ; elle la retrouvait avec plaisir sur le plateau, parmi les câbles et les pieds de projecteurs, mais dans les moments creux elle l'accompagnait aussi « au maquillage », situé lui dans le baraquement préfabriqué de la place du marché. Elle s'asseyait devant la table au miroir illuminé d'une rampe d'ampoules nues, elle examinait les cosmétiques. Donatella s'amusait à lui tracer des déguisements de punk sur le visage, des choses extravagantes. Elles riaient beaucoup ensemble... La maquilleuse étant très portée sur les colifichets, la parure, elle décorait souvent sa camarade d'un ruban, d'une ceinture – une autre fois elle lui prêtait un chemisier... Elle tint absolument à la voir en jupe, et lui fit enfiler une des siennes, assez étroite et provocante ! Marguerite s'y était d'abord refusée, mais la jeune fille insista, lui parlant de la forme de ses jambes, bien droites, minces, et tout à fait montrables en public ! Pour jouer, elle l'obligea même à faire un tour dehors avec elle, parmi les touristes de la place du Duomo ! Une expédition cocasse – elles pouffaient ! Marguerite, qui n'avait jamais porté que des pantalons, ou de longues robes tabliers dont elle avait volontairement chassé le souvenir de sa mémoire, se sentait toute nue dans la foule et plutôt désemparée...

Cependant, les jours suivants elle se mit à regarder

les autres filles dans la rue, aux terrasses des cafés... Elle essayait de se représenter elle-même dans leur tenue, c'était une curiosité qu'elle n'avait jamais eue jusque-là et qui lui procurait un sentiment de fraude agréable. Elle se choisissait des modèles en pensée, afin d'imaginer à qui elle aimerait le plus ressembler... Elle remarqua ainsi que le port de la jupe donnait aux filles une allure sautillante et dynamique assez enviable – les jeunes nanas semblaient se faufiler, frôler les gens, ne jamais s'arrêter !

Un après-midi où elles avaient du temps libre, Donatella qui pilotait sa propre Fiat petit modèle l'emmena faire les boutiques à Florence. Ce fut une partie de joyeux déguisements ; Marguerite essaya plusieurs tenues différentes, des plus sages aux plus farfelues... La maquilleuse, habituée pour elle-même à ce genre de séance, trouvait une idée nouvelle par minute – les vendeuses offraient des tailles moulantes, de jolis décolletés qui laissaient les épaules à l'air.

Pour ses premières acquisitions Marguerite choisit de rester prudente ; elle ne pouvait pas se métamorphoser trop radicalement sans panique ! Elle acheta une jupe bleue à pois blancs dans un tissu soyeux, très léger, et un corsage blanc à petit col, avec des manches courtes et bouffantes. En marchant dans les rues aux côtés de sa copine, elle n'en revenait pas de tant de légèreté ! Elle s'amusait beaucoup à ne pas se reconnaître du premier coup dans les vitrines qui renvoyaient son reflet en passant.

La soudaine popularité de la jeune fille, et la sorte d'apprivoisement qui en résultait, n'avaient fait qu'augmenter les prévenances qu'Hubert Simplon manifestait envers elle. Il l'invitait souvent à déjeuner à la pizzeria

Biscondolla, ou à la Taverna Paradiso, ou bien dans une des trattorias de la rue San Matteo...

Hubert approchait de la quarantaine, ce qui donnait un semblant de sérénité forcée à sa nature sensible et torturée d'ancien adolescent bizarre. Il relevait sans cesse ses longs cheveux noirs qui flottaient sur son visage maigre ; sa main nerveuse glissait contre sa tempe pour remonter les mèches qui tombaient autour des yeux. Ou bien il renversait soudain la tête en arrière, d'un coup sec, en parlant... Il avait la voix douce, un rire bref qui s'égarait de temps en temps sur des éclats plus longs, un peu étranglés, comme si ses joies subites se chargeaient aussitôt de craintes et de regrets. Le comédien faisait défiler ses pensées devant Marguerite, en longs monologues qu'elle écoutait. Il parlait de lui, de sa vie à Paris, de ses copains, des difficultés du métier. Il évoquait sa rentrée prochaine – il terminait sa prestation dans quelques jours seulement. Mais il n'avait aucune hâte à partir, sa vie avait été si lourdement mouvementée ces derniers temps ! L'idée de réintégrer son appartement, entre Pigalle et Barbès, quatrième sans ascenseur, escalier fond cour, ne l'enchantait pas du tout. Rentrer pour quoi faire ?... S'inscrire au chômage ! Quelle existence !...

Marguerite absorbait ce qu'il racontait avec un étonnement mi-émerveillé, mi-perplexe ; plus il se confiait à elle, plus elle découvrait un personnage beaucoup moins gai et insouciant qu'il ne paraissait avec ses manières comiques... Et puis les gens qu'elle avait côtoyés ne savaient pas discourir ainsi sur eux-mêmes ! Ils n'avaient rien à dire d'eux, ou n'y songeaient pas – même Clive, fort peu causant en comparaison. Hubert décrivait ses goûts, les films qu'il aimait ; il parlait de lui avec une expertise qui la confondait ! Il pouvait détailler ses sentiments, commenter ses émotions, ses désirs – analyser ses craintes, avec une virtuosité qu'elle n'avait jamais rencontrée chez personne. Aussi sa curiosité s'éveillait-elle énormément lorsqu'il faisait un détour par sa personnalité à elle. Il lui décrivait sa manière d'être, de sentir – « sa façon d'exister » disait Hubert... Il lui signalait qu'elle était tendre, à sa manière – ce qu'elle ne savait pas du tout. Une tendresse qu'elle se dissimulait soigneusement à elle-même, en même temps qu'aux autres. Il disait qu'elle était une fille secrète, en tout cas ! Elle tenait beaucoup de choses cachées... Un jour viendrait où elle s'ouvrirait au monde, où sa sensibilité pourrait s'exprimer pleinement – et ce serait peut-être à l'occasion d'une amitié, ou du choc d'un grand amour !

D'une manière générale, il se montrait fort instructif ; quand il exprimait quelque chose de difficile à suivre, il recommençait toujours en d'autres termes – il simplifiait, donnait des comparaisons, expliquait un mot inconnu. Il paraissait sentir exactement les moments où elle lâchait prise... Il lui parla un peu de Lydie, son ex-compagne à présent. Sympathique Lydie Bacher – jolie, rigolote par moments. Mais vraiment trop folle ! Trop insupportable à vivre, décidément ! Épuisante Lydie !... Il s'avouait soulagé, au fond, de son départ. Avec cette nouvelle araignée qu'elle s'était collée dans la tête, les derniers temps de leur vie commune, à vouloir se chicorer la gueule à tout prix !... Cette histoire avait eu raison de leur bonne entente !... Une histoire ridicule, en somme ! Hubert ricanait sur leur lamentable tentative de suivre les préceptes de Van Drucksem – qu'il respectait complètement d'ailleurs ! Cet homme lui avait beaucoup appris !... Seulement ils avaient poussé trop loin le bouchon, Lydie et lui.

Il lui parla de Diavolo – de la grande impression que cet homme fort avait faite sur lui. À côté de ce roc inébranlable qui avait vécu des choses pas possibles, il se sentait tout misérable – tellement fragile ! Faible, ô combien !... Il se faisait l'effet d'un petit garçon, comparé à Diavolo !... Et maintenant qu'il se retrouvait seul, encore davantage. Mais la solitude avait son charme !...

Ces sollicitudes diverses, l'intérêt dont Marguerite faisait à présent l'objet pour plusieurs personnes dans l'équipe – en dehors de Clive lui-même – adoucirent considérablement la séparation d'avec Nikola, lorsque l'heure fut venue pour cette dernière de quitter le tournage... La décoratrice avait approuvé par ses sourires et sa présence silencieuse toutes les petites transformations qui s'observaient chez la jeune fille depuis quelque temps ; elle avait encouragé son intérêt nouveau pour sa propre image, et jusqu'à sa coquetterie naissante au contact de Donatella !... Mais elle devait partir là-bas, loin, aux Amériques, rejoindre Marche-à-Terre qui l'attendait ! Nikola avait adopté pour son propre usage ce surnom qu'elle trouvait génialement adapté à la personnalité du grand chef si solide, si ferme dans ses idées et ses actions – son sens des réalités admirable !...

Elle avait confié tout cela à Clive, en anglais, un soir où ils soupaient tous les trois à la trattoria, et qu'ils avaient descendu carrément trois bouteilles de Chianti à deux. À cette occasion elle expliqua qu'avant de s'embarquer pour les Antilles, elle devait passer une semaine près de Nuremberg, chez ses parents, des gens qui prenaient de l'âge et qu'elle voyait très peu... C'est en débouchant la troisième bouteille qu'ils s'étaient mis à parler de Saint-Émilion, Clive et elle. Par hasard, Nikola connaissait parfaitement cette ville, et le vignoble autour – elle allait y faire les vendanges autrefois, quand elle était très jeune, plusieurs années de suite. Ils avaient levé leurs verres à la santé du cru !

Les deux filles se quittèrent avec une retenue gonflée de tristesse – et Nikola promit qu'elles se reverraient un jour... *One day !...* Marguerite eut la poitrine serrée par cette promesse si vague qu'elle avait le sentiment de ne jamais pouvoir tenir. Elle envia très fort la jeune femme qui partait dans le taxi – elle aussi avait refusé de se laisser accompagner !... Nikola savait où elle serait demain, dans huit jours et dans un mois – où elle allait dans l'existence. Des gens l'attendaient quelque part – et surtout le chantier de l'homme tranquille. *The quiet man !...* En la voyant s'éloigner, elle éprouva une soudaine bouffée de panique : tout cela allait donc cesser pour elle ? Bientôt ! – Mais alors quoi ?... Où irait-elle ?

C'était affreux, les dieux partaient !... Marguerite sentit la violente amertume du paradis qui se dérobait, qu'elle allait perdre, un jour prochain ! Elle se mordit les lèvres et l'intérieur des joues – quand le taxi disparut au coin de la ruelle, elle fut sur le point de se laisser crouler à terre, et de sangloter.

Elle rentra seule dans le petit studio que lui laissait Nikola – elle le gardait en prévision du moment, proche lui aussi, où Diavolo allait revenir, où il faudrait quitter la maison sur la colline... Elle regarda la page de *La Repubblica* avec ses silhouettes que la décoratrice avait épinglée sur le mur, puis elle s'allongea sur le matelas et voulut dormir...

Elle ne parvint pas à s'assoupir un seul instant. Pour la première fois de l'été, elle avait peur du vide : elle se demandait réellement ce qu'elle allait devenir ?... Sans rien, sans identité. Où pourrait-elle aller, même avec Clive ? D'ailleurs est-ce qu'il consentirait à la cacher toujours ? – mais au cas où il voudrait bien, elle vivrait sans travail, comme au début, avec la peur ?... Et si elle était reprise, un jour ? Cette pensée lui fit horreur. Avec toutes les choses douces qu'elle avait connues cet été-ci qui lui faisait la plus belle saison de toute sa vie, et comme une naissance... Marguerite se jura qu'elle préférerait mourir plutôt que de se laisser prendre et enfermer !

Elle s'agitait, elle avait mal. Un besoin de pleurer énorme la gonflait, lui tordait la gorge, mais elle ne parvenait pas à verser des larmes – sauf parfois dans la fureur… Elle se mordit le poing, cogna dans le matelas de toute sa violence, ce qui, au bout d'un moment, la fit transpirer. Lorsqu'elle fut en sueur, elle prit une longue douche ; puis elle s'habilla et se rendit à la chapelle de sainte Fina. Elle s'assit sur le sol, devant l'autel, recroquevillée, la tête entre ses genoux… Au bout d'une heure le calme lui revint. Elle respirait mieux.

Le soir, Hubert qui l'avait cherchée, l'emmena voir les rushes des scènes tournées l'avant-veille, où il jouait un passage comique. Ces bouts de film que l'on projette sans apprêt, plan après plan, pour vérifier que le travail des jours précédents est réussi, composaient un spectacle toujours insolite à cause du manque de lien entre les éléments, les reprises continuelles des mêmes scènes… Hubert était bien, il faisait un numéro très cocasse ! Tous deux choisissaient à mi-voix les prises qu'ils aimaient le mieux. Hubert tâchait de souffler des vannes pour distraire la jeune fille. Il lui prit la main – il lui prenait souvent la main, le soir. Il lui dit qu'elle était triste, il le savait : c'était à cause du départ de sa copine.

En sortant de la projection, il conserva sa main dans la sienne, et ils allèrent boire du vin à la pizzeria qui demeurait ouverte tard… Le comédien racontait des blagues. Puis, tout à coup, il fixa son regard sur une affiche publicitaire agrafée au bois de la fenêtre :

– Tu es jeune, Marguerite, dit-il. Mais tu es jolie, tu sais ?… Je t'aime beaucoup.

Marguerite se sentit émue. Jamais personne ne lui avait dit autant de gentilles choses à la fois. Hubert accompagna son compliment d'un petit baiser sur les lèvres, pour conclure – « baiser volé » ! Sa main glissa doucement sur sa joue, vers l'oreille et le cou. Il dit que c'était un secret – il sentait le poivre, un peu…

Il répéta :

– Je t'aime vraiment beaucoup !

Mais il eut le visage crispé, et son sourire disparut dans la brusque secousse qu'il donna de la tête pour rejeter ses cheveux. Marguerite n'avait jamais « flirté », ni senti jamais la tendresse des hommes – il lui était venu des brutalités, puis rien... Puis Clive. Mais il fut sans approches ; ils s'étaient retrouvés dans un lit, au soir d'un jour de peine, par nécessité de logement.

Clive ne lui avait pas fait la cour, ces gracieusetés qu'on fait aux filles avant de les prendre. Elle aimait bien les petites manières qu'Hubert prenait avec elle, son doux parler.

Deux jours plus tard, il y eut un horaire en mixte : seize heures, vingt-quatre heures. Hubert, qui partait le lendemain, jouait là sa dernière contribution au film... Il voulut inviter Marguerite dans un restaurant chic de la ville pour un dîner d'adieu. Il l'emmena au Donato, dans les petites rues restaurées, derrière la place – une enfilade de caves voûtées joliment aménagées avec les pierres apparentes. Les murs étaient creusés de petites niches pointues du haut, ornées de bouteilles carrées d'huile d'olive *extra vergine*, posées sur des napperons de dentelle. Chaque table portait des fleurs en pot – des vraies, ils écrasèrent un pétale entre les doigts pour vérifier !

Le serveur en costume de ville – veste dans les marron, assortie aux murailles, cravate dans le ton, pantalon sombre – tendit des cartes reliées de cuir et frappées *Donato*. Il expliqua qu'ils ne servaient que des produits naturels de Toscane ; puis il guida d'autres clients vers une table éloignée, des personnes ruisselantes de distinction.

Hubert commenta le cadre et la carte ; il dit que les gens riches aimaient les endroits frustes et les produits locaux. C'était le luxe à l'envers, par la rocaille nue, la splendeur troglodyte – il raconta, là, les gens qui vivaient dans des grottes.

– C'est la lutte contre l'uniformité planétaire.

Le tout pareil des grandes séries destinées au tout venant des humains ne satisfaisait plus le sens de la culture personnalisée des nantis.

– Les gens qui ont de l'argent s'offrent du local. Partout du terroir !...

Il chassait ses cheveux... Il expliqua en riant que cet enracinement s'était produit à la sueur d'ancêtres rudes comme des animaux qui n'avaient jamais, de leur courte existence, vu plus haut que la bourre de leurs ânes... Il riait du contraste qu'il imaginait entre les gens assis, qui chipotaient en gourmets, et les aïeux de labeur qui avaient bâti ces voûtes ; il déclara, en regardant Marguerite droit dans les yeux, que les hommes sont des loups intelligents !

Hubert avait toujours des choses surprenantes à dire sur tout – elle se demandait d'où il pouvait sortir tant d'idées, d'observations étranges... Mais il pensait aussi à des choses tristes. Il pensait à elle, par exemple, qui n'était pas vraiment gaie !...

Ils commandèrent des *Tagliatelle ai funghi porcini e pomodoro fresco*, dans le registre des *Primi Piatti*, et Marguerite ne fut plus sûre de pouvoir avaler beaucoup plus que cela. Elle prendrait un dessert, et lui une manière de châteaubriant bien cuit, assez nouvelle cuisine, servi avec un accompagnement de tortillis de légumes blancs et verts, décorés d'une rondelle de courgette centrée par une rondelle de carotte pour faire de l'effet – l'ensemble était entouré d'un chou frisé rose. Mais le serveur aimable conseilla vivement de goûter leur incomparable fromage de brebis toscanes, en ajoutant un filet d'huile d'olive, et une pincée de poivre.

Alors Hubert lui dit que si elle venait à Paris, elle l'appelle... Et si elle se trouvait dans l'embarras, qu'elle n'hésite pas surtout ! Il pouvait même la loger, au cas où elle se trouverait dans la merde – et ça c'était important.

Il lui écrivit son adresse sur un bout de papier, très lisiblement : 84 boulevard de Rochechouart, dans le dix-huitième arrondissement...

Le soir, après le tournage, il la reconduisit vers le petit studio où elle allait dormir parce qu'il était deux heures du matin. Il l'embrassa, ému et pressant, en la serrant très fort contre lui. Elle aimait bien... Il avait sur lui une odeur de cannelle.

Elle le laissa faire longtemps. Ils demeurèrent ainsi, tout en caresses, devant la porte de la maison, dans la chaleur des pierres durant la nuit. Mais lorsqu'il commença à glisser ses doigts sous sa culotte, elle hésita pendant quelques secondes à l'aider dans son geste – puis elle retira sa main, doucement, pour ne pas lui faire de peine. Et quand il se fut éloigné, après lui avoir fait promettre de le revoir à Paris, elle fut sincèrement attristée. Certes, il avait très envie de tremper son biscuit, elle se rendait compte – mais elle ne savait plus ce qui était bien... Quand il fut tout à fait parti, elle regretta un peu de ne pas l'avoir laissé faire. Elle apprit tout de suite son adresse par cœur, avec le numéro de téléphone bien gravé, par habitude carcérale. Il ne fallait jamais confier son sort à un bout de papier qui pouvait disparaître de mille façons.

Au départ de Nikola, Paul-Jean avait définitivement confié le train-train du plateau à Marguerite. Non seulement elle se débrouillait avec les détails du jour le jour, mais depuis l'histoire de la découpe – qui avait donné d'excellents résultats à l'image ! – le metteur en scène lui faisait savoir ses désirs à elle, directement. Riccardo prenait même un certain plaisir à exercer son français avec la petite artiste devant le reste de l'équipe. Marguerite adorait cette ambiance – et puis les horaires du tournage changeaient tout le temps, c'était agréable !... Elle se disait qu'elle vivait dans le bonheur. Oui, ce devait être cela dont les gens parlaient : le bonheur !

Parfois, le matin, elle se disait : « Encore un jour ! »... Elle regardait dormir Clive, puis la lumière qui perçait, crue derrière les volets, là-bas, plus loin que la colonnade. Elle écoutait l'immobilité de la villa, ou bien un tracteur qui ronronnait dans les vignes, plus bas... Combien en restait-il de ces matinées tièdes où elle s'éveillait dans la chambre monumentale, après avoir rêvé qu'elle était belle en dormant ?... Elle refusait d'y penser. Cette vie était tellement incroyable que par instants tout ça lui paraissait une erreur. Les choses allaient se corriger d'elles-mêmes – ce serait abominable !

Elle se durcissait, roulait sa tête dans le drap pour ne plus voir... Quand ce serait fini, si tout recommençait dans l'horreur, elle monterait au sommet de la Torre Grossa – elle irait tout en haut, sur le rempart. Alors elle verrait la ville entière, rose pâle, et les champs ; elle sentirait le vent des collines bleutées, puis elle se jetterait dans le vide. Elle mourrait d'un coup, sur la place du Duomo, au milieu de cette ville du bonheur, près de Fina... Certains matins Marguerite en décidait ainsi : elle voulait mourir à l'endroit à peu près où l'on avait placé le tombeau pour la pièce, dans ce lieu qui avait créé sa naissance à elle.

Puis, dans la journée, elle s'achetait un corsage, avec Donatella, quelque part... Elle oubliait pour se donner le temps de rire, en attendant. Les deux filles organisaient des virées, juste elles, avec la Fiat ! Donatella avait déniché un petit dictionnaire italien-français pour les choses qui ne se disaient plus en mime. Elles s'amusaient comme des anges.

À la fin de l'été Marguerite avait changé de mine ; une coiffeuse, à Certaldo, s'était chargée de sa chevelure. La fille avait attaqué la masse bouclée pour la réduire considérablement par-derrière, en dégageant la nuque et les oreilles – qui étaient très belles, en réalité, petites et ourlées, et qu'on n'avait jamais vues...

Sortant ainsi transformée de la boutique, elle s'acheta aussitôt une paire de pendentifs à grosses pierres grises qui mettaient en valeur ses yeux vifs et soignés. Ses ongles avaient été passés au vernis pâle que Donatella lui avait conseillé – comme elle l'avait guidée pour le rouge à lèvres, soutenu mais discret, l'ombre des paupières... Marguerite s'était choisi des lunettes sombres à grosse monture mauve assortie à un justaucorps qu'elle avait. Elle portait le plus souvent des jupes courtes, qui la moulaient, des souliers à lanières – et elle s'acheta un sac !

Lorsque Diavolo vint reprendre possession de son logis, dans la deuxième semaine de septembre, ses jeunes gardiens l'accueillirent devant le porche d'entrée... Heureux de rentrer chez lui, le Maître serra chaleureusement la main de Clive, lui demandant si tout allait comme il faut... Il adressa un bref salut à Marguerite, prononçant un « Mademoiselle » courtois mais distrait qui dénotait qu'il ne la reconnaissait absolument pas. Il est vrai qu'il ne lui avait jamais accordé une attention bien précise.

Ce fut Diem, qui suivait, chargé de deux valises, qui tomba en arrêt ! Il lâcha les poignées devant elle pour lui secouer vigoureusement la main, riant selon son habitude, d'un ravissement muet.

Diavolo, qui allait franchir le seuil de la porte, fronça le sourcil…

– Mais !… Ah oui ! Marguerite !… Oh pardon !

Il revint vers elle, empressé, accentuant le galant homme pour mieux s'excuser – il lui baisa la main avec une once de cérémonie.

Il était épaté :

– Pardonne-moi, vraiment. Mais tu es très embellie !… Tu as coupé tes crolles… What have you done to her ? lança-t-il à Clive, le ton vaguement gaillard.

Du coup, il la fit passer la première dans le hall. Il s'écarta, murmurant :

– J'ai pensé un moment que Clive avait changé sa fiancée, en effet !

Tout cela était plutôt flatteur… Le philosophe semblait de très belle humeur. Il insista pour ouvrir une bouteille de champagne afin de fêter son retour dans un mobilier… qui n'avait pas bougé de place, en effet !

– Pour la première fois, c'est-à-dire ! Nous devons arroser !

Il trinqua. Il trouvait cela farce – un bon tour joué aux pilleurs de villas !… Il leva son verre à la grâce de Marguerite : « la grande réussite de l'été » avec *La Duchesse de Malfi*, naturellement !…

Décidément elle l'étonnait : sa peau bronzée lui donnait un éclat – il lui lançait des regards à la dérobée tout en discutant. Même un peu à la dérober, pensa Clive. Diavolo demandait des nouvelles du tournage – et encore, pour combien de temps ?… Clive expliqua qu'il disposait d'un studio à San Gimignano à présent, mais il viendrait tout de même faire sa partie de billard. Il s'était entraîné, il fallait voir ! Il avait mis au point des coups fumants !

Tout cela créa de la belle humeur, ils se quittèrent fort bons amis – le Maître rebaisa les doigts de Marguerite :

– Et encore pardon !

Ce fut un matin, vers midi, à la fin de septembre, qu'un télégramme de Marche-à-Terre arriva à la production. Il était adressé à Marguerite Baruch, en provenance d'Amérique, et rédigé en français. Le directeur de production la fit appeler tout de suite – les petits bureaux portaient encore, épinglés aux cloisons tendres, les silhouettes du personnel dont le papier avait fané.

Le télégramme disait : « Difficultés imprévues. Besoin urgent opératrice en vol. » Signé *Moron* (mais c'était une erreur de transcription à la poste).

Il donnait un numéro de téléphone où l'appeler pendant la nuit. À son hôtel, sans doute… Le chargé de production suggéra d'essayer maintenant – le télégramme étant parti de la veille, là-bas ce devait être l'aube, à peine, compte tenu des six à sept heures de décalage.

Cette rapidité effraya beaucoup Marguerite. Elle préférait parler à Clive, avant – en tout cas elle avait envie qu'il soit présent pour répondre… D'abord un tourbillon circulait dans sa tête – elle était dans un tel état d'agitation qu'elle se sentait incapable de saisir le sens exact du message. Pas plus que la secrétaire de production, qui parlait bien français, mais se déclarait en pleine confusion : « Opératrice en vol » ?… C'était bien du Morin ça ! Qu'est-ce qu'il entendait par là ?…

– Ah c'est toi ! Il t'appelle comme ça ?… Bien, bien.

Alors ce n'était pas si compliqué ; il voulait dire qu'il avait besoin d'elle, tiens !… Comment où ça ? Mais aux

Antilles bien sûr ! Pour le film qu'il était en train de préparer. Elle en avait de la veine : il voulait qu'elle aille là-bas... Ceux de la régie se déclarèrent envieux, aussi ! Ils discutaient tous en italien, des Antilles – et Marguerite n'avait pas la moindre idée où c'était... Et aussi une angoisse énorme lui montait, l'envahissait, l'empêchait de reconnaître quoi que ce fût sur la carte qu'on lui tendait, qui aurait pu être des pâtés de couleur informes... Il fallait prévenir Clive d'urgence, en prévision d'embarras majeurs. Il se trouvait probablement chez Diavolo.

Ils obtinrent la communication en début d'après-midi – par chance Jean-Paul se trouvait encore dans sa chambre à huit heures et demie des pendules de là-bas. L'affaire était simple : l'un de ses assistants venait de se casser la figure en moto, il avait atterri à l'hôpital pour un bon bout de temps. Bref il devait réorganiser son équipe... Il pouvait donc embaucher Marguerite tout de suite – mais il fallait arriver dans les huit jours. Dix jours dernier délai !... C'était bien payé – exceptionnellement bien à vrai dire : mille cinq cents dollars par semaine, plus les défraiements. Il s'agissait d'un poste à légers risques, évidemment, mais pas plus qu'à San Gimignano, en somme. Il y avait du travail pour trois mois : le film avait pris du retard, ils venaient à peine de commencer. Si c'était d'accord, il faisait envoyer le billet d'avion.

Clive parla du passeport – il connaissait le problème, n'est-ce pas ?... La secrétaire étant dans le bureau, il ne désirait pas s'étendre...

– J'y ai pensé, fit Marche-à-Terre.

Sa voix était incroyablement présente, comme dans la pièce à côté, ou pas loin dans la ville. Il parlait très tranquillement ; en fait, il n'attendait que leur coup de fil pour appeler le consul de France à Florence, un vieil ami à lui, qui ne refuserait pas un service. Clive devait aller le voir, pas la peine de prendre rendez-vous, de sa part à lui – oui, c'était probablement mieux tout seul. Le consulat pourrait lui établir un passeport provisoire pour sortir – il insisterait dans ce sens au téléphone. Après, on verrait toujours…

– Qu'est-ce qu'elle en pense, Marguerite ?

Clive lui donna l'appareil. Elle était tremblante, elle fit :

« Bonjour… »

– Ça te plaît ?

– Oui, oui !…

Elle criait presque, il rigola :

– Il faudra monter très haut !

Oui, oui ! Oh oui !… Au ciel ! Tout ce qu'on voudrait ! Monter, là-bas, partout ! Le danger serait nul, comparé à ce qui pouvait l'attendre sur la Grosse Tour.

– Il y aura peut-être un hélicoptère.

Une navette spatiale, s'il le souhaitait ! Elle était prête, elle irait sur la lune, s'il désirait y planter une banderole !… Il pouvait l'entendre au tremblement de sa voix. Le Chouan savait à quoi s'en tenir, il connaissait son personnel !… Elle murmura : « Nikola ? » Il dit qu'elle allait bien, elle aussi l'attendait… Il ajouta :

– Viens vite.

Puis il raccrocha. Marguerite demeura hébétée… Puis elle sentit de l'eau qui coulait sur ses joues. Les dieux étaient de retour ! Pour la première fois de sa vie, elle pleurait de joie… Clive l'entoura. La secrétaire en était toute remuée de la voir si heureuse. Elle expliqua à ceux qui entraient que Marguerite partait sur un tournage en Martinique, c'était un sacré paquet de chance qu'elle avait là, la *ragazza* !

Clive s'embarqua aussitôt pour Florence – le consul se trouvait absent ; il reviendrait demain. C'était agaçant, car cela voulait dire que Marche-à-Terre ne lui parlerait pas non plus – or il avait réfléchi qu'il ne savait pas trop comment aborder le sujet : fallait-il raconter que Marguerite avait « perdu » ses papiers ?… Vieil ami ou non, il n'allait tout de même pas tout confier à cet officiel ! Où était la bonne mesure, si l'autre posait des questions précises ?

Le lendemain, il se présenta de la part de Jean-Paul Morin. Le consul, un homme aimable, le reçut au bout de dix minutes. Il demanda des nouvelles de l'artiste – lequel avait effectivement appelé son secrétariat en son absence, sans laisser de message précis... En tout cas le Festival avait été une grande réussite, sur tous les plans, celui de la qualité et du rayonnement artistique européen. Quel assemblage de magnifiques talents !... Clive était donc demeuré sur les lieux depuis lors ? Pris sous le charme de cette captivante région, sans doute ? Lui-même s'y trouvait parfaitement heureux – Ah ! Florence ! la merveille des merveilles, n'est-ce pas ? Le trésor des arts ! Que lui valait donc le plaisir de cette rencontre ?

Le consul écouta attentivement le problème de la jeune décoratrice qui n'avait plus aucun document pour rejoindre Morin aux Antilles. Ni même pour sortir d'Italie, du reste !... Sa position était plutôt fâcheuse – mais ça, tout le monde le savait. Ce qu'il pouvait faire ?... Eh bien, il allait réfléchir.

Oui, oui, il comprenait, bien sûr, qu'il y eût quelque urgence dans la situation ! Il imaginait cela aisément... Mais en revanche Jean-Paul Morin ne se rendait pas toujours exactement compte des réalités de la simple fonction d'intermédiaire qui lui était dévolue – de modeste rouage, en quelque sorte ! L'habitude du décorateur de prendre ses mesures tout seul, d'exécuter ses propres décisions ensuite, « sans autre forme de procès », le rendait quelquefois optimiste, mais certainement plus expéditif que le commun des « immortels fonctionnaires » ! Ah ! ah ! il n'avait pas le poids d'une Administration sur ses épaules, l'heureux saltimbanque !...

L'homme parlait doucereux – un ton de prêtre pour exposer les complications administratives. Comment se faisait-il que ce type-là soit un pote à Marche-à-Terre ? se demandait Clive. Il éprouvait une déception au milieu de toute cette confiture. L'autre avait de jolies mains, qu'il regardait en parlant ; il les faisait tournicoter sous son nez, chassait une poussière...

– Enfin ! nous allons voir ! soupira-t-il.

Nonobstant les lourdeurs inhérentes, il allait, disait-il, s'occuper personnellement de cette question de papiers – par intérêt pour les arts, d'abord, afin d'obliger Jean-Paul ensuite... Clive grillait sur son fauteuil : ça n'était pas pour le mois prochain cette affaire !... Par conséquent, continuait le porte-parole de l'État français en soulevant un stylo-bille marqué de la calotte blanche du Mont-Blanc, Mademoiselle Baruch ? Perte de documents, n'est-ce pas... Prénom ? Marguerite... Il s'en occupait ! Que cette personne vînt le voir demain – ou lui-même, très volontiers, à cause des nécessités du tournage qu'il comprenait. Oui, environ vingt-quatre heures.

L'espoir renaissait ; le fonctionnaire en tendant la main, parut déjà un peu moins blaireau... Cependant Clive, en prenant sa voiture, éprouvait une gêne, à mi-chemin entre les entournures et les entourloupes... Car les gens qui placent des ronds de phrases devant leur figure comme des coussinets se protègent de l'action... Il ne voulut pas faire part de ses doutes à Marguerite – l'ambiance demeura fiévreuse toute la soirée. Des gens de l'équipe disaient : « Alors, tu nous quittes ? »... Ça la faisait déjà partir un peu.

Le lendemain le consul l'attendait – il vint même à sa rencontre dans le couloir pour l'introduire plus vite dans le bureau. Il avait un air agité, un comportement vif, totalement différent de celui de la veille. Il referma la porte sur eux – entre-temps il avait eu « Jean-Paul » au bout du fil, longuement. Jean-Paul lui avait tout expliqué – il lui avait même « secoué les puces », mais tout ça n'en restait pas moins « très emmerdant » !... Clive n'en revenait pas d'un pareil changement d'attitude, et de langage – Marche-à-Terre avait touché l'homme de sa baguette magique !

– Nous sommes dans la merde ! déclara le consul. Votre copine, là, c'est pas un cadeau, je vous le dis !... Je me suis renseigné à Paris – je viens encore d'avoir des précisions tout à l'heure, là, à l'instant !... D'abord elle est en fuite – oh ça encore, bon ! Mais elle est fichée. Tenez-vous bien, elle est recherchée pour meurtre ! Rien que ça !...

Il tournait dans le bureau comme un gros moustique à qui on vient d'allonger une giclée de bombe insecticide ! Il miaulait ses mots !

– Vous vous rendez compte ! Jean-Paul a beau me raconter ce qu'il veut, qu'elle est géniale, que c'est un ange, moi je veux bien !... Ah j'aurais bien voulu la connaître ! Seulement, s'il en a absolument besoin qu'il vienne la chercher ! Il l'emmènera dans une valise s'il veut ! Mais là, je peux pas lui délivrer un passeport. Non mais vous vous rendez pas compte ! Elle est « droit-commun », en fait. Je devrais la signaler immédiatement à la police italienne ! Comprenez-vous ? Elle a un dossier comme ça ! – Là, à l'instant, avant que vous n'arriviez, c'est tout frais : « criminelle récidiviste, extrêmement dangereuse » ! Non mais je rêve !... C'est moi qu'on foutrait en taule !

Clive toussa.

– C'est pas prouvé ! glissa-t-il dans le torrent de mécontentement.

– Quoi ? Qu'est-ce qui n'est pas prouvé ?... On vient de me lire ses appréciations, là, y a pas dix minutes ! « Délinquante endurcie, caractérielle » tout ! Irrécupérable !... En plus, elle vient tout juste d'atteindre sa majorité !

Dans son esprit on pouvait s'attendre à de belles majorations, alors ! La promesse des fleurs ! Nous allions récolter les fruits !... Il balançait la tête, de droite, de gauche – des emmerdements majeurs, il voyait se profiler !

Il fut catégorique : non seulement c'était sa situation à lui qui se trouvait en jeu, mais... Non, franchement, il était passible des tribunaux avec une affaire pareille sur les bras. Il serait allé loin pour faire plaisir à Jean-Paul, très loin ! Un de ses plus vieux amis, d'accord ! Mais là, non !... Il dépassait la mesure. Une criminelle ! Ça devenait de la complicité caractérisée dans une affaire de meurtre. La Cour d'assises !... Le consul était furieux. Contre lui-même, contre Morin, contre la nénette. Il espérait que cette histoire n'allait pas s'ébruiter, au moins ! Il serait dans de beaux draps de n'avoir pas averti l'Administration à temps...

– Non, monsieur Martin, c'est tout à fait impossible !

La douche écossaise. Le désespoir s'abattit sur Marguerite. Elle retourna sur le plateau, en pantalon sale, silencieuse... Clive rappela Marche-à-Terre depuis le bureau de la production pour donner la fin de non-recevoir. L'artiste savait déjà – son copain l'avait appelé... Il y avait un ton de défaite dans son silence. Clive se dit que le consul avait dû saler le rapport, afin de mieux justifier son refus – le coup de l'assassin se cache parmi vous. Le Chouan était victime de la propagande officielle, il baissait les bras... Clive l'entendait respirer. Ça faisait lourd comme un recueillement – et assez cher du soupir intercontinental, au tarif jour !... Mais les adieux n'ont pas de prix. Il attendait que Morin raccroche le premier...

Au bout d'un moment celui-ci grommela :

– Volez-en un.

– Quoi ?

– Un passeport ! Chouravez-le, débrouillez-vous !

Non, il ne baissait rien ! Il avait un ton rauque de colère pour briser le silence. Il ajouta :

– C'est jamais grave, les gens honnêtes se les font remplacer facilement !

Marche-à-Terre suggéra de prendre contact avec la pègre. Non, il ne plaisantait pas, il ripostait !... Un faux passeport, avec un peu de fric, ça devait se trouver. À Rome peut-être... Demander aux vedettes, si elles étaient encore là ; elles pouvaient conseiller des intermédiaires. C'était trop bête ! Il fallait réagir. Il accordait un petit délai supplémentaire pour les démarches – mais vite ! Il s'avouait réellement navré.

Clive se donna une heure de réflexion. Puis, sans consulter Marguerite, il décida de tout raconter à Diavolo... Lui pouvait avoir une idée sur comment contacter un faussaire !... Il accélérait à fond en grimpant à la villa – la 4 L en pétaradait dans les virages les plus tordus, mais il n'y avait guère de temps à perdre.

Il raconta par le menu, depuis le départ. Il parla de sa rencontre avec Marguerite, sans cacher les gendarmes, la chasse à la femme dans les vignes ! Les développements étranges depuis la frontière – et ce talent étrange qu'elle avait. Et Marche-à-Terre qui la réclamait maintenant, là-bas. Il retraça la visite au consul, l'échec, le désespoir. La suggestion, enfin, du décorateur...

Plus il racontait, plus le philosophe ouvrait l'œil. Il avait cessé de jouer – en pleine série bien commencée, pourtant ! Il suspendit sa canne, les fesses appuyées sur le bord du billard pour mieux écouter. Il souriait... Ça avait l'air de beaucoup lui plaire cette histoire – le combat, n'est-ce pas ! Et l'étonnement aussi... La petite souris grosse comme le poing ! Il ne se serait jamais douté ! Ah, l'eau qui dort...

Il fit cette remarque :

– Si toutes choses devenaient fumées, nous connaîtrions par les narines.

C'était intéressant, mais Clive voulait passer à la conclusion :

– Tu as une idée de comment trouver un faux passeport, en payant ?... Elle a un peu d'argent, elle donnerait tout pour pouvoir partir, je suis sûr.

Diavolo se retourna vers les boules. Il ajusta longuement son point sans répondre – le réussit. Il avait pris un air énigmatique.

Clive insista :

– Tu connais toutes sortes de gens, toi !

– Laisse-moi réfléchir, dit le Maître.

En fait, il s'occupa scrupuleusement de combiner ses coups, dont un en position retournée, la canne sur les reins, très acrobatique !... Au bout d'un quart d'heure de silence, troublé seulement par les claquements plus ou moins secs des billes d'ivoire, Diavolo murmura :

– Oui, j'ai une idée qui me vient, peut-être. Mais j'aimerais en discuter directement avec Marguerite... Ne sois pas vexé, hein ! C'est elle surtout qui est concernée par mon idée.

– Sûrement, dit Clive. Tu crois pouvoir trouver un joint ?

– Un joint, c'est facile – mais pas pour un faux passeport.

– Ah non ?

– Pour un vrai passeport !... Un passeport italien, ça irait ?

Clive restait comme deux ronds de frite – il sentait l'amorce sérieuse cette fois-ci.

– Tu pourrais lui procurer un passeport italien ?

– Sans aucun problème !... Tout ce qu'il y a d'officiel et d'authentique comme pièce d'identité.

– Ça sera rapide ?

– Deux jours. Mais il y a une petite condition essentielle et préalable dont il faut que je discute avec elle, comprends-tu.

Il riait d'un air faux jeton tout à coup. Il fit signe à Clive que c'était à lui – mais le partenaire n'avait plus vraiment la tête au jeu ; il dérapa au bout de cinq points relativement faciles.

– C'est quoi, cette condition ?

Diavolo frotta soigneusement son cuir à la craie bleue. Il expliqua, entre les points qu'il alignait comme à la parade, détendu, presque heureux, que sa condition était fort simple : il désirait passer une nuit avec Marguerite en échange de son passeport.

– Tu veux coucher avec elle ?

Clive était suffoqué…

– On peut dire comme cela, en effet. On pourrait dire « tirer un coup » – les ressources du français sont immenses dans ce domaine !… Moi je dis « passer une nuit », c'est plus mystérieux, non ?

– Mais elle voudra jamais !

– Ce n'est pas sûr. Pose-lui la question.

– Tu la connais pas ! C'est une fille… Elle a tué des mecs, je t'ai dit !

– Moi aussi.

Le Maître rigola :

– Moi aussi, Clive ! Tu vois, on est faits pour s'entendre… Tu considères cela à la manière d'un homme, c'est normal. Dis-toi qu'une femme n'a pas les mêmes raisons que toi pour accepter ou pour refuser ma proposition. Pas les mêmes motifs du tout !

Il reprit une petite série tranquille, avec un soin tout particulier dans la manière d'obliger les boules à se placer correctement en sortie du coup. Il monologuait par tranches, entre les moments de tir où il retenait son souffle, sans hâte.

– J'ai beaucoup frôlé la mort, Clive. Et tout cela est simple, et n'a aucun sens non plus. J'ai frôlé la mort comme on frôle une femme. Elle nous envoie ses ondes, la chaleur de sa peau, tu sais bien… Sauf que la mort c'est plutôt « fluide glacial », la sensation juste.

Il se pencha en avant sur un pied, en équilibre, courbé à fond au bord de la table :

– Est-ce que tu sais ce que c'est, le fluide gacial, au moins ?…

Clive fit non de la tête. Il était sonné ; sa pommette gauche commençait bizarrement à lui faire des ennuis… Au ventre aussi, il éprouvait une douleur sourde, qui grossissait. Et puis Diem, à côté, avait recommencé ses éternels trilles. Il jouait léger, léger – il jouait moqueur, dans la circonstance. Clive se disait qu'il était comme au cinéma, tout cela n'était pas vrai – il entendit à peine ce que Diavolo racontait, juste la musique de son accent qui se mêlait avec l'autre, dans un moment bien irréel…

– Tu vois comme c'est drôle ! J'ai frôlé la mort dans des circonstances tellement étranges que je me prends parfois pour un extra-terrestre… Et voici que je bavarde dans cette villa de riche avec un jeune homme habile qui ne soupçonne même pas les choses que je sais. Les choses que je fais. Et ceux qui ont eu la malchance de frôler – juste un peu plus fort que moi, hein ! – ils sont restés là-bas, chez les asticots. Ils ne sauront jamais rien de la manière dont les années viennent sur un corps humain. Ils sont passés à côté de cette chose essentielle : le taux de cholestérol !

Il rit un peu, et puis se tait – il suspend sa respiration… Il tire et gagne, d'un joli coup de poignet !

– La mort au combat n'a pas de cholestérol, tu sais…

Il continua, marchant autour du billard pour choisir son angle. Diem sonnait sa sonate lacustre au clair d'une drôle de lune dans sa tête, et Clive avait un peu froid dans les reins, et il aurait voulu crier pour se réchauffer…

– Tu vas me haïr, Clive… C'est une jolie façon de nous quitter, tu ne trouves pas ? Un cadeau que je te fais là – sans que tu aies à remercier, bien entendu !… En attendant, je ne voudrais pas te faire de peine, mais je suis en train de gagner cette partie !

Il s'écoula un temps assez long avant qu'il rate, en effet. En cédant la place à son partenaire hébété, il ajouta :

– Au fait, j'ai besoin de deux photos. Deux photos d'elle. Je me charge du reste.

Clive marcha ce jour-là de surprise en surprise ; car les yeux de Marguerite riaient. Son regard flottait de peur et d'espoir, avec une luisance pour supplier comme une fille qui se noierait, et il la retiendrait hors de l'eau par les oreilles, elle aurait la peine mais pas la mort…

À part ça elle voulait bien tout, le passeport et le reste. Elle avait surtout du mal à y croire, méfiante à sortir d'un trou noir :

– Tu es sûr ?…

Elle était tout de même demeurée silencieuse, avant. Lorsqu'il lui avait transmis les clauses – en se mélangeant beaucoup les pinceaux dans ses explications pas faciles. Elle avait eu un air incrédule :

– Il veut baiser avec moi ?

Ça lui paraissait inconcevable… Elle fronça le sourcil, mais ce fut parce qu'elle mettait en balance les forces obscures offertes à son choix… La nuit avec le philosophe n'avait pas pesé lourd contre un matin qui renaissait. Contre la vie qu'elle sauvait… Elle avait hésité plus par souci de ménager la susceptibilité de Clive – les garçons, disait-on, étaient chiens avec ça. Elle recentra l'attention sur le passeport :

– C'est vrai qu'il peut ?

– Il n'attend que les photos ! Et ta réponse, bien sûr… Tu la lui donneras toi-même.

Marguerite n'en pouvait plus de la beauté de l'existence qui s'ouvrait de nouveau ! C'est là que ses yeux commencèrent à sourire... Devant la mine affaissée de Clive, elle fit :

– Qu'est-ce que ça fait ? Il va pas me manger !

Elle pensait à l'Ogre, dans le Petit Poucet... Et une pensée en entraînant une autre, elle se souvint de la raison qui faisait, au fond, qu'elle se trouvait là. Les décisions prises lui revinrent, là-bas – dans cet autre monde qui avait fui, les engagements acceptés, les risques, autrement terribles !... Aïcha n'avait jamais promis qu'elles iraient avec des gens de la haute. – Elle prit la main de Clive, parce qu'il était choqué. Elle voulut faire un grand effort pour expliquer... Un homme de cette qualité, que tout le monde admirait – surtout Clive ! Elle faillit dire qu'elle avait de la chance... Mais au moment où il retirait sa main, elle sentit que ce serait une manière grossière d'expliquer un monde qu'il ne pourrait jamais partager.

Ils s'organisèrent – parce que les actions donnent de la vie. Marche-à-Terre, saisi en plein sommeil, dut s'éclaircir l'esprit avant d'enregistrer le brusque revirement de la situation : que c'était tout à fait certain désormais. Oui, oui, parfaitement en règle !... Quelques heures plus tard il rappela la production pour parler à Clive. Il voulait être sûr de n'avoir pas rêvé, et qu'il pouvait mettre en marche le système – faire envoyer le billet ? Là, tout de même, ils lui coupaient la chique, les petits jeunes – mais il ne réclama aucune explication.

Pour l'argent qui se trouvait sur le compte au nom de Clive, à la banque, elle n'avait pas besoin de l'emporter puisqu'elle en aurait d'autre là-bas. Des dollars, il avait dit – en français ça faisait énorme !... Avec son passeport, elle pourrait ouvrir un compte bien à elle, et laisser la somme dessus ; au contraire, pour les autres paiements, ce serait plus facile. Et puis comme ça elle pourrait revenir quand elle voudrait ! Ce fut Donatella qui suggéra cette solution – elle n'était pas au courant du détail, seulement que Marguerite était sur le point de se procurer un passeport italien par l'intermédiaire du philosophe de Lucardo, qui était un ami à Clive... Cela faisait une bonne farce amusante ! *Che buffo !...* Rudement bouffon dans le principe ! Marguerite pourrait revenir en Italie quand elle voudrait, puisqu'elle devenait italienne aussi... San Gimignano serait sa ville d'origine, véritablement !

Diavolo lui avait demandé de passer vingt-quatre heures ensemble – ils s'en iraient la veille, avait-il expliqué avec son naturel aimable. Ils feraient un petit voyage, puis il lui remettrait son passeport au matin, le jour même du départ... Elle aurait juste le temps de mettre au point sa situation bancaire et de faire le transfert de l'argent avant d'aller prendre l'avion.

Tout semblait normal, parfaitement bien arrangé – le billet venait d'arriver, c'était Byzance !

Et tout de suite il y eut ce dernier jour, et cette nuit-là qui suivait le jour d'avant son départ, où Clive erra, sans se décider à partir lui-même – sans se coucher, sans sommeil... Il découvrit lorsqu'il était trop tard qu'il aurait pu lui rendre tout son fric en liquide, la veille et basta ! Il aurait pu y penser avant la fermeture des banques !...

Il roula un peu, traversa des villages. Mais il prenait soin de ne pas trop s'éloigner car son moteur lui donnait des angoisses – et quand la vérole se met après un pauvre homme, elle ne le quitte plus ! Il voulut retourner à Certaldo Alto, mais la bagnole eut du mal à grimper. Elle avait de plus en plus de ratés... Il la gara tout en haut de la côte, dans le bon sens – ça faisait plusieurs jours qu'elle ne démarrait plus que dans les pentes.

À la terrasse du Boccaccio il s'installa près du puits condamné, contre la margelle. Deux vieux villageois discutaient à l'autre bout, dans le coin où le chevet de l'église vient poser sa panse ronde et romane. Clive remarqua un passant maigre, au visage tanné, tourmenté comme un homme qui pleure... Il contempla le mur brun devant lui. Il s'aperçut que la façade avait été bouchée de ses ouvertures et portait plein de regrets d'arceaux, des baies borgnes. Un ancien palais ?... On avait reconstruit de plus petites ouvertures à l'intérieur des grandes, puis on les avait murées à leur tour pour ne laisser que de minuscules orifices carrés. Des trous !... Il se disait que ce haut mur était cocu de fenêtres – cavocavu, le mavur !...

Le *vicolo dell'osteria* dégringolait en pente raide vers les jardins potagers, au fond, exposés plein sud, en terrasse ; un homme aimable et rieur lui avait fait visiter le sien, un jour – il élevait des carpes dans un bassin, des poules dans des cages, près de l'entrée, et aussi des pigeons... Le type avait son atelier en bordure de la ruelle, face à la porte de son jardin – il vivait comme un prince et sortait se cueillir une fraise, une figue, une cerise, selon la saison.

Clive portait son regard sur le jardin fermé, en haut, à droite du *vicolo*, d'où émergeaient des pins dont les branches servaient de perchoirs aux pigeons des murs... Il lui sembla qu'il allait mourir, et que son âme s'en irait dans ce jardin-ci, flotter sur cette lumière rare et belle qui rasait les grosses antennes de télé, rudes comme des râteaux sur le ciel. Mais pourquoi était-il tombé amoureux de cette pétasse qui était entrée dans sa vie sur une phrase sans forme et sans fond ! Il se souvint : « Tu veux une partie ? »... Et il est rare que l'on puisse se souvenir des mots précis qui vous ont plongé dans la merde !

Un couple descendait la grand-rue de chaque côté d'un couffin qu'ils portaient entre eux, une oreille l'un, une oreille l'autre, sans presque le balancer. La haine commençait à l'empêcher de respirer... Il sentait un cercle pesant autour de sa poitrine quand il prenait un grand soupir. Où étaient-ils à l'heure actuelle?... Qu'est-ce qu'ils faisaient déjà?... Et ce bel encavulavé de philosophe! La haine, en effet! Logique. Faut être scélérat, soyons. Ses principes!... Il appliquait. Il exerçait ses travaux pratiques sur Marguerite. La belle petite pute, elle aussi!... Au fond elle le dégoûtait un peu à présent!

Plus il se disait qu'elle le répugnait, plus il continuait à avoir mal... Mais comment avait-il pu prendre un ticket pour ce tas!

Clive se rappela un livre qu'il avait feuilleté chez Diavolo. Les premiers mots l'avaient frappé: «La haine, voilà mon sujet», déclarait l'auteur en préambule. La première page du bouquin commençait par cette phrase: «Je ferme les yeux, je les ouvre sur l'encre noire, et je pense: noir comme la haine»... Il avait oublié la suite, et le nom du type qui avait écrit ces phrases, mais c'était forcément quelqu'un de bien renseigné! Clive voyait les martinets chassant et moulinant sur le coin du ciel dégagé – ils étaient douloureusement noirs. Leurs cris aussi; ils déchiraient l'air, funèbres. Noirs étaient les tabliers des femmes assises sur le banc à droite, qui dégustaient une glace.

À mesure que le soir tombait, il lui pesait davantage sur la nuque. Dans quel coin s'étaient-ils réfugiés, à quelle auberge?... Pour un peu il serait monté voir Diem, qui ne devait pas être du voyage – ou peut-être si? Il sentait des élancements sous le sternum, le ventre oppressé. Il crut qu'il avait faim, et se fit tailler un sandwiche – il eut de la peine à en avaler quelques bouchées. Il trouva au salami un goût de chiotte. Salami!... Savalavamavi! Ma vie!...

Sur le tard, il ne tenait plus en place. Il décida de rentrer à San Gimignano. Il insulta la 4L qui renâclait tout ce qu'elle pouvait – à chaque virage dans la montée, elle pétaradait, hoquetait, prête à lâcher: il hurlait des insanités. Ah la salope !... Il avait la haine pour de bon. Il n'était pas certain que ce fût un cadeau...

Pourtant, il était obligé de convenir en lui-même qu'il ne lui avait jamais rien promis – pas un seul instant. Ni rien laissé tellement entendre. Honnêtement, il était prêt à la planter là, lui, au besoin !... Il se tutoyait dans sa tête : « De quoi tu te plains ? »... À présent elle allait au contraire se fondre dans le paysage, enfin ! Un truc immense, exotique... « T'es bien le roi, non ? » – Le ravoi des cavons !

À San Gimignano, il ne supporta pas la vue du studio, l'odeur, le vide. Il referma la porte, et s'en fut marcher dans les rues étroites, au hasard des lumières. Le Duomo avait ses deux petites portes jaunes dont le vernis luisait sous les lampes, comme des yeux fermés. Il évita de retraverser la *piazza* – plus loin il rencontra la sentinelle qui marchait sur place au-dessus de la porte du pénitencier, avec son casque bizarre... Plus tard, il ne voyait plus rien – que des chiens matinaux occupés aux poubelles.

Nathalie,

je vais rentrer. C'était un très bel été, très sympa. Maintenant, j'en ai un peu marre. J'ai essayé de t'appeler plusieurs fois au téléphone, tu n'es jamais chez toi. Oui, je rentre tout seul. Marguerite, elle a trouvé du boulot ailleurs. C'est pas plus mal… Je suis content que Wenzel fasse une tournée – et qu'il ait besoin de moi ! Hop la gaïs !… On va bien se marrer. Puis j'ai besoin de gagner des sous, la fête est finie. Et pour tout te dire, il me tarde de me remettre à bosser… Finalement, on est très bien dans un théâtre, y a moins de courants d'air.

Ma bagnole est un peu naze, je l'ai donnée à réviser ce matin – la route est longue !… Je pars dès qu'elle est prête.

Je t'embrasse, bise à Greg,

Clive.

L'intérieur du taxi était en joli tissu gris, avec plein de tons différents : perlé pour les sièges, souris sur les accoudoirs, le plafond laiteux. Le chauffeur avait les cheveux tout blancs sur un visage plutôt jeune… Ça faisait une belle harmonie, blanc sur gris. Et la radio débitait des adresses en italien d'un ton morne, indifférent, mais très fort, et tout le temps, tout le temps. Ça meublait. Ils n'avaient pas énormément à se dire sur le chemin de l'aéroport.

Marguerite portait une robe unie, d'une couleur qu'on aurait pu appeler blanc cassé, ou beige très clair. Vraiment belle, avec un col, des manches à gigot, la taille prise par une large ceinture – une curieuse coïncidence qu'elle soit assortie à la voiture, à la tête du chauffeur. Ils n'avaient pas choisi – le premier de la file. Mais il y a des jours comme ça, où tout s'arrange, s'harmonise… Des signes ?

Il aurait aimé savoir pour la robe, si c'était Diavolo qui la lui avait offerte ? Il ne voulait pas demander… Pourtant, au style très chic du tissu, de la coupe, le Maître avait sûrement assisté à l'achat, orienté le choix. Par conséquent, le connaissant, il paraissait obligatoire qu'il lui eût fait ce cadeau, en plus… Gentleman mercenaire. Je baise donc je suis !

Elle avait agrafé sur son sein gauche les petits

Mexicains achetés à Florence – ils faisaient une tache vive, bariolée sur le tissu blanc crème très habillé. Elle lui avait dit : « Tu as vu ? » en tournant comme ça, vers lui, l'épaule de son cœur…

Sans doute avait-elle envie qu'il lui parle de la robe. Mais il n'avait rien dit. Pas plus que pour la valise, énorme – tout cuir !… Elle n'avait pas perdu son temps, ni sa peine, apparemment.

Mais elle avait insisté pour qu'il l'accompagne. Même sans bagnole. Elle avait dit : « Je vais pas partir comme ça ? »… Bon, c'était la vie. Le passeport tout neuf, c'était pas du flan ; elle lui avait montré, avec le rond sur la couverture et l'étoile au milieu – sa photo, cachet authenthique : « Margarita Baruchio »… elle avait lu le nom pour lui. Elle prononçait les mots très bien à présent, avec Donatella. Elle savait de plus en plus de phrases. Elle trouvait ça facile à dire, l'italien, quand elle reviendrait elle prendrait des cours, carrément… Baruchio ! Diavolo lui avait conseillé de garder le nom ainsi, juste adapté. Cela ferait une continuité naturelle assez jolie – il avait expliqué que « Margarita », ça voulait dire « perle », comme une perle… Il avait expliqué beaucoup de choses, on dirait.

Pour l'aéroport de Florence, on ne sort pas vraiment de la ville – on arrive, c'est encore plein de maisons. Et des jardins, il faut dire, aux herbes sèches, les buissons y sont poussiéreux. Clive s'attendait à de l'autoroute, à des champs, que ça fait déjà loin et petit voyage d'accompagner les partants. Ils passèrent des croisements, une forêt de sémaphores, puis le taxi tourna brusquement dans un jardin : et c'était là, avec des roses… Une bâtisse basse. Vraiment un aéroport pour des vacances qui commencent, ou qui finissent sur ce parterre dans une bonne odeur de Provence, à ce qu'il semblait… À peine un hangar de tôle, à droite, un peu haut. Un pylône en fer rouge, taillé comme une petite grue sans bras, et un radar au bout – un type en uniforme bleu de pilote, ou de steward traversa le parking : c'était tout le côté avion qu'on voyait.

Dedans, il y avait une petite atmosphère de hall d'hôtel international. Plafond bas, tout ça très clos, protégé de la chaleur comme le reste en Italie. Il porta la valise jusqu'au guichet d'enregistrement, la posa sur le tapis roulant unique qui faisait assez amateur, ainsi tout seul... Après le *checking in* de chez Quinine, ils demeurèrent les bras ballants. Il y avait toute cette avance qu'ils avaient prise devant eux, comme une plage de temps sans vie. L'avion pour Bruxelles partait seulement à quinze heures.

Ils passèrent dans la petite salle du buffet-restaurant, après le bar, qui avait des tables carrées et des nappes vert pâle, à fleurs, avec des fleurs encore dans de petits pots au centre des tables... La salle murée en vitre sur deux côtés, en appentis au ras du sol, était ombragée par ces lanières verticales de toile bise qui font comme un rideau en haillons. Entre les lanières on voyait dehors les carrés de pelouse maigre et les grands rosiers rouges, avec quelques bouquets de verdure, genre *bushes*. Aussi un sapin jeune pas encore grandi.

L'air frais entrait par la *Uscita di sicurezza* grande ouverte sur le jardin, avec les lanières qui voletaient à cet endroit dans une impression de bonheur assez riche et de liberté... *Emergency exit?* La vie entière n'était qu'une *emergency*, une sorte de catastrophe dont il fallait se dépatouiller.

Ils s'assirent à une table du coin, contre la vitre – et Marguerite, sa robe semblait plus claire et lumineuse. Un serveur approcha, elle commanda des glaces et des *biscottini* pour une dînette ; elle discuta les parfums qui le laissèrent indifférent : *crema* ou *cioccolato* ou nocciola et *lampone*, *no* ? – il choisit fraise par élimination.

Le mur en face était celui de la cuisine ; il y avait une fille à lunettes, en blouse de nylon vert léger, au-delà du passe-plats haut et rond. Elle préparait quelque chose en bougeant ses mains que l'on ne voyait pas sous l'horizon de la planche. Marguerite avait l'air encore plus belle que dans le taxi, et ses gestes devenaient lents dans cette robe, comme assouplis. C'était donc ça : il l'avait déguisée en perle ! Margarita, hein ?...

Le haut-parleur rond, sous le plafond, piaillait aigre : « *Your attention please, your attention please!* »... Et clive était si lourd et tendu de tout le corps qu'il avait envie d'aller parler à la fille en blouse, qui était dodue et rose derrière le guichet de la cuisine. Il aurait aimé entendre sa voix qui devait être jeune et gaie dans cette langue de bonne aventure que ces gens possèdent... Ces accents que tout va à la blague, finalement – *Ma, allora*... Tout coulait dans leurs voix, à *Firenze*.

Et Marguerite a dit :

– Tu sais, il est très gentil.

– Qui ça ?

Pourquoi il faisait semblant, Clive ?... Alors qu'il savait très bien ce qu'elle voulait dire. Peut-être qu'il tenait un peu à elle, pour être aussi contrarié.

– Pourquoi tu fais semblant ?

– Semblant de quoi ?

Il était con, il refusait de parler de Diavolo, lui qui en avait tant causé ! Alors que maintenant elle avait des choses à en dire. Sa glace terminée, elle jouait à dessiner des ronds, du bout de la cuillère, sur le fond de l'assiette... Elle avait compris des trucs, sur elle, sur lui... Elle relança une tentative :

– On a beaucoup discuté.

Il s'en foutait. Elle avait remonté ses manches pour avoir frais, ce qui dégageait ses avant-bras jusqu'aux coudes et montrait la couleur de son corps tendre comme de la rosée. L'autre avait posé ses mains dessus, tout en discutant, bien sûr, agréable – ses immenses paluches ! Clive imaginait ses contours sous la robe, ses plis, ses poils. Il n'osait plus toucher même le bord de sa peau blondie – il se sentait comme un invité qui a perdu les usages de la maison... Ils étaient devenus vachement étrangers en vingt-quatre heures. Elle posa, elle, ses doigts sur lui – sur ses doigts, au pli de la phalange; il eut chaud à ce carré de peau par où elle se branchait sur sa personne... Et ce fut *Your attention please* cette fois, pour de bon, avec un nasillement sur le *flight* et embarquement pour *Brussels*.

Elle accomplit sa sortie avec son petit sac ouvert aux flics – et il y eut un moment intense lorsqu'ils feuilletèrent son passeport. Elle fit un mouvement nerveux, comme si elle allait sauter en l'air, quand le type le lui rendit avec un sourire... Elle l'agita en au-revoir d'abord, vers Clive, puis en voyant sa gueule, probablement, ou quelque monstre affreux grimaçant derrière lui, elle le fit avaler à son sac. Un moment elle demeura suspendue, les yeux sur lui – alors elle fit un geste bien inattendu de sa part: elle porta la main à sa bouche, et lui envoya un baiser... Puis rien. Elle traversa la porte vers cette route en l'air qu'elle taillait.

Il la regarda s'éloigner par la vitre; la robe s'était mise à flotter un peu dans le courant d'air... Il eut comme un désespoir subit qui le fauchait. Il courut dehors vers les fleurs pour la voir encore au travers des grilles. Elle se retourna deux fois vers les vitres où il n'était plus... Elle approchait, en arrière des autres gens, du nez blanc de la Caravelle qui luisait parmi les fleurs du terrain. Ça faisait jardin sur jardin – elle avait sauté le mur en somme, chez le voisin... Il pleura sans eau, à petites larmes molles qui lui brûlèrent le nez en dedans – sa vue, à peine troublée, rendait le petit avion tremblant comme un mirage.

Et le ciel très bleu, là-haut, sans un putain de nuage, continuait à donner gratuitement le jour.

Un roman est une œuvre solitaire. Sauf que j'utilise beaucoup mes amis ; je leur pille des tas de renseignements, des détails précis pour nourrir mes histoires.

À cause des cadeaux qu'ils m'ont faits, j'ai voulu réserver ce carton à

ERNEST,	qui m'a montré ses dessins,
ITALO,	qui m'a montré sa Toscane,
FRÉDÉRIC,	qui m'a prêté sa collection de philosophes anciens,
SABRINA,	qui m'a promené à Semifonte,
JOËL PERRIN,	qui m'a apporté ses lumières – ses câbles, ses bretelles,ses découpes, ses Mickeys et ses racks !
ISABELLE,	pour ses effets spéciaux,
JEAN,	pour les soins prodigués,
MARTINE,	parce qu'elle est belge,
TERESA,	car elle est bolonaise,
FÉLIX,	pour ses lectures,
BALZAC,	qui m'a honoré de sa présence parmi nous…
ET TOUS CEUX	à qui j'ai pu voler quelque chose, des clous, un regard, une nuit, un fil de fer ou un brin de leur âme.

DU MÊME AUTEUR

Aux Éditions Grasset :

RIRES D'HOMME ENTRE DEUX PLUIES
Prix des Libraires, 1990

LA DUCHESSE DE MALFI
DE JOHN WEBSTER
(Texte français de Claude Duneton)

Chez d'autres éditeurs :

JE SUIS COMME UNE TRUIE QUI DOUTE
Seuil, coll. « Points Actuels »

LA PUCE À L'OREILLE
« Le Livre de Poche »

PETIT LOUIS, DIT XIV
Seuil, coll. « Points roman »

LE BOUQUET DES EXPRESSIONS IMAGÉES
en collaboration avec Sylvie Claval
Seuil 1990

L'OUILLA
Seuil, coll. « Point Virgule », 1991

Dans Le Livre de Poche

Claude Duneton

La Puce à l'oreille n° 5516

Anthologies commentée des expressions populaires

Quelle est l'origine de la curieuse expression à la mode : *prendre son pied* ?... Pourquoi dit-on lorsqu'on ne se sent pas bien, qu'on n'est pas *dans son assiette*, ou au contraire qu'on *reprend du poil de la bête* si l'on va mieux ? Pourquoi passer *l'arme à gauche* veut-il dire « mourir » et *mettre à gauche* « faire des économies » ?...

Ce livre a pour objet de répondre à toutes ces questions. Ce n'est pas un dictionnaire mais un récit, écrit à la première personne par un écrivain fouineur, sensible à l'originalité du langage.

Un récit alerte, souvent drôle, qui mêle l'érudition au calembour, mené à la manière d'une enquête policière et qui aiguillonne à vif la curiosité du lecteur.

Rires d'homme entre deux pluies n° 4376

Un appartement d'étudiant dans le Paris des années 70. Deux amis, Robert et Clément, jeunes intellectuels nonchalants et loufoques. L'imprévisible Carolina dont Robert devient amoureux en Angleterre, et qui lui échappe toujours. Du rire, des larmes, la douceur mélancolique de la vie. Et, à la fin, le temps qui a passé.

Il y a beaucoup de nostalgie dans ces rires d'hommes, mais une nostalgie complice, compatissante, amusée. S'il ne tenait qu'à lui, le narrateur serait prêt à recommencer. Un grand charme de jeunesse, vraiment.

Pierrette Rosset, Elle.

Ce roman, couronné par le prix des Libraires, est une chronique de l'éternelle bohème, peline d'humour et de tendresse.

Le Livre de Poche Biblio

Extrait du catalogue

Sherwood ANDERSON
Pauvre Blanc
Guillaume APOLLINAIRE
L'Hérésiarque et Cie
Miguel Angel ASTURIAS
Le Pape vert
Djuna BARNES
La Passion
Adolfo BIOY CASARES
Journal de la guerre au cochon
Karen BLIXEN
Sept contes gothiques
Mikhail BOULGAKOV
La Garde blanche
Le Maître et Marguerite
J'ai tué
Les Œufs fatidiques
Ivan BOUNINE
Les Allées sombres
André BRETON
Anthologie de l'humour noir
Arcane 17
Erskine CALDWELL
Les Braves Gens du Tennessee
Italo CALVINO
Le Vicomte pourfendu
Elias CANETTI
Histoire d'une jeunesse (1905-1921) - *La langue sauvée*
Histoire d'une vie (1921-1931) - *Le flambeau dans l'oreille*
Histoire d'une vie (1931-1937) - *Jeux de regard*
Les Voix de Marrakech
Le Témoin auriculaire
Raymond CARVER
Les Vitamines du bonheur
Parlez-moi d'amour
Tais-toi, je t'en prie
Camillo José CELA
Le Joli Crime du carabinier
Blaise CENDRARS
Rhum
Varlam CHALAMOV
La Nuit
Quai de l'enfer
Jacques CHARDONNE
Les Destinées sentimentales
L'Amour c'est beaucoup plus que l'amour
Jerome CHARYN
Frog
Bruce CHATWIN
Le Chant des pistes
Hugo CLAUS
Honte
Jean COCTEAU
La Difficulté d'être
Carlo COCCIOLI
Le Ciel et la Terre
Joseph CONRAD
et Ford MADOX FORD
L'Aventure
René CREVEL
La Mort difficile
Mon corps et moi
Alfred DÖBLIN
Le Tigre bleu
L'Empoisonnement
Iouri DOMBROVSKI
La Faculté de l'inutile
Lawrence DURRELL
Cefalù
Vénus et la mer
L'Ile de Prospero
Friedrich DÜRRENMATT
La Panne
La Visite de la vieille dame
La Mission
J.G. FARRELL
Le Siège de Krishnapur
Paula FOX
Pauvre Georges !
Jean GIONO
Mort d'un personnage
Le Serpent d'étoiles
Triomphe de la vie
Les Vraies Richesses
Vassili GROSSMAN
Tout passe
Lars GUSTAFSSON
La Mort d'un apiculteur
Knut HAMSUN
La Faim
Esclaves de l'amour
Mystères
Victoria

Hermann HESSE
Rosshalde
L'Enfance d'un magicien
Le Dernier Été de Klingsor
Peter Camenzind
Le poète chinois
Souvenirs d'un Européen
Le Voyage d'Orient

Bohumil HRABAL
Moi qui ai servi le roi d'Angleterre
Les Palabreurs

Yasushi INOUÉ
Le Fusil de chasse
Le Faussaire

Henry JAMES
Roderick Hudson
La Coupe d'or
Le Tour d'écrou

Ernst JÜNGER
Orages d'acier
Jardins et routes
(Journal I, 1939-1940)
Premier journal parisien
(Journal II, 1941-1943)
Second journal parisien
(Journal III, 1943-1945)
La Cabane dans la vigne
(Journal IV, 1945-1948)
Héliopolis
Abeilles de verre

Ismaïl KADARÉ
Avril brisé
Qui a ramené Doruntine ?
Le Général de l'armée morte
Invitation à un concert officiel
La Niche de la honte
L'Année noire

Franz KAFKA
Journal

Yasunari KAWABATA
Les Belles Endormies
Pays de neige
La Danseuse d'Izu
Le Lac
Kyôto
Le Grondement de la montagne
Le Maître ou le tournoi de go
Chronique d'Asakusa

Abé KÔBÔ
La Femme des sables
Le Plan déchiqueté

Andrzeij KUSNIEWICZ
L'État d'apesanteur

Pär LAGERKVIST
Barabbas

LAO SHE
Le Pousse-pousse
Un fils tombé du ciel

D.H. LAWRENCE
Le Serpent à plumes

Primo LEVI
Lilith
Le Fabricant de miroirs

Sinclair LEWIS
Babbitt

LUXUN
Histoire d'AQ : Véridique biographie

Carson McCULLERS
Le cœur est un chasseur solitaire
Reflets dans un œil d'or
La Ballade du café triste
L'Horloge sans aiguilles
Frankie Addams
Le Cœur hypothéqué

Naguib MAHFOUZ
Impasse des deux palais
Le Palais du désir
Le Jardin du passé

Thomas MANN
Le Docteur Faustus
Les Buddenbrook

Katherine MANSFIELD
La Journée de Mr. Reginald Peacock

Henry MILLER
Un diable au paradis
Le Colosse de Maroussi
Max et les phagocytes

Paul MORAND
La Route des Indes
Bains de mer

Vladimir NABOKOV
Ada ou l'ardeur

Anaïs NIN
Journal 1 - *1931-1934*
Journal 2 - *1934-1939*
Journal 3 - *1939-1944*
Journal 4 - *1944-1947*

Joyce Carol OATES
Le Pays des merveilles

Edna O'BRIEN
Un cœur fanatique
Une rose dans le cœur

PA KIN
Famille

Mervyn PEAKE
Titus d'Enfer

Robert PENN WARREN
Les Fous du roi

Leo PERUTZ
La Neige de saint Pierre
La Troisième Balle
La Nuit sous le pont de pierre
Turlupin
Le Maître du jugement dernier
Où roules-tu, petite pomme ?

Luigi PIRANDELLO
La Dernière Séquence
Feu Mathias Pascal

Ezra POUND
Les Cantos

Augusto ROA BASTOS
Moi, le Suprême

Joseph ROTH
Le Poids de la grâce

Raymond ROUSSEL
Impressions d'Afrique

Salman RUSHDIE
Les Enfants de minuit

Arthur SCHNITZLER
Vienne au crépuscule
Une jeunesse viennoise
Le Lieutenant Gustel
Thérèse
Les Dernières Cartes
Mademoiselle Else

Leonardo SCIASCIA
Œil de chèvre
La Sorcière et le Capitaine
Monsieur le Député
Petites Chroniques
Le Chevalier et la Mort

Isaac Bashevis SINGER
Shosha
Le Domaine

André SINIAVSKI
Bonne nuit !

Milos TSERNIANSKI
Migrations

Alexandre VIALATTE
La Dame du Job
La Maison du joueur de flûte

Franz WERFEL
Le Passé ressuscité

Thornton WILDER
Le Pont du roi Saint-Louis
Mr. North

Virginia WOOLF
Orlando
Les Vagues
Mrs. Dalloway
La Promenade au phare
La Chambre de Jacob
Années
Entre les actes
Flush
Instants de vie

Composition réalisée par INFOPRINT

IMPRIMÉ EN FRANCE PAR BRODARD ET TAUPIN
Usine de La Flèche (Sarthe).
LIBRAIRIE GÉNÉRALE FRANÇAISE - 6, rue Pierre-Sarrazin - 75006 Paris.

ISBN : 2 - 253 - 06367 - 3 30/9653/4